近世和文小説の研究

天野　聡一
AMANO, SOICHI

kasamashoin

笠間書院

緒言

本書の題に言う「近世和文小説」とは、国学者が創作した擬古物語風の作品や、和文を用いた読本など、擬古文体の和文によってつづられた小説作品を幅広く指し示す概念である。普通「和文小説」と呼ばれ、本書でもその呼称を用いるが、〈近世に書かれた和文小説〉あるいは〈和文で書かれた近世小説〉という意味を明示するため、書名には特に「近世」の語を冠した。

和文小説の作り手は、賀茂真淵門流の国学者、堂上歌学の流れにくみする者、儒者で和学をも修めた者など、立場はさまざまだが、ひとしく日本の古典文学に親しみ、学んだ者たちである。

近世期は人、物、情報の往来が活発化し、古典文学の享受層がそれまでとは比べものにならないほど拡大した時代である。私塾や同志の集いにおける講義や会読、書籍の出版と流通、書簡による情報交換や添削指導など、さまざまな回路を通して、古典文学の教養は庶民層にまで浸透していった（鈴木健一編『浸透する教養　江戸の出版文化という回路』、勉誠出版、二〇一三年一一月）。人々は古典文学を受動的に学ぶだけではなく、ある者は注釈や評論などに創見を示し、またある者は詠歌や作文といった創作に励んだ。和文小説はこうした近世期の古典文学受容が生み出した成果の一つである。

和文小説の作者は、日ごろ親しんだ古典文学の語彙や表現を用いて、新たに物語をつむいでゆく。それは、はるか昔に書かれた古典文学の世界を、みずから再生し拡張してゆくという、多分に創造的な営みであった。よく知られている例をあげると、本居宣長は『源氏物語』に描かれなかった空白部（光源氏と六条御息所が恋仲になるまでの過程）を想像し、『手枕《たまくら》』という物語にまとめ上げた。このほかにも、清水浜臣《はまおみ》は『堤中納言物語』の「虫めづる姫君」に取材した、もう一つの虫めづる姫君の物語を著したし（「虫めづる詞」）、石川雅望《まさもち》は『更級日記』に記された竹芝伝説に示唆を得て、長編の冒険活劇をこしらえた（『飛弾匠《ひだのたくみ》物語』）。また、五井蘭洲《らんしゅう》と目される作者は『落窪物語』の内容にどうしても納得がいかず、その続編を著して原作の物語展開に大きく修正を加えた（『続落久保《ぞくおちくぼ》物語』）。従来ほとんど光が当てられてこなかった領域だが、近世期にはこうした注目すべき和文小説が数多く存している。それらの作品を丁寧に読み解いてゆけば、近世期の古典文学受容における全く新たな一面を知ることができるだろう。

さらに和文小説には、古典文学を学んだ者による創作小説というその性質から、作者自身が有する古典文学についての知識や解釈が、語彙、表現、趣向、物語展開など、さまざまなレベルにおいて反映されている。そしてこのことは、多くの場合、作者自身が別に著した注釈書や、作者に影響を及ぼしたと考えられる注釈書などによって、明確に裏付けることが可能である。つまり和文小説を分析すれば、「学問的な知識や解釈が、小説創作という場において一体どのような役割を果たしたのか」という問題を、かなりの程度明らかにできるのである。学問と文芸、あるいは読むことと書くこと――近世和文小説の研究は、この二つの営みが近世期においてどのように相関していたのかを明らかにする試みであるとも言えるだろう。

本書は、まず先行研究をたどりながら和文小説という概念を改めて見直すことから出発し、次いで近世期における和文小説の史的展開を概観する（序論）。そのうえで、特に注目すべき作品を取り上げて詳しく内容を分析し、その成立の背景にある古典解釈や思想、作者自身の編集意識、さらには文学史的背景へと考察を及ぼしてゆく（第一～三部）。

近世和文小説の研究　目次

第三部　読本における和文小説とその周辺　249

資料編　345

序論

第一章　和文小説とは何か

はじめに

「和文小説」という語彙は、研究者が近世文学史を記述する際、あるいはある個別の作品を文学史上に位置づけようとする際に、便宜的に用られてきた術語（テクニカルターム）である。

本章の目的は、まず第一に、この和文小説という文学史的概念がいつ頃から用いられ、どのような経緯を経て今に至っているのか、という経緯を明らかにすることである。そして第二に、第一の作業を通して和文小説が有する課題と可能性を明らかにし、今後の和文小説研究についての著者なりの展望を述べることである。

ところで、和文小説に該当する作品群については、従来、雅文小説、雅文体小説、和文の小説、擬古物語などさまざまに呼称されてきたが、稲田篤信は『時代別日本文学史事典　近世編』において、擬古文の世界を雅俗の対立だけでなく、和漢の対立の意味を含むものとして捉えた方が適切であるとする近年の研究に留意して、同じ意味で和文小説と称する。

（「江戸読本Ⅱ―綾足から雅望へ」[1]）

と述べ、和文小説を統一用語として用いている。本書もこの方針にならうものである。

一　和文小説という概念

これまで和文小説は、特定の作品が個別に分析されることはあっても、近世期における和文小説全体を見わたすような総合的かつ基礎的な研究は行われてこなかった。ただし、近世文学における一つのジャンルとしては比較的早い時期から認識されてきた。

和文小説の存在に早くから注意を払ってきたのは小説研究の分野である。先述のように、「和文小説」という用語は比較的新しく、従来はさまざまな呼称が使われていた。そのなかでも最も広く用いられたのが「雅文小説」である。

この用語の使用は『有朋堂文庫　雅文小説集』（以下『雅文小説集』[2]）を早い例としてあげることができる。同文庫は有朋堂書店が一九一二年から一四年にかけて刊行した全一二一巻におよぶ日本古典文学の一大叢書である[3]。『雅文小説集』はその第一〇七巻として刊行された。初版以後、何度も版を重ね、現在でも容易に手に取れるほど普及していることから、「雅文小説」という用語が定着した背景に『雅文小説集』の刊行があったことはまず間違いないと言ってよいだろう。同書は、都賀庭鐘《つがていしょう》『英草紙《はなぶさぞうし》』『繁野話《しげしげやわ》』、建部綾足《たけべあやたり》『西山物語』『本朝水滸伝』、村田春海《はるみ》『竺志船物語《つくしぶね》』、本居宣長『手枕《たまくら》』の六作を収録する。これらのうち庭鐘の読本以外は、現在も和文小説として言及されることの多い作品であり、このことからも有朋堂文庫の影響力が認められよう（庭鐘の読本についても後述）。ただ、同書には「雅文小説」という用語についての直接的な説明がないため、その意味するところは必ずしも明確ではない。

用語如何にこだわらず、和文小説という概念そのものに注目すればどうだろうか。すると時代はさらにさかのぼり、坪内逍遙の『小説神髄』にまでたどり着く。

一八八六年に刊行された『小説神髄』下巻には「文体論」[4]という論文が収まる。そこで逍遙は小説の文体を「雅文体」「俗文体」「雅俗折衷文体」の三体に分け、それぞれの優劣を論じている。このうち「雅文体」の項目では、「雅文体はすなわち和文なり」という一文に始まり、「優柔にして閑雅」なる和文が当世の「人情世態を写す」には適さないという趣旨が論じられる。逍遙によれば、時世によって人情も言語も変化する。その時々の人情世態を作中に写すには、やはりその時々に応じた言語を用いなければならない。たとえば紫式部が『源氏物語』で名声を残したのもその文体がその時代に適していたからである。だからこそ、逆に言えば、

仮令紫女の大筆をもてするといふとも、我が文明の情態を彼の純粋なる和文をもて写しいださむはかたかるべし。

（『小説神髄』下巻「文体論」[5]）

ということになる。逍遙はこのように「雅文体」の弊害を述べた後、実例として『源氏物語』などの文章を複数あげる。注目したいのは、その『源氏物語』引用の後に以下のように述べていることである。

雅文体の性質はおほむね前にかゝげたるものゝ如し。『近江県物語』、『西山物語』、『筑紫船物語』（天野注、『竺志船物語』と同じ）等の如きは多少此質の文を用ひて物語を編みたるものといふべし。読む人件の三書を開きてみづから得失を考ふべし。（同前）

ごく簡単な書きぶりではあるが、この箇所からは、和文という文体的な特色をもって近世期の複数の小説を一括して把握しようという意識が明確にうかがえるだろう。

もっとも、こうした逍遙の言説は、すでに曲亭馬琴が天保四（一八三三）年に著した『本朝水滸伝を読む並批評』（以下『批評』）などで述べたところを基としており、[6] 先ほど紹介した紫式部のたとえも、明らかに馬琴の、

紫式部といふとも、今の世に生れて、古言もて物がたりぶみを綴れといはゞ、必らず筆を投棄すべし、
（『批評』[7]）

という一文に基づく。

馬琴の『批評』は、綾足の『本朝水滸伝』に対して書かれた論難書である。同書で馬琴は、綾足が『本朝水滸伝』や『西山物語』を「古言」「雅語」で綴ったことを取り上げ、そうした言葉では人情を写すことができないと厳しく非難した。馬琴はさらに、同じく雅語を用いた作者として、石川雅望《まさもち》（『飛弾匠《ひだのたくみ》物語』『都の手ぶり』『吉原十二時』）、鹿都部真顔《しかつべのまがお》（『月宵鄙《つきのよひな》物語』）、春海（『竺志船物語』）をやり玉にあげ、「畢竟楽屋の評判のみ」などと痛罵

している。総じて、

凡この翁達、おの〳〵文つくる才は有ながら、いかにぞや、今の草紙物語を、雅語正文もて綴りては、労して功なく、且雅語正文にては、情を写してその趣を尽くすことの、得なしがたきよしを悟らで、倶に綾足の余涎を甜りしは、千慮の一失にやありけん、かへす〳〵も、これらこそなきすさみにぞ有ける、（同前）

というわけである。馬琴の批判については論旨の都合上、これ以上触れられないが（本書序論第二章にて後述）、ここで確認しておきたいのは、雅語を用いた小説という観点から複数の近世小説を一括して把握しようとする思考が、すでに馬琴において認められるということである。しかも馬琴は「この翁達、（中略）綾足の余涎を甜り」云々とあるように、綾足をその一群の起点に置いているという意味で文学史的認識もうかがえる。(8) そして、馬琴が例示した作者や作品が逍遙のそれと重なることから分かるように、馬琴の和文小説観は基本的に逍遙へ受け継がれたと見てよい。

以上を要するに、和文小説という概念自体は馬琴に端を発し、逍遙を経て近代にもたらされ、やがて『雅文小説集』の普及とともに広く認識されるようになった、とまとめることができるだろう。

二　読本成立史と和文小説

それでは、和文小説を文学史上に位置づけようとした研究はいつごろからあるのだろうか。

まずあげられるのは関根正直『小説史稿』（一八九〇年）[9]である。関根は読本の来歴を述べるなかで、「読本といふもの。をかしき文章にて。ぬめりたる所は浄瑠璃に類し。古語の見ゆるは。もと涼岱（天野注、綾足）が西山物語を手本としたる也」という喜多村節信の言を引き、続いて以下のように述べている。

> 西山物語は。明和五年建部綾足が著しゝ所なり。同十年吉野物語（一名本朝水滸伝）といふをも著しゝが。共に中古の物語文《ものがたりぶみ》を本として。雅文古言に物したり。後に北川真顔が月宵鄙物語。石川雅望が飛弾匠物語。村田春海が笠志船物語等。いづれも古雅の詞を以て綴りたり。是等は唯擬古のすさびにして。畢竟学者の好事に過ぎず。
>
> （『小説史稿』「江戸将軍の時代」〈十〉）

文学史的叙述というにはかなり素朴なものではあるが、関根にはたしかに読本の起源を語ろうとする視座が存しており、読本における古語の使用が『西山物語』にはじまるということ、そして真顔や雅望、春海らがその作風を受け継いだとの認識を読み取ることができる。

しかし、関根が和文小説として取り上げる諸作品は、馬琴が『批評』で示した作品とことごとく同じである。このことから察せられるように、和文小説に対する関根の記述は馬琴の言説の域を出るものではない。なかでも和文小説を一括して「畢竟学者の好事に過ぎず」と否定するところに至っては、先に紹介した「畢竟楽屋の評判のみ」という馬琴の口吻が、時を隔てて明治の世に蘇ったかの感すらある。

その点、藤岡作太郎『近代小説史』（一九一七年）は、和文小説と独自に向き合った最初期の例として注目される。同書は一九〇五、六年に行われた大学講義のノートを藤岡の没後に整理・刊行したもので、馬琴に代表される江戸の読本（いわゆる後期読本）の起源が論じられている。講義ノートをもとにしているためか、その議論は連想的かつ複雑に展開しており、内容を簡潔にまとめることは難しい。しかし、あえて藤岡の言わんとするところを本章の趣旨に沿って再構成してみたい。

藤岡は読本の起源について次のように述べている。

読本の起原は（中略）大坂の都賀庭鐘にあり、つゞきては上田秋成にあり。されどこは何れも上方のことなり。真に読本の栄えたる関東に於てこれが先駆をなし、は建部綾足なり。

（『近代小説史』第三編第四章「実録の流行と読本の起原」(10)）

このように庭鐘、秋成、綾足の名があがるが、藤岡によれば、このうち特に秋成と綾足は「共に最も馬琴に影響せしもの」という。その綾足は『西山物語』で「通篇擬古文体」を用い、『本朝水滸伝』でも「文章はやゝ近体に近けれど、なほ当時の他のものよりも古語を用」いた。また秋成も『雨月物語』以後は国学に強く影響を受け、「擬古文の中に俗語を混入」した『癇癖談《くせものがたり》』や、「擬古文」を用いた『春雨物語』を著した（ただし、『春雨物語』は「擬古文の弊を伝へて一般の読者に興なきもの少なからず」とあり、藤岡の評価は低い）。さらに藤岡は、

雅文を以て小説を作りし者、秋成と同時に建部綾足あり。之に先だちて、なほ荷田在満、賀茂真淵あり。

（同前）

と述べ、秋成と綾足以前の和文小説として、荷田在満《かだのありまろ》の『白猿物語』『落合物語』、賀茂真淵の『由良物語』(11)の内容を紹介している。藤岡はまた別の箇所で以下のようにも述べている。

古風なる雅文をもつて小説を作れるものの最も著しきは前に建部綾足あり、後に石川雅望(六樹園)あり。

(同前)

つまり藤岡は、綾足を後期読本の起源として評価しつつ、同時に和文小説の代表的作者として定位し、綾足以前(在満、真淵)、綾足と同時代(秋成)、綾足以後(雅望)と続く、和文小説作者の系譜を示したわけである。

綾足を読本の嚆矢とするのは、やはり馬琴においてすでに見られる考え方だが、藤岡の独自性は、在満の『白猿物語』『落合物語』といった綾足以前の作品にまで言及し、和文小説独自の史的変遷を示してみせたところにある。それはおおむね、綾足以前は国学者の手すさび程度の読み物だった和文小説が、綾足によって後期読本に影響を与えるような完成度の高いものへと成長し、後期読本の時代になっても雅望によって受け継がれた、という図式をイメージさせる。この藤岡の見たての背景には、秋成や綾足といった国学の影響を受けた作者が、後に流行する読本の成立に大きな役割を果したという文学史的な認識がある。そしてこの認識は、藤岡以降の研究者にも受け継がれてゆくことになる。

前節で述べたように、『雅文小説集』(一九一五年)は「雅文小説」の意味するところを直接説明しない。ただ、校訂者の松村米太郎は、収録作について「文化文政時代に隆盛を極めたる、所謂読本と称するものの源流たり、若くは灌流たり」と述べている。ここから読み取れる『雅文小説集』の編集方針とは、山東京伝や馬琴によって体裁・内容の両面から様式が整えられていった化政期の読本を一つの到達点として見据え、そこに至る前段階の一現象として「雅文小説」を位置づけようとするものである。同書が庭鐘の読本を収録しているのも、こうした方針に一因があると考えられる。(12)

この後、和文小説を読本成立史のなかでとらえる見方は、鈴木敏也「読本の灌流たりし雅文小説の群」（一九二〇年）(13)をはじめ、山口剛「江戸小説史上の一事象」（一九二六年）(14)、重友毅「六樹園の雅文小説」（一九三六年）(15)、麻生磯次「雅文小説に於ける支那文学の影響」（一九四六年）(16)、暉峻康隆「近世小説の展望」（一九五三年）(17)、相磯貞三「雅文小説」（一九五六年）(18)、水野稔「読本」（同年）(19)などと続いた。

ところが、こうした読本研究における和文小説の見方は、横山邦治によって再考をうながされることになる。

三　読本成立史からの離脱

一九七四年に刊行された横山邦治『読本の研究―江戸と上方と』(20)は、読本とその周辺作を網羅的に取り扱い、読本の名称、体裁、分類、そして史的変遷など、以後の読本研究の基礎となる重要な知見をまとめた大著である。横山はその序論において、先にあげた諸氏を含めた先達による読本内のジャンル分けを再検討したうえで以下のように述べた。

雅文小説の項目についてであるが、国学をその発生基盤として考えるならば、それはそれで充分考慮に入れてしかるべきであろうが、当代における国学の隆盛が読本の発生に大きな影響を与えているとは考えにくいのが現状である。展開期読本に見られる雅俗混淆の文体に到達する一過程として雅文を採用してみたということであって、この時期の読本の分類に文章の表現法をもってすることに意味があるかどうかは疑問であった。また前出いずれの分類においても例としてあげられたものは、例えば麻生磯次博士の「江戸小説概論」に見られる雅文小説の実例、綾足の「西山物語」「本朝水滸伝」、秋成の「雨月物語」などなど、皆それぞれ実録もの・水滸伝もの・奇談ものといった分類項目に含まれるものであったから、ここでは特別に採りあげる必要はなさそうである。

（『読本の研究』序章第三節「読本の分類」）

国学が読本発生の大きな要因となったと見ることは難しい。したがって、和文小説は読本の原初的な形態と見るよりも、あくまで読本文体の試行錯誤のなかで発生した一過性の存在と見た方がよい。なおかつ、和文小説として諸氏が例示する作品は横山が提唱する発生期読本（いわゆる前期読本）の分類（奇談もの、勧化もの、実録もの、水滸伝もの）によっても充分拾い上げることができる。したがって、和文小説という分類は読本研究において不要である――この横山の主張は説得力に富む。具体的には後述することになるが、たしかにそれまで和文小説として言及されてきた作品群は、読本の下位分類として一括して把握できるようなものではない。そう考えるためには、外的（書型、巻冊数など）、内的（話材、趣向など）な様式において、あまりにも統一性に欠けるからである。

もっとも、横山の指摘は和文小説という概念の無効化を意味するものではない。むしろ横山によって、和文小説は読本中心の小説史観から解放され、より大きな文学史的視座のもとで見直すことが要請されたと言えるだろう（結論を先取りして言えば、和文小説という概念は複数のジャンルにまたがる領域として想定した方が有効と思われる）。

しかしながら、横山以後、研究が細分化されていったこともあり、和文小説を総体的に取り扱う論考はなかなか現れなくなった(21)。

そうしたなかで和文小説を論じたのが、佐藤深雪「『伊勢物語』と雅文体小説」「『源氏物語』と雅文体小説」（一九九三年）(22)と稲田篤信「江戸読本Ⅱ―綾足から雅望へ」（一九九七年）(23)である。佐藤は綾足や秋成による和文小説の思想史的意義と限界を論じ、稲田は横山の指摘を受け入れつつも、勧善懲悪に徹した馬琴読本に対して、綾足や雅望らの和文小説には『源氏物語』以来継承してきた反勧善懲悪主題の水脈」があることを指摘した。それぞれの主張の当否については、なお慎重でありたい。だが、両論の意義は、それまで和文小説を論じる際に定番となっていた読本成立史という枠組みから離れ、和文小説それ自体を独立した研究対象として取り上げ、その存在意義を改めて検討した点にこそある。とりわけ稲田の論は馬琴の読本観を相対化しようとした試みとしても注目される。

第一節で確認した通り、そもそも和文小説という概念は馬琴の批判のなかで生まれたものであった。馬琴が示した和文小説は、綾足、雅望、春海らの作品である。以後、多少の異同はあるものの、総じてこれらの作品が和文小説の代表として研究者に言及されてきたことは事実である。その意味で、和文小説という概念に対する馬琴の影響力は現代にも及んでいる。逆に言えば、和文小説をより立体的に観察するためには、一度馬琴の視点から離れ、異なる視座からとらえ直してみることが必要なのである。そしてそのためには、馬琴が和文小説を批判した当時における和文小説を含めた文学的状況を知ること、すなわち馬琴による和文小説批判の相対的かつ同時代的な把握が必須となる。しかし、それはどのように行えば良いのか――その有効な手がかりを示したのが久保田啓一である。

一九九〇年、久保田は「大田南畝の文体意識」(24)のなかで文化期における南畝の言説を取り上げ、そこに馬琴とは対照的な読本を読む視点があることを指摘した。久保田が紹介したのは『玉川砂利』の文化六（一八〇九）年における以下の記述である。

> 六樹園があらはせる近江県物語をよみて、俗流にあらざる事をしれり。去年師走の末に〈「ことし正月のなかば」を訂す〉八幡塚村にて、飛弾匠物語をよみ、ことし二月廿日柴崎村にて、芍薬亭が濡衣草紙《ママ》をよむ。例の義訓のこじつけたるには見るめもいぶせけれど、序の議論をはじめとして、一部の趣意俗流の及ところにあらず。（『玉川砂利』[25]）

南畝は、雅望（六樹園）の『近江《おうみ》県《あがた》物語』『飛弾匠物語』に続けて、芍薬亭長根《ながね》の『濡衣双紙』（文化三〈一八〇六〉年刊）を読んだという。南畝はまた、長根の読本文体について、「雅語をむねとして、和漢の詞をかりあつめ」たと評しているが、久保田は、南畝が『濡衣双紙』を評価した所以をその文体に求め、

> 文化五年十二月二十四日に八幡塚村で『飛弾匠物語』を読み、翌年二月二十日に『濡衣双紙』を読むという読書傾向も、『近江県物語』を含めた三本を同類として括る意識を反映するかのようである。雅文の読本を否定した馬琴とは対蹠的な南畝の好みを窺わせる書目選択でもあった。（「大田南畝の文体意識」）

と述べる。確かに『玉川砂利』の該当記事からは、雅語による読本を歓迎する南畝の嗜好が認められよう。このことは、雑誌『読本研究』の特集「読本研究の50年と今後」（一九九六年）においても再び取り上げられ[26]、読本研究者にも広く知られるようになった。

南畝の読本観については久保田以前にも徳田武によって注意されてきた(27)。しかし、雅文体の読本についての南畝の評言に具体的に着目したのは久保田が初めてである。南畝は、馬琴が非難した雅望のみならず、長根の読本をも評価する。これまで雅望は綾足の後継的存在として言及されることはあっても、当時の読本界における位置づけについてはいまひとつ明らかではなかった。しかし、そこには批判者としての馬琴のみならず、評価者としての南畝が存在し、そしてその傍らには長根という雅文体の読本の作者がいたのである。このようなことは馬琴の言説を見るだけでは知りようのない事柄であった。

当時の江戸文壇の重鎮ともいうべき立場にあった南畝の嗜好は周辺の読本作者に少なからず影響を与えたことだろう。文化期に相次いで読本界に参加し、雅語を用いた作品を著したとされる雅望、真顔、そして長根が、皆そろって南畝を師と仰ぐ狂歌師であったことは、おそらく偶然ではない。南畝は従来の和文小説研究においては全く言及されてこなかった人物である。しかし、当時の読本界における和文小説の位置づけを考究するうえで、欠かすことのできない重要な存在であると考えられる。

久保田の提言によって、馬琴の和文小説批判を同時代的に理解するための課題は、これまでほとんど研究されてこなかった長根の読本を分析することを含めて、南畝の言説をより詳細に検討することに絞られたと言ってよいだろう。特に長根の読本については大高洋司(28)による先駆的な研究があったが、久保田以降、牧野悟資(29)らによって飛躍的に進められている。

四　もう一つの視点

ここまで述べたのは、近世小説研究という特定の研究分野における和文小説研究史である。一方、和文小説にかかわる研究分野として近世小説研究とともに見過ごせない視座がある。それが本節で扱う和文研究である。

和文研究の歴史は比較的新しく、一九九〇年代の半ばから盛んに研究成果が発表されるようになった感がある。象徴的だったのは、雑誌『季刊文学』（岩波書店）一九九五年七月号で「近世歌文の創造」と題した特集が組まれたことである。同誌には、揖斐高「和文体の模索—和漢と雅俗の間で—」、長島弘明「『藤簍冊子』の和文」、飯倉洋一「和文の思想—雅俗論の視点—」と、和文をタイトルに含む三本もの論文が掲載された。さらに、翌九六年には『新日本古典文学大系　近世歌文集』上下巻が刊行され、鈴木淳による解説が備わった。その後、和文研究は着実に成果を積み重ね、風間誠史『近世和文の世界—蒿蹊・綾足・秋成』（一九九八年）[30]、田中康二「『琴後集』の和文」（二〇〇〇年）[31]、鈴木淳「橘千蔭の和文と『源氏物語』」（二〇〇四年）[32]などが発表されている。

こうした和文研究のなかでも、風間『近世和文の世界』は、和文小説に言及したものとして特に注目される。風間は同書の序章「近世和文史概観」およびそのもととなった「近世の和文」（一九九七年）[33]のなかで、和文による小説の例として、これまでも再三言及されてきた綾足、雅望、春海などの作品に加えて、中島広足《ひろたり》『水江《みずのえ》物語』や未完に終わった橘守部《もりべ》『啻香《ただか》物語』の名をあげている。これらの作品は当代の流行小説である読本とはほとんど接点をもたない存在であり、そのため、従来の和文小説研究では完全に無視されてきた作品であった。風間はそうした作品に対して、和文史という視点から光を当てたのである。

和文創作という営みのなかで和文小説をとらえる――この見方は、つとに中村幸彦が「擬古文論」（一九七八年）[34]で示していたものであった。中村は上記論文に基づき、『日本古典文学大辞典』の「擬古文」[35]という項目を執筆しているが、そこには中村の和文小説観が簡潔に示されている。

当該項目において、中村は擬古文を三種にわけている。一つ目は「賀茂真淵とその門下江戸派の流れにある人々の文」、二つ目は「本居宣長とその門流の文」、そして三つ目が「擬古文をもって小説作品を著した一群」である。その説明は以下の通りである。

> 早く荷田在満に『白猿物語』、五井蘭洲に『続落くぼ物語』のような擬物語もあったが、真淵門の建部綾足に『西山物語』以下数作、村田春海にも『竺志船物語』がある。上田秋成は『春雨物語』の外におどけた『癇癖談』を、石川雅望は『近江県物語』などの読本の外に、『しみのすみか物語』や『都のてぶり』などの滑稽なものを作った。その後も代々のすき人で、この種の作を残す者は絶えなかった。明治に入り、擬古文と称されるようになってからは次第にすたれ、学校の教材としてのみ残った。（「擬古文」）

中村は以上のように述べ、擬古文の小説、すなわち和文小説の歴史を概観した。そこには『続落くぼ物語』など、これまでほとんど注意されてこなかった儒学者による作品までもが含まれている。なお、これらの論考より前に、中村は、「数々の雅文小説を残した」作者として荒木田麗女《れいじょ》の名をあげ、『桐の葉』『浜千鳥』などの作品を紹介している[36]。

和文と読本――和文小説という存在は、この二つの視点から見てはじめてその全体像をとらえることができるのではないだろうか。

五　和文小説の定義と課題

ここまで和文小説に関する先行研究を概観してきたが、見てきたように各論者によって和文小説の例として示される作品には異同がある。そこで、これまで触れた先行研究において和文小説として言及された作品の一覧を以下に示し、和文小説の定義について整理しておきたい[37]。

もちろん、この表はあくまで便宜的なものである。それぞれの論考においては作品名を列挙するとき、一、二例のみを示して他を略すことも多い。また、作者だけを示して作品名をあげない場合もある。したがって、たとえ言及していない作品であっても、各論者が和文小説として想定している場合もあるだろう。また言及してはいるが、論者が和文小説として認めているのかどうか、にわかに判断できない場合もある[38]。そうした場合も、できる限り表に拾うことにした。努めて客観的に取捨選択を行ったつもりだが、やはりひとつの目安以上のものではない。しかしながら、この表は和文小説という抽象的な概念が、具体的にどのような作品を指してきたのかということを考えるうえで参考になるだろう。

なお、表の作成にあたり、作者名・作品名を統一した。また『由良物語』については、近年の研究成果をふまえて綾足作に含めた。

該当作品／先行研究	建部綾足					石川雅望							鹿都部真顔	村田春海	荷田在満	
	西山物語	本朝水滸伝	由良物語	漫遊記	折々草	飛弾匠物語	都の手ぶり	吉原十二時	近江県物語	天羽衣	しみのすみか物語	梅が枝物語	月宵鄙物語	竺志船物語	白猿物語	落合物語
馬琴	○	○				○	○	○					○	○		
逍遥	○						○		○					○		
関根	○	○				○							○	○		
藤岡	○	○	○	○											○	○
松村	○	○												○		
鈴木	○	○	○						○					○	○	○
山口	○	○	○			○	○	○	○	○	○	○		○	○	○
重友	○	○				○			○	○					○	○
麻生	○	○				○			○	○				○		
暉峻	○	○	○											○		
相磯	○	○				○			○	○		○			○	○
水野	○	○				○			○	○				○	○	○
中村	○						○		○		○			○	○	
武藤	○					○			○						○	○
佐藤		○													○	
稲田	○	○				○			○	○			○	○	○	○
風間	○	○			○	○	○		○	○	○			○	○	○
合計	16	14	4	1	1	10	5	2	11	7	3	2	3	12	11	9

該当作品／先行研究	上田秋成				都賀庭鐘		本居宣長	遠藤春足	五井蘭洲	荒木田麗女						中島広足	橘守部
	春雨物語	癇癖談	雨月物語	ますらを物語	英草紙	繁野話	手枕	白癡物語	続落久保物語	月のゆくへ	富士の岩屋	桐の葉	浜千鳥	桃の園	池の藻屑	水江物語	啻香物語
馬琴																	
逍遙																	
関根																	
藤岡	○	○															
松村					○	○	○										
鈴木			○				○										
山口								○									
重友			○														
麻生			○														
暉峻																	
相磯							○										
水野																	
中村	○	○		○					○	○	○	○	○	○			
武藤	○		○														
佐藤	○						○										
稲田							○										
風間							○						○		○	○	○
合計	4	2	4	1	1	1	6	1	1	1	1	1	2	1	1	1	1

和文小説にかかわる先行研究は馬琴も含めて一七点、それぞれの先行研究において和文小説として言及されているると考えられる作品は総計三三作にのぼる。このうち網掛けで示した以下の作品は半数以上の先行研究において和文小説として言及されたものである。

建部綾足『西山物語』『本朝水滸伝』
石川雅望『飛弾匠物語』『近江県物語』
村田春海『竺志船物語』
荷田在満『白猿物語』『落合物語』

すなわち、これらの作品が和文小説の典型例として考えられてきたと言える。研究史的に見れば、綾足、雅望、春海の作品は、馬琴以来、現在に至るまで和文小説として数えられてきたものであり、在満の作品は藤岡以来定着したものである。その後、雅望の『天羽衣』のような短編や本居宣長『手枕』などの擬古物語も言及されるようになり、中村、風間にいたって国学者以外の者による擬古物語までもが加えられた。言い換えれば、和文小説はまず読本あるいはそれに近い作品のなかから見出だされ、のちにその範疇を徐々に広げ、擬古物語と呼ばれるような作品をも含むようになったのである。それはおおむね前節までに見てきた和文小説の研究史の展開と軌を一にしている。

ただ、こうした意味拡張の結果、かえって和文小説という概念が分かりにくいものになったということも事実だろう。和文小説の典型例としてあげられる作品にしても、たとえば在満の『白猿物語』のように写本として作られ、商業的な出版を特に意識していない素朴な読み物と、雅望の『飛弾匠物語』のように後期読本の様式を備え、商業的娯楽小説として出版されたものとでは、その距離はかなりあると言える。現に、稲田は在満のような「近世の擬古物語」と雅望のような「和文の読本」をともに和文小説としながらも、両者を一律に扱うべきではないと述べている。(39)こうした差異が生じる最大の原因は各作品の文章そのものにある。

要するに、和文小説という領域に属する作品には、擬古文の度合いの濃淡において差異があるのである。最も濃い部類に和学者の学術的営為としての擬古物語があり、最も薄い部類に商業的娯楽小説としての和文の読本がある。前者の文章は主語が多く省略され、一文が長く続くなど、一見すると前近世の文章と相違ない。一方、後者の文章は主語が補われ、一文も短く区切られるなど、前者に比してかなり平易なものになっている。

いわば和文小説とは、稲田の言う「近世の擬古物語」と「和文の読本」とを両端に置いたグラデーションのような領域であり、そのなかに濃淡さまざまな作品が存在しているのである。

濃淡といえば、先に触れた逍遙の文体論のなかに興味深い一節がある。逍遙は「雅俗折衷」の文体を説明するなかで、雅の文を酒、俗の文を水とし、「雅俗折衷」の文体を酒の水割りにたとえる。そして、「下戸に飲《のま》すべき分はすこしく水を多くし、上戸にすすむべき分は更に水を減ずべし」と説く。的を射た分かりやすいたとえ話である。その比喩を援用すれば、「雅」の文体を志向する和文小説はすべて酒ということになろう。だが、その酒のなかにも、さらに濃淡の別があるというわけである。

では、そうしたさまざまな作品群が雑居する和文小説という領域の全体像を、我々はどのようにイメージすればよいのだろうか。

ここで私見を述べるならば、和文小説は、稲田の言う「近世の擬古物語」に該当するような一群をこそ中心的存在として想定すべきである。なぜならば、「近世の擬古物語」は「和文の読本」に比して、より多くの作品が、より多くの作者によって、より長い期間にわたって書かれたからである。「和文の読本」はこうした広がりを有する「近世の擬古物語」の要素を一時期に一部の者が読本という小説様式のなかで部分的に採り入れたもの、と理解した方が全体像をとらえやすい。

もっとも、「近世の擬古物語」については「和文の読本」に比して研究の蓄積が少ない。したがって、先の表に載る作品以外にも、実はかなり多くの作品が存しているにもかかわらず、そのことはほとんど考慮されてこなかった。和文小説の全体像を把握するためには、まずは未だ知られていない「近世の擬古物語」を紹介し、その広がりを確認することが目下の課題となるだろう。

おわりに

以上、本章では和文小説についての先行研究をたどることで、和文小説という文学史的概念を改めて見直してきた。

その結果、浮かび上がった主な課題は二つある。一つは「近世の擬古物語」について、いまだに知られていない作品を紹介し、その広がりを確認すること、もう一つは「和文の読本」について、同時代の読本界における立ち位置を相対的に把握することである。

著者はこれまでこの二つの課題に取り組むべく、いくつかの論考を発表してきた（本書第一〜三部）。それらを踏まえ、次章では、近世期における和文小説を全体的に見わたした概論を記したい。

注

（1）稲田篤信「江戸読本Ⅱ—綾足から雅望へ」（『時代別日本文学史事典　近世編』、東京堂出版、一九九七年六月）。

（2）『有朋堂文庫　雅文小説集』（有朋堂書店、一九二六年一〇月。初版一九一五年一月）。

（3）「大空社デジタル資料叢書USB版　有朋堂文庫」広告を参照。

（4）同論文は、逍遙が一八八三年に『明治協会雑誌』第二五—八号で連載発表した「小説文体」に基づく。柳田泉『近代作家研究叢書「小説神髄」研究』（日本図書センター、一九八七年一〇月。原書一九六七年一一月）首篇4「『神髄』以前の逍遙小説論」など参照。

（5）『小説神髄』の本文は『日本近代文学大系　坪内逍遙集』（角川書店、一九七四年一〇月）による。なお引用に際し、旧字・異体字は現在通行の字体に改めた。以下、一次資料については同じ方針による。

（6）逍遙は『小説神髄』の草稿となった「小説文体」において、すでに『批評』をベースとして論を組み立てていたことが指摘されている。前掲『日本近代文学大系　坪内逍遙集』参照。

（7）『批評』の本文は『曲亭遺稿』（国書刊行会、一九一一年三月）による。なお『批評』で述べられた主張は『近世物之本江戸作者部類』（天保四〈一八三三〉年成）や『南総里見八犬伝』第九輯下帙中巻第一九「簡端贅言」（天保八〈一八三七〉年記）にも再述されている。

（8）この点、前掲稲田篤信「江戸読本Ⅱ—綾足から雅望へ」も指摘する。

（9）『小説史稿』（金港堂、一八九〇年四月）「江戸将軍の時代」（十）。

（10）『近代小説史』の本文は『藤岡作太郎博士著作集4　近代小説史』（岩波書店、一九五五年一月）による。同書凡例によれば、同書の初版は一九一七年一月に東圃遺稿巻四として刊行されたもの。

（11）ただし、現在『由良物語』の作者は真淵ではなく、綾足かその周辺人物であると解されている。『建部綾足全集』4（国書刊行会、一九八六年四月）「解題　由良物語」。

（12）もう一つの大きな理由は、松村の言う雅文小説が、いわゆる和漢雅俗の四象限のうち、和・雅だけでなく、漢・雅をも含むものであったからであろう。それゆえ、松村自身「文章頗る漢臭に富み」と述べる庭鐘の読本を雅文小かった。

説に加えることができたと考えられる。だが、後掲する表が示す通り、この認識は後代に引き継がれることはな

(13)『近世日本小説史』（目黒書店、一九二〇年一〇月）第三編第三章第四節。
(14)『山口剛著作集』２（中央公論社、一九七二年五月）所収。同書「編集後記」によれば、当該論文は「雑誌『学苑』一九二六年一一月号、一二月号に連載発表。後に『江戸文学研究』に所収」とのこと。
(15)『重友毅著作集３　近世文学論集』（文理書院、一九七二年九月）第二篇。年次は当該論文の末尾に記されたものによった。
(16)『江戸文学と中国文学』（三省堂、一九四六年五月）第二章三。
(17)『近世文学の展望』（明治書院、一九五三年一月）第七章。
(18)『近世小説史　江戸篇』（朝日出版社、一九五六年一月）第六章「読本」五。
(19)『日本文学史　近世』（至文堂、一九五六年七月）第七章。
(20)『読本の研究』（風間書房、一九七四年四月）。
(21)この間、和文小説について言及したものに、武藤元昭「雅文小説」（『研究資料日本古典文学４　近世小説』、明治書院、一九八三年一〇月）がある。そこで武藤は、和文小説が「浮世草子と後期読本との中間に生まれた」という横山以前の認識を受け継ぎつつも、「雅文小説は、国学者達の手に成ったところに意味がある」と述べ、それまで後期読本の源流として従属的に評価されてきた和文小説の意義を、それ自体のなかに認めている。
(22)佐藤深雪『綾足と秋成と―十八世紀国学への批判』（名古屋大学出版会、一九九三年四月）第Ⅰ部第五章、第Ⅱ部第五章。
(23)前掲稲田篤信「江戸読本Ⅱ―綾足から雅望へ」。
(24)佐藤泰正編『文体とは何か』（笠間書院、一九九〇年八月）所収。
(25)『玉川砂利』の本文は『大田南畝全集』９（岩波書店、一九八七年六月）による。
(26)久保田啓一「読本の「俗流」と文体の問題―大田南畝の『濡衣雙紙』評を手がかりとして」（『読本研究』10上、

一九九六年一一月）。

（27）徳田武「大田南畝メモ」（『日本随筆大成』別巻3附録、一九七八年一〇月）。なお、大高洋司は稗史もの読本における勧善懲悪のあり方について、『朝顔日記』後編に付された南畝の序に注意を払う。『読本【よみほん】事典―江戸の伝奇小説』（笠間書院、二〇〇八年二月）カバー写真解説参照。

（28）『京都大学蔵大惣本稀書集成　読本Ⅱ』（臨川書店、一九九五年）に収められた翻刻と解題。

（29）牧野悟資「『国字鵺物語』を読む」（『近世部会誌』2、二〇〇七年一二月）、鈴木よね子「『濡衣双紙』の寓意と命名法」（同前）、近藤瑞木「国字鵺物語」（前掲『読本【よみほん】事典―江戸の伝奇小説』）、山名順子「『双蛺蝶白糸冊子』に関する一考察―典拠とその利用を中心に」（『国文』110、二〇〇八年一二月）など。

（30）『近世和文の世界―蒿蹊・綾足・秋成』（森話社、一九九八年六月）。

（31）『村田春海の研究』（汲古書院、二〇〇〇年一二月）第一部。

（32）『橘千蔭の研究』（ぺりかん社、二〇〇六年二月）所収。初出は二〇〇四年九月。

（33）前掲『時代別日本文学史事典　近世編』所収。

（34）『中村幸彦著述集12　国学者紀譚』（中央公論社、一九八三年二月）九。初出は一九七八年一一月。

（35）『日本古典文学大辞典』2（岩波書店、一九八四年一月）。

（36）『中村幸彦著述集3　近世文芸膾稿』（中央公論社、一九八三年五月）八「古典と近世文学」。初出は一九五三年一一月。

（37）各論考における和文小説に該当する語は以下の通り。馬琴＝「古言もてつづりし」「雅語をむねと綴りし」「雅言もて綴りし」。逍遙＝「多少此質（天野注、雅文体）の文を用ひて物語を編みたるもの」。関根＝「中古の物語文を本として雅文古言に物したり」「古雅の詞を以て綴りたり」。藤岡＝「国文学が小説に影響し、雅文を以て小説を作りし者」。松村＝「雅文小説」。鈴木＝「雅文小説」「古文学の素養の下に古語を用ひた一流の作品」「国学者の手になつた創作」。山口＝「我古典の学に精しき者が、研究の余暇を以て、古語の語を用ゐて、いにしへの物語に擬せんとする著作」。重友＝「雅文小説」。麻生＝「雅文小説」。暉峻＝「雅文小説」。相磯＝「雅文小説」。水野＝「雅文小説」。中村＝「擬古文をもって小説作品を著した一群」「雅文小説」。武藤＝「雅文小説」。佐藤＝「雅文体小説」。稲田＝「和文小説」「雅文体の読本」「雅文体の小説」「雅文小説」「擬古物語」「和文の読本」。風間＝「雅文小説」「和文による小説」「擬古物語」。

(38) 具体的には『都の手ぶり』や『吉原十二時』を「和文」としてはいるが、「小説」と考えているのかどうか不明であるといった事例。

(39) 前掲稲田篤信「江戸読本Ⅱ―綾足から雅望へ」。

第二章　和文小説の展開

はじめに

前章で述べたように、読本における和文小説を否定する曲亭馬琴の見解は、その後、現在に至るまで影響を持ち続けている（本書序論第一章）。結果として、和文小説は馬琴が言及した作品ばかりがもっぱら注目されてきた。そこで本章では、そうした馬琴の視座から脱却し、和文小説の全体像を俯瞰的に素描してみたい。

そもそも、和文小説の母胎となったのは同時期に流行した和文創作活動であった。周知のように、和文創作が多くの人々に広まる契機を作ったのは賀茂真淵である。(1)真淵は初学者に向けて「先古への歌を学びて古へ風の歌をよみ、次に古への文を学びて古へ風の文をつらね」（『にひまなび』(2)）ることを奨励した。和歌を学ぶだけでなく、みずから和歌を詠む。和文を学ぶだけでなく、みずから和文を書き連ねる。そうすることによって、はじめて「古への神皇の道」（同前）へと続く、古典研究の道が開かれる――というわけである。こうした真淵の指導によって、国学は古典注釈に加えて歌文創作をともなう多分に創造的な学問になったと言えるだろう。とりわけ、それまで和歌に付随するものとして理解されてきた和文に対して、和歌と同等の価値を認めたことは、和文創作への動機をこれまでになく高めたという意味で画期的であった。

真淵の言う「古へ風の文」の「古へ」とは、まずは上代のことであった。すなわち「古へ風の文」とは『古事記』や祝詞などをはじめとする上代文献を手本とする、上代風の擬古文を指す。ただ、真淵自身、「すべて文は古きを学ぶべけれど、物によりておのがじゝならんも、よしやあしや」(『賀茂翁家集』巻三「浄土三部抄語釈序」(3))と上代のみに固執しない姿勢を示しており、門人の加藤千蔭《ちかげ》によれば、「あるは中つ世のさいばらのうたひ物をまねびたる、あるはものがたりふみによりたる」(『賀茂翁家集』加藤千蔭序)文章まで自在に書いていたという。

和文創作に対する思想的意義付け、そして和文の規範を上代以外にも認める柔軟な姿勢――真淵が示したこの二つの要素が相まって、以後、和文創作は大いに広まることになる。すなわち、真淵門流の国学者とその影響下にある者は、必ずしも上代にこだわることなく、それぞれが志向する時代(それは主に平安時代であった)を真淵の言う「古へ」に代入し、その「古へ」の人心を知り、またみずからのものとするため、盛んに擬古の文章を綴っていったのである。

国学者によって作られた和文は、その大半が和文の会などで披露されたと思われる短い文章であった。注目したいのは、そうした膨大な和文のなかに物語風のごく短い和文小説――いわば掌編物語と呼ぶべき一群が存していることである。これまで全く注意されてこなかった分野だが、掌編物語は幕末に至るまで多くの人々によって書かれ続けた、和文小説の主軸をなす存在である。そこで次節からは掌編物語を中心に、国学者の物語創作を概観してゆこう。

一　源氏物語の詞つきをまねびて――鈴屋派の物語創作――

多数いる真淵の門人のなかでも、今日最もよく知られているのは本居宣長であろう。その宣長は、『手枕《たまくら》』という和文小説を著している。『手枕』は『源氏物語』では省略されている光源氏と六条御息所の馴れ初めを、『源氏物語』の文体で描いた作品である。宣長の源氏物語観が投影された作品だけに、これまでも研究者によってさまざまな観点から分析されてきた(4)。ただ、宣長が著した和文小説は『手枕』のみではない。

たとえば、「八月ついたちごろ稲掛大平が十五夜の円居に出すべき月の文ども人々すゝめて源氏物語の詞つきをまねびてかゝせけるにたはぶれにかける文」(『鈴屋集』巻七)は、その長い題に明らかなように、和文の会のために作られた典型的な掌編物語である。内容は、月の美しいある夜、和文の構想を練る宣長のもとに紫式部が忍んでやって来る、というもの。遠くから徐々に近づいてくる牛車の音、何者かが邸内に入ってくる気配、主人と思われる女性の優雅さ、そしてその女性が紫式部であると知ったときの驚き――といった諸要素が、宣長を主体とする一人称視点で描かれており、読む者にその情景を思い浮かべさせようとする小説的工夫が見て取れる。何より、宣長の紫式部に対する深い憧憬がよくあらわれた一編である。

宣長の門流に連なる国学者、すなわち鈴屋《すずのや》派の国学者に目を移せばどうだろうか。

文政四(一八二一)年に刊行された『文あはせ』は、藤井高尚《たかなお》の門下六名(5)による和文集で、文政二(一八一九)年に行われた月次《つきなみ》の和文の会で披露された作品を左右に番《つが》え、高尚の判と添削を加えたものである。注目したいのは、月ごとの題に「わらびをるゝ女かたみひきさげてあり」(三月)、「あれたる家にをみなことひく」(閏四月)

といった物語性の高いものがあることで、こうした題のもと、それぞれが競って掌編物語を作っていた様子がうかがい知れる。

このほか鈴屋派の和文小説作者としては、「夢に梅の女になりて来て物語する文」を著した本居清島《きよしま》や、『陸奥物語』を著した本居大平門下の保田光則《みつのり》などがいるが、突出して多くの作を残したのは中島広足《ひろたり》であった。広足は、はじめ加藤千蔭門下の一柳千古《ちふる》に師事し、後に宣長門下の長瀬真幸《まさき》に入門した人物であり、江戸派と鈴屋派の双方に関係を持つ。(6) 広足の和文小説は『水江物語《みずのえ》』や『うつせ貝』などが比較的知られていると思われるが、(7) それらに加えて『橿園文集《かしぞの》』（活版本）の「物語文」という項目には一一編もの掌編物語が収められている。興味深いことに、広足は先述した『文あはせ』を手にしたらしく、以下のような言を残している。

ちかきころ、『文あはせ』などいひて板にゑれるをみるに、野山にあそびては、かならず女にゆきあひて、なまめきかはせるやうにかけるは、あまりうるさくなむ。

（『橿園文集』〈活版本〉「物語文論」(8)）

『文あはせ』の物語は、男が野山へ出かけては女と出逢うという展開ばかりだ、という批判である。『文あはせ』が同じ題のもとで作られた和文を集めたものである以上、似たようなパターンが多くなってしまうのはある程度仕方のないことであろう。その意味で広足の批判は手厳しいとも思われるが、裏を返せば、そうしたマンネリズムを許容しないほど、広足は物語創作に対して高い意識を有していたということである。この評は「物語文論」という文章の一節で、もとは文政九（一八二六）年に書かれたものである。「物語文論」は、当時の人々（とりわけ男性）が和文を創作する際に、女性作者の手による『源氏物語』の文体を無批判に利用していることに異を唱え、作り手の男女差を考慮するよう訴えた評論である。先述の『文あはせ』に対する批判と言い、広足は物語を著すに際して、趣向や文体など、その創作方法に相当自覚的であったと言える。

二　物語ぶみになずらふ――江戸派の物語創作――

鈴屋派以上に積極的に物語創作に取り組んだのが、江戸在住の真淵門流、すなわち江戸派である。早い例では、明和二（一七六五）年から安永九（一七八〇）年の間の成立と見られる、服部高保《たかやす》作の『てづくり物語』がある。高保は万葉集研究を本領とする国学者だが、『てづくり物語』はそうした高保の『万葉集』に対する学識が随所にあらわれた作品である（本書第二部第一章）。

また、江戸派の領袖である加藤千蔭には、『源氏物語』夢浮橋巻の後を想像で書き継いだ「花を惜しむ詞　手習の君になずらふ」（『うけらが花』巻七）や、王朝物語風の一情景を描いた「春の山ぶみといふを題にて」（同前）といった作がある。いずれも『源氏物語』に大きく依拠した掌編物語である。(9)

千蔭とともに江戸派を率いた村田春海《はるみ》には『竺志船《つくしぶね》物語』という未完に終わった長編作品がある。(10)さらに春海の歌文集である『琴後集《ことじりしゅう》』に目を転ずれば、「物語ぶみのさまにならへる文」と注記された「河づらなる家に郭公を聞くといふことを題にて」（巻一四）をはじめ、「春の山ぶみ」（巻一〇）、「月の宴の記」（同前）といった掌編物語がある。このうち「春の山ぶみ」は、夢のなかで平安時代の嵯峨野を訪れた春海が、かつて当地で隠棲した兼明親王と雅宴をともにするというもの。先述した宣長の「八月ついたちごろ（後略）」と同じく、時空を越えて憧憬する人物と交流するという趣向である。ただ、その人物が漢詩文に長じた兼明親王であることに象徴されるように、国学者でありつつ漢学者を自任した春海らしく、「春の山ぶみ」には漢詩文に基づいた表現や趣向が散見される（本書第二部第二章）。

江戸派における物語創作は千蔭・春海の次世代においても引き継がれてゆく。とりわけ、春海高弟で、春海が『竺志船物語』の続編を託したという清水浜臣《はまおみ》は多くの掌編物語を執筆した。浜臣の歌文集『泊洦文藻《さざなみぶんそう》』には、「物語ぶみになずらふ」と注記された「虫めづる詞」や、『伊勢物語』の文体にならったという「歳暮」、『琵琶行』と『源氏物語』須磨巻とを取り合わせた「きぬたを聞く詞」など、複数の掌編物語が収まる。このうち「虫めづる詞」は文化二（一八〇五）年に書かれた作品で、『堤中納言物語』の「虫めづる姫君」に趣向を借り、虫を愛好する姫君を主人公とする。ただ、その姫君の造型は『源氏物語』中の虫めづる姫君というべき秋好中宮に基づいており、そこに中宮彰子の面影を付け加えるなど、新たな「虫めづる姫君」を描こうとする意図が看取される。『源氏物語』『紫式部日記』『枕草子』『栄花物語』などの王朝文学からの引用が駆使されており、当時における浜臣の王朝文学への傾倒ぶりが端的にうかがえる作品である（本書第二部第三章）。なお、浜臣は真淵門下の歌文を集めた『県門遺稿』を編しているが、その第四集（文政四〈一八二一〉年刊）に和文小説の先駆とされる荷田在満《かだのありまろ》の『白猿物語』を収め、また文政五（一八二二）年には先述した『てづくり物語』を転写するなど、一作者にとどまらない存在感を示している。

千蔭の孫弟子、すなわち江戸派の第三世代にあたる天野政徳《まさのり》が編んだ『草縁集』（文政三〈一八二〇〉年刊）巻一二には「文部」に「物語類」という項目が立てられ、春海門下の片岡寛光《ひろみつ》の作で『うつほ物語』に取材した「軒もる月」[11]や、同じく春海門下の秋山光彪《みつたけ》の作で『源氏物語』に依拠したと思われる「車中雪」などの掌編物語が収まる。寛光については当時の国学者の評判記に以下のような記述がある。

片岡寛光　とかけて　向島の秋草　とゝく　心は　余り作り過ぎる
　○千蔭風春海の歌よみにて物語文などをこねかへしてをる光源氏の気位の人也(12)

この評をそのまま信じれば、寛光は「余り作り過ぎる」ほど多くの掌編物語を書いたらしい。江戸派による物語創作は、幕末を生きた朝田由豆伎《ゆずき》にまで確認できる。由豆伎は春海門弟の岸本由豆流《ゆずる》の後継で、掌編物語『袖のみかさ』の作者と考えられる。ある帝の寵愛を受けた女官の悲劇を描いたもので、『源氏物語』桐壺巻を踏まえて書かれている。このあたりはいかにも王朝風の雅やかな世界を好んだ江戸派らしい。ところが本作は、実は文化八（一八一一）年、光格天皇の後宮で起こった出来事（光格が寵愛した女官とその御子たちの不審死）を題材にしている（本書第二部第四章）。いわば時事小説的な性質を帯びているわけで、江戸派の物語としては異色作である。朝廷内の動向が江戸の人々の関心に急速に浮上してきた、幕末という時代が導いた作品であると言えるだろう。

三　いのちあるうちに作り見たし――物語創作の広がり――

ここまで、鈴屋派と江戸派における物語創作を追ってきた。このほか、真淵高弟の加藤宇万伎《うまき》に師事した上田秋成は、上方にいて多彩な文芸活動を行ったが、彼の和歌や和文を集めた『藤簍冊子《つづらぶみ》』（文化二―四〈一八〇五―七〉年刊）には、「月の前」（巻四）や「剣の舞」（同前）といった作品が収まる。ともに源頼朝にちなんだ歴史小説風の掌編物語である。ほかにも『藤簍冊子』に収まる和文は虚構性の強さが指摘されている。[13]

もっとも物語創作は、和文創作がそうであったように、こうした狭義の国学者内の営為にとどまるものではなかった。

たとえば、伴蒿蹊《ばんこうけい》は、真淵の影響を受けつつも独自に和文を研究して啓蒙に努めた人物だが、寛政六（一七九四）年に刊行された『訳文童喩《うつしぶみわらわのさとし》』には「雪のあした」という掌編物語が収まる。その前書きのなかに、「源氏の物がたりのはてにみゆめる夢のうきはしの巻の後を継て、一ふしの作りもの語をかまへ出す」[14]とあるように、『源氏物語』のその後を想像して描いた作品である。同様の趣向は、先述した千蔭の「花を惜しむ詞　手習の君になずらふ」にもあったが、そのほかにも、蒿蹊門下の和文を集めた『閑田文草』（享和三〈一八〇三〉年刊）には、源直好の作として「物語　夢浮橋を継ぐ」という掌編物語がある。『源氏物語』の続編を書くという趣向は、探せばさらに見いだせるだろう。

この蒿蹊の例のように、国学者とは異なる立場にありながら、物語を創作した作者は少なくない。たとえば、江戸堂上歌壇の中心人物である宮部義正《よしまさ》の妻万女《まんじょ》は、冷泉為村に歌学を学び、『木草《きくさ》物語』という『源氏物語』を縦横に利用した長編を書き上げた。[15]伊勢神宮神官の娘として生まれた荒木田麗女《れいじょ》は『五葉』をはじめ膨大な量の物語を残した。[16]江戸にいて、堂上、鈴屋派、江戸派とも交わりをもった高井宣風《のりかぜ》は『筒物語』という伊勢物語風の歌物語を綴った。旗本夫人として江戸に生きた井関隆子は、天保の改革を諷刺した『神代のいましめ』などをものしつつ、『物がたり合』にもその作品を載せた。[17]考証学者の黒川真頼《まより》は、先述した朝田由豆伎の『袖のみかさ』の旧蔵者だが、自身も『山吹物語』という掌編物語をものした。[18]

こうした国学者以外への物語創作の波及を見てゆくと、和文による物語創作という営為の背景には、先述した真淵による思想的意義付けという動機以上のものが存しているのではないか、と思わずにいられない。
そこで見てほしいのは、独自の学風を立て世の国学者と一線を画したとされる橘守部《もりべ》の以下の言である。

こゝに聞こゆる事、ねがふ事も侍る也。守部二十年来已前より、物語書をいのちあるうちに作り見たしと下心におぼえ侍りつるに、（中略）一昨年、廿日ばかりやみて臥りし比、かゝるをりだに思惟せんとて、床中にてあけくれおもひめぐらして、からうじていと奇妙なる按を考て侍りき。（中略）さてその文法は宇都保の語に擬してかゝんのつもりにて、それよりをり〳〵うつほを手入、書入などし、事によらば注もせんの心にて見侍るに、（後略）（『源語問答』(19)）

守部は二〇年以上もの間、物語創作の構想を抱いていた。それは『うつほ物語』の文体にならって書くつもりだという。結局この望みが叶うことはなく、現在は『啻香《ただか》物語』と題された草稿が残るのみだが、注目したいのは、「物語書をいのちあるうちに作り見たし」というただならぬ思いである。

思うに、和文によって物語を創作するという営為には、物語を創作することに対する、抗うことのできない欲求があったのではないだろうか。日ごろ親しんだ物語の言葉を借りて、みずからの手で新たに物語を紡いでいく。あるいは、続編を設けて物語の世界を拡張させてゆく。それは近世以前から続く「物語読者の究極の形(20)」だったのではないだろうか。

真淵が和文創作に与えた思想的意義付けが、近世期の和文小説史上、画期的であったことは間違いない。ただ、物語創作がここまで広まっていった背景には、国学者以外にも通じる、より普遍的な観念、すなわち、古典読者の広がりとともに引き起こされた、物語創作への欲求があったと思われるのである。

四　偉矣、往昔婦人之才之盛也――懐徳堂の物語創作――

国学者以外の物語創作の作者として特に注目したいのは、五井蘭洲《らんしゅう》をはじめとする懐徳堂の和学者たちである。蘭洲は賀茂真淵と同年生まれの朱子学者である。大坂の漢学塾である懐徳堂で教鞭をとる一方で、契沖の著作に学び、『伊勢物語』『源氏物語』といった物語、あるいは『万葉集』や『古今集』といった歌集についての注釈書を著した。そうした蘭洲の作と考えられるものに『続落久保物語《ぞくおちくぼものがたり》』という創作物語がある（本書第一部第一章）。その名の通り、『落窪物語』の続編だが、その内容は『落窪物語』の物語展開に異を唱えるもので、男君（道頼）の驕りが災厄をもたらし、それを和漢の学問を身につけた参議（紀行真）が解決するというものである（本書第一部第二章）。

いわば、蘭洲はみずからの思想に基づき、原作への批判精神から続編を執筆したわけだが、こうした物語創作のあり方は、同じ上方で古典研究に励み、学統は違えど、蘭洲のことを「五井先生」と慕った上田秋成にも認められる。すなわち、秋成が晩年に執筆した「海賊」（『春雨物語』）は、『土佐日記』には登場しない海賊を投入し、紀貫之の面前で思う存分自説をふるうというものであった。(21)

蘭洲の和学を継承した加藤景範《かげのり》にも和文小説の作がある。景範の場合、物語に当代の社会問題を持ち込んだ点が特徴である。たとえば、『景範先生和文集』下巻におさまる「負乗の禍」という掌編物語は、「源じの君、世をまつりごち給へる比にや有けん」と書き出され、『源氏物語』を踏まえた物語が始まるのかと思わされるが、その内容は田沼意知が天明四（一七八四）年に旗本佐野政言に斬られたことを物語風に記したもの。同じく『いつのよがたり』（明和元〈一七六四〉年序）という作品も、王朝物語風の作品に見えて、実は桜町天皇をモデルとする帝を主人公とし、作中には延享元（一七四四）年に上方で行われた年貢増徴と、それに対する百姓たちの救済訴願がそれとなく描かれている（本書第一部第三章）。さらに、『いつのよがたり』の帝は、桜町天皇が実際には行わなかったような復古事業を次々に企図、実行してゆくのだが、それは懐徳堂の天皇観を反映したものであり、そうした天皇像は、結果として後の光格天皇を先見的に描き出している（本書第一部第四章）。

蘭洲門人の中井竹山《ちくざん》は『いつのよがたり』の序文において、以下のように述べている。

偉矣、往昔婦人之才之盛也、甚矣、今日国字之文之衰也、抑天曷以鍾秀乎閨閫、亦曷以閟美乎後生、可異哉、雖然古文所紀載、往々中冓牀第之事、猥褻鄙瑣、不可以声咳於正人荘士之側、（「何世語序」）[22]

「国字之文」すなわち和文について論じたものだが、竹山は昔の女性たち（後に「勢紫諸姫」とある）の文才を称揚し、引き比べて今日の和文の衰退ぶりを嘆く。ただ、その優れた「古文」にしても、往々にして男女関係のことばかりを描きがちで、「正人荘士」が読むに耐えないものであるという。こうした問題意識を持つ竹山にとって、みずから「可謂深得風人之体、然而詞理典雅宏麗」（『いつのよがたり』序文）と評する『いつのよがたり』は文体、内容ともに賞賛するに相応しい作品であった。ここには「典雅」な文体を希求しつつ、なおかつそれに相応しい内容を望む思想がうかがえるが、それは「文以載道」の思想、すなわち「道」を示し、教化するための手段として「文」がある、という文章観に基づくのだろう。懐徳堂の孝子顕彰活動において、孝子の行状を和文にこだわって記したことや、竹山の弟履軒《りけん》が理想社会を描いた『華胥国物語《かしよのくに》』を和文で書いたことも、同一の文章観によるものと言えよう。なお、履軒には『華胥囈語《かしょげいご》』という和文集があり(23)、そこにいくつかの掌編物語がおさまるが、いずれも履軒の思想を寓話的に表現したものである。

五　倭文をならふかゞみともなるべし——通俗文芸への接近——

ここまで、国学者およびその周辺の人物による物語創作を見てきた。それらは、おおむね文体、内容の両面において「雅」であることを志向するものであった。その一方で、むしろ当時流行の通俗文芸に接近し、そこに和文の要素を持ち込もうとした者もいる。

その例としてまずあげられるのは、やはり建部綾足《たけべあやたり》だろう。綾足の和文小説である『西山物語』（明和四〈一七六七〉年刊）や『本朝水滸伝』（前編、安永二〈一七七三〉年刊）は諸氏によって再三言及されてきたため詳述しないが、両作に共通する啓蒙性には注意しておきたい。すなわち、両作の序には、

・従学の士をして、古を以て今を御し、俗に即して雅を為すの術を暁るに俾せんと欲し、乃ち時事を記して以て三巻と為す。（『西山物語』金竜敬雄序(24)）

・詞はいそのかみ古き事どもゆ考へ合せて、かの世にたゝはし聞えむ物としつるに、読得て其古事をとらむとする人には、蓋や此書もよしあるべかめれ。（『本朝水滸伝』藤原朝臣加襧与序(25)）

とあり、和文を習得するために有用の書であることが強調されているのである。こうした啓蒙性は、通俗文芸との関わりのなかで和文を用いた作品に共通して認められるものである。

綾足の『西山物語』は文中の古語の出典を一々記したものであり、啓蒙性が特に顕著である。後に安見宗隆《むねたか》という地下官人は、この『西山物語』の形式にならって『をりはえ物語』（文化一五〈一八一八〉年成）という作品を著している。同書は安見家の子孫に古典の教養と道徳とを伝えるために著されたものだが、[26]そうした目的に『西山物語』の形式はよく合致していたのであろう。また、先述した村田春海の『竺志船物語』は白話小説『醒世恒言』の「蔡瑞虹忍辱報仇」を和文で翻案したもので、まさに「俗に即して雅を為」（『西山物語』序）した作品である。『竺志船物語』は巻一のみで未完に終わったが、後に小山田与清《ともきよ》ら門弟によって頭注が付され、『竺志船物語旁註』として文化一一（一八一四）年に出版された。結果として『西山物語』の自注形式をも踏襲したことになる。

石川雅望《まさもち》の『梅が枝物語』（文化七〈一八一〇〉年刊）も、文体を雅に、内容を俗にとった典型例である。同作は浄瑠璃『ひらがな盛衰記』の人気場面（遊女梅が枝が恋人梶原源太の鎧代三百両を工面する場）を和文で書き改めたもの。人口に膾炙したストーリーを違和感なく雅やかな和文に移し替えていくところに、和文作家としての雅望の眼目があったことだろう。同様の例として、津田景彦の『山崎物語』（天保六〈一八三五〉年刊）がある。やはり定番作の人気場面を和文でリライトしたもので、その拠るところは浄瑠璃『仮名手本忠臣蔵』の早野勘平の段である。こちらは『梅が枝物語』よりも長編で、全三巻を企図したようだが、巻一のみで未完に終わった。

雅望の『近江県《おうみあがた》物語』（文化五〈一八〇八〉年刊）や『飛弾匠《ひだのたくみ》物語』（文化六〈一八〇九〉年刊）は、口絵、目録、挿絵などを備え、山東京伝や曲亭馬琴によって確立されていった後期読本の様式にのっとり、内容も長編娯楽小説と呼ぶに相応しいものになっている。両作が出版された文化五（一八〇八）年前後は、後期読本が最も出版点数を伸ばした時期である。雅望は、そのなかで、古語を多く用いた文体と古典文学に取材した内容によって独自性を出し、もって世に迎えられんとしたわけである（本書第三部第一章）。もっとも、雅望が古語を利用して作った文体は、和文としては相当平易なものとなっており、これまでに紹介した物語類と比べると、その差は歴然としている。このことは当時においても意識されていたようで、雅望の読本の跋文をみると、

・うしの常の筆づかひにも似ず、もはらさとびたることのはもてつゞけられしは、をさなき人のよみ見んとき、こゝろえやすからんためとにや。（『近江県物語』夙興亭高行跋）[27]

・例のみやびたるさまはとり置て、ひたすらさとび言をもて、かいつゞりたまへれど、さすがにきは〲しうをかしさは、たぐひあるべうもあらず。（『天羽衣』牛多楼恒成跋）[28]

など、その文体が「常の筆づかひ」「例のみやびたるさま」に比して俗であることを、やや弁解めいたかたちで認めている。

しかし、古語を積極的に利用した雅望の読本文体は、ほかの読本と比べれば、十分に「和文」的であったらしい。為永春水が、『増補外題鑑』（天保九〈一八三八〉年刊）で『飛弾匠物語』を「このよみ本は倭文をならふかゞみともなるべし」[29]と述べたように、雅望の読本は和文を学習する者にとって手本となるべき作品であった。

ところが、この種の読本は曲亭馬琴によって厳しく批判されることになる。

六　紫式部といふとも――馬琴の批判――

馬琴の批判がもっとも明快な形でうかがえるのは『本朝水滸伝を読む並批評』（天保四〈一八三三〉年成、以下『批評』）である。この書は綾足『本朝水滸伝』の長短をあげつらった批評書だが、特に「作者の書ざまを批評す」と題した一段において、綾足が和文を用いたことについて舌鋒鋭い批判を加えている。馬琴の批判の対象は「綾足の余涎を甜りし」人々にも及ぶ。すなわち馬琴は、石川雅望、鹿都部真顔《しかつべのまがお》、村田春海といった名を列挙し、彼らが和文を用いて小説を綴ったことに対して厳しく非難したのである。その主張するところは次の一節に明らかであろう。

稗史野乗の人情を写すには、すべて俗語に憑らざれば、得なしがたきものなればこそ、唐土にては水滸伝西遊記を初として、宋末元明の作者ども、皆俗語もて綴りたれ、こゝをもて人情を旨として綴る草紙物語に、古言はさらなり、正文をもてつゞれといはゞ、羅貫高東嘉もすべなかるべく、紫式部といふとも、今の世に生れて、古言もて物がたりぶみを綴れといはゞ、必らず筆を投棄すべし。（『批評』[30]）

「稗史野乗」「草紙物語」は「俗語」を用いなければ「人情を写す」ことができない。『水滸伝』『西遊記』『源氏物語』もその例外ではなく、いまそれらの作者たちに雅文（「古言」「正文」）で物語を綴れと言っても、到底書くことはできまい。ことほど左様に、雅文で物語を綴ることは労多くして功少なき所業なのである――このように、馬琴は読本文体としての和文を完全に否定したのであった。こうした馬琴の主張は『批評』のほか、『近世物之本江戸作者部類』（天保四〈一八三三〉年成）や『南総里見八犬伝』第九輯下帙中巻第一九「簡端贅言」（天保八〈一八三七〉年記）などでも展開されている。

ここで注意しておきたいのは、馬琴が否定しているのは和文を読本に用いることであり、和文そのものではない、ということである。馬琴の和文への造詣の深さは、むしろ人並み以上であると言ってよい。かつて大田南畝の主催する和文の会に参加し[31]、享和二（一八〇二）年、大坂に旅立つ際に与えられた南畝からの紹介状に「和文はよほど達者に書申候。（中略）和文は何にても御書せ御覧〔可〕被成候。即刻に筆を下して文をなし申候[32]」とまで書かれた馬琴である。紀行文『庚子《こうし》道の記』の和文を「文章の殊にめでたき[33]」と絶賛し、荒木田麗女の『池の藻屑』の和文を「女筆にハ手際なる物ニ御座候。『松蔭日記』と伯仲可致候[34]」と評すなど、馬琴が和文を愛好し、和文で書かれた作品に多大な関心を寄せていたことを証する事例は少なくない。そうした馬琴だからこそ、通俗的な内容を扱う読本の文体に和文を用いることの困難さを熟知していたはずなのである。

馬琴の批判は、こうした和文の表現性の限界という作者側の問題だけでなく、和文が表現したところを読解するためには古典文学に対する相応の知識がなければならないという読者側の問題にも向けられている。

今とても、古雅をめづる看官はいと稀にて、世に文章のふの字も知らぬ俗客婦女子を、常得意となすものなれば、作者はその身の学術より、五段も十段も引おとして綴らねば、行れがたきものなるよしを、綾足は思はざりし歟。（『批評』）

職業作家としての馬琴の意識上にあったのは、古典の知識を有しない「文章のふの字も知らぬ」大衆読者であった。馬琴からすれば、古典語彙を多用した和文の読本は、古典に疎い大衆読者が読むものとしてはおよそ売り物とは言えないものだったのである。

七　俗流の及ところにあらず——南畝の評価——

馬琴は、大衆読者を相手にする読本には、古典の知識を前提とする和文は適していないと考えていた。こうした馬琴の言説は、和文に傾斜した読本が読本界の主流とならなかったという事実から、一定の妥当性が認められる。

もちろん、だからといって当時の読本読者がこぞって馬琴と同様の見解を持っていたというわけではない。たとえば清水浜臣門下の岡本保孝《やすたか》は以下のように述べる。文政一三（一八三〇）年の記事である。

和漢トモニ雅文アリ、俗文アリ。西土ニテハ後世小説ナドニハ、俗文ヲ用フルコト多シ。（割注略）雅文ニテイヒトレザル処モ、俗文ニテハイヒトホスモノナレバ、人情ニ切ナラシメントオモフ故ニ、小説ニハ俗文ヲ用フルガ多キナリ。（割注略）（『難波江』巻二下「皇国ニテハ小説ニモ雅文ヲ用フ」）(35)

和漢に雅俗の文があること、唐土に俗文の小説があること、俗文が人情をよく言い表すことができること——これらの要素は、すべて先に見た馬琴の主張と重なっており、一見すると保孝は馬琴と同様のことを述べているように思える。しかし、保孝は次のように続ける。

> 皇国ニテハタトヒ小説ナリトモ雅文ヲ用フル也。勢語、紫談ヲ開キミテ知ルベシ。（中略）スベテ文章ハ、ツヾケガラ雅ニテモ、詞ノ俗ナルト、詞ハ雅ニテモツヾケガラノ俗ナルト分別シテ筆ヲトルベシ〔割注〕近来京伝、馬琴ナドノカケル冊子ハ、鄙俚猥談ノ俗言ヲ其儘ニカキ付タルモノニテ論ズルニタラズ。（後略）」（同前）

我が国においては、『伊勢物語』や『源氏物語』を見ても分かる通り、小説であるといっても雅文を用いる――この保孝の意見は、『源氏物語』は当時の俗語を用いて綴ったものであるといぅ馬琴の意見に対抗するものとして興味深いが、それにも増して注目したいのは、「鄙俚猥談ノ俗言ヲ其儘ニカキ付タルモノニテ論ズルニタラズ」と、保孝が文体の面から山東京伝や馬琴の読本を否定していることである。

「古雅をめづる看官はいと稀にて」（『批評』）と馬琴は言ったが、少ないながらも、京伝や馬琴の読本に満足せず、読本に古雅を求める読者層は存在していたのである。そして、そうした読者のなかでも一際重要な人物として、大田南畝がいる。

文化六（一八〇九）年、官命によって多摩川を巡視していた南畝は柴崎村にて芍薬亭長根《ながね》の読本『濡衣双紙』を繙き、その読後感を以下のように記した。

> 予平生いとまなければ、近頃流行の小説をよむにいとまあらず。六樹園があらはせる近江県物語をよみて、俗流にあらざる事をしれり。去年師走の末に〈「ことし正月のなかば」を訂す〉八幡塚村にて、飛弾匠物語をよみ、ことし二月廿日柴崎村にて、

芍薬亭が濡衣草紙《ママ》をよむ。例の義訓のこじつけたるには見るめもいぶせけれど、序の議論をはじめとして、
一部の趣意俗流の及ところにあらず。（『玉川砂利』[36]）

「流行の小説」を読む暇がないという南畝が読んだのは、雅望（六樹園）の『近江県物語』『飛弾匠物語』、そして芍薬亭長根の『濡衣双紙』であった。それらの読本について、南畝は「俗流にあらざる事をしれり」、あるいは「俗流の及ところにあらず」と述べる。このやや屈折した言い回しには、雅望や長根の読本への評価とともに、「俗流」の読本（前引の「流行の小説」も同義か）に対する不満が表明されていると見るべきだろう。南畝は「俗流」の読本が具体的に何を指すのか明記しない。ただ、文化四（一八〇七）年に「読稗史有感」と題された漢詩を詠み、京伝や馬琴の読本の怪異陰惨な作風を嘆じていたことを考え合わせると、[37]南畝のいう「俗流」とは京伝や馬琴流の読本を指すと考えてよい（本書第三部第二、三章）。

雅望の読本が和文を用いた作品であること、またそれゆえに馬琴の批判の対象となったことについては先述したが、南畝によると、長根の読本もまた「雅語をむねとして、和漢の詞をかりあつめた」（『玉川砂利』）ものであるという。長根の読本文体は、南畝がいうように和漢の両要素を含むものであり、その漢語の多さから、正確には和文小説の周辺作と言うべきものである（本書第三部第四章）。ただ、ここで確認しておきたいのは、和文小説及びその周辺作について、南畝と馬琴が甚だ対照的な評価を下しているということである。

長根は文化三（一八〇六）年に『濡衣双紙』、文化五（一八〇八）年に『国字鵺《おんなもじぬえ》物語』、文化七（一八一〇）年に『双蛺蝶白糸冊子《ふたつちょうちょうしらいとそうし》』を、雅望は文化五（一八〇八）年に『近江県物語』、文化六（一八〇九）年に『飛弾匠物語』を、そして『批評』で雅望とともに批判された鹿都部真顔は文化五（一八〇八）年に『月宵鄙《つきのよひな》物語』を刊行する。京

伝と馬琴が確立していった後期読本の様式——その様式を踏まえつつ、長根、雅望、真顔たちは、文化五（一八〇八）年前後に和文を文体に採用した読本を相次いで世に出した。

彼らが三人とも南畝を師と仰ぐ狂歌師であったことは、おそらく偶然ではないだろう。雅と俗との間を自在に往還する狂歌師は、考えてみれば、通俗文芸である読本に雅びやかな和文を持ち込むのに最も相応しい存在である。活況を呈する読本界に彼ら狂歌師たちが和文を以て参画した背景には、みずからの文才を示さんとする野心と狂歌師としての矜持、さらには京伝や馬琴流の読本が主流を占めてゆく風潮に強い不満を持つ南畝の影響があったのではないだろうか。

一方、同時期の馬琴はどうだったか。馬琴はみずからの読本文体を確立するべく、本格的な試行を重ねていた。馬琴が最終的にたどり着いたのは七五調を基調とする文体であった(38)。大衆演劇のリズムに通うため、庶民の耳にも馴染みやすかったことだろう。そうした文体を目指して努力を重ねていた馬琴にとって、その真逆を行くかのような狂歌師たちの読本は、到底容認しがたい存在だったに違いない。南畝が雅望や長根の読本を評価したのと同じ文化六（一八〇九）年に成立した随筆のなかで、馬琴は以下のように述べている。

　今の作り物語を雅文《ガブン》もて綴《ツヾ》れといはゞ、紫女《シヂヨ》といへどもすべなからん。故《ユヱ》いかにとなれば、そのことを述《ノベ》、その趣《キ》を尽《ツク》すに、衣冠《イクワン》より、懸鶉《ケンシユン》より、動静云為《ドウシヤウウンヰ》より、喜怒哀楽《キドアイラク》より、瞭然《リヤウゼン》として阿堵《アト》の中《ウチ》にあり、看官《ミルモノ》或《アル》は欣《ヨロコ》び、或《アル》は怒《イカ》り、或《アル》は怪《アヤシ》み、或《アル》は悲《カナシ》み、潸《サン》として涙《ナミダ》の冊子《サフシ》を湿《シメ》を覚《オボエ》ず、見るに随《シタガツ》て倦《アク》ことなきは、その文《ブン》和漢を混《コン》じ、雅俗《ガゾク》をまじへ、人情《ニンジヨウ》をつくし、語勢《ゴセイ》をよくし、百幻出奇中《ヒヤクゲンシユツキチウ》に奇《キ》を出《イダ》せばなるべし。かゝればにや、唐山《モロコシ》の稗官者流演義《ハイクワンシヤリウエンギ》小説の書《シヨ》を編《アム》に、俗語《ゾクゴ》をもてせざるはなし。彼水滸伝《ノスイコデン》などいふものも、雅文《ガブン》

をもてこれを綴《ツヾ》らば、施羅《セラ》も労《ロウ》して功《コウ》なけん。（『燕石雑志』巻四）[39]

紫式部（紫女）や『水滸伝』を引き合いに出して、読本に雅文体を用いることを批判する――後に天保期に展開された『批評』を始めとする諸論の要諦が、すでにここには述べられているのである。

読本の刊行点数がピークに達した文化五（一八〇八）年前後、相次いで刊行された和文を用いた読本は、南畝、馬琴の双方にとって、読本のあるべき姿を問う一つの評価軸であったと言えるだろう。

おわりに

以上、和文小説の展開を概観してきた。見てきたように、和文小説は、国学者による物語創作を中心として幕末まで書き継がれてきた。その営為は、堂上歌学に学んだ者、あるいは儒者で和学者を兼ねた者など、国学者以外の人々にも広がりを持つ。そのなかで通俗文芸に接近した作品も生み出され、その賛否をめぐる議論を引き起こした。

以下、本書では、第一部にて懐徳堂の和学者による和文小説、第二部にて江戸派の国学者による和文小説、第三部にて後期読本における和文小説とその周辺作を取り上げ、それぞれについて詳しい分析を加えてゆく。

注

（1）近世期の和文については以下の論考に詳しい。揖斐高『江戸詩歌論』（汲古書院、一九九八年二月）第四部第四

章「和文体の模索―和漢と雅俗の間で―」、鈴木淳「江戸時代後期の歌と文章」（『近世歌文集　下』、岩波書店、一九九七年八月）、風間誠史『近世和文の世界―蒿蹊・綾足・秋成』（森話社、一九九八年六月）序章第二節「近世和文史概観」、飯倉洋一『秋成考』（翰林書房、二〇〇五年二月）第二章第一節「和文の思想―雅俗論の視点―」。

（2）『にひまなび』の本文は『賀茂真淵全集』19（続群書類従完成会、一九八〇年一一月）による。

（3）『賀茂翁家集』の本文は『賀茂真淵全集』22（続群書類従完成会、一九八二年八月）による。

（4）注釈に田原南軒『源氏物語宣長補作　手枕の研究』（私家版、一九六八年一一月）があるほか、高橋俊和『本居宣長の歌学』（和泉書院、一九九六年二月）Ⅲ第二章「『手枕』と『源氏物語』和歌」、杉田昌彦『宣長の源氏学』（新典社、二〇一一年一一月）第一部第四章「『手枕』の人物造型―六条御息所と光源氏―」などの論考がある。なお、宣長には本章で紹介する王朝物語風の物語とは別に、「山路の菊の物語」（『鈴屋集』巻七）や『水草の上の物語』といった思想性の強い寓話的作品もある。このあたり、後述する儒者の和文小説と共通しており、興味深い。

（5）片岡徳（編）、篠部清風、当麻尚文、渡辺重豊、藤原保世、岡祝之。

（6）岡中正行『中島広足の研究』上巻（私家版、二〇一一年一一月）第二章「中島広足と本居大平」。

（7）『水江物語』は『県門余稿』四集（嘉永三〈一八五〇〉年刊）に収まる。また前掲風間誠史「近世和文史概観」においても「和文による小説」の例として言及されている。『うつせ貝』は二〇〇四年度の大学入試センター試験（本試験）に出題された。

（8）『橿園文集』（活版本）の本文は『中島広足全集』1（一九三三年四月）による。

（9）鈴木淳『橘千蔭の研究』（ぺりかん社、二〇〇六年二月）八「橘千蔭の和文と『源氏物語』」。

（10）揖斐高『近世文学の境界―個我と表現の変容』（岩波書店、二〇〇九年二月）Ⅱ「『贈三位物語（つくし舟）』論―未刊の翻案雅文体小説はどう書かれようとしたか―」、田中康二「『竺志船物語』の設定」（『国文論叢』51、二〇一六年九月）。

（11）安藤菊二『江戸の和学者』（青裳堂書店、一九八四年九月）「宇津保物語に取材した雅文二章―「軒もる月」と「寒江垂釣」―」。

(12) 本文は『日本書誌学大系　渡辺刀水集』1(青裳堂書店、一九八五年五月)「国学者の評判記」による。渡辺によれば、引用した評判記は「平田家にあったもので、巻尾に「鼻毛の長人記」とあつて、其の傍に小さく平田鉄胤の自筆で「伴信友也」と識してあるし、全編朱筆で直してある。其朱は平田篤胤の筆であるのは珍である」とのことである。

(13) 長島弘明『秋成研究』(東京大学出版会、二〇〇〇年九月)V「秋成の和文―『藤簍冊子』を例に―」。

(14) 『訳文童喩』の本文は叢書江戸文庫(伴蒿蹊集)による。

(15) 本文は徳田進編『木草物語』(古典文庫、一九八二年五月)で読むことができる。『木草物語』および万女については、同書と徳田進『宮部万女の人と文学』(高文堂出版社、一九七四年一二月)がほぼ唯一の研究成果である。なお『木草物語』は二〇一七年度の大学入試センター試験(本試験)に出題された。

(16) 麗女の物語は伊豆野タツ編『荒木田麗女物語集成』(桜楓社、一九八二年一〇月)に収まる。麗女の物語に対する先行研究は数多いが、麗女の文業の全体像については、雲岡梓『荒木田麗女の研究』(和泉書院、二〇一七年二月)が参考になる。

(17) 井関隆子および『神代のいましめ』を含む隆子の物語については、深沢秋男『井関隆子の研究』(和泉書院、二〇〇四年一一月)が詳しい。『物がたり合』については、吉海直人「新出資料『物かたり合』の翻刻と解題―井関隆子周辺の創作活動―」(『同志社女子大学日本語日本文学』8、一九九六年一〇月)が翻刻紹介する。この『物がたり合』には隆子を含む一九人の作者による物語が収まる。その作者は掲載順に、夏蔭(前田夏蔭)、房輝(臼井房輝)、成元、公維、昭古(源昭古か)、夏河、素我、景彦(津田景彦か)、秀辰(奥野秀辰か)、有翼(市川有翼か)、雙樹、年繁(風間年繁か)、真国、長濱宗泉、一之、親民(渡辺親民か)、一一、隆子、勝成。

(18) 香山キミ子「黒川真頼稿『山吹物語』翻刻と解題」(『工藤進思郎先生退職記念論文・随想集』、工藤進思郎先生退職記念の会、二〇〇九年七月)。このほか、作者未詳の作品として、『嵯峨野物語』や「秋の野に遊ぶ物がたり」(『文苑玉露』下)、『古巣物語』などがある。

(19) 『源語問答』の本文は堤康夫「橘守部『啻香物語』に関する一考察―『宇津保物語』との関連を中心として」(『國

學院雜誌』95―5、一九九四年五月）による。
(20)『日本古典偽書叢刊』2（現代思潮新社、二〇〇四年八月）の帯に書かれた広告文（初版第一刷）。
(21) 拙稿「筆、人を刺す。―『春雨物語』「海賊」の諷刺と虚構」（『国文学研究ノート』41、二〇〇七年一月）。
(22)『いつのよがたり』の本文は大阪府立中之島図書館所蔵本による。
(23) 湯城吉信「中井履軒『華胥囈語』翻刻・解説」（『懐徳堂センター報　2005』、二〇〇五年二月）。
(24)『西山物語』の本文は新編日本古典文学全集による。
(25)『本朝水滸伝』の本文は新日本古典文学大系による。
(26) 拙稿「安見宗隆『をりはえ物がたり』解題と翻刻―近世和文小説の一例」（『国文学研究ノート』42、二〇〇七年一二月）。
(27)『近江県物語』の本文は叢書江戸文庫（石川雅望集）による。
(28)『天羽衣』の本文は叢書江戸文庫（石川雅望集）による。
(29)『増補外題鑑』の本文は『和泉書院影印叢刊　増補外題鑑』（和泉書院、一九八五年一月）による。
(30)『批評』の本文は『曲亭遺稿』（国書刊行会、一九一一年三月）による。
(31) 寛政一一（一七九九）年のこと。後、和文集『ひともと草』にまとめられる。『ひともと草』については久保田啓一による『鯉城往来』掲載の一連の注釈がある。
(32) 享和二（一八〇二）年五月六日大田南畝紹介状。『馬琴書翰集成』6（八木書店、二〇〇三年一二月）による。
(33) 文政二（一八一九）年四月二四日只野真葛宛書簡。『馬琴書翰集成』1（八木書店、二〇〇二年九月）による。
(34) 天保四（一八三三）年三月九日小津桂窓宛書簡。『馬琴書翰集成』3（八木書店、二〇〇三年三月）による。
(35)『難波江』の本文は日本随筆大成（第二期21）による。
(36)『大田南畝全集』9（岩波書店、一九八七年六月）。同記事については、久保田啓一「大田南畝の文体意識」（佐藤泰正編『文体とは何か』、笠間書院、一九九〇年八月）、同「読本の「俗流」と文体の問題―大田南畝の『濡衣雙紙』評を手がかりとして」（『読本研究』10上、一九九六年一一月）を参照。

（37）『一話一言』巻二四「文化四年正月十六日付記事」。『大田南畝全集』13（岩波書店、一九八七年四月）参照。

（38）野口隆「『椿説弓張月』の七五調」（『近世文芸』72、二〇〇〇年七月）。また、この時期の馬琴の文体観については、服部仁『曲亭馬琴の文学域』（若草書房、一九九七年一一月）第一部第二章「曲亭馬琴、その文体の確立―初期の戯曲性より―」、同書第一部第三章「再説、馬琴の文章意識―同時代の諸相、三馬と国学と―」に詳しい。

（39）『燕石雑志』の本文は日本随筆大成（第二期19）による。なお、『燕石雑志』の刊行は文化七（一八一〇）年。

第一部

懐徳堂の和文小説

第一章　五井蘭洲『続落久保物語』考（一）――作者と成立について――

はじめに

上田秋成が晩年に著した『胆大小心録』。そのなかに以下のような一節がある。

段々世がかわつて、五井先生といふがよい儒者じやあつて、今の竹山、履軒は、このしたての禿じや。契沖をしんじて、国学もやられた。『続落くぼ物がたり』といふ物をかゝれて、味曾《ママ》つけられた事よ。（『胆大小心録』）[1]

ここでいう「五井先生」とは大坂の漢学塾である懐徳堂で助教を務めた五井蘭洲《らんしゅう》のことである。名は純禎、字は子祥。元禄一〇（一六九七）年生、宝暦一二（一七六二）年没。中井竹山《ちくざん》、履軒《りけん》兄弟が師事した儒者として知られているが、秋成が「契沖をしんじて、国学もやられた」と述べる通り、契沖に私淑し、『万葉集詁《こ》』『勢語通』『古今通』『源語提要』『源語詁』(2)といった注釈書を著した「懐徳堂和学の中心(3)」と言うべき和学者である。『胆大小心録』において、秋成は蘭洲を「五井先生」と呼び、また「よい儒者」と述べている。蘭洲に対する敬意が認められよう。だが、最後に秋成は、蘭洲が『続落くぼ物がたり』（以下『続落久保物語』）を著して「味曾《ママ》つけられた」（失敗なさった）と述べている。まるで上げてから落とすかのような書きぶりである。『胆大小心録』にしばしば見られる悪口――と言えばそれまでだが、蘭洲を述べる短い文のなかで、秋成がわざわざ言及した『続落久保物語』とは、そもそもどのような作品なのだろうか。

端的に言えば、『続落久保物語』は『落窪物語』の続編である。ただし、本作は『落窪物語』に対して多分に批判的な態度から執筆されたものであり、同じく古典文学に取材して書かれた和文小説と比すれば、その性質を甚だ異にしている（本書第一部第二章）。その意味で、本作は『落窪物語』の受容作としてはもちろん、近世期の和文小説のなかでも注目すべき作品であると思われる。

『続落久保物語』は、すでに中村幸彦によって蘭洲の文学観との関連性が指摘されている(4)。また、倉島節尚によって諸本の整理および本文校訂といった基礎的な研究が行われ、その成果は影印（国立国会図書館所蔵本）と詳細な解説とともに古典文庫の一冊にまとめられている(5)。こうした点からすれば、本作は比較的研究環境が整備された作品であると言えるだろう。しかしながら、中村や倉島の業績以後、本作の研究はほとんど進捗していないようである。その原因として考えられるのは、作者と成立をめぐる問題である。

というのは、『続落久保物語』の現存諸本には序跋などが無いため、その成立時期が未詳なのである。それに加えて、倉島は先述した古典文庫の解説のなかで、本作の作者をも未詳としたのであった。倉島は『胆大小心録』や中村の論考に言及しておらず、その点不十分と思われるが、唯一の翻刻書である古典文庫の解説において作者未詳とされた影響は少なくないだろう。

そこで本章では『続落久保物語』の作者と成立をめぐる問題について、論点を整理したうえで改めて考証を施してゆく。

一　『扶桑残葉集』の作者表記

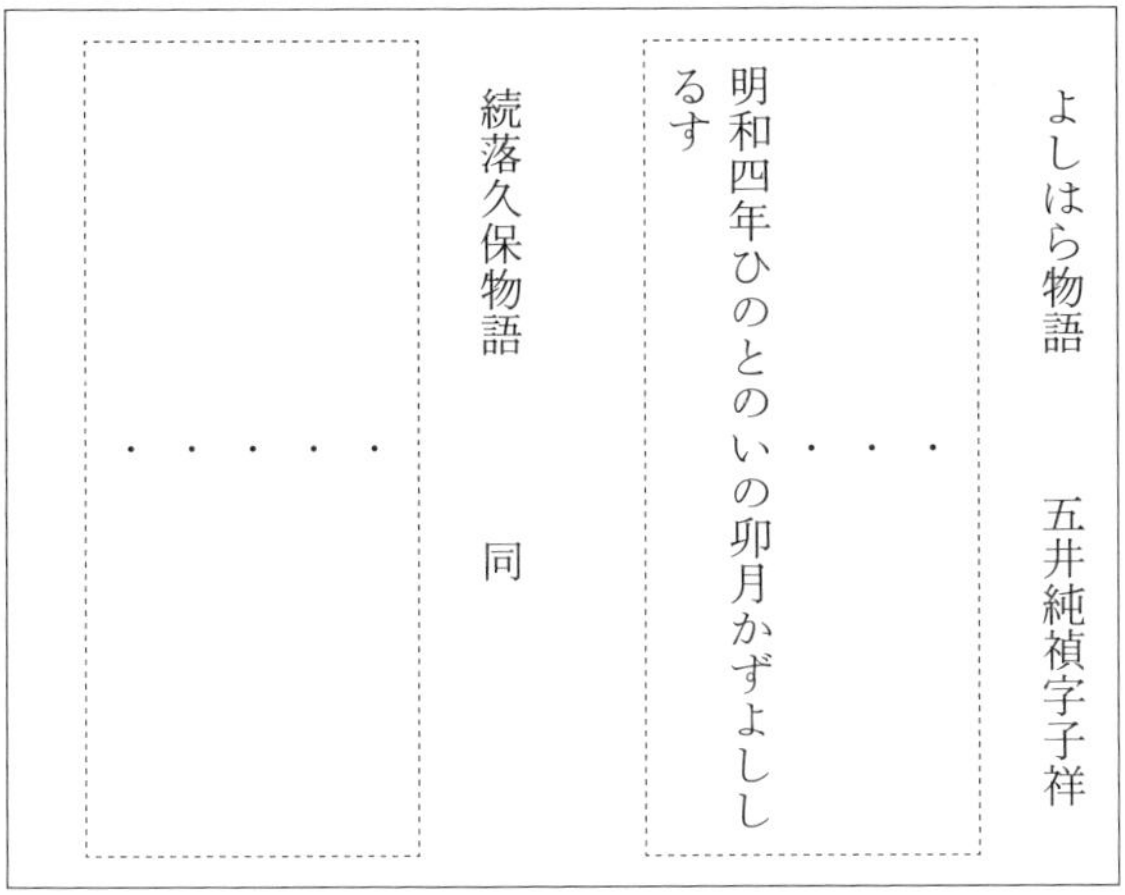

はじめに検討したいのは、なぜ倉島は本作の作者を未詳としたのか、という問題である。そこで、倉島の説を以下に概説する。
倉島がまず指摘したのは、『続落久保物語』の諸本のうち、作者名の記載があるのは『扶桑残葉集』所収本のみであるということである（『扶桑残葉集』は編者・成立年ともに未詳の叢書）。その『扶桑残葉集』には内題の下に作者名が表記されているのだが、『続落久保物語』の内題の下には「同」と書かれているのみである（上図参照）。しかし、『続落久保物語』の直前に収められた『よしはら物語』の内題の下には「五井純禎字子祥」とある。「純禎」は蘭洲の名、「子祥」は字である。ここから、『扶桑残葉集』の編者が『よしはら物語』と『続落久保物語』をどちらも蘭洲の作と理解しているということが分かる。ところが、『よしはら物語』の末尾には「明和四年ひの

とのいの卯月かずよししるす」との記述があり、ここで問題が生じる。というのは、明和四（一七六七）年には、蘭洲はすでにこの世を去っているからである。

以上の事柄を踏まえて、倉島は『よしはら物語』の作者を蘭洲とするのは『扶桑残葉集』の誤認であると指摘。さらに『扶桑残葉集』が『続落久保物語』の作者と『よしはら物語』の作者を同一とするのも「極めて信憑性に欠ける」と述べ、『続落久保物語』の作者については、何某と特定の名を挙げることはできない」と結論づけたのであった。この見解は『日本古典文学大辞典』にも引き継がれ、『扶桑残葉集』所収本にのみ五井純禎作となっているが、信憑性がない」(6)と記されるに至っている。

見てきたように、倉島の説はきわめて実証的であり、『よしはら物語』を蘭洲作とする『扶桑残葉集』の作者表記が誤りであることは疑いを容れない。しかしながら、『よしはら物語』についての作者表記のみが誤りであるという可能性――すなわち、『続落久保物語』についてはやはり蘭洲が作者であるという可能性はまだ十分に残っている。

『よしはら物語』の真の作者は一体誰なのか。そして『続落久保物語』は蘭洲作であると言ってよいのか。以下、この二つに論点を絞って検証を進める。

二　『よしはら物語』の作者と成立

前節で触れたように、『よしはら物語』は明和四（一七六七）年の成立である。そして倉島が指摘したように、蘭洲の没年は宝暦一二（一七六二）年であるから、『よしはら物語』の作者は明らかに蘭洲以外の人物ということになる。

それでは『よしはら物語』の作者は一体誰なのだろうか。この問題を考えるにあたって、まず本作の梗概を示す。

　難波の新町にあるよしはらという界隈に清という娘がいた。清が一五歳の夏、養父伊兵衛が眼を病み、清は治療のために身を売ろうとする。ところが、ここにいたって清を捨てた実母と同居していた男が伊兵衛を人売りと罵り騒ぎ、また善七という男が清の兄であるとにわかに名乗り出てきて清を引き取ろうとする。住人達は清の身代金目当てだろうと推量し、清は奉行所に届け出る。その年の一〇月、甲斐の君のお裁きがあり、実母と善七は罪を咎められ、清はその志を褒められた。この一件は江戸にも報告され、今年の三月四日に銀一五〇両が授けられた。やがて伊兵衛の眼病も治り、清の孝行は町中の評判となった。

　この話を聞いたある男は実際に清に面会しようと四月望日に家を訪ねるが、会えない。翌日も会えなかったが、清の親が清を男のもとに連れて行く約束をし、ようやく会える。実際に細々と話を聞いてみると、世間で言われているのとは異なる節もまじっており、大変優れていることが多い。この素晴らしい美談は世の掟ともなるだろうと、ことの次第を書きつづった。明和四年四月「かずよし」が記す。

　右の通り、本作の前半部では「よしはら」に住む「清」という少女の孝行譚が記され、後半部では清の孝行譚を伝え聞いたある男が実際に清に会いに行き、清の態度に感心し、この物語を書きつづった由が語られる。後半部に登場する男は、その書き方からして本作の作者「かずよし」その人であろう。

注目したいのは、年月日や地名、人名、年齢、褒賞金の額などが具体的に記されていることである（傍線部）。こうした叙述は、本作が当時実際にあった出来事に取材して書かれた記録的な作品であるということを予感させよう。はたして『浚明院殿御実紀』明和四（一七六七）年三月の項には以下の記録が載っている。

此月大坂の商人伊兵衛が養女きよ、孝行をもて銀十五枚を賜ふ。これ父伊兵衛久しく眼疾をうれひ、生産も立がたかりしにより、きよみづから人の家の婢となりその給銀をもて父を養はんといふに、いまだいとけなければ、薪水のつとめ覚束なしとて母もしたしき者もみなこれをとゞむれど、聞入ずして奉行所にうたへ出けるが、をさなきものにはたぐひまれなるしわざなりとての事なり。（孝義者書上）（『浚明院殿御実紀』）(7)

多少の内容的齟齬はあるものの、この記録と『よしはら物語』の内容が対応することは明白だろう。つまり、『よしはら物語』は実際に大坂で話題となった清の孝行譚に基づいた作品、いわゆる孝子伝の一種だったのである。それでは、それを執筆したと考えられる「かずよし」とは一体誰だろうか。結論から言えば、それは中井竹山である。『よしはら物語』の末尾にある「かずよし」とは、竹山の名「積善」の訓読みであろう。竹山の署名で同様の例は未確認だが、竹山と親交の深かった加藤景範《かげのり》の歌集『秋霜集』には、竹山を指して「中井かずよしの主」と記した詞書が確認できる。(8)

『よしはら物語』が成立した明和四（一七六七）年の時点で、竹山は懐徳堂の校務俗務を取り仕切る預り人という立場だった。もともと「孝」を重視する懐徳堂にあって、孝子顕彰活動がひときわ盛んになったのは竹山の時代からと言われている。以下に、竹山が行った顕彰活動をまとめる。(9)

明和二（一七六五）年……公儀から褒賞をうけた孝子稲垣子華の行状を『子華行状』に記し、出版。
明和七（一七七〇）年……山城国葛野郡川島村の孝子義兵衛の行状を『孝子義兵衛記録』に記し、領主へ褒賞を働きかける。
明和八（一七七一）年……播州龍野を訪れ、貞婦、孝女と面会。貞婦さんの行状を『龍野貞婦記録』にまとめる。

この通り、竹山は明和期に積極的な孝子顕彰活動を行っていた。明和四（一七六七）年の『よしはら物語』執筆はその一環として理解すべき事柄である。

『よしはら物語』の作者が竹山であることを示す外部徴証としては、以下にあげる三点の資料がある。

一点目は、嘉永三（一八五〇）年に刊行された萩原広道編『遺文集覧』である。同書には『よしはら物語』の全文が「中井積善」作として収載されている。なお、広道は『よしはら物語』について、

積善が『よしはら物語』、いとまめやかなり。文のことばもさるはかせにてはめやすくつき〲し。けうしがこゝろざしまいてあはれなり。このむすめ後にはいかになりけむ。（『遺文集覧』附録「遺文集覧愚評」[10]）

と述べ、その文章を賞賛している。

広道が序文で言うように、『遺文集覧』は『扶桑残葉集』全二〇巻からいくつかの文を抜粋し、二巻の和文集としたものである。その『遺文集覧』で『よしはら物語』が竹山作となっているのは、そのように表記した『扶

桑残葉集』の本があったからとも考えられる。だが、広道が「その人の名をいつはりよせたるさまの物などもありて、しどけなきことなきにしもあらず」（序）と述べ、『扶桑残葉集』における作者表記の誤りを認識していたことを勘案すれば、広道が何らかの情報に基づいて、『よしはら物語』の作者を蘭洲から竹山に訂正したと考えておくのが妥当ではないだろうか。

二点目は竹山、履軒の子孫にあたる中井木菟麻呂《つぐまろ》が著した『懐徳堂水哉館先哲遺事』である。そこに、

竹山ノ和文ハ極メテ少シ。家ニハ草稿ヲ留メザレドモ、世ニ行ハルル者ニ『吉原物語』アリ。未刊ノ書ニハ『龍野貞婦記録』一巻アリ。（『懐徳堂水哉館先哲遺事』巻一）(11)

との記述がある。これによれば、『よしはら物語』（吉原物語）が出版されたごとくであるが、それは先にあげた広道の『遺文集覧』のことを指しているのであろう。

三点目は中井竹山の漢詩文集『奠陰集《てんいんしゅう》』である。「読子常続芳原語詩」（「子常」は景範の字）という詩に、以下のような序が添えられている。

新坊有孝女清明和丁亥春受旌賞予為著芳原語既而適人有故不諧而帰会其父病瀕死継以飢寒進止狼狽於是譏議群起鑠其前美子常乃著続芳原語具悉巓末訴其薄倖以弁誣謗予読之愴然因賦以贈子常（『奠陰集』巻一）(12)

ここでは竹山自身が「新坊に孝女清有り。明和丁亥（明和四〈一七六七〉年）の春、旌賞を受く。予、為に『芳

原語』を著す」（傍線部）と述べている。この『芳原語』というのが『よしはら物語』を指すと見て間違いないだろう（景範が著したという『続芳原語』は未見）。『扶桑残葉集』の編者がいかなる理由で『よしはら物語』を蘭洲作と記述したのかは不明である。しかし、以上から『よしはら物語』は中井竹山の作と考えられるのである。

三　『続落久保物語』の作者と成立

本節では『続落久保物語』の作者と成立について検討を加える。これもあらかじめ結論を言えば、『続落久保物語』の作者は、やはり五井蘭洲であると推定される。

まず、蘭洲が作者であることを示す外部徴証としては、すでに紹介した秋成の『胆大小心録』がある。また、『扶桑残葉集』の作者表記も加えてよいだろう。さらに、これは直接的な資料ではないが、天保五（一八三四）年に成立した『天楽楼書籍遺蔵目録』に「先生書　続落窪　一冊」(13)との記載がある。この書目は中井履軒が開いた水哉館の蔵書目録で、履軒の蔵書の全容を伝えるものである。つまり、本目録成立の時点で履軒旧蔵の『続落久保物語』が存在していたのである。こうした諸資料から、少なくとも『続落久保物語』が懐徳堂周辺の学者によって書かれたことは間違いない。そのうえで作者として相応しい人物――すなわち『落窪物語』の続編を著すような和学に秀でた者は誰かと言えば、やはり蘭洲をおいて他はないと考えられるのである。以下、本作の作者を蘭洲とする妥当性をトピックごとに検証してゆく。

1 『落窪物語』の閲覧

先述したように、本作は『落窪物語』の続編である。したがって、登場人物や時代、舞台といった物語世界は基本的に『落窪物語』から引き継いでいる。当然のことながら、本作を執筆するには『落窪物語』を閲覧していなければならない。そこで、蘭洲が『落窪物語』を閲覧した痕跡を彼の著作のなかから探してゆくと、『源氏物語』の語彙辞典である『源語詁』に以下のような記述があった。

『おちくぼものがたり』に『『くらやう有とか。いかゞする』との給へば、『みつとこそは』とまうせば、『まさなくぞあなる。女はいくつ』との給へば、『それは御心にこそは』とてわらふ」とあれば、みつといふにわけのあること、も見えたり。おとこはみつくひ、女はひとつくふことか。（『源語詁』巻二、服食器財「ねのこ」）[14]

『源氏物語』葵巻に出てくる子《ね》の子《こ》の餅についての語釈だが、ここで引用された『落窪物語』の文は古注釈をはじめ『源氏物語湖月抄』など当時通行の源氏物語注釈書には見られないものである。[15]したがって、蘭洲が『落窪物語』を直接閲覧していたことを示すものと考えられるだろう。

2 『万葉集』に対する見識

本作には『万葉集』の知識が披露された箇所がある。

海づらの国々のつかさ〳〵、舟かざりし、まちつけてみあえしけり。『万葉集』の哥に「かつらかぢ」「たまゝきのをかい」などよめれど、させるものも見えず。たゞ「ろ」といふものを、舟の左右に、はたちばかりづゝたてたり。これぞ「まかぢしゞぬき」とよめるならし。(16)

これは遣唐使船が出帆する場面で、舟の左右に艪（ろ）を二〇ほどずつ立てた様子が『万葉集』で「まかぢしゞぬき」と詠まれた姿であると述べている。そこで、蘭洲が著した『万葉集』の語彙辞典『万葉集詁』を参照すると、以下のようにあった。

「しげぬき」とも、又「しゞぬき」ともつゞく。おもかぢ、とりかぢ両方なり。凡ふたつそろへたるを「ま」といふ。両方に櫓を立たるなり。「まかひ」も同じ。舵にはあらず。又「まかひかけ」とも。
（『万葉集詁』中、服食器財「まかぢ」(17)）

蘭洲は「まかぢ」を船の両側に櫓を立てたものであると説明しており、これは『続落久保物語』の記述と共通する。

3　『源氏物語』に対する見識

本作には『源氏物語』を踏まえた箇所がある。それは内乱の疑いを受けて筑紫に出奔した帥の宮を、山の座主が連れ帰るという場面である。筑紫まで赴いた座主は、宮に、みかどの御弟にて、富貴をきはめ給ふ御身の、かくいみじうびなきめにあひ給ふは、てうにほこり給ふゆへなり。

と諭す。帝の弟であり、富貴を極めた宮が今こうして不自由な身になっているのは、ひとえに自身のおごりからだというのである。座主は続けて、都に帰って帝に謝罪すべきだと宮を説得する。都へ帰ることを決意した宮は、明石まで上ったとき、

源じの大将の、こきでんの讒をおそれて、こゝにうつろひし、御身につみて、おぼしやられて、

と自身の境遇を光源氏に擬える。以上の内容から、帥の宮に光源氏が重ね合わされていることが分かるだろう。そして、そこから逆に見えてくる『続落久保物語』作者にとっての光源氏とは、帝の弟で栄華を欲しいままにしながらも、寵愛に心驕りして讒言を招き、流浪を余儀なくされるという人物である。こうした認識は、以下に引用する『源語提要』に示された蘭洲の源氏物語観とよく対応している。

こき殿のにくみにて、白虹日をつらぬけりのそしりありて、又院もかくれさせ給ひ、源氏のいきほひもおとろへたり。みづからもよくあきらめながら、身をつゝしみ、院の御遺勅を、たがへじとはし給はずして、好色遊興を専とし給へば、付給ふ人々、みな〳〵こびへつらふのみにて、源じのためにいさめいふ人なし。よりて、我しらず心おごりして、みづから周公のごとくにおもはれたり。（中略）これら、すまのうつろひ、

雲がくれのきざす所なり。

（『源語提要』巻一「源氏ものがたりをよむ凡例」[18]）

すなわち、ここで蘭洲は、弘徽殿の讒言による須磨の流浪は、好色遊興に耽り、自身を周公に擬えた源氏の心驕りに端を発するととらえているのである。

4　遣唐使派遣という趣向

本作は、帝が途絶えていた遣唐使節の事業を再興するところから始まる。本作の中心人物である参議紀行真は、この遣唐使節の副使として唐に渡って任務を遂行し、皇帝の賛辞をも賜り、帰朝する（本書第一部第二章）。こうした物語の展開上、遣唐使に対する作者の知識が作中の随所に披露されており、これによって作者の遣唐使に対する知識、関心が並一通りでなかったことがうかがえる。そして、この点に関しても蘭洲との対応が確認できる。蘭洲による遣唐使についての言及は『蘭洲茗話《めいわ》』『蘭洲遺稿』『瑣語《さご》』などの随筆類に認められる。特に『蘭洲茗話』には、

聖武帝の御時、下道真備〔割注〕後に吉備とあらたむ」唐より帰り、唐礼百三十巻、大衍暦、楽書などを献じてより、日本の礼楽制度、みな唐にならひ給へり。（中略）此時唐朝に行はるゝ事を伝聞し給ふと、かならず礼をあらため給へり。をしい哉、三代の礼にならひ給はぬ故、大礼にいさゝか缺典あり。

（『蘭洲茗話』下[19]）

と、遣唐使を通して日本が唐に倣っていたことを重要視する見解が記されており、蘭洲にとって遣唐使が特別な存在であったことが分かる。

興味深いことに、蘭洲は「遣唐使」と題する歌も詠んでいる。

おほきみのみことかしこみ四乃舟はてなき雲の波路分行　（『新題和歌百首』）

帝の勅を賜った遣唐使一行が、船団を組織して海の彼方の唐へと向かう情景を詠んだ歌である。

この歌が載る『新題和歌百首』では、川井桂山、加藤景範も蘭洲にならって百首の和歌を詠んでおり、大阪大学附属図書館懐徳堂文庫所蔵本には三者の百首歌が併せて収められている。[20]このうち桂山百首の巻末に「宝暦四年甲戌二月」との記載があり、蘭洲の詠歌もその辺りの時期であったと推測される。ちなみに、その後竹山も宝暦七（一七五七）年に同じ題で百首の漢詩を作っている。[21]ここでは、宝暦期に蘭洲を中心として「遣唐使」の題で詩歌が詠まれていたということを押さえておきたい。

5　漢詩群の存在

さきほどのトピックにも重なるが、本作には、遣唐使節が出立する際、殿上人や大学の人々が詩歌を作って送別するという場面がある。その場面から漢詩の部分だけを引用する。[22]

星使啣綸辞禁殿　月卿奉詔餞皇衢　離堂急管分仙楽　祖席珍羞出御厨
神域風生溟海穏　禹疇天隔語音殊　我邦万里修隣好　莫混諸蕃貢献徒

中原善

建極遵先訓　善隣修旧盟　礼崇咨省議　任重擢朝英　専対詩三百　独賢塗万程　皇華王者沢　繍節使臣栄
祖帳南郊設　天書上席擎　属車擁逵道　導騎発皇京　緇服駄経侶　青衿留学生　殊方唯委命　伝駅孰通情
靡監驪歌促　思艱縁酒傾　五畿啣巘崿　三浦吐滄瀛　八月槎応泛　雙星軺啓行　険知仗忠信　利喜卜需亭
山尽飛雲断　天窮積水縈　烏輪随去鷁　龍剣鎮奔鯨　何処分疆域　幾時停旆旌　儀端朝覲粛　筆健国威明
鵷列諸蕃下　鴻臚衆吏迎　律将求漢典　楽合肆唐声　蘇子纔通信　呉丹豈擅名　蚤玆逆帰軫　宸宴賀功成

賀陽範

四船啣綸指天涯　万里神風日夜吹　到日中華逢勝境　応思皇国月明時

井土禎

冠蓋厳装照海門　錦帆此去幾寒温　長安若遇晁卿後　為道皇恩勝漢恩

井上祥

王事鞅掌不顧私　賢労好是廟堂姿　馬嘶赤石鶯花日　帆挂紫陽魚蠏時

建業雁声聞益切　長安木落見愈悲　帰旌若出江南路　為寄寒梅三両枝

注目したいのは、この五つの詩にそれぞれ作者名が書かれていることである。というのは、三原誼以下の五人が『続落久保物語』の作中に登場するのはこの箇所のみであり、ここで名前が表記される必然性を物語展開上の観点から説明することが困難だからである。それではこの漢詩群において詠み手の名がわざわざ表記されているのはなぜだろうか。

この問いに対する答えとして、以下のような仮説を提出したい。すなわち、この漢詩群は、蘭洲および蘭洲周辺の人物が「遣唐使を送る」という趣向のもとで作った詩を、作者の名を変えて物語のなかに取り入れたものである。五つの詩のもともとの作者は誰か。それは文字の対応から以下のように想定される。

三原誼　→　三宅正誼（春楼）　中原善　→　中井積善（竹山）　賀陽範　→　加藤景範
井土禎　→　五井純禎（蘭洲）　井上祥　→　五井子祥（蘭洲）

詩の配列に注目すると、懐徳堂三代目学主の春楼が一番目、春楼を預り人として支え、春楼没後は四代目学主を務めた竹山が二番目、懐徳堂創設期以来の門下生である景範が三番目、そして蘭洲が四、五番目となっている。この順序は四人の立場から考えて順当なものだろう。最年長者であり三人の師範役であった蘭洲が最後に二首続けて入っているのは、『続落久保物語』の作り手が蘭洲その人だったからではないだろうか。

以上は牽強付会な想像と思われるかもしれない。しかし、ここで想定した人物が作った詩に『続落久保物語』

と同一のものが確認できた。それは景範と竹山の詩である。まずは『国儒雑著』より「擬送遣唐使」と題された景範の詩をあげる。

四船御詔指天涯　万里神風日夜吹　到日中華逢勝境　応思皇国月明時[23]

賀陽範の詩と見比べてみると、両者が同一のものであることが了解されるだろう（四角囲みは異同箇所。以下同）。なお、この詩は宝暦七（一七五七）年の漢詩稿のなかにあり、同年に作られたことが分かる。[24]

次に『奠陰集』より「擬送遣唐使二十韻」と題された竹山の詩をあげる。

建極遵先訓　善隣修旧盟　礼崇咨省議　任重擢朝英　専対詩三百　賢労路万程　皇華王者沢　金節使臣栄
祖帳西郊設　天書上席擎　属車綺陌塡　導騎発岡京　緇服求経侶　青衿留学生　殊方唯委命　遠訳孰通情
靡盬驪歌促　思艱緑酒傾　和畿衙巘崿　難浦吐滄瀛　八月槎応泛　三星軺啓行　洪波仗忠信　泰笠遇需亨
山尽飛雲断　天窮積水縈　烏輪随去鷁　龍剣鎮奔鯨　何処分疆域　幾時停旌旆　儀端朝覲粛　筆健国威明
鳳闕蛮夷下　鴻臚冠蓋迎　律将稽漢典　楽可肄唐声　蘇子纔通信　呉丹豈擅名　蚤逢回軫日　宸宴賀功成[25]

これも中原善の詩と同一のものであることが分かるだろう。ただし、異同箇所が三九字に及ぶことが注意される。

ここで『奠陰集』の手稿本に遡って『続落久保物語』との異同を考える必要が生じる。というのは、いま引用した竹山の詩は明治期に翻刻出版されたものだが、懐徳堂文庫が所蔵する『奠陰集』手稿本には、おびただしい数の訂正が施されているからである。そこで、異同箇所全三九字について、手稿本の訂正前、訂正後、そして『続落久保物語』の中原善の詩を比較し、次の表のように一覧化した。

種	前	後	続	
○	独	賢	独	1
○	賢	労	賢	2
△	途	路	塗	3
○	繍	金	繍	4
×	西	西	南	5
○	擁	綺	擁	6
○	逵	陌	逵	7
○	道	塡	道	8
×	岡	岡	皇	9
○	駄	求	駄	10
△	衿	衿	袷	11
○	伝	遠	伝	12
△	訳	訳	駅	13
△	緑	緑	縁	14
×	和	和	五	15
△	㘅	衘	啣	16
×	難	難	三	17
×	三	三	雙	18
○	険	洪	険	19
○	知	波	知	20

種	前	後	続	
○	利	泰	利	21
○	喜	筮	喜	22
○	ト	遇	ト	23
○	亭	享	亭	24
○	旆	旌	旆	25
○	旌	旆	旌	26
○	鵷	鳳	鵷	27
○	列	闕	列	28
○	諸	蛮	諸	29
○	蕃	夷	蕃	30
○	衆	冠	衆	31
○	吏	蓋	吏	32
○	求	稽	求	33
○	合	可	合	34
△	肆	肆	肆	35
○	玆	逢	玆	36
○	逆	回	逆	37
○	帰	軫	帰	38
○	軫	日	軫	39

この表のうち、「続」とあるのが『続落久保物語』の中原善の詩、「後」とあるのが竹山の詩の訂正後、「前」とあるのが竹山の詩の訂正前である。「種」として異同の種類を三種に分類した。「○」は「後」のみが異なるも

の、「△」は「続」が「前」の誤写と考えられるもの、「×」は「続」のみが異なり、その原因に誤写が考え難いものである。この表を見ると、先ほど見た明治期活字本『瓮陰集』は手稿本『瓮陰集』の訂正後の本文に基づいていたらしいこと、そして、『続落久保物語』との異同箇所のほとんどは訂正後の本文と比較したために生じたということが分かる。つまり、『続落久保物語』は訂正後の本文よりも訂正前の本文に近い。

もっとも、訂正前の本文と見比べても、明らかに異なる箇所（「×」に分類した箇所）がいくつかある。ここから、『続落久保物語』と訂正前の本文の先後関係については二通りの考え方がなりたつ。一つは、訂正前の本文を部分的に改変したものが『続落久保物語』であるとする考え方。もう一つは、訂正前の本文にはさらに前段階（『瓮陰集』に書き記す前の初案の段階）があり、それを引用したのが『続落久保物語』であるとする考え方である。いずれの考え方が正しいのか、その答えはにわかに明らかにし難い。ただ少くとも、『続落久保物語』の中原善の詩が『瓮陰集』に訂正が施される前に引用されたということは確かである。

それでは、竹山の詩が作られた時期はいつ頃なのだろうか。『瓮陰集』の手稿本は成立順に配列されているといわれている。[26]そこで、いま取り上げている詩の前後で年次の特定できる詩を探すと、前に「丙子冬杪示三宅大人」、後に「蛻巌先生輓詞二首」と題された詩が認められる。「丙子冬杪」とは宝暦六（一七五六）年一二月のこと。「蛻巌先生輓詞」は梁田蛻巌《ぜいがん》に捧げた哀悼詩だが、蛻巌の没したのは宝暦七（一七五七）年七月一七日のことである。[27]すなわち、竹山の「擬送遣唐使二十韻」はその間に作られたものと考えて大きく誤らないだろう。

『続落久保物語』はこれまで成立時期未詳であった。しかし、引用された景範と竹山の詩の製作時期を根拠として、宝暦七（一七五七）年以降に成立したと推定されるのである。

おわりに

以上、本章では『続落久保物語』の作者をめぐる問題を改めて検討し直してきた。その結果として得られた見解は以下の二点である。一点目は『よしはら物語』は明和四（一七六七）年四月に中井竹山が著したものであるということ。二点目は『続落久保物語』は宝暦七（一七五七）年以降に五井蘭洲が著したものと考えられるということである。すなわち、『続落久保物語』は宝暦七（一七五七）年から蘭洲が没した宝暦一二（一七六二）年三月一七日までの、およそ五年の間に成立したと推定される。

興味深いことに、ここで考証した『続落久保物語』の成立時期は、賀茂真淵が『落窪物語』の諸本を収集し、門弟たちと共に校訂作業を進めていた時期と重なる。真淵による校訂本『落窪物語』の跋文には、宝暦一一（一七六一）年冬という年次記載がなされているのである。(28) 偶然か、それとも何らかの関係があるのか、ことの真相は未詳だが、宝暦末年には江戸と大坂で、二つの落窪物語受容作が生み出されたことになる。

こうした時期的な符合以上に興味深いのは、『落窪物語』に対する両者の態度の相違である。『続落久保物語』が『落窪物語』に批判的な立場から執筆されたということは先述した通りである。一方で、鈴木淳が指摘するように、真淵は女性が学ぶべき物語として『落窪物語』を推奨し、建部綾足《たけべあやたり》や上田秋成もそれと態度を同じくしていた。(29) 本章冒頭で紹介した秋成の『続落久保物語』に対する悪評も、故無しとしないのである。

ただし、真淵と蘭洲がどこまで双方を認知していたのかについては未詳である。古典文庫の底本である国立国会図書館所蔵の『続落久保物語』には「加茂真淵翁真跡」との極札が添えられており、それを信じれば、真淵がみずから『続落久保物語』を写したことになり、注目すべき事実となる。ただし、真淵側の資料で『続落久保物語』に言及したものは現在のところ確認できておらず、極札の真偽は不詳であると言わざるをえない。あるいは蘭洲側の資料で真淵の落窪物語研究について言及したものを確認したいところだが、これも未確認である。この点、今後の発見を期待したい。

『続落久保物語』に視点を戻せば、本章での考証により、その作者と成立時期に一応の目途がついたと言える。今後は、蘭洲が著した注釈書類を参照しつつ、蘭洲の和学がどのように物語創作の場に活かされているのかを探っていくことが、当面の課題となろう。この点については次章において詳しく論じてゆく。

注

（1）『上田秋成全集』9（中央公論社、一九九二年一〇月）。

（2）個々の注釈については、宇佐見喜三八「古今通について」（『語文』10、一九五四年一月）、八木毅「勢語通について」（同前）、田中裕「源語提要、源語詁について」（同前）、吉永登「五井蘭州著源語提要の凡例」（『関西大学文学論集』4―4、一九五五年三月）、北谷幸册『五井蘭洲『万葉集詁』本文・索引と研究』（和泉書院、一九九八年七月）、片桐洋一編『伊勢物語古注釈書コレクション』6（和泉書院、二〇一一年一一月）、西田正宏「蘭洲の和学―『古今通』をめぐって」（『懐徳』81、二〇一三年一月）などが詳しい。

（3）小島吉雄「懐徳堂の和学」（『語文』10、一九五四年一月）。

（4）中村幸彦『中村幸彦著述集』1（中央公論社、一九八二年一一月）「五井蘭洲の文学観」。

（5）倉島節尚編『古典文庫　続落久保物語』（古典文庫、一九八一年三月）。

（6）吉田幸一執筆「続落くぼ物語」（『日本古典文学大辞典』4、岩波書店、一九八四年七月）。

（7）『徳川実紀』（新訂増補版）10（吉川弘文館、一九九一年六月）。

（8）多治比郁夫『京阪文藝史料』2（青裳堂書店、二〇〇五年一月）「加藤景範の歌集『秋霜集』―加藤景範年譜追加」（初出、一九九三年一〇月）。
（9）矢羽野隆男ほか「中井履軒『昔の旅』翻刻訳注および解説」（『懐徳堂センター報2005』、二〇〇五年二月）、佐野大介「孝子の顕彰」（湯浅邦弘編著『江戸時代の親孝行』、大阪大学出版会、二〇〇九年二月）など参照。
（10）『遺文集覧』の本文は刈谷市中央図書館村上文庫所蔵本（国文学研究資料館マイクロフィルム）による。
（11）『懐徳堂水哉館先哲遺事』の本文は釜田啓市「中井木菟麻呂『懐徳堂水哉館先哲遺事』巻一・巻二翻刻」（『懐徳堂センター報2008』、二〇〇八年二月）による。
（12）『奠陰集』の本文は懐徳堂記念会編『懐徳堂遺書　奠陰集』（松村文海堂、一九一一年一〇月）による。
（13）『天楽楼書籍遺蔵目録』の本文は大阪大学附属図書館懐徳堂文庫所蔵本による。「先生書」とある「先生」と「書」が何を指し示すのかは未詳。
（14）『源語詁』の本文は園田学園女子大学図書館吉永文庫所蔵本による。
（15）確認した注釈書は、『河海抄』『花鳥余情』『細流抄』『明星抄』『岷江入楚』『源氏物語湖月抄』『首書源氏物語』『源注拾遺』『源氏物語新釈』（続群書類従完成会版全集）である。ただし、『源注余滴』所引の真淵説に『落窪物語』の該当箇所が引用されている。
（16）『続落久保物語』の本文は前掲『古典文庫　続落久保物語』による。
（17）『万葉集詁』の本文は前掲北谷幸册『五井蘭洲『万葉集詁』本文・索引と研究』による。
（18）『源語提要』の本文は園田学園女子大学図書館吉永文庫所蔵本による。
（19）『蘭洲茗話』の本文は懐徳堂記念会編『懐徳堂遺書　蘭洲茗話』（松村文海堂、一九一一年一〇月）による。
（20）桂山、景範の「遺唐使」歌は以下の通り。「国津風まほに受つつもろこしの舟路もやすくはやかへりこね」（桂山）、「日の出る国のみかどの光もて日のいる国にほこれしやたれ」（景範）。
（21）『新題百首詩』。竹山の「遺唐使」詩は以下の通り。「鷁首撲韓製　鴻臚問漢儀　節刀専対任　何及貝経為」。本文は大阪府立中之島図書館所蔵本による。

(22) 引用に際して訓点を省略した。以下、漢詩からの引用に関してはこれに同じ。
(23) 加藤景範編『国儒雑著』第二冊。本文は大阪府立中之島図書館所蔵本による。
(24) 前掲多治比郁夫「加藤景範年譜―懐徳堂の歌人」。
(25) 前掲『懐徳堂遺書　奠陰集』巻一。引用に際し、割書の自注は省略した。なお、履軒の『越吟』（大阪大学附属図書館懐徳堂文庫所蔵本）にも「擬送遣唐使」と題された和歌四首が確認できる。
(26) 水田紀久「大阪大学附属図書館懐徳堂文庫蔵　中井竹山手稿『奠陰集』解題」（『近世儒家文集集成』8、ぺりかん社、一九八七年三月）。
(27) 徳田武『江戸詩人伝』（ぺりかん社、一九八六年五月）「梁田蛻巌」。
(28) 真淵の落窪物語研究については、寺本直彦「賀茂真淵と一門の落窪物語研究（一）　桃園文庫旧蔵藤原福雄本・河島氏蔵真淵校合千蔭再校本・寛政六年奥書木活字本三書の関係を通じて」（『平安文学研究』77、一九八七年五月）、同「賀茂真淵と一門の落窪物語研究（二）　真淵自跋の「いとふるき本二つ」について」（『平安文学研究』78、一九八七年一二月）を参照。
(29) 鈴木淳「近世後期の源氏学と和文体の確立」（江本裕編『江戸時代の源氏物語』、おうふう、二〇〇七年一二月）。
※原本、影印、翻刻からの引用は、清濁、句読点を改め、カギ括弧を付した。なお、著者による注記は（　）内に記した。

第二章　五井蘭洲『続落久保物語』考（二）
——書き換えられる『落窪物語』——

はじめに

『続《ぞく》落久保《おちくぼ》物語』は『落窪物語』の続編である。前章で結論づけたように、本作の作者は五井蘭洲《らんしゅう》であり、その成立は宝暦七（一七五七）年から蘭洲が没した宝暦一二（一七六二）年三月一七日までの間であると考えられる。すなわち、本作は蘭洲晩年の著作であると言ってよい。

これも前章で言及したように、蘭洲は儒者でありつつ、契沖の著作に学び、日本の古典文学を熱心に研究した和学者でもあった。その和学者としての成果はいくつかの注釈書にまとめられているが、いまその成立時期に注目すると、『勢語通』が宝暦元（一七五一）年、『万葉集詁《こ》』が宝暦二（一七五二）年、そして『古今通』が宝暦二（一七五二）年から宝暦四（一七五四）年の間の成立である。こうしたことから、蘭洲が和学に集中して取り組んだのは宝暦年間であったろうと思われる。となれば、宝暦七（一七五七）年から宝暦一二（一七六二）年の間に成立した『続落久保物語』には、蘭洲の古典文学に対する解釈や文学観が、かなり濃厚なかたちであらわれていると予想されよう。

蘭洲の和学面での文業、特に物語注釈については、『語文』の「懐徳堂の和学」特集号に収められた八木毅、田中裕の論考を始め、『源語提要』『源語詁』の孤本を入手し、世に紹介した吉永登の論考が備わる。(1)本章ではこれらの先行研究を参照しつつ、これまで単独で論じられることのなかった『続落久保物語』に焦点を合わせ、その内容に検討を加えてゆく。

一　『続落久保物語』の中心人物

これまで『続落久保物語』の内容については、中村幸彦の論考(2)や、『古典文庫　続落久保物語』の解説(3)、それに『日本古典文学大辞典』の当該項目(4)において、概説的に紹介されてきた。その際、きまって第一に述べられるのが、和気敦依の復讐譚である。

和気敦依は『落窪物語』に登場する典薬助の息子として新たに創造された人物である。原作において、典薬助は女君（落窪の君）に迫り無体を働こうとして男君（道頼）に散々に懲らしめられる人物だが、本作では、その息子である敦依が成長して医師となり、病に苦しむ道頼と落窪の君の診察を断るというかたちで二人を死に至らせ、父の仇を取る。

中村幸彦が、この敦依の復讐譚を例に取り上げ、「一つには『落窪物語』なる作品の勧懲正しからざるを評し、一方で彼流の作品のあるべき姿をしめした」(5)と総評するように、本作は『落窪物語』を蘭洲なりの基準から是正しようとした作品であり、敦依の復讐譚はその分かりやすい例であると言える。

ただし、敦依の復讐譚が語られるのは三丁程（国立国会図書館所蔵本による）に過ぎず、分量からすれば全体の一割程度でしかない。しかも、敦依が登場するのはほぼこの箇所のみである。つまり、敦依の復讐譚は本話を構成する一要素に過ぎないのである。それでは、本作の中心となる内容とは一体何なのか。

吉田幸一が本作を評して「あまりに多くの人物を登場させて、筋立てが雑然とした恨みがある」[6]と述べるように、本作にはいくつもの挿話が入り交じり、誰が本作の中心人物なのかすら一見して明らかであるとは言い難い。しかしながら、本作の序盤と終盤を見れば、そこには共通して中心人物として描かれる登場人物を見出すことができる。それが「参議」と呼称される人物である。ここで議論の便宜上、本作における内容を分量とともに示す。

展開	分量	内容
遣唐使派遣	35％	長らく中断されていた遣唐使節の派遣を再開することとなった。大殿（道頼）は帝や太政大臣（道頼父）の意向に反して中納言（蔵人少将）を大使にする。大使は副使である参議（紀行真）の船が自身の船よりも大きいことに腹を立てて交換させるなど、節度に欠けるふるまいを行うが、唐土に到着する直前、乗り換えた船もろとも海に沈んでしまう。一方、参議は急遽代行することになった大使の任を立派に遂行し、皇帝からの賛辞も受けて無事に帰朝する。
疫病流行	15％	その頃、日本では疫病が流行しており、帝も病にかかってしまう。そこで参議は、遣唐使節に同行して唐土で医薬を学んだ和気敦依（典薬助長男）を推薦する。帝の病は完治し、参議は敦依を推薦したことを賞賛され、中納言に昇任する。一方、同じく病にかかった大殿と女君（落窪の君）は敦依に診察を断られて命を落とす。

皇后の亮の結婚	15％	両親の死後、左大将（道頼長男）と右大将（道頼次男）は表だって対立するようになる。一方、少将（道頼三男）は三の君（道頼三女）の行く末を案じる。そこで、少将の叔父で参議の知友でもある皇后の亮（忠頼三男）が三の君と結婚することになる。皇后の亮は礼節にのっとって結婚を申し入れ、世の中の規範となった。
兄弟争い	35％	帝の譲位をきっかけに、左大将と右大将の対立はいよいよ顕著となる。右大将は都を抜け出して東国へ行き、さらに右大将と懇意だった帥の宮（東宮の弟）も筑紫へ出奔した。内乱の危機に都は騒然となる。新帝の命をうけた参議と山の座主（忠頼次男）は、それぞれ右大将と帥の宮の居所へ赴く。右大将と帥の宮は参議と山の座主の説得を受け入れ、みずからの誤りを詫びて帰京。都には再び平和が訪れる。

この表の通り、本作は、途絶えていた遣唐使の派遣を再開するという場面から始まる。この遣唐使節の大使に、道頼は自身の義弟である中納言（蔵人少将）を推薦する。この人選に対して道頼父は、

遣使の人は、昔より才もいみじく、文の道にもこよなからんをこそつかはしたまふときけ。中納言はさもきこえねばうしろめたし。いかゞあらむ。(7)

と遣唐使に求められる資質を述べ、中納言がそれにそぐわないのではないかと疑問視するのだが、この異見に対して道頼は以下のように述べる。

ふし（副使）となるべき参議、和漢の器、文武の才あり。もろこしにてことあらんには、これぞことわき侍

らむ。大使はことなし。

すなわち、副使になる予定の参議が優れた資質（和漢の器、文武の才）を有しているので、大使の人選は問題にならないというわけである。このようにして道頼は大使の人事を半ば強引に決めてしまう。その後、一行は無事に船出するものの、到着間近になって大使である中納言の船は沈んでしまい、知らせを聞いた道頼は「いとくやしく」思う。一方、副使の参議は急遽担当することになった大使の任務を見事に果たし、無事に帰朝する。

こうした遣唐使派遣の一件が語られる序盤において、参議という人物が遣使の資質を有し、その期待通りに任務を遂行するなど、肯定的に描かれていることに注目したい。物語はその後、敦依の復讐譚や皇后の亮の結婚などの挿話に移っていくのだが、この参議こそ本作の中心人物というべき登場人物なのである。

それが端的に分かるのが、本作の終盤である。そこでは、左大将（道頼長男）と右大将（道頼次男）の兄弟争いが発端となって内乱の危機が起こり、国中が騒然となる事件が描かれる。事件は、参議を始めとする人々の奔走によって収拾されるのだが、その後、左大将は帝に表文を捧げて謝罪、官位を辞す意向を表明する。この左大将の表文の中で、兄弟以外の人物で唯一名前があがるのが参議なのである。そこには以下のように記されている。

参議臣行真、両朝顧命、国家柱石、以博愛之心、厚同僚之義、自踵尾陽、諄教諭

つまり、左大将は、自分たち兄弟の過ちを詫びるとともに、国家の危難を解決させた参議が我が国を支える大切な人物（両朝顧命、国家柱石）であると讃えているのである。(8) さらにこの表文の後には、功を納めた人物が列挙

され、各人が報恩を受ける様が述べられるのだが、

さんぎ（参議）はまことの器なりとてなん、こゑて大納言になり大将をかねたり。すけ（皇后の亮、忠頼三男）と少将（道頼三男）とは参議になる。ざす（山の座主、忠頼次男）にはよきさうをあまた給はりけるに、

とあるように、ここでも参議は「まことの器」として筆頭にあげられており、第一に称賛すべき人物として造型されていることが明かである。序盤での描かれ方と照らし合わせても、本作における中心人物は、間違いなく参議であるといってよい。そもそも、中盤で語られる敦依の復讐譚や皇后の亮の結婚という挿話についても、参議は間接的に関わっている(9)。つまり、参議は本作を通して一定の存在感が与えられているのである。

さて、ここで一つの疑問が生じる。それは、なぜ参議という人物が本作第一の中心人物となったのか、という疑問である。というのも、他の登場人物と異なり、この参議という人物は『落窪物語』とは何の縁もない人物だからである。参議の姓名が記されるのは、全編を通して二箇所だけである。それを見ると、参議の姓名は「紀行真」という。ところが、『落窪物語』には、紀行真という人物はおろか、紀姓を持った人物すら登場しない。

たとえば、本節の最初に触れた敦依という人物は、『落窪物語』に登場する典薬助の息子という設定であった。いわば原作の延長的存在である。それに対し、参議は原作とは何の関わりも持たない部外者的存在なのである。ここまでに引用した文中に書かれた登場人物が、ことごとく原作にも登場する人物か、その延長的存在であることを考え合わせると、参議の特異性はいよいよ際だつ。

なぜ蘭洲は参議紀行真という人物を新たに創造し、『落窪物語』の世界に投入したのか。そして、それによっ

て何を達成しようとしたのか。参議を巡る問題は、そのまま『続落久保物語』の主意を探る問いかけへとつながるはずである。

二　蘭洲の物語注釈――不遇への注視――

前節で提起した物語創作上の問題は、蘭洲の物語注釈に見出される彼の「作り物語」観と密接に関わっていると考えられる。

宝暦元（一七五一）年に成立した伊勢物語注釈書『勢語通』において、蘭洲は、『伊勢物語』全一二五段を、業平の自記に基づいた「実事」の段と後人（伊勢）によって補われた「作り物語」の段との二種に分類整理した。「中将の、時をうれひ、世をいきどふるこゝろをあきらかにし、色ごのみといふ名をすゝがんことをねがふのみ」（内巻序）[10]と執筆動機を述べるように、蘭洲は業平を不遇の人と見ており、その憤りの情を「実事」の段に基づいて代弁することが『勢語通』の狙いだったのである。一方、「あとに残れるは、実事にあらねば、とる所なけれど」（内巻序）というように、蘭洲にとって「作り物語」は、「実事」よりも一段価値の劣るものであった。

こうした蘭洲の『伊勢物語』に対する注釈態度は、八木毅が「業平を「好色の先達」の位置から引き下ろし、その代りに、不遇で、憂国の志のある、憤慨の士といった偶像にしてしまった」[11]と指摘するように、自身が作り上げた不遇なる業平像[12]に合わせて『伊勢物語』を読む、という演繹的で牽強付会な性質であったと言わざるをえない。

しかしながら、この不遇への注視とでも言うべき蘭洲の注釈態度は、全編が「作り物語」である『源氏物語』

に対して、興味深い読解を生み出している。すなわち、『勢語通』において藤原氏の栄光の影にある業平の不遇を注視し続けた蘭洲の目は、『源氏物語』においても、藤原氏の繁栄、源氏の不遇という構図を見出すのである。

作者一部に主意あり。中ごろより、摂関相国の任は皆執柄の家にありて、皇子たちは、たま〳〵左右の大臣に至り給ふ。其外は多くは官称のあるまでなり。又僧となり給ふもおほし。御孫に至りては、世にかずまへられず。これをおもひて、光といふ皇子、ゆふぎり、薫などの王孫をまうけて、権位あらしむ。

（『源語提要』巻一「源氏ものがたりをよむ凡例」[13]）

蘭洲は、源氏たち「王孫」の繁栄を描く『源氏物語』が、それとは全く異なる歴史的事実を反転させたものであると読解した[14]。もっとも、こうした見解は蘭洲の独創ではなく、『河海抄』以来の源氏同情説の流れを汲むものである。しかし、蘭洲説の特色は、源氏に対する同情というよりも、藤原氏以外の氏族に対する同情という面が強い点にある。

こうした蘭洲説の性質が端的にうかがえるのは、立后について述べる箇所である。『源氏物語』少女巻では、源氏と頭中将が立后争いをし、その結果源氏の推す斎宮女御（後の秋好中宮）が后となったことが語られるが、この一件に対して、蘭洲は以下のように述べるのである。

立后のこと、第四十二代文武天皇、淡海公（藤原不比等）の御むすめを后に立給ひて、聖武天皇を誕生し給ひてより、他姓の后となり給へるは檀林皇后のみなり。他姓の女御更衣に皇子おはしても、中宮とはならず、たゞ藤氏のみ后となり給へり。藤氏にても庶流にてはしからず。これより、藤氏宗家の威権、尤おもし。これをおもひて、源氏の女子を、おほく中宮とせり。（同前）

この蘭洲の立場は、賀茂真淵の解釈と比較することでより明確になるだろう。すなわち、真淵は以下のように述べている。

臣より后の立給ふ例といふはいまの都の初よりのことにて、古王威盛なる時は多く皇孫を后とし給ひ、もし天皇の御つぎなき時などは、后やがて位にゐさせ給へり。かゝれば、皇孫を后とし給ふ事ことわりと思ふ此記者の意より、終に秋好を立奉りぬ。（『源氏物語新釈』少女巻）(15)

蘭洲も真淵も、源氏の娘が立后した背景に『源氏物語』作者の意図が込められていると見ており、この点は共通している。しかし、真淵が斎宮女御（秋好中宮）を「皇孫」ととらえ、「皇孫」と「臣」とを峻別したうえで読解を施しているのに対し、蘭洲は斎宮女御を「源氏の女子」であり、「他姓の后」と見ている。蘭洲は、真淵のような〈臣下／皇族〉という構図はとらず、〈藤原氏／他姓〉という枠組みで立后問題を考えている。藤原氏の栄光に隠れた不遇なる存在に、あくまで注目しているのである。

ところで、外戚政治という用語があるように、立后の問題は、藤原氏の栄達と他氏の没落に直接関わる事柄であった。それだけに、蘭洲は『源語提要』だけでなく、『勢語通』でもこの問題に言及している。それは『伊勢物語』七六段の歌、

大原やをしほの山もけふこそは神代のこともおもひ出らめ[16]

についての注釈文である。

『古今集』にも収載される「大原や」の歌自体は、春宮の御息所（二条后）が藤原氏の氏神である大原野神社に参詣したことを喜ぶ、言祝ぎの歌である。しかし、『伊勢物語』では、続く地の文に「こゝろにかなしとやおもひけん、いかゞ思ひけむ、しらずかし」とあり、言祝ぎの歌とだけ解しては、文脈上、滑らかではない。そこで、この歌にはもう一つの意が込められているのではないかという解釈が生じる。すなわち、「そこには二条の后のたゞう人の御時参通せし事をおぼしめし出すやといふ心なり」（細川幽斎『闕疑抄』[17]）、あるいは「下のこころは、むかしまかりかよひしことをおぼしめしいづらんと云ことをかみ代のことゝはほのめかせるなり」（契沖『勢語臆断』[18]）というような見解である。蘭洲もそうした流れを承け、「大原や」の歌に寓意があるととらえるのだが、その解釈は他に例を見ないものであった。

天子に幸せられて、皇子をまうくるにおきては、紀氏も、藤氏も、在原氏もおなじことなり。しかるに、藤氏なればかく繁昌し、他姓は見るかげもなし。豈かなしまざらんや。そのうへ、まださきさきにもなり給はぬ藤原氏の女子に、天子の御孫の身として、春日のやしろに御供せらるゝこと、時勢とはいひながら、せんかたなきことなり。又中将めし出されて間もなきに、はやかゝるこゝろなきことゞもあれば、「いかゞおもひけんしらずかし」と、おぼめかしていいへり。（『勢語通』内巻上、七六段）

蘭洲が最も注目するのは、藤原氏出身である二条后が春宮となる皇子を儲けたということなのである。そして、そのような栄光に預かれない他姓の不遇さを見出し、「豈かなしまざらんや」と憤りを吐く。先ほど見てきた『源氏物語』の立后の件と同様に、蘭洲がおしなべて藤原氏以外の敗者に同情の念を注いでいることが分かるだろう。

ここで、この一文のなかに紀氏の名があがっていることに注目したい。言うまでもなく、『続落久保物語』の参議が紀姓を持つ人物だからである。『伊勢物語』七六段は、本文を見ると明らかな通り、紀氏が登場する段ではない。それにもかかわらず、「紀氏も、藤氏も、在原氏も」というように、藤原氏や在原氏に先がけて紀氏があげられるのはなぜか。それは、藤原良房の娘を母とする惟仁親王が、紀名虎の娘を母とする兄の惟喬親王を差し置いて皇位についたことを念頭に置いていたからであろう。なぜならば、このときから藤原氏の権威が揺るぎないものになり、同時に紀氏の凋落が始まるからである。このことは蘭洲自身も以下のように述べている。

惟仁のみこ、いまだ降誕したまはぬうちは、このこれ高（惟喬）のみこ、春宮に立せ給ふべければ、をのづから紀氏は栄えけるなり。惟仁のみこ、春宮に定らせ給ひては、これ高のみこにいきほひなく、紀氏日々におとろへたり。

（『勢語通』内巻上、一六段）

実に紀氏こそ藤原氏が権威を独占するなかで「見るかげもな」く没落した代表的な氏族だったのである。のみならず、紀氏は、「（業平は）史に略無才学とあれど、菅紀都野の諸人のごとくにはあらぬといふのみ」（『勢語通』内巻下、一二四段。傍点著者）というように、業平以上に「才学」を有し、菅原、都、小野といった学問の家と並称される氏族であった。蘭洲にとって、紀氏は「他姓」「諸氏」のなかでも、とりわけ同情すべき氏族だったに違いない。
その紀氏の人物を、蘭洲は「作り物語」である『続落久保物語』において一躍主役級の中心人物に抜擢した。それは、蘭洲が源氏物語解釈のなかで、不遇の反転というべき「作り物語」の仕掛けを見出していたからこその創意だったのである。

三　『続落久保物語』の主意

さて、その参議が「和漢の器、文武の才あり」と評される肯定的人物として造型されていることは、すでに第一節で触れた。注目したいのは、

ふし（副使、参議）は文章はかせよりなり出たれば、文の道しれる殿上人、大学の人々、詩をつくり贈る。

とあるように、参議が文章博士出身で大学寮の人々と親交が深いという設定になっていることである。(19)
こうした人物造型は『源氏物語』少女巻で、源氏が夕霧を大学寮に入れて学問を学ばせたことを念頭に置いたものであろう。少女巻には以下に挙げる有名な源氏の教育論がある。

高き家の子として、つかさかうむり心にかなひ、世中さかりにをごりならひぬれば、学もんなどに身を苦《くる》し

めんことは、いと遠《とを》くなんおぼゆかめる。たはぶれあそびを好みて、心のまゝなる官爵《くはんさく》にのぼりぬれば、時に従ふ世の人の、したにはなまじろきをしつゝ、ついせうし、けしきどりつゝしたがふほどは、をのづから人とおぼえて、やんごとなきやうなれど、時移り、さるべき人にたちをくれて、世おとろふる末には、人にかるめあなづらるゝに、かゝり所なきことになん侍る。猶ざえを本《もと》としてこそ、やまとだましゐの世に用ひらるゝ方もつよう侍らめ。

（『源氏物語』少女巻(20)）

この箇所の、特に最後の一文（猶ざえを本としてこそ、やまとだましゐの世に用ひらるゝ方もつよう侍らめ）は、蘭洲にとって非常に重要な点だったらしく、

この「才」といへるは漢学なり。こゝろの才徳は日本の人のむまれ付たるたましゐなれど、それをやしなひなすは漢学にもとづかざれば、かなはぬことなり、といへり。「やまとだましゐ」とはよくも心得てかけるなり。かゝるところは此ものがたりのかんようのことなるに、よの人この言ばさへおぼえず、やくにもたゝぬ「みつかひとつ」などを大事といふは、此作者のためにわらはるべきことならずや。

（『源語詁』巻二、人倫支體草木鳥獣蟲魚「やまとだましゐ」(21)）

と強い口調で述べており、さらに物語注釈書以外の著書のなかでも再三言及している(22)。

興味深いことに、蘭洲は『源氏物語』少女巻における夕霧入学に関しても、前節で確認した不遇の反転という作り物語の仕掛けを読み取っている。

・貴家の子弟は皆小児より高位なれば、自らをごりたかぶりて才徳もなければ、夕ぎりを六位より昇進あらしむ。

（『源語提要』巻一「源氏ものがたりをよむ凡例」）

・公卿の間に漢学のすたれたるをうれへて、ゆふぎりを入学させ、博士どもを世にあらせ、漢学なくてはやまとだましゐの世に用をなさぬといふをしらせたり。

（同前）

すなわち、源氏が憂慮したような漢学の廃れた状況は実際にその当時の社会で起こっていたことであり、『源氏物語』作者はそうした現状を憂えて夕霧を大学寮に入学させ、博士たちを栄えさせたのだ――と蘭洲は解釈するのである。蘭洲にとって、夕霧の学問への精進とそれに伴う博士の重用は、物語の場を借りた紫式部による理想の実現であった。そしてそうした物語のあり方は、文章博士出身の参議が活躍するという『続落久保物語』の内容にもそのまま重なり合うものである。

『源氏物語』少女巻の「やまとだましゐ」の一節は『勢語通』にも引用されている。それは『伊勢物語』一〇二段の、

むかし、男有けり。歌はよまざりけれど、世中をおもひしりたりけり。

という一文に対する注釈である。普通、この場合の「世中」は、男女の仲と解されるのだが、蘭洲はそういった解釈を採らず、以下のように独自の見解を示している。

歌はしらずとも、世中のことをしりたらん人は、朝家の御かため、天下のをもしとなるべし。源氏もの語をとめに、「猶ざえを本としてこそ、やまとだましゐの世に用ひらるる方もつよう侍らめ」とかけり。其外、桐壺の帝の源氏にをしへ給ひしも、「本才のかたを専とし給ふ」とかけり。「ざえ」といひ、「本才」といふは、和漢の学問をして、才徳を身につむをいへり。古は婦人もことはりをしりてよくかくいへり。後の世は、歌を日本の道として、なにごともこれにてすむことゝせり。たとひ歌をよくよむとも、世中をしらず、本才のなき人は、なにの益かあるべき。「世中をしる」といふは、国家の治乱、朝廷の盛衰のよる所をしるをいへり。中将のよく歌を得たる人にてかくいへるは、誠にありがたき詞なり。此ものがたりを伝受する人、こゝはいかゞ見過し侍るや。

（『勢語通』内巻下、一〇二段）

蘭洲の言う「世中」を知るとは、「国家の治乱、朝廷の盛衰のよる所」を知ることであり、それは、「和漢の学問」を修めて身につけるものであった。そして、そのように「世中」を知った人は「朝家の御かため、天下のをもしとなるべし」と言う。これらの言葉は、参議の性質を示す「和漢の器、文武の才あり」や「両朝顧命、国家柱石」といった文辞にそのまままつながるものだろう。

さらに、こうした和漢の才人としての造型が施されるのは参議のみではない。本作の最終部に至って報恩を受ける人々（皇后の亮、少将、山の座主。該当本文は第一節で引用）も、またことごとく同様の造型になっているのである。

すなわち、皇后の亮は「やまとだましゐの世に用ひらるゝすぢもこよなからん」と評され、少将は「ほんざいいみじく、やまともろこしのことをそらんじたる人」、座主も「ほむざいいみじき人」と評されている。
　こうした参議を始めとする和漢の才人たちが本作において向き合うのが、道頼の息子兄弟による争いである。この兄弟の争いが主に述べられるのは、第一節で示したように本作の終盤であるが、すでに序盤においてもその発端は記されていた。

　大いどの（道頼）、としやゝたけ給ひたれば、「大将もふさはしからず」とて、左中将（道頼長男）に見ゆづり給ふ。右中将（道頼次男）は、おほぢおとゞ（道頼父）、「おとらじ」とことにまうし給ひて、大将になし給へり。ふたかたにわかれて、まんどころ、けいしども、おのづからそのことゝなう、いとましくのみなんある。

　ここでは、道頼が長男に左大将の官職を譲り、道頼父がそれに劣るまいと次男を右大将にさせるということが述べられている。道頼と道頼父がお互いに対抗して、それぞれが可愛がる兄弟を高位の官職に就けていたのである。その対立の構図が、左大将と右大将に受け継がれ、二人は道頼家を分裂させながらお互いに反発し合ってゆく。こうした道頼の息子兄弟の対立は、敦依の復讐によって道頼と女君が没する本作の半ばに至っていよいよ顕著となる。

　御父母のいませし時こそ、の給ひしづめ給ふこともありけれ。かゝりし後は、左大将どの（道頼長男）は、このかみだちてはしたなくの給へば、右大将どの（道頼次男）は、おほぢおとゞ（道頼父）のゆうしとなり給へるといふ心ばへなれば、左大将どのをおるとおぼしなぞらへたり。

こうして物語の終盤では、弟の右大将は都を出奔し、「よの中、波のさはぎ、いとものし」と国中が騒然とする内乱の危機へと至るのである。

このように見ると、道頼の息子兄弟をめぐる物語が『続落久保物語』に一貫して描かれており、参議の物語とともに本作の構成を支える両軸となっていることが分かるだろう。そもそも、物語序盤に語られる遣唐使節に関する諸問題（人事問題、および大使の船が沈没するという事故）が、道頼父の助言に耳を傾けなかった道頼に端を発すると考えれば、本作には道頼家の不和（道頼と道頼父の対立、およびそれを引き継いだ左大将、右大将兄弟の対立）が引き起こす危難と、それに対する参議を始めとする和漢の才人たちによる克服、という一貫した主筋を認めることができるのである。

道頼と父、そして道頼の息子兄弟の対立――実は、こうした道頼家の物語は、すでに『落窪物語』の終盤に書かれていたことであった。

①（道頼父は）わが御心に否と思すことも、この殿（道頼）、二たび三たびと、しきりて申したまふことは、え聞きたまはであらねば、司召したまふにも、数ならぬも、この殿（道頼）の御徳にてぞ事なりける。帝の御伯父にて、限りなく思したる、御身は、左大臣ばかりにて、御才は限りなくかしこく、おしはりて宣はむことを、言ひかはすべき上達部も、おはせず。（『落窪物語』巻四）[23]

②この兄君（道頼長男）の殿上したまふを、うらやましげに思して、（道頼次男）「われも内裏に、いかで参らむ」と申したまへば、おとど（道頼父）、うつくしがりて、「などか今まで言はざりつる」とて、にはかに殿上せ

させたまへば、父おとど（道頼）「いと幼くはべるものを」と申したまへど、「何か。その太郎にはまさりて賢くなむある。弟まさりなり」と宣へば、父おとど（道頼）笑ひたまひぬ。（同前）

③左の大殿の太郎（道頼長男）十四にて御冠、姫君、十三にて御裳着せたてまつりたまふ。（道頼父）「二郎君（道頼次男）も落させじ」とせさせたてまつりたまふに、父おとど（道頼）、「かくいどませたまふ」と笑ひたまふ。（同前）

④（道頼父）「先には、御太郎（道頼長男）、左近のつかさになりにしかば、こたみは右近衛の少将をなせ。叔父にて、甥になり劣るやうやはある」と宣ひ、（同前）

⑤この少将の君達（道頼長男、次男）、一よろひになむ、なりあがりたまひける。おほぢおとど（道頼父）、うせたまひけれども、「われ思はば、ななし落としそ」と返す返す宣ひければ、わづらはしく、やむごとなきものになむ、弟の君（道頼次男）をば思ひたまひける。左大将、右大将にてぞ、続きてなりあがりたまひける。（同前）

①は、道頼父が道頼の主張に逆らうことができないこと、②～⑤は、それぞれ昇殿、元服、少将任官、大将任官といった機会において、道頼父が弟を兄に劣らせまいと取り立てていったことが述べられている。『落窪物語』では、このような兄弟による官位争いは道頼一族の繁栄を示すものであり、傍線部の通り、道頼の笑い（傍線部）とともに描かれる微笑ましい話であったろう。

しかし、これまでの蘭洲の注釈態度を想起すれば、こうした兄弟が、先に引用した源氏の教育論にあった、思うままに高位の官職に就くことのできた「高き家の子」として、蘭洲の目に映ったことは容易に想像がつく。それでいて、『落窪物語』においては、『源氏物語』における夕霧入学にあたるような物語展開もなく、むしろ一族の繁栄を示すものとして肯定的に語られていた。とりわけ、道頼を「御才は限りなくかしこく」（波線部）と評する態度に至っては、蘭洲にとって到底我慢のできるものではなかったはずである。

『続落久保物語』において、弟の右大将は参議からの懇切な諭しを受けて、

おしなべたらぬ身にて、おほぢおとゞ（道頼父）の、われを人めかい給ひて、をと太郎と名づけ、「まろが子よ」などの御かへり見に人ばへして、世におもふことなげになめありきしより、われしらずよにくまれ侍り。

と自身の過ちを悔やむ。また、兄の左大将も帝に捧げた表文のなかで、

臣聞く、父子一体、家道斯《ここ》に睦《むつ》まじく、兄弟同支、宗属于《ここ》に諧《ととの》ふ。是を以て、聖主、孝廉を蓬蓽《ほうひつ》に察し、賢宰、慈友を鉉台に挙ぐ。臣信充（道頼長男）、誠恐誠惶、頓首頓首、死罪死罪。臣、祖父の余蔭を以て、叨《みだ》りに将相の顕職を兼ねる。牆《かき》を閲《せめ》ぎて徳に負《そむ》き、側陋の盛挙に玷《か》け、餗を覆して誚を招き、才俊の要を塞ぐ。臣弟信貞（道頼次男）、乃祖《だいそ》の愛に狎《な》れ、天潢の寵に託し、威福己に自り、錦玉を擅《ほしいまま》にす。

と兄弟の過ちを謝罪し、代わりに参議を「両朝の顧命、国家の柱石」と称賛するに至る（原漢文）。蘭洲の溜飲はここに至ってようやく下がったのではないだろうか。

おわりに

はじめに、『続落久保物語』は『落窪物語』の続編であると述べた。たしかにそうには違いない。だが、より正確に言えば、『落窪物語』の最終部と『続落久保物語』の序盤は重なり合う。というのも、『落窪物語』巻四の終わりで語られる道頼の息子兄弟の左右大将任官は、『続落久保物語』の前半においても語られるからである（前節参照）。そのため、『落窪物語』と『続落久保物語』の関係は、『落窪物語』の巻尾に『続落久保物語』を継ぎ足したというよりも、あたかも『落窪物語』終盤の本文の上に糊を塗って、そこから『続落久保物語』を貼り合わせたごとくである。すなわち、『続落久保物語』は、『落窪物語』が最終部に至って描いた世界を是正するべく、いったん閉じられた『落窪物語』の物語世界を改めて開き、道頼家の繁栄という物語の枠組みを引き継ぎながらも、参議という蘭洲が作り出した理想的人物を投入することによって、大胆にも『落窪物語』の世界を転換させた物語だったのである。

『続落久保物語』の出現によって、『落窪物語』は『続落久保物語』の前置き、それも懲らされるべき悪が描かれる前半部という位置に転換された。本作が擬古文で綴られた意味の一つはここに存するだろう。そして、こうした物語創作を可能にしたのは、ひとえに伊勢物語注釈において見出した不遇なる才人の像と、源氏物語注釈において見出した不遇の反転という作り物語の仕掛けであった。ここに、蘭洲における物語注釈と創作の密接なる関係性を見て取ることができるだろう。

注

（1）八木毅「勢語通について」（『語文』10、一九五四年一月）、田中裕「源語提要、源語詁について」（同前）、吉永登「五井蘭州著源語提要の凡例」（『関西大学文学論集』4―4、一九五五年三月）。
（2）中村幸彦「五井蘭洲の文学観」（『中村幸彦著述集』1、中央公論社、一九八二年一一月）。
（3）倉島節尚編『古典文庫　続落久保物語』（古典文庫、一九八一年三月）。
（4）吉田幸一執筆「続落くぼ物語」（『日本古典文学大辞典』4、岩波書店、一九八四年七月）。
（5）前掲中村幸彦「五井蘭洲の文学観」。
（6）前掲吉田幸一「続落くぼ物語」。
（7）『続落久保物語』の本文は前掲『古典文庫　続落久保物語』による。
（8）「以博愛之心」云々は、参議が右大将の出奔した尾張まで赴き、懇切に道理を説いて恭順させたことを示す。反省した右大将の述懐については後出。
（9）疫病が流行して帝が罹病した際、参議は敦依を推薦して治癒させたことを賞賛される。また、皇后の亮は参議の大学寮以来の学友という設定になっている。
（10）『勢語通』の本文は『伊勢物語古注釈コレクション』6（和泉書院、二〇一一年一一月）による。同書には片桐洋一蔵本と懐徳堂本が収まるが、このうち懐徳堂本による。
（11）前掲八木毅「勢語通について」。
（12）ここには蘭洲自身の不遇意識も関わっているだろう。前掲八木毅「勢語通について」参照。
（13）『源語提要』の本文は園田学園女子大学図書館吉永文庫所蔵本による。
（14）この点、前掲田中裕「源語提要、源語詁について」、吉永登「五井蘭州著源語提要の凡例」を始め、諸氏が指摘。
（15）『源氏物語新釈』の本文は『賀茂真淵全集』14（続群書類従完成会、一九八二年四月）による。ただし、『源氏物語』の巻名は通行の表記に統一した。
（16）『伊勢物語』の本文は『勢語通』所引の本文による。

（17）『闕疑抄』の本文は竹岡正夫『伊勢物語全評釈　古注釈十一種集成』（右文書院、一九八七年五月）による。
（18）『勢語臆断』の本文は前掲竹岡正夫『伊勢物語全評釈　古注釈十一種集成』による。
（19）本文では、続いて三原誼以下四名による漢詩が載る。本書第一部第一章を参照。
（20）『源氏物語』の本文は『源語提要』所引の本文による。
（21）『源語詁』の本文は園田学園女子大学図書館吉永文庫所蔵本による。
（22）拙稿「『続落久保物語』の思想性―「大和魂」をめぐって」（井上泰至・田中康二編『江戸の文学史と思想史』、ぺりかん社、二〇一五年一二月）を参照。
（23）『落窪物語』の本文は新潮日本古典集成による。底本は海北若冲校合本の転写本。
※原本、影印、翻刻からの引用は、清濁、句読点を改め、カギ括弧を付した。なお、著者による注記は（　）内に記した。

第三章　加藤景範『いつのよがたり』考（一）
――描かれた桜町天皇――

はじめに

加藤景範《かげのり》は近世中後期の大坂において活躍した歌人、和学者である。字は子常、号は竹里。享保五（一七二〇）年生、寛政八（一七九六）年没。景範の父信成は好学で、烏丸光栄に入門して和歌を学び、また五井持軒、三宅石庵、三輪執斎らに師事した。こうした父の影響を受け、景範は早くから堂上歌学に親しみ、かつ懐徳堂の門人として和漢の学を修めた。(1)五井蘭洲《らんしゅう》が「懐徳堂和学の中心」(2)と評されていることは先に触れたが（本書第一部第一章）、景範は「その和学を受けた門下生の中で、最も名をなしたもの」(3)として位置づけられる人物である。

懐徳堂における景範の学業として強調されるのは、蘭洲の和学を吸収したことである。蘭洲が著した『万葉集詁《こ》』『古今通』『勢語通』などの注釈書が、景範による転写、刪補《さんぼ》によって今に伝わっていることは、その何よりの証となろう。そうした景範の著作に『いつのよがたり』という和文小説がある。

『いつのよがたり』については、八木毅が「一種の擬古物語である[4]」と紹介したほか、多治比郁夫が「加藤景範年譜」の明和元（一七六四）年の項目において、

擬古物語『何世語』を著わす。九月、中井竹山が序を寄せ、「竹里子者、吾畏友加藤君子常也。君之学引固《ママ》吾党巨擘、而旁長国詩能古文、世之所推服」という。但し、景範はある翁の作に仮託した[5]。

と言及している（「何世語」は竹山が「いつのよがたり」を唐風に言い改めた呼称）。しかし、八木や多治比の指摘以降、『いつのよがたり』の内容についての研究は進んでいない。そこで本章では『いつのよがたり』の概要を紹介し、その内容を分析してゆく。

一　諸本の概要

『いつのよがたり』は出版されず、写本として伝わった。まず、これまでに確認できた現存諸本の概要を以下に紹介する。

1　一冊本系統

①中之島本……大阪府立中之島図書館所蔵本
写本。自筆本か[6]。大本一巻一冊。序題「何世語」。中井竹山序、加藤景範跋。

②太田本……大阪大学附属図書館懐徳堂文庫所蔵本
写本。中之島本と同筆か。大本一巻一冊。外題「以図農與歌多栗」（元表紙）、「何世語　候火臺　物見舩」（後表紙）。中井竹山序、加藤景範跋。太田源之助旧蔵本。(7)
③新田本……大阪大学附属図書館懐徳堂文庫所蔵本
写本。中之島本と同筆か。巻子本一軸。ただし、もと半紙本一冊だったものを一丁毎に分け、巻子本に改装したもの。外題「伊都乃與可多理」。加藤景範跋。旧蔵者による添紙一枚あり。中井竹山の詩文集『奠陰《てんいん》集』より「何世語序」を写す。
④河野本……今治市河野美術館所蔵本
写本。自筆本か。(8)半紙本一巻一冊。外題「伊都野世加多理」。加藤景範跋。旧蔵者による奥書あり。

2　『扶桑残葉集』所収本

⑤宝山寺所蔵本。写本。内題「いつのよかたり」。加藤景範跋。
⑥国立国会図書館所蔵本。写本。内題「いつのよかたり」。加藤景範跋。
⑦水府明徳会彰考館所蔵本。写本。内題「いつのよかたり」。加藤景範跋。
⑧西尾市岩瀬文庫所蔵本。写本。内題「いつのよかたり」。加藤景範跋。

以上、二系統、計八点の『いつのよがたり』が現存する。このうち中井竹山の序文を備えるのは一冊本系統の①②である。以下、①（中之島本）により全文を引用する。

偉矣、往昔婦人之才之盛也、甚矣、今日国字之文之衰也、抑天曷以鍾秀乎閨闥、亦曷以閟美乎後生、可異哉、雖然古文所紀載、往々中冓牀第之事、猥褻鄙瑣、不可以声咳於正人荘士之側、豈哲婦之才偏長、而無大夫正大之識歟、但以其緒言之可徴、藻辞之可翫也、後世詞流、手而不釈爾、予間得何世語之編読之、蓋以寓言、包括近時偉蹟、補以可欲之挙、構成一代盛事、仮其可美、形今可刺、編裁一巻、凡自衽席之間、及天下之大、可以鼓頽風滌頑習者、大綱粗挙、蓋君子憂君閔世、陳善閉邪之意、而厠以間情游戯之筆、以銷憤厲之気、可謂深得風人之体、然而詞理典雅宏麗、勢紫諸姫彤管之遺、煒然可復覩焉、編中所載国詩、亦皆雄渾穠粋高攀前人、一掃近世齷齪拘攣之調廼所謂事文才識、於是為完矣、奇者、竹里子跋之、謂嘗獲諸芳之一山翁之言貌不凡、恐即出乎其手也意竹里子、以編中有觸忌諱者、不敢面質其然否耳、竹里子者、吾畏友加藤君子常是也、君之学行、固吾党巨擘、而旁長国詩、能古文、世之所推服、是編既慨乎当世、而筆鋒詞気、亦与其平日之製惟肖、乃安知非其所自著、而託名於何人乎、予亦避諱、不敢究詰也、

明和甲申九月　　　　　　　　　　　　　　　　竹山居士中井積善撰

竹山の序文は、彼の和文観を披瀝したうえで『いつのよがたり』を評したものであり、後述するように、本作の文体、内容を検討するうえで大変示唆に富む。さらに、本作の成立時期を考えるうえで重要なのは右の序文の最後にある「明和甲申九月」との年次記載である。これにより『いつのよがたり』の成立は明和元（一七六四）年九月以前であると言える。(9)

一方、景範による跋文は全ての本に見られる。これも中之島本により、全文を引用する。

此物語たが作なるやしらず。さいつころ吉野に遊歴せし時、同宿せし翁のみせ侍りしを、写しとり侍る也。つく〴〵と見侍るに、古き物ともみえず。かの翁、好事のものとおぼえしが、もしみづから書るにやと思はれ侍る。　竹里[10]

この跋文によれば、景範は吉野を訪れた際、同じ宿に居合わせた翁から本作を見せられ、それを写し取ったとのことである。しかし、これが仮託に過ぎないことは、すでに竹山が序文で「奇者、竹里子跋之」云々と述べ、多治比も「ある翁の作に仮託した」と指摘するところである。また、後述するように『いつのよがたり』には景範の他の著作と文辞がほぼ一致する箇所がある。『いつのよがたり』が景範自身の作であることは、これらの点からして間違いない。

なお、伴直方の『物語書目備考』（文政七〈一八二四〉年成）には、「いつのよがたり物語　一巻　作者不詳」との記載がある。[11]「作者不詳」とのみ記すにとどまった直方は、あるいは右にあげた諸本以外の本、すなわち景範の跋がない本を見たのであろうか。詳細は分からない。

また、自筆本と思われる中之島本、太田本、新田本、河野本の四本は、内容は変わらないものの、それぞれに独自本文が存在する（中之島本と太田本は同一）。そのため四本の成立順序については、本文の比較から決定することが難しく、なお検討する必要がある。[12]しかしながら、本章で検討する内容については同一といって差し支えない。そこで特に断らない限り、『いつのよがたり』の本文は中之島本に代表させて内容を検討してゆく。

二　内容と構成

『いつのよがたり』は、ある春宮が即位するところから書き起こされる。

院のみかど、みこあまたおはしましける中に、御このかみなるが御位つかせ給へりしが、いくほどなく雲がくれ給ひ、春宮、御位にたゝせ給ひける。

院には多くの御子がおり、そのなかで最も年長の御子が帝位についた。しかし、ほどなく崩御してしまい、代わって春宮が即位することになった。右の冒頭文以降、物語はこの新たに即位した帝(13)を中心に叙述を進めてゆく。その概要を文章量（行数）と共に示せば、以下のようになる（行数は中之島本により、一字でも次行にまたがったものは一行として数える。また、空白行は行数に入れない）。

①帝、幼くして孝の道を説き、侍読を感服させる。……（14行）
②帝、菊花の宴の後に詩歌管弦の遊びをする。……（108行）
③帝、国史編纂のために大学寮再興を企てる。……（14行）
④帝、宿直に武官でも和歌をたしなむよう説く。……（21行）
⑤院、撰集編纂を企図する。……（24行）

⑥一一月、女御、男御子を出産する。……………………………………………（42行）
⑦院、病没。大臣ら、帝の意志に従い、院に漢風諡号を贈る。……………………（27行）
⑧翌年一月、帝、仏教を批判し、陵墓の荒廃を歎く。……………………………（40行）
⑨東の殿より追悼の文が届く。……………………………………………………（8行）
⑩諒闇の鳴物停止期間を改め、東の忌み以上に厳かにする。……………………（10行）
⑪翌年、更衣腹の兄御子、没す。…………………………………………………（11行）
⑫翌年、女御、中宮となる。………………………………………………………（8行）
⑬夏頃、巡察使が過酷な年貢の取り立てをする。民衆、帝に訴願する。………（80行）
⑭一一月、女御腹の男御子、春宮となる。帝、高陽院を造成する。……………（21行）
⑮翌年五月、譲位。九月、春宮、即位する。上皇、高陽院に移る。……………（8行）
⑯東の殿、巡察使の一件を反省する。……………………………………………（19行）
⑰一〇月、将軍宣下の定めあり。東へ行く一向、送別の宴をする。……………（56行）
⑱その頃、監、処罰される。………………………………………………………（5行）
⑲三年後、上皇、没す。……………………………………………………………（13行）
⑳姫君の周囲で怪異が起こる。験者らの陰謀と発覚し、処罰する。……………（54行）

この通り、『いつのよがたり』は、帝のたぐいまれな資質を示すエピソードから始まり、帝の没後、姫君の周囲で起こった事件についての話で終わる。その間、和歌の宴や皇族の慶事・弔事、譲位につながる大きな事件など、様々な事柄が時系列に沿って述べられる。これをさらに大づかみに整理すれば、帝の理想的な治世を描いた前半部（①〜⑫）、年貢増徴に端を発した危機とその収束を描いた後半部（⑬〜⑲）、帝没後の後日談（⑳）というように三分できよう。つまり、本作はある帝の半生を描いた物語であり、書名の「いつのよがたり」とは、いつ頃か定かならぬ御代の物語、というほどの意味である。

ところで先述の通り、伴直方は作者不詳の書として『いつのよがたり』を手にしたのだが、本作の成立について以下のように推測している。

直方按ずるに、此ふみ、誰か作るともしりがたけれど、書中に「近くは絶にたる撰集といふ事多くおこして、南のみかどにてえらばれし新葉より後の歌どもあつめんとし給ふ」云々とあるを見れば、室町殿の末つかたに書きし物にやとおもふはいかゞあらん。（『物語書目備考』）

『いつのよがたり』には、南北朝時代に成立した『新葉集』の後を継ぐべく、院が中心となって勅撰和歌集を再興しようとする場面がある（概要⑤参照）。直方はその該当本文を引用し、それを手がかりとして本作が室町時代末期に書かれたのではないかと推測している。もちろん、『いつのよがたり』は江戸時代中期の作なので、この推測は当たらない。しかしここで注意したいのは、直方が本作に描かれた架空の歴史と史実との間に何らかの関連性を見出だそうとしたことである。

中井竹山は、先に引用した「何世語序」において、予、間《このごろ》『何世語』の編を得て之を読む。蓋し寓言を以て近時の偉蹟を包括し、補ふに欲すべきの挙を以てし、一代の盛事を構成す。

と述べ、本作が最近の出来事を作中に取り込んでいると解していた。竹山の言う「近時」とは具体的にはいつ頃のことなのか。注目したいのは、河野本の奥書に記された以下の文である。

ある人のいへらく、「この物がたりのするゑにあなる姫宮と申奉るは明和の帝にて、あけの宮と申たいまつる。のち、仙院におはしまして、ことさらに寿玉をかさねたまへる」となんかたりぬ。

この奥書の「ある人」によれば、『いつのよがたり』の終盤に登場する姫君は「明和の帝」「あけの宮」であるという。「明和の帝」「あけの宮」とは、幼称を緋宮《あけの》といい、宝暦一二（一七六二）年から明和七（一七七〇）年にかけて在位した後桜町天皇のことである。

以下は『いつのよがたり』の末尾の文である。

ひめぎみは母みやの御かたへ参り給ひて、後々は御位にさへつき給ひつるとか。其ほどの事、おさ〳〵さだかならずや。

物語は姫君が後に即位したことをほのめかして閉じられる。河野本の奥書は、この一文を受けて記されたというわけである。

河野本奥書の「ある人」は、いつの時点で本作を閲したのか。「のち、仙院におはしまして」云々との記述は、後桜町天皇が明和七（一七七〇）年の譲位の後、文化一〇（一八一三）年に七四歳で崩御したことまでをも踏まえているように思えるが、詳しいことは分からない（奥書の筆者も不明）。

さて、いま試みに、姫君を後桜町天皇であるとする「ある人」の説に従ってみよう。すると、姫君の父親であり『いつのよがたり』の中心人物である帝は、後桜町天皇の父親である桜町天皇ということになり、『いつのよがたり』の「いつのよ」は、およそ桜町天皇が生きた時代、すなわち享保五（一七二〇）年から寛延三（一七五〇）年にかけての時代となる。そして結論を先に言えば、この見解は概ね首肯すべきものなのである。

三　『いつのよがたり』の帝と桜町天皇

『いつのよがたり』の帝は桜町天皇という実在の天皇に基づいて造型されている。このように考える最大の理由は、景範自身が桜町天皇に関する記事を『間思随筆』（成立年不詳）に執筆しており、そこに書かれた内容と『いつのよがたり』の内容とが一致するからである。以下、順を追って説明する。

おほきおとゞ《ヒルガオ大臣》の御娘の更衣ばらに五百の宮と申みこいまそがりけり。御いもうとの姫君は大納言《楓大臣》の御むすめの女御になんおひ出給ふなりけり。

『いつのよがたり』の帝には当初一男一女の御子がいた。一人は、太政大臣（昼顔大臣）の娘更衣が生んだ五百宮という男御子。もう一人は、大納言（楓大臣）の娘女御が生んだ姫君である。引用文の後、女御は念願の男御子を産み、五百宮は病没する（概要⑥⑪参照）。結果、女御が産んだ男御子が立坊し、やがて帝から位を譲られるに至る（概要⑭⑮参照）。

一方、これに対応する『間思随筆』の記事は以下の通りである。

元文の帝の中宮藤原の舎子は、二条左大臣吉忠公の御息女にて、菅原の利子の御腹也けり。其中宮には、緋宮と申奉る女御子のみおはしまし、こと腹におのこ御子生出給ふ。八百宮となん申奉りけり。（中略）程なく皇子生出させ給ひ、異腹のはかくれさせ給ひて、此宮坊に立せ給ひ、延享四の年帝おりゐさせ、宮御位につかせ給ひけり。(14)

「元文の帝」には当初一男一女の御子がいた。二条左大臣良忠の娘舎子が生んだ緋宮という女御子と、異腹の八百宮という男御子である。その後、舎子は男御子を産み、八百宮は死去する。男御子は春宮となり、延享四（一七四七）年に即位した。「元文の帝」とは、すなわち桜町天皇のことであり、緋宮は後桜町天皇、男御子は桃園天皇にあたる。

『いつのよがたり』と『間思随筆』との人物関係を系図として比較すると以下のようになる。

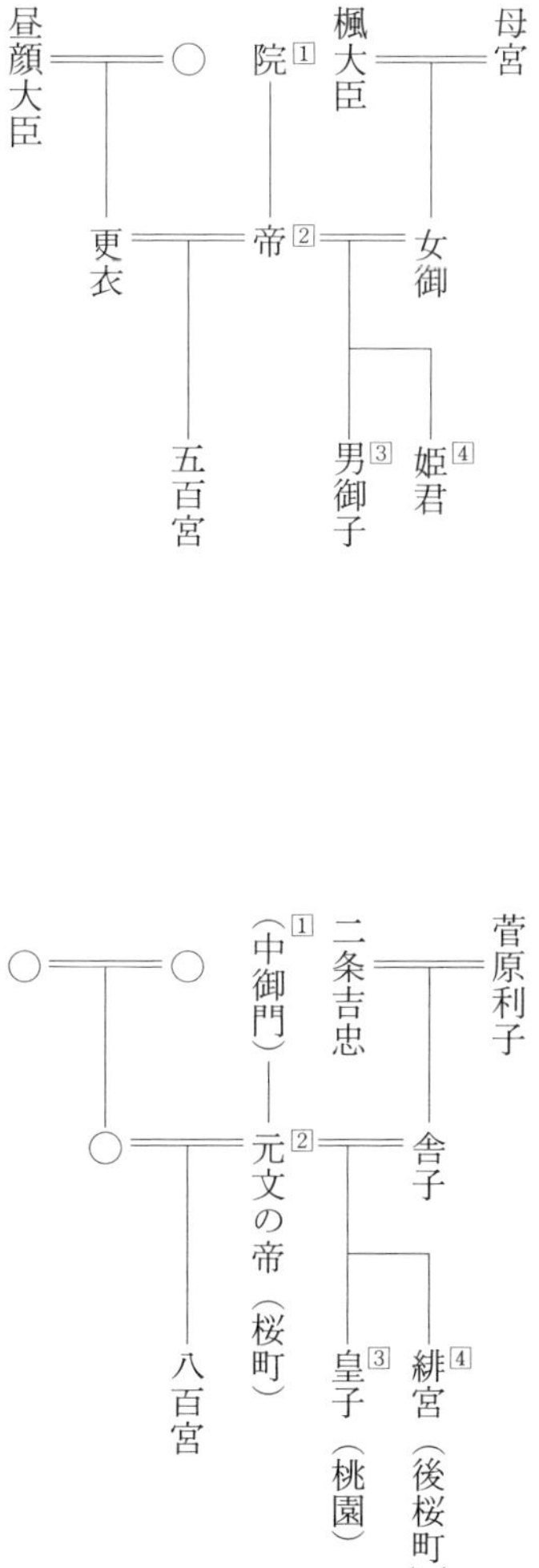

（上段が『いつのよがたり』、下段が『間思随筆』。人物の右側に記した数字は皇位継承順）

以上の通り、帝を中心とする系図および皇位をめぐる展開において、『いつのよがたり』と『間思随筆』の一致が認められよう[15]。

さらに『いつのよがたり』と『間思随筆』の一致は表現のレベルにも及ぶ。以下は、先ほど引用した『間思随筆』の中略部分である。

宮は御一方のみにて、さう〴〵しく渡らせ給ふを、母君、『いとほいなし』と思して、さま〴〵御祈ども有けれど、さるしるしもなかりけらし。難波近き処におこの法師有と聞給ひて、やがて事のよしをひそかにおもむけ聞えさせ給ひぬ。法師いなび申けるを、せちにせめ給ひければ、さばかり返さひ申さんも恐れ有とて、年頃ねんじ奉りたる仏像と真言の句書て、「是をあがめて御みづから祈らせ給へ」とて奉りけり。母君やがて其由申て宮に奉り給ふ。やゝ有て御返り有。「かしこき御事と社《こそ》思ひ給はれ侍れ、願ひをもし侍らめ、只おのれにとのみ求めん私心を神仏も請給ひなんや、観音はとどめ置て、後の世ねがひ侍らん、此文はよきに云て返しやらせ給へ」とこまやかに聞え給へり。母君はいとう恥かしと思しけり。やがて彼法師のもとへ宮の御文添て遣し給へり。法師も舌ふるひて、「世にかゝるためしや侍らん。此御心何の祈りにもはるかに増らせ給はん」と聞えしが、（後略）

舍子の母君（利子）は、舍子が男子を出産するよう難波近くの法師に頼り、仏像と真言の句を貰う。しかし、舍子は「かしこき御事と社《こそ》思ひ給はれ侍れ、（中略）只おのれにとのみ求めん私心を神仏も請給ひなんや」と、私心から神仏にすがることとして丁重に拒否し、真言の句を返却。この舍子の態度に、法師は「此御心何の祈りにもはるかに増らせ給はん」と感服したという。こうした内容を押さえたうえで、『いつのよがたり』の以下の場面を見てほしい。

こぞの春にや、いかでさう〳〵しくわたらせ給ふに、「おのみこひとり、たゞに」と母宮おぼして、難波のほとりに大とこあなるに、このおぼすやうかすめきこえさせ給ひぬ。大とこ、いなみ申けるを、あながちにせめ給ければ、年ごろねんじたりける仏と真言のいみじきことば書て、「御みづからいのらせ給へ」とて奉りぬ。宮、やがて其よしつたへ給ふ。女御答「いとありがたき御心のほどを思ひ給ふるものから、かしこき御ことゝかつは思ひ給ひはべれ、ことかたにさへなからんにこそ、さるねがひをもしはべらめ。『かならずこなたに』

とのみいのらんわたくし心を、何の神仏かはうけひき給はん。仏はとゞめて、後の世のしるべとたのみ奉るべし」とて経文はかへし給ひぬ。「《母宮心》いとはづかしくあさましき親心や」とあたりの人きさへよそにやもるべからんと、御涙さへつゝましげなり。大とこへも、しか聞えやり給ひければ、舌《大徳》うちふるひて、「さる御心なん、何の祈にもまさらせ給ふべし」と聞えしが、（後略）

先ほどの『間思随筆』の記事と見比べると、話の筋が一致することはもちろん、女御の「かしこき御こと、かつは思ひ給ひはべれ。（中略）『かならずこなたに』とのみいのらんわたくし心を、何の神仏かはうけひき給はん」という台詞や、法師の「さる御心なん、何の祈にもまさらせ給ふべし」という台詞など、表現のレベルでもほぼ一致する箇所が複数あることが分かるだろう。

以上の符合を勘案すれば、景範が『いつのよがたり』の中心人物である帝を、桜町天皇を踏まえて造型しているということは明白だろう。『いつのよがたり』は架空の御代を描いた作り物語という体裁を取りながら、その実、桜町天皇という実在する天皇の御代を作品世界の拠りどころとしていたのである。

四　年貢増徴一件

『いつのよがたり』は桜町天皇の御代を念頭に置いて創作された物語であった。それでは、『いつのよがたり』と史実とでは、どの点が一致し、どの点が異なるのだろうか。

次に掲げるのは、上段に『いつのよがたり』のなかで年月が明らかな事柄を年立として列挙し、下段にそれに対応する歴史的事項を記した表である。対応する事項はアルファベットによって示した。

	いつのよがたり		関連年表
物語年次	事項	西暦	事項
		一七三七	[B]中御門、崩御。
		一七四一	2月　[A]桃園、誕生。
一	4月　この頃より女御、里帰り。 9月　詩歌管弦の遊び。 11月　[A]女御、男御子を出産。 [B]院、崩御。	一七四三	
二	1月　帝、御修法を変更。	一七四四	[C]神尾春央、畿内で年貢増徴。
三	五百宮、病没。	一七四五	4月　[D]農民、堂上方へ訴願。 9月　徳川吉宗、将軍職を家重に譲る。 10月　[I]松平乗邑、処罰される。 11月　[H]将軍宣下。
四	夏　[C]巡察使による年貢増徴。 [D]農民、堂上方へ訴願。 11月　[E]男御子、立坊。	一七四六	
五	5月　[F]帝、譲位。 9月　[G]男御子、即位。 10月　[H]将軍宣下。 [I]監、処罰される。	一七四七	3月　[E]桃園、立太子。 5月　[F]桜町、譲位。 9月　[G]桃園、即位。
八	[J]上皇、崩御。	一七五〇	4月　[J]桜町、崩御。

表の通り、合計一〇件（A～J）の事項において『いつのよがたり』と史実の対応が認められた。関連性が最も強いのはFGJの事項で、出来事の順序、年の間隔、さらにFGについては月までもが一致している。またCDは年貢の増加とそれに困窮した農民の訴願という多分に事件性の強い事項だが、これも後述するように桜町天皇在位中に実際に起こった出来事であり、『いつのよがたり』のなかでも特に当代性が顕著な箇所である。

一方、それ以外の事項は歴史的事項と順序や年月が異なっている。たとえば、AとBは『いつのよがたり』では連続して起こる事柄であるが、史実ではAとBの順序が逆であり、両者の間に四年もの空白がある。つまり景範は『いつのよがたり』を執筆するに際して桜町天皇の御代を明らかに意識しているが、歴史の流れをそのまま祖述しようとしたわけではなかった。本作には史実と虚構が相半ばして存している。そのあり方を考察すれば、景範の執筆姿勢を明瞭なかたちで取り出すことができるだろう。そこで注目したいのがCDの事項である。以下、該当箇所を引用しつつ、『いつのよがたり』の物語展開を追ってゆこう。

東には、夏のころより巡察使を国々に遣はして、おほやけの田のかぎりをたゞさしめ給ふ。御使のかしらだつは、もとはいとげすなりけるが、たみのわざをも、ありふるさまをも、あくまでしりたるを、さるかたのそくにめしあげられたるなめれば、こたびは、「をのがこうあらはさん」とて、あまりの畔のかたはらをもわたくしせり東より国々に派遣された巡察使は、私利私欲から過酷な年貢徴収を行った。これによって大いに困窮した河内国、摂津国の民衆は、「さりとて、さてあらんや」と発起し、連れ立って都へと向かう。

　みの、笠、かれいゐまでとりしだし、めせたる親をおひ、めこひきぐして、内の御築地のめぐり、雲とかすみとむらがり来たり。「こは何ごとのいできにけるか」と、みやこのさはぎたゞならず。

民衆たちは内裏の築地に大挙して押し寄せた。都の騒ぎは並一通りのものではない。この一件は帝の叡聞に達するところとなり、民衆に同情した帝は東に民衆の窮状を救うよう文を遣る。東の殿は「かしこまりにたへず」増加された年貢高を元通りにした。

以上述べてきた一連の事件は桜町天皇の御代に実際に起こった事件に基づく。以下、先行研究によりつつ、その顛末を簡略に記す。[16]

享保期以降、八代将軍徳川吉宗は逼迫した幕府の財政を再建すべく、年貢の増収につとめた。そうしたなか、老中松平乗邑《のりさと》のもと年貢増徴政策を推進してきた勘定奉行神尾春央《はるひで》は、延享元（一七四四）年、みずから西国の幕領農村へ出向き、各所で検地を行った。その結果、摂津・河内の幕領では年貢の大増徴が実現された。谷山正道の調査によると、一二か村平均で一・八五倍、最も増加率が高かった交野郡中宮村の場合は二・九四倍もの増徴である。[17]これに反発した百姓たちは、各代官所や大坂町奉行所、さらには江戸表にまで赴き箱訴に及んだが、要求は受け入れられなかった。

延享二（一七四五）年四月一五日、摂津国東成郡および河内国若江郡・渋川郡村々の庄屋以下百姓多数は京都に上り、京都青木代官所、ついで京都目付へと訴えた。さらに、京都に集まっていた約二万人余の百姓が内大臣近衛内前、大納言葉室頼胤（武家伝奏）、大納言坊城俊将に年貢減免の斡旋を願い出た。

しかし幕府は百姓たちの訴えを聞き入れず、かえって堂上方に訴願したことを問題視し、大坂町奉行所に命じて同年七月より吟味を開始。そして、延享三（一七四六）年一月、村々の庄屋たちを始めとする堂上方への訴願に関与したと判断された人々に対して処罰の内容が言い渡された。以上がこの事件のあらましである。

史実と『いつのよがたり』とを比較すると、年貢増徴が行われたという点と、それによって困窮した河内・摂津の百姓が朝廷側へ訴えたという点が一致している。一方、『いつのよがたり』では帝の取りなしによって年貢が減免されたのに対し、史実では年貢増徴が強行された。帝が困窮した民を救済するという展開は景範が設けた虚構だったのである。

次に、F～Iの事項に注目したい。『いつのよがたり』では、事態の収束後、帝が自責の念から譲位を考え始め、ついにそれを実行する。

うへは猶御心やすからず、「さる鬼蜮なる者いできて、たいしかはらのなやみとなるも、思へばわが不徳のなすわざなるべし」と、いたく御身をせめて、これより御位ゆづらんの御心つき給ひけるなるべし。（中略）明の年の五月に、みくに譲りありて、うへは院にうつろひ給ひけり。

帝の譲位を受け、東の殿は恐縮する。やがて東の殿「御そくかへし奉らんの御心」を定め、「十月には、将軍の宣命下さるべき定め」が下された。さらに、其比、げん《監》、「むくいのわざあり」とて、をしこめ給へり。「さるべきこと」ゝ世の人、つまはぢきせり。とくさるべかりしを、「今の殿のおきて先世にあらはさん」とて、のどめをき給へるにやありけむ。かの巡察使はいかゞありけん。

と、年貢増徴の責任者と思しい「げん《監》」なる人物が処罰された。かくして『いつのよがたり』では百姓による堂上方への訴えが年貢減免につながっただけでなく、帝の譲位、東の殿の隠居、責任者の処罰と、世の中を大きく変えていくのである。

　ここで『いつのよがたり』の関連人物を史実と対応させると、帝は桜町天皇、東の殿は徳川吉宗、監は左近将監松平乗邑、巡察使は神尾春央に相当する。そして、前掲の表の通り、『いつのよがたり』とは順序・年月こそ違え、史実においても、吉宗の隠居、乗邑への処罰、桜町天皇の譲位という大事件が、堂上方への訴願以降立て続けに起こった。とりわけ老中乗邑への処罰は異例の沙汰であったらしい。このことについて辻達也は、

一七四五（延享二）年八代将軍吉宗が隠居し、その子家重が後を継ぎ、その祝賀が終わった直後の十月九日、享保改革三〇年間の後半期に敏腕をふるい、おおいに将軍吉宗を補佐してきた老中松平乗邑が、突如として罷免されたばかりでなく、加増分一万石没収、隠居・蟄居を命ぜられた。その真相はまったく判明していない。『徳川実紀』にも「秘して伝へざればしるものなし」と記している。こういう政治的事件についてさまざまな巷説がとびかうのは、時代にかかわらずつねである。このときにもいろいろな雑説が残っているが、

いずれも確証がない。(18)

と述べ、さらに乗邑処罰の理由を語る雑説の例をいくつかあげる。その雑説とは、天皇の権威を借りて幕政を動かそうとした罪とするもの（『落合郷八覚書』）や、摂家領を検地した罪とするもの（馬場文耕『明君享保録』）などである。一連の政治的事件に対する当時の人々の関心の強さがうかがえるだろう。

そこで、辻が紹介した以外の雑説を探索してゆくと、『いつのよがたり』と近似した内容を持つものがいくつか目に止まった。

まず見てほしいのは、沙汰書の体裁で乗邑の悪事を非難した偽作『倭紂書』（延享三〈一七四六〉年）である。そこに次のような一節がある。

> 一公家衆の家来の咄に、神尾若狭守（神尾春央）、左近（松平乗邑）差図にて五畿内へ検地を入、百姓ども大きに難儀仕候て訴状認め、禁裏の御築地の内直訴捧候に付、叡聞に達し候処、前代未聞の事、尤御記録にも留り可申候得共、末代迄も時之天子の御恥辱との勅諚の由、五畿内の民のこんきうを天子（桜町）よりも御救被遊度叡慮なれども、叶はせられず、是以御政事の御不徳故と叡慮をなやまされ、御位を御すべり可被遊との逆鱗のよし、此儀達上聞候故難被捨置、京都の聞のため、即時左近将監へ御咎被仰付候事。(19)

「公家衆の家来の咄」によれば、神尾春央の検地に難儀した百姓たちが訴状を持って禁裏の御築地へ直訴したところ、叡聞に達した。桜町天皇は民の困窮を救おうとしたが果たせず、これを遺憾に思い譲位を希望した。桜町の「逆鱗」をうけ、幕府は年貢増徴の総責任者である松平乗邑に責任を取らせた。以上のように『倭紂書』は、堂上方への訴願と桜町天皇の譲位、乗邑の処罰とを結びつけて説明している。

次に、奈良県宇陀郡曽爾村長野の井上家に伝わる古記録『井上次兵衛覚帳』である。その延享二（一七四五）年の項目に以下のようにある。

一八月廿五日、将軍大御所様（吉宗）西の丸へ御入被致候趣諸国御触有之候、同月廿七日右大将様（家重）御本丸へ御移り被致候由御触有之候、

一大御世中松平左近将監様（松平乗邑）御隠居被仰付、御家督六万石御同名和泉守様へ被遣、又神尾若狭守様（神尾春央）知行被召上小普請役ニ被仰付候由、其外御世中諸御役人不残御替り被致候由ニ候、

一右者摂・河・泉州内ゟ五畿内百姓相立不申候趣、訴状相認、禁中様（桜町）へ願上候由ニ而、依之御江戸表へ被請取候ニ付、右之通大御所様御隠居被為遊、諸御役人中様御替り被成候由、世上申事ニ有之候、右大将様将軍宣下の触有之候、[20]

吉宗が家重へ将軍職を譲ったこと、乗邑や春央らが引責処分を受けたことが述べられ、「世上申事」によれば、それらの原因が「摂・河・泉州内ゟ五畿内百姓」が「禁中様」に訴えたことにあったと述べている。堂上方への訴願と吉宗の隠居、乗邑の処罰を結びつけて解釈したわけである。

景範が『倭紂書』や『井上次兵衛覚帳』を直接取り入れたという証拠はない。ただ、『倭紂書』が「公家衆の家来の咄」とし、『井上次兵衛覚帳』が「世上申事」として一連の顛末を書きとどめていることを考慮すれば、

当時においては、同工異曲の風説が様々に語られていたのであろう。景範はそれに着想を得て、F～I（帝の譲位、東の殿の隠居、責任者の処罰）を堂上方への訴願と一連のものとして『いつのよがたり』で描いたのではないだろうか。

おわりに

以上、『いつのよがたり』の内容について検証してきた。その結果、本作が桜町天皇の御代に基づいて執筆されていること、そして、特に本作の後半部で描かれる年貢増徴の事件については史実や巷説との関わりが認められることを指摘した。これによって本作が有する当代性という特徴が明らかになったのではないかと考える。

最後に、本章によって得られた見解に対して想定される二つの疑問と、それに対する試案を示す。

一つは、なぜ景範は桜町天皇を中心人物に据えたのかという疑問である。

この問いに対しては、歌学における景範と桜町天皇とのつながりについて述べる必要がある。はじめに述べたように、景範は父の影響で幼少期から堂上歌学を学んでいた。一方、桜町天皇は、盛田帝子が指摘するように、烏丸光栄より古今伝授を受け、みずから宮中の歌道入門制度を整えるなど、当時の堂上歌壇における中心的な存在であり、後代にも多大な影響を及ぼした。(21) 景範は堂上歌学を学ぶなかで、折に触れて桜町天皇にまつわる話を聞いていたに違いない。『間思随筆』には先に紹介した記事のほかにも桜町天皇に関する記事が六つある。たとえば、以下のようなものである。

同じ帝（桜町）、百拙和尚（百拙元養）を召て、覚束なき筋明らめ聞えよとて問せ給ひし事有けるに、さるべき御答申てまかれり。御室の辺におこの棄人有けるが、其趣きかんとて百拙のがり罷て、帰りて独りごとに、大方の例、勅問たゆげにて答へは力あるも多かなるを、此度は引かへて、勅問いみじくて答へさせるふしもなかりき。

桜町天皇の賢明ぶりを示すエピソードと言えよう。景範にとって、桜町天皇はとりわけ近しく、かつ理想の君主にふさわしい帝だったのではないだろうか。

いま一つは、なぜ景範はかくも当代性の強い本作を、わざわざ和文によって叙述したのかという疑問である。先述したように、多治比は『いつのよがたり』を「擬古物語」と分類し、伴直方は室町時代末期の書と推定していた。こうした判断の背景には、和文という本作の文体が少なからず関わっていたであろう。確かに、詩歌管弦の遊びの場面などでは、景範の筆致は風雅に徹し、王朝物語の趣を醸し出していると言えなくもない。しかしながら、後半部の内容は、これまで検討してきたように甚だ当代的であり、擬古物語が模範とすべきはずの王朝物語の世界からはかけ離れている。なぜ、『いつのよがたり』は和文で書かれたのだろうか。

まず考えられるのは、年貢増徴の一件に認められるような当代批判を朧化させ、一見無関係な書物のように擬装するためである。このように考えた場合、本作の当代性を隠しておきながら、わざわざ跋文中で「古き物ともみえず」と述べ、かつ『いつのよがたり』と謎かけのような書名にした点に、分かる者には分かるように書いたという景範の執筆姿勢を認めることができるだろう。

次に考えられるのは、理想的な君主による治世という内容と対応させるためである。文以載道の思想との関わりについては先に簡単に述べたが（本書序論第二章）、ここで改めて文体と内容の問題について考えたい。そこで注目したいのは、やはり景範が著した『かはしまものがたり』という作品である。『かはしまものがたり』は、山城国葛野郡川島村の農民で孝行を表彰された義兵衛という農民の行状を記したもので、いわゆる孝子伝である。『かはしまものがたり』は明和八（一七七一）年に懐徳堂蔵版として出版されたのだが、その前年、心学者布施松翁によって同じく義兵衛の行状を記した『西岡孝子儀兵衛行状聞書』が出版されていた。すなわち、義兵衛の行状を伝えるという点では、『かはしまものがたり』は『西岡孝子儀兵衛行状聞書』に先を越されてしまったのである。にもかかわらず、なぜ『かはしまものがたり』は出版されたのか。中井履軒は以下のように言う。

文は以て事を記し、事は文に因りて伝ふ。（中略）京刻の状、其の詞俚近、以て実を記すに足れども、以て後に伝ふるに足らず。乃ち易ふるに典雅の詞を以てし、復た益すに其の見聞する所を以す。是に於て事甚しくは旧に加えずして、情景益ます真となり、煥然として光輝を生ず。夫れ子常は今の詞宗なり。我、以て之を知るに足らざると雖も、而して独だ其の伝の朽ちざるを知るなり。（『かはしまものがたり』序[22]）

文は事を記すものであり、事は文によって伝わる——そのように考える履軒にとって、先に出版された『西岡孝子儀兵衛行状聞書』（京刻の状）は詞が俗語に近く、実を記すには十分だが、後世に伝えるには不足であった。履軒は、当世の「詞宗」たる景範により、「典雅」な詞で書き換えられた『かはしまものがたり』が、後世まで伝えうる不朽の作品となったと述べる。「典雅の詞」——ここで想起されるのは、中井竹山が『いつのよがたり』の文章を「典雅宏麗」と讃えたことである。

内容を他者に伝達するという文章の機能だけを考えれば、当時通行の俗文がその任に最も相応しいように思われるかもしれない。しかし、俗文は時代に応じて移りゆく。後世に生きる人々にもより正確に伝達しようと考えれば、典範意識が強く、俗文よりも固定的であった雅文は、最も相応しい文体だったのではないだろうか。(23) ここに雅文の機能的価値が浮上してくるのである。

注

（1）多治比郁夫「加藤景範年譜—懐徳堂の歌人—」（『日本書誌学大系　京阪文藝史料』2、青裳堂書店、二〇〇五年一月。初出、一九七二年三月）、同執筆「加藤景範」（『日本古典文学大辞典』1、岩波書店、一九八三年一〇月）。
（2）小島吉雄「懐徳堂の和学」（『語文』10、一九五四年一月）。
（3）前掲小島吉雄「懐徳堂の和学」。
（4）八木毅「懐徳堂の和学書目並解説」（『語文』10、一九五四年一月）。
（5）前掲多治比郁夫「加藤景範年譜—懐徳堂の歌人—」。
（6）前掲八木毅「懐徳堂の和学書目並解説」に「自筆稿本」とある。竹山の序文のみ別筆。
（7）竹田健二「懐徳堂文庫新収資料中の太田源之助旧蔵資料」（『懐徳堂研究』8、二〇一七年二月）参照。
（8）当該本には文行堂から購入した際の売り札が残っており、そこに「加藤景範（竹里）自筆　金二千五百圓」とある。
（9）竹山の序文は『奠陰集』にも「何世語序」として収まるが、年次記載は明和元（一七六四）年八月となっている。
（10）『いつのよがたり』の本文は中之島本による。本書資料編一参照。
（11）『物語書目備考』の本文は『物語草子目録』（角川書店、一九七一年一二月）による。
（12）筆跡の面からすれば、中之島本・太田本・新田本は近く、それらに比すると河野本はやや遠い。河野本は成立時期が他本と隔たっているように思える。

（13）この帝は作中「うへ」（上）と呼称されるが、便宜上、帝とする。
（14）『間思随筆』の本文は続日本随筆大成による。
（15）なお、『間思随筆』の伝える皇統系図は史実と異なる。『桜町天皇実録』（ゆまに書房、二〇〇六年四月）によれば、桜町天皇には舎子のほかに典侍藤原定子、同資子がいる。また、舎子は元文二（一七三七）年に盛子内親王（延享三〈一七四六〉年没）を、続いて元文五（一七四〇）年に智子内親王（緋宮、後桜町天皇）を産んでいるが、男子は産んでいない。つまり、八百宮の存在とその死没、および舎子が桃園天皇を産んだことは史実に反するのである。なぜ景範はそのようなことを記したのか。桃園天皇は定子を母として生まれ、幼時「八穂宮」と称し、延享二（一七四五）年一〇月五日に舎子の養子となった。この八穂宮が景範の言う八百宮と何らかの関係があるか。
（16）年貢増徴に関する論述に際し、以下の文献を参照した。森杉夫「神尾若狭の増徴をめぐって」（『歴史研究』9、一九六五年三月）、同「神尾若狭の増徴に対する農民闘争史料」（『近世史研究』42、一九六七年三月）、谷山正道『近世民衆運動の展開』（高科書店、一九九四年一一月）第一部第二章「延享元年勘定奉行神尾春央の西国幕領巡見をめぐって―年貢増徴をめぐる東と西―」、『百姓一揆事典』（民衆社、二〇〇四年一一月）。
（17）前掲谷山正道「延享元年勘定奉行神尾春央の西国幕領巡見をめぐって―年貢増徴をめぐる東と西―」参照。寛保元―三（一七四一―一三）年の平均年貢高と延享元（一七四四）年の年貢高との比較。比較対象は、摂津国（西成・大道寺、難破、住吉・杉本、我孫子、島下・一津屋、交野・中宮、招提）、河内国（若江・小若江、渋川・南鞍作、丹北・三宅、城連寺、丹南・岩室）。
（18）辻達也「幕藩体制の変質と朝幕関係」（『日本の近世　天皇と将軍』、中央公論社、一九九一年九月）。
（19）『倭紂書』の本文は『列侯深秘録』（国書刊行会、一九一四年五月）による。前掲谷山正道「延享元年勘定奉行神尾春央の西国幕領巡見をめぐって―年貢増徴をめぐる東と西―」が紹介。
（20）『井上次兵衛覚帳』の本文は『曽爾村史』（曽爾村役場、一九七二年一一月）による。前掲谷山正道「延享元年勘定奉行神尾春央の西国幕領巡見をめぐって―年貢増徴をめぐる東と西―」が紹介。
（21）盛田帝子『近世雅文壇の研究―光格天皇と賀茂季鷹を中心に―』（汲古書院、二〇一三年一〇月）第一部第一章「御

所伝受の危機―烏丸光栄から桜町天皇へ―」、同第二章「近世天皇と和歌―歌道入門制度の確立と「寄道祝」歌―」。また、臣下の視点を通して桜町天皇の和歌活動の全体を見わたしたものとして、久保田啓一「冷泉為村と桜町院」(飯倉洋一・盛田帝子編『文化史のなかの光格天皇―朝儀復興を支えた文芸ネットワーク』、勉誠出版、二〇一八年六月)が参考になる。

(22)『かはしまものがたり』の本文は佐野大介「孝子義兵衛関連文献と懐徳堂との間　附翻刻」(『懐徳堂センター報2005』、二〇〇五年二月)による。

(23)もちろん、この場合の伝達対象として想定されているのは雅文を解する者に限られるだろう。しかし、先述した擬装のための雅文という観点との関連でいえば、その限定的伝達性こそが肝要となる。

※原本、影印、翻刻からの引用は、清濁、句読点を改め、カギ括弧を付した。なお、著者による注記は（　）内に記した。

第四章　加藤景範『いつのよがたり』考（二）
――懐徳堂の天皇観――

はじめに

加藤景範《かげのり》が著した『いつのよがたり』は、前章にて指摘したように、桜町天皇という実在する天皇に基づいて描かれた作品である。

景範は懐徳堂の草創期からの門人であり、五井蘭洲《らんしゅう》に和学を学び、同じく蘭洲門下の中井竹山《ちくざん》、中井履軒《りけん》と親しく交わった。景範の著作に竹山、履軒が序跋を添えることも多く、大阪府立中之島図書館所蔵の『いつのよがたり』には、明和元（一七六四）年九月付の竹山による序文が付されている。(1) そこに本作を評して「蓋以寓言、包括近時偉蹟、補以可欲之挙、構成一代盛事」とある。すなわち、本作は史実を内に含みつつ、そこに望むべき事柄を補って構成された、架空の天皇の一代記なのである。こうした作品の性格がもたらす必然の結果として、『いつのよがたり』には作者自身の天皇観（本章では天皇・朝廷に関する思想という意味で用いる）が時に露わな形で表出している。履軒が自身の経世論を『華胥国物語《かしよのくに》』（安永九〈一七八〇〉年頃成）として寓話的に叙述したように、[2]景範もまた物語という形式を借りて天皇の理想的なあり方を提示したと言えるだろう。

懐徳堂研究の先駆者西村天囚以来、懐徳堂の天皇観として第一に取り上げられてきたのは、竹山が松平定信の求めに応じて執筆した『草茅《そうぼう》危言《きげん》』（寛政三〈一七九一〉年成）であった。[3]『草茅危言』は政治経済全般に対する献策書であるが、天皇に関する詳細な意見も述べられており、今後も資料としての重要性は変わらないだろう。ただ、その思想の淵源はどこにあるのか――近年、清水光明によって『災後蕘言《さいごじょうげん》』が『草茅危言』の構想の前提を考えるうえで有益との指摘がなされた。[4]『災後蕘言』は天明八（一七八八）年の京都大火直後に竹山が記したものである。

結論を先に言えば、その『災後蕘言』よりさらに二〇年以上前に成立した『いつのよがたり』には『草茅危言』の天皇に関する議論のいくつかがすでに述べられている。従来内容に対する分析が行われてこなかった『いつのよがたり』だが、『草茅危言』以前における懐徳堂の天皇観を探るためにも注目すべき書物なのである。以下、本章では『いつのよがたり』の物語展開に即しつつ、随所に表れた天皇観を抽出し、懐徳堂の思想との関連を指摘・分析する。と同時に、近世朝廷研究の成果を適宜参照することで『いつのよがたり』と史実との距離を見定めてゆきたい。

一　国史編纂、大学寮の再興

『いつのよがたり』は帝がまだ幼かったころの以下のような挿話から始まる。[5]

帝が『孝経』を読み始めた際、その内容を侍読に問うた。侍読は「これは人の子のおやにつかふる道を、くじなる聖のをしへ給ふなり」と簡単に答えるのだが、これに帝は「あなめでたのふみや。あめつちもやがて孝の道ゆく物とこそみれ」と深い理解を示す。感嘆した侍読は「やまとだましゐのざえひろくすゝみ給ひて後、あめがしたしろしめすらん御代こそ思ひやらるれ(6)」と、将来の帝の治世を予祝する。帝の人並み外れた聡明さを示す挿話と言えるだろう。

禁中、幼少の者がはじめて読書を行う読書始において、多く用いられたのが『孝経』であった。先述したように『いつのよがたり』の帝は桜町天皇に基づいて造型されているのだが、その桜町天皇も享保一二（一七二七）年三月二四日、清原氏の一流で当時非参議だった伏原宣通から『孝経』を講じられている(7)。したがって、帝が読書始で『孝経』を学ぶという『いつのよがたり』の展開自体は史実と照らし合わせて不自然なものではなく、そこにことさら思想性を見出だす余地はない。しかしながら、帝の聡明さを「孝」への理解を以て象徴したのは、やはり懐徳堂の思想を反映したものと見るべきだろう。

懐徳堂では早くから「孝」の重要性が説かれており、中井甃庵《しゅうあん》『五孝子伝』（元文四〈一七三九〉年成）、中井竹山『蒙養篇』（成立年未詳）などの著作の他、孝子顕彰の運動も活発に展開された。懐徳堂においては「孝」が全ての道徳の根源であり、人の道の基礎と考えられた(8)。それゆえに孝は政道と不可分の関係にある。蘭洲は以下のように言う。

孝謙天皇のみことのりに、「国を治め民を安ずるはかならず孝をもつて治む。百行のもと孝を先とす。天下の家ごとに『孝経』一巻を持しめ講習せしめよ。孝行の名あるものは所の司よりまうし上よ」とのたまへり。

此時仏法さかんに行はるゝ時なれど、眼前の政はかく人倫の道によらせ玉へり。孝の道、大なりと云べし。
（『蘭洲茗話』上）(9)

孝および『孝経』は国を治めるために必要不可欠なものとされた。『いつのよがたり』の帝は、こうした思想を体現した理想的な君主として物語に登場するのである。

さて、成長した帝は「ちかきよにすたれたること」が余りに多いのを恨み、それらを再興しようと思い立つ。まず取りかかったのは国史の編纂事業である。

六史の例は事のわかちも人のけぢめもさだかならぬとて、「班馬のあとをふみてを」と聞え給ひけり。「末の世のかゞみとあるべきを、筆をくれたらん、いとみぐるしかるべし」とて、世にゆるされたるすくず《宿》のかぎりを国々よりめしよせらる。「はた人の才をおふしたてん」とて、大学寮をおこし、及第などもあるべき御くはだてとて、昔のあとからがへさせたまふ。

六国史に満足しない帝が国史編纂にあたって模範としたのは、「班馬」すなわち班固の『漢書』と司馬遷の『史記』であった。後世に伝えるに相応しいものとすべく、帝は評判の儒学者をあまねく諸国から召し寄せ、編纂の任にあたらせた。その一方で、人々の漢学の学識を育成しようと大学寮の再興を企図する。漢学に深い造詣を持つ帝によって儒学者たちに活躍の場が与えられる。ここで描かれた帝は、いかにも儒学者にとって理想的な君主である。

懐徳堂における国史研究については、保元の乱から南北朝合体までの史論をまとめた中井履軒『通語』（明和七、八〈一七七〇、一〉年頃成）や、徳川家康の生涯を編年体で書き記した中井竹山『逸史』（寛政一一〈一七九九〉年成）などがよく知られている。ただ、これらの著作は『いつのよがたり』で語られるような国史とは異なる。その意味で見逃せないのは、紀伝体の漢文で書かれた『大日本史』の存在である。明和八、九（一七七一、二）年、懐徳堂では三七名もの人員を用いて『大日本史』を転写した。この転写事業に、景範は三代目学主三宅春楼や竹山、履軒とともに校訂者として参加している。『大日本史』転写は『いつのよがたり』成立以後のことではあるが、初代学主三宅石庵《せきあん》の弟観瀾《かんらん》が『大日本史』編纂に関わっていたこともあり、『大日本史』の情報は早くから伝わっていたであろう。帝による国史編纂事業は、当時の懐徳堂における国史研究に対する強い関心を反映したものとして留意しておきたい。(10)

ところで、先に引用した『いつのよがたり』の記述でもう一つ注目したいのは、儒者を集めて大学寮を再興しようとする箇所である。国家による学校設立については、懐徳堂自体が官許を得、さらには官学化を目指したこともあり、早くからその重要性が訴えられてきた。蘭洲の「郷校私議」はその一例である。(11)また、天明二（一七八二）年、竹山は菅原氏嫡流で当時権中納言だった高辻胤長《たねなが》の依頼を受けて「建学私議」を執筆し、京都と大坂に官学を建設する意義を述べている。(12)胤長は菅原氏の学問を復興するべく、御所内に学校を設立することを企図し、その設計を竹山に下命したのであった。「建学私議」は光格天皇の上覧を得たとも言われるが、(13)天明八（一七八八）年の大火によって学校設立の計画は頓挫してしまった。ただ、竹山による学校建設の提案は『草茅危言』巻二「学校の事」でも再述されることになる。そこで竹山は学校の具体的設備、人員配置について述べるのだが、その形態は竹山自身が言うように「古代の大学寮の姿」であった。(14)帝が大学寮再興を企図する『いつのよがたり』

の展開は、まさに竹山が望むところと一致するのである。

興味深いことに、景範周辺の懐徳堂関係者の書物を見ていくと、彼らが自身を大学寮に学ぶ古代の学者に擬した表現に出会う。たとえば、蘭洲作と見られる『続落久保物語《ぞくおちくぼ》』（宝暦七〈一七五七〉年以降成）では、竹山や景範が「文の道しれる人々、大学の人々」として名を変えて登場する（本書第一部第一章）。また、履軒が著した紀行文『昔の旅』（明和八〈一七七一〉年以降成）では、竹山が「文章の博士」、履軒自身が「内記」、従者二名が「文章生」と設定されている(15)。これらの事例からは、大学寮に対する彼らの憧憬にも似た思いが認められよう。このように、大学寮は蘭洲や竹山、履軒にとって理想的な存在であり、その再興は念願するところだった。景範はそうした願いを物語のなかで実現しようとしたのである。

二　諡号・天皇号の再興

帝が国史編纂に取り組む一方、帝の父である院は勅撰和歌集の再興に取りかかる(16)。しかし、院は志半ばで病に倒れ、そのまま没してしまった。そこで大臣たちは故院の称号を定めるための話し合いを催した。通例に従えば「一条院」のように「追号（賛美の意を含まず、御在所名や陵名などを用いる）＋院号」という形で贈るところである。しかしながら、かねてより帝はそのような慣習に不満を持っていた。

院号定め給ふべきよし、おとゞたち、いひあはせ給ふにつけて、「いでや、ゝへのゝたまひしことなんある。『あがりたる世には、尊策とて、ありし御徳をかたどりて文字をえらびけるを、宇多の帝、灌頂の後、法皇と申せしよりおぼしをきける御心にや、諡をも奉らず。冷泉のみかどより天皇の号を申さず。よゝをへて、をくり名のいはれわきまふる人なんなくなりにたるこそあさましけれ』とこそ聞をきつるを、こたびはむかしのをきてにかへしあらため給ふべしや」とて、『尚書』の中に、さるべき文字とり出て、倚廬のおましに奏し給ひしとや、何とか定まりぬらん。

帝によると、往古は故人の生前の徳を象徴する文字を選び、「諡号（「桓武」などの漢風諡号）＋天皇号」を贈っていた。にもかかわらず、宇多の時から諡号が、冷泉の時から天皇号がそれぞれ用いられなくなり、今ではその由来を心得た人もいなくなってしまった。こうした帝の嘆きを大臣たちは思い起こし、『尚書』（書経）から文字を選んで帝に奏上する。

ここに見られる諡号・天皇号に対する問題意識は『草茅危言』でもほぼ同じ形で認めることができる。竹山は、文徳の御代に神武以来の天皇の諡号を一挙に定めたことを「大に至当の御事なり」と評価する。それまでの天皇の称号（「神日本磐余彦尊《かんやまといわれひこのみこと》」などの国風諡号）は非常に煩雑で分かりにくいものだったからである。しかし、諡号・天皇号の慣習は早くも廃れることになる。

然るにそれよりわづか三四代を経て、宇多醍醐の二帝、はや諡号の文字に非ず。朱雀帝より始て院号を用ひさせらるゝことになり、地名に院を連用せらるゝのみにて天皇の文字を廃せらるゝこと、嘆ずべき義なり。

（『草茅危言』巻一「諡号院号の事」）

文徳からわずか三、四代後、宇多、醍醐の時には諡号を用いなくなり、朱雀の時からは天皇号をも用いなくなってしまった。竹山はこれを嘆息するのである。

諡号・天皇号の途絶を嘆き、その再興を訴える。『いつのよがたり』と『草茅危言』の主張は一読してほぼ同じであると言ってよい。唯一注意されるのは『いつのよがたり』で冷泉以降とされた天皇号の途絶が『草茅危言』では朱雀以降となっており、その時期が早められている点である。

天皇号の途絶を冷泉以降とする考え方は早く北畠親房『神皇正統記』に認められる。

此御門（冷泉）ヨリ天皇ノ号ヲ申サズ。又宇多ヨリ後、諡ヲタテマツラズ。（中略）尊号ヲトヾメラル、コトハ臣子ノ義ニアラズ。神武以来ノ御号モ皆後代ノ定ナリ。持統・元明ヨリ以来避位或出家ノ君モ諡ヲタテマツル。天皇トノミコソ申メレ。中古ノ先賢ノ議ナレドモ心ヲエヌコトニ侍ナリ。

（『神皇正統記』巻四「冷泉院」[17]）

天皇号の途絶が冷泉以降であることだけではなく、諡号（諡）の途絶が宇多以降であることまで述べられている。この記事は、新井白石『読史余論』（正徳二〈一七一二〉年成）にも引用されており、白石は冷泉以後「天子皆院号にて諡なし」[18]と述べている。『いつのよがたり』はこれらの史書に依拠したのであろう。

一方、天皇号の途絶を朱雀以降とする考え方は栗山潜鋒『保建大記』（正徳六〈一七一六〉年刊）に認められる。潜鋒は、宇多帝謚を停《とゞ》め、朱雀帝皇号を停めてより、上皇・太后、寺院を以て自ら焉《これ》に居る。（中略）大典を闕き、国体を損ずること、焉より大なるは莫し。(19)

としたうえで、「源親房、以て臣子の道に非ずと為すは当れり」と述べる。潜鋒は親房と同じく諡号・天皇号の途絶を嘆くのだが、天皇号の途絶については冷泉から朱雀へと認識を改めたわけである。『草茅危言』はそうした知見を踏まえたのであろう。

以上のように、『いつのよがたり』と『草茅危言』における天皇号途絶についての認識の違いは、それぞれが依拠した史書の違いに起因すると考えられる。

ところで、諡号・天皇号の再興は実際に果たされたのだが、それは天保一一（一八四〇）年一一月、光格が没した際のことであった。(20)『いつのよがたり』成立から七三年後のことである。それでは、朝廷内における諡号・天皇号再興の動きはいつごろからあったのだろうか。

渡邊雄俊が紹介する『定春卿記』宝暦一二（一七六二）年七月二九日条によると、桜町は生前から「桃園院」という追号・院号を自身のために定めていたという。(21)となると、『いつのよがたり』の帝のモデルとなった桜町天皇に諡号・天皇号再興の意志は無かったことになる。一方、野村玄は『柳原紀光日記』安永八（一七七九）年一一月二六日条に「可有天皇謚号由、摂政計申」とあるのを紹介し、後桃園の葬儀に際して諡号・天皇号の再興が朝廷内で議論されていたことを指摘した。(22)藤田覚はこれを踏まえ、「事実であれば、諡号・天皇号の再興は後桃園天皇の死の時期にその動きがあり、光格上皇の死の時に実現」したと総括する。(23)

『いつのよがたり』はこうした朝廷内の動向に先立ち、虚構のなかで諡号・天皇号の再興をいち早く実現したのである。その背景には、前述の通り、国史研究によって培われた景範を含む懐徳堂の思想があったのであろう。あるいはそれにとどまらず、朝廷側の人間、具体的には高辻胤長が関係していた可能性も考えられる。

というのは、天皇にふさわしい諡号を漢籍のなかから選ぶのは儒家の役割だからである。現に光格の諡号選定の際には、高辻家をはじめ菅原氏の諸家がそれぞれの案を勘申した(24)。学校建立で菅原氏の学問の復興を目論んだ胤長にとって、諡号の再興もまた望ましいものであったに違いない。胤長は先述した竹山との関わりの他、明和三（一七六六）年に中井履軒を学問の師として京都に招聘するなど、懐徳堂との関係は深い。そうした交流のなかで諡号・天皇号の再興が話題になったとしてもあながち不自然ではあるまい。

ともあれ、少なくとも確かなのは『草茅危言』で提議された諡号・天皇号の再興という思想が『いつのよがたり』成立の時点ですでに用意されていたということである。

三　御修法の変更

諡号・天皇号を再興させた後、帝はさらに宮廷儀式の改革へと乗り出す。

又の年のむ月にや、みしほ《御修法》をこと方にておこなはるべきさだめあり。

御修法とは、平安時代、毎年正月八日から宮中真言院で行われた密教の行事である。川嶋將生によると、御修法は長禄以降長らく断絶していたが、元和九（一六二三）年、すでに存在しなくなった宮中真言院の代わりに紫

宸殿の一部を用いて再興されたという。(25)

『いつのよがたり』の帝は、その御修法の場所を変更しようとしたのである。この挙に大臣は「おほかたの事、ふるきによりてありなん」と古例を改めることに反対するが、帝は聞き入れない。帝によれば、世が下るにつれて「人の才をとり、四つの道、大かたたど〳〵しく、文の才は下ざまにのみうつりはて」た。その結果、「神をさへ『仏の化身』」と言う僧侶に惑わされ、かえって「むかしのおきてをさへ、あやしうことさらにかまへ出したらんやうにおぼす」ようになってしまった。

つまり、御修法を古例と信じて疑わない思考それ自体が、仏教に惑わされた者の証なのである。帝は次のように言を続ける。

「（前略）弘仁のころにや、勘解由使の庁をはらひて、真言院をたてられ、空海におほせて、みしほ行はれしより、何のずけう《誦経》、くれのはかう《発講》など、代々にことくはへて、ゐびすの国の風に吹まどはさるゝことこそあさましくおぼゆるを、もろこしの聖の道をば、さるものにて、わが神のをしへをだにたどりしれかし」と、ゆるぐべうもなく、すくよかにのたまふ

空海による御修法を行ってからというもの、何かにつけて誦経などの行事が加えられるようになってしまったという。帝の真意は、こうした国家と仏教の癒着関係を解消するところにあった。御修法の変更はその象徴的行為だったのである。

懐徳堂において、御修法に対する問題意識はあったのだろうか。蘭洲は『承聖篇』（宝暦七〈一七五七〉年自序）

という仏教批判書を著しているが、そこには次のような記載がある。

弘法に命ぜられて禁中にて一七日息災の法を行わしむ。其間にこのたびは禁中大蔵省より火出たり。うろんなる天竺の息災の法をいかに修したりとて、日本の火災のやむべきことわりなきに、かくするは嘲物《なをもつ》をむさぼるなり。これ貪なり。

（『承聖篇』下[26]）

ここでいう「一七日息災の法」が御修法のことである。蘭洲は御修法に効果がないことを指摘し、そのような儀式を持ち込んだ空海および仏教を糾弾する。このように、御修法への批判は蘭洲まで遡ることができる。興味深いことに、竹山は『草茅危言』において、光格天皇が御修法を廃止しようとしたことを肯定的に記している。そもそも、同書は「崇神俟仏の惑」のために朝廷が衰微したと述べるところから書き起こされていた。仏教批判は竹山の朝廷論の根幹なのである。

竹山は、幸いに「聖天子」（光格天皇）と「東関賢佐」（松平定信）を得た今こそが、その「宿弊」を排除する「千載の機会」であると主張する[27]。以下はそれに続く文である。

昨年叡慮を以て御修法の護摩を廃せさせ玉ふべきとの御事なりしを、東寺より先例を以て彼是と申す旨ありて止ことを得させられざりしにや、是迄の式は改めて別殿にて行れしと聞及べり。草野の下、その実否并に委曲は知べきに非ざれども、大抵是等を始とし、巫釈の説より出て朝廷の典故となりしことの停廃せらるべきは余多なるべし。

（『草茅危言』巻一「王室の事」）

竹山は伝え聞いたこととして、「昨年」光格天皇が御修法の廃止を企図した結果、その場所が「別殿」に変更されたと述べる。[28]そして、御修法を始めとして廃止すべき行事が数多あることを訴えるのである。

御修法の変更とそれに代表される仏教行事への批判、そしてそうした主張の根底にある、国家を惑わす仏教への憤り。『いつのよがたり』と『草茅危言』はここでも同じ思想を示している。ただし、見逃せない相違点もある。それは神道に対する姿勢である。すなわち、『草茅危言』が「崇神佞仏」「巫釈」などのように神道と仏教を同一に批判するのに対し、『いつのよがたり』の帝は「もろこしの聖の道」とともに「わが神のをしへ」を重視している。この景範の姿勢は日本書紀研究を家学とし神儒一致を唱えた蘭洲からの影響ではないかと思われるが、詳細はさらに分析を要する。

ところで、桜町天皇が排仏論者であり、御修法を変更あるいは廃止しようとしたという史料は管見の限り見当たらない。とはいえ、『いつのよがたり』における排仏論者の帝と桜町天皇が全く無関係だったというわけではなさそうである。

山口和夫は「神仏分離は明治初年、急遽短期に起こったのではなく、江戸時代のなかで緩やかに時間をかけた仏教色排除、神仏習合喪失の動きがあった」と述べ、その大きな要因として大嘗祭の存在を指摘している。[29]大嘗祭は文正元（一四六六）年を最後に二〇〇年以上中断した後、貞享四（一六八七）年、東山天皇即位にあたって簡略な形で再興、元文三（一七三八）年、桜町天皇即位の際に再々興され、以降今日まで継続されている。山口によると、桜町天皇以降、神事期間中の仏事に対する排除は徹底されてゆき、たとえば御所から聞こえる範囲の寺々の鐘の音が停止させられたり、御所周辺での僧尼の往来が禁止されたりした。「大嘗祭の神事において、仏僧は不浄な存在と併記一括され、公的に排除・隔離された」のである。[30]

さらに山口は高埜利彦の研究を参照しつつ、甲子改元を報告する七社・宇佐・香椎奉幣使が継続・定着してゆくにしたがって奉幣使の沿道における仏教的要素に対する排除が拡大したことを指摘しているが、[31]それら奉幣使が再興されたのは延享元（一七四四）年、やはり桜町天皇の御代のことであった。

大嘗祭や奉幣使といった神事の再興は、実際には吉宗政権の対朝廷政策のもたらしたところが大であり、もとより桜町天皇が仏教を排除するために実施したことではない。[32]しかしながら、たとえば神沢杜口は大嘗祭や奉幣使の再興をひとえに桜町天皇の徳によるものと述べ（『翁草』巻一〇「享保以来見聞雑記」）、懐徳堂とも関係が深い三輪執斎は元文三（一七三八）年の大嘗祭を直接見聞し、大嘗祭にともなって仏教が忌み遠ざけられた様子を特記している（『神道憶説』[33]）。

度重なる神事の再興とそれにともなう仏事の排除は、一部の庶民の間に桜町天皇が仏教を排除する天皇であるというイメージを抱かせたのではないだろうか。そして、そうした桜町天皇像は仏教を否定する立場の人間、たとえば景範や竹山に歓迎されるものだったに違いない。『いつのよがたり』の帝には、かかる桜町天皇像が反映されていると思われる。

四　服喪の厳粛化

院の没後、「東の君」から追悼の和歌が贈られ、帝はみずから返歌を詠ずる。次はそれに続く文である。

いでや、ちかき世となりては、天が下のまつりごと、東の御心ひとつにまかせて、国々の守といふも、たゞこのおきてに従ひもてくるまゝに、さき〳〵のとの《将軍》ゝ御いみのほどなどは、近き市町をばさらにもいはず、いか《五十日》のほどは、海の釣、山の猟をとゞめ、ものゝ音とは、みねの嵐、いそうつ浪をもひそませつべし。

近年、天下の政治は「東の御心」一つに任せられ、「さき〳〵のとの《将軍》」の忌みの際は「近き市町」だけではなく、五〇日程の間、釣りや猟といった殺生を禁じ、物の音も停止させられた。
端的に言えば、「東」とは徳川幕府であり、「さき〳〵のとの《将軍》」とは歴代の徳川将軍、「近き市町」とは江戸のことである。そして、ここで語られているのは帝が「天が下のまつりごと」を幕府に一任しているという大政委任論、そして将軍の死に際しての忌みの厳粛さである。ただ、前者はかなり素朴な形で表出されており、それ自体の是非が問われているわけではない。当該場面で問題となるのは後者の方である。先に引用した文に続く箇所を以下に示す。

諒闇はひきかへて、みやこの外はわづかに十日ばかり物のひゞきとゞめられ、魚鳥のいましめもなく、よろづゆるやかにのみ、おきて給へるこそ、「いとあまり事そがれたるわざや」と下がしもざまの心にだに、あかぬことゝおもへるを、こたびはあらためて、大方、東の御いみよりは、やゝおごそかなり。

天皇の死は都以外ではわずか一〇日ほど物の音が止められるばかりで殺生の禁制もなく、緩やかなものだった。それを人々は不満に思っていたのだが、今回の院の死に際しては「東」の忌みよりもやや厳粛に改められた。

ここで問題となっているのは天皇の死が将軍のそれに比して軽ろんじられているという状況である。そして、院の死を契機としてその軽重のバランスが是正されたというわけである。これまで朝廷内のことに終始していた『いつのよがたり』は、このようにして朝幕関係へとその叙述を及ぼせてゆくのである。(34)

さて、『いつのよがたり』で言及されている「もの丶音」「物のひゞき」の停止とは、いわゆる鳴物停止令のことである。中川学によると、鳴物停止令とは「近世における特定の為政者の死などにあたり、幕府・藩などが鳴物（歌舞音曲）や普請（建築・土木の工事）などを停止させる政治措置」のことを言う。(35) それでは、桜町天皇の御代における鳴物停止令の実態はいかなるものだったのか。以下に示すのは、中川が調査・作成した江戸・京都・大坂の鳴物停止日数から、桜町天皇前後の天皇・将軍の死と鳴物停止日数を抜粋したものである。(36)

年月	死者	鳴物停止日数		
		江戸	京都	大坂
一七一六年五月	徳川家継	49～※	49～※	49～※
一七三二年八月	霊元天皇	5	30※	12※
一七三七年四月	中御門天皇	5	50※	12※
一七五〇年四月	桜町天皇	5	52※	12※
一七五一年六月	徳川吉宗	104※	106※	47～※

（※は期限未提示の形で出される停止令。「～」とあるのは「〇日以上」を示す）

この一覧の通り、基本的に天皇の鳴物停止日数は将軍のそれと比べて短い。その差は特に江戸と大坂において顕著である。中御門天皇に相当する院の服喪を将軍以上に厳粛化したという『いつのよがたり』の叙述は景範が設けた虚構であった。

　注目したいのは、諒闇に際しては「みやこの外はわづかに十日ばかり物のひゞきとゞめられ」るに過ぎなかったという『いつのよがたり』の記述である。すなわち、霊元、中御門、桜町の死に際しての鳴物停止日数を見るに、一〇日程となっているのは大坂以外にない。となると、「さき〲のとの《将軍》ゝ御いみ」に「いかのほど《五十日》」鳴り物が停止されたというのも、家継、吉宗の死の際、大坂においてそれぞれ四四日、四七日以上の鳴物停止が行われたことを意味しているのであろう。鳴物停止において、景範が生きた大坂では京都ほど天皇が尊重されることはなかった。『いつのよがたり』における服喪の厳粛化からは天皇の死が将軍の死よりも軽視されている事態に対する景範の問題意識、より強く言えば憤りがうかがえよう。

　一方、これまでいくつかの思想の一致を示してきた『草茅危言』に対応する記事はない。『いつのよがたり』に記された服喪の問題は将軍よりも天皇を重視する思想が明確に表れた箇所であり、見方によっては幕府に対する批判たり得る。そのため、幕府への献策書に記すことを竹山が憚ったか、あるいはこの問題については景範独自の思想だったのかもしれない。

　なお、竹山が著した『懐徳堂内事記』を見てゆくと、懐徳堂では天皇や将軍の死に際して数日間の休講を実施し、弔意を示していたことが認められる[37]。宝暦一一（一七六一）年六月に徳川家重の死に際して、翌年六月に桃園天皇の死に際してそれぞれ実施された休講がそれである。その休講日数は前者（家重）が七日間、後者（桃園）が一〇日間であった。同時期に相次いだ将軍と天皇の死に関する休講日数において三日間の差があることが分かる。この休講日数の差異は天皇の死をより尊重しようとする姿勢が表れたものかもしれない。ただ、そのことを明示する資料は今見当たらないため、あくまで一つの可能性を示すものとして留意するに止めておきたい。

おわりに

以上、本章では加藤景範が著した『いつのよがたり』から天皇・朝廷に関する思想が認められる箇所を抽出し、懐徳堂、特に五井蘭洲や中井竹山の思想との関連を指摘してきた。一連の検証を通して、『いつのよがたり』が『草茅危言』以前における懐徳堂の天皇観を探るうえで有益な書物であることが明らかになったと考える。『いつのよがたり』の帝は「孝」への深い理解を有する君主として造型され、その帝のもとで国史編纂、大学寮再興、諡号・天皇号の再興、御修法の変更、服喪の厳粛化といった改革が次々と企図あるいは実行されていった。『いつのよがたり』は天皇・朝廷に関する問題点を炙り出すだけにとどまらず、その解決までをも描いてみせたわけである。そしてそれは『いつのよがたり』が『草茅危言』のような献策書ではなく、作り物語だったからこそ可能なのであった。

このように景範が物語を通して自身の思想を表現した背景には、蘭洲の物語観からの影響があったと思われる。蘭洲は源氏物語注釈において、華やかな源氏の栄光がそれとは全く異なる現実を反転させたものであると述べ、いわば不遇の反転とでも言うべき作り物語の筆法を見出した。蘭洲によれば、『源氏物語』作者は歴史的敗者に対する同情から、〈藤原氏／源氏〉という〈勝者／敗者〉の関係を物語世界において逆転させ、あるべき世界を示したという。そして蘭洲自身は『続落久保物語』という作り物語を著し、そこで彼なりの理想的な世界を実現させた（本書第一部第二章）。

蘭洲が『続落久保物語』において問題視し是正の対象としたのは『落窪物語』という先行作品であったが[38]、景範はその対象を現実社会へと移して『いつのよがたり』を執筆したのである。その意味で『いつのよがたり』は『続落久保物語』の筆法を景範なりに発展させた作品であると言えよう。

さて、すでに述べてきた通り、作中で帝が取り組んだ改革はいずれも桜町天皇の御代に行われたものではなく、景範が施した虚構であった。そして、それらのいくつかは後に光格天皇の御代に企図（大学寮再興）あるいは実現（諡号・天皇号の再興、御修法の変更）することになる。光格天皇が閑院宮典仁親王の第六皇子として誕生するのは明和八（一七七一）年八月のこと。当然のことながら、『いつのよがたり』執筆当時、景範は光格天皇の存在を知るべくもない。しかし、桜町天皇に基づいて造型されたはずの『いつのよがたり』の帝は、結果的に光格天皇の登場によって現実のものへとなってゆく。はたしてそれは偶然なのだろうか。

光格天皇は天明八（一七八八）年の大火によって焼亡した内裏を、幕府との交渉の末、平安時代の様式に倣って再建した。この一事に象徴されるように、光格天皇は朝儀の再興に熱心に取り組んだ天皇であった。その委細は藤田覚をはじめとする研究に詳しい[39]。桜町天皇の御代に大嘗祭や奉幣使といった長らく途絶えていた朝儀が次々と再興されていったことは先述したが、そこで生まれた復古的機運をさらに強力に推し進めたのが光格天皇であった。

また盛田帝子は、光格天皇が宮廷文化の中核となる和歌に力を注ぎ宮廷歌壇を領導したことを指摘するが、盛田が述べるように、その素地となった天皇中心の入門制度を確立させたのは、やはり桜町天皇であった[40]。

朝儀再興においても、宮廷歌壇の振興においても、桜町天皇は光格天皇の、いわば先駆者と言うべき存在であった。光格天皇が桜町天皇の後を追ったと考えれば、結果として『いつのよがたり』の帝と光格天皇が重なるのもうなずける。

なお、西村天囚が紹介する元治元（一八六四）年五月二七日付島津久光宛山階晃親王書簡によれば、光格天皇は『草茅危言』をいつも褒め称えていたという。[41]これが確かならば、懐徳堂の天皇観が『草茅危言』を通して、光格天皇に直接影響を与えたとも考えられよう。

以上を勘案すれば、桜町天皇、『いつのよがたり』の帝、そして光格天皇という三人の天皇が重なるのは、もはや偶然とは言い切れまい。景範は『いつのよがたり』において、すでにこの世を去った桜町天皇の面影を踏まえつつ、当時の懐徳堂の天皇観を色濃く引き継いだ新たな天皇を描き出した。その結果として、『いつのよがたり』は、来たるべき光格天皇という君主を先見的に表出した作品となったのである。

注

（1）竹山の詩文集『奠陰集』には明和元（一七六四）年八月付で収まる。

（2）履軒が『華胥国物語』を著した意図については、福田一也「『列子』華胥国説話と中井履軒『華胥国物語』」（『懐徳堂研究』4、二〇一三年二月）に考察がある。

（3）西村天囚『懐徳堂考』（一九八四年三月復刻版。初版一九一一年七月）下巻「竹山の尊王（上）（下）」、宮川康子『自由学問都市大坂　懐徳堂と日本的理性の誕生』（講談社、二〇〇二年二月）第六章「武士無用論―中井竹山の『草茅危言』」など。

（4）清水光明「「御新政」と「災後」―天明の京都大火と中井竹山―」（『日本歴史』765、二〇一二年二月）。なお、景範は『災後蕘言』を転写している。

（5）『いつのよがたり』の本文は大阪府立中之島図書館所蔵本による。本書資料編一参照。

（6）この侍読の台詞にはやや疑問が残る。すなわち、「やまとだましゐのざえ」をどのように解釈すればよいのか。

通例に従えば、「やまとだましゐ」（大和魂）と「ざえ」（才）は別個の概念として捉えられる。なお、蘭洲の「大和魂」解釈については拙稿「『続落久保物語』の思想性―「大和魂」をめぐって」（井上泰至・田中康二編『江戸の文学史と思想史』、ぺりかん社、二〇一一年一二月）で簡単に触れた。

（7）『桜町天皇実録』1（ゆまに書房、二〇〇六年四月）。

（8）「忠孝」（湯浅邦弘編著『増補改訂版　懐徳堂事典』、大阪大学出版会、二〇一六年一〇月）。

（9）『蘭洲茗話』の本文は懐徳堂記念会編『懐徳堂遺書　蘭洲茗話』（松村文海堂、一九一一年一〇月）による。

（10）懐徳堂を含めた当時の『大日本史』受容については、勢田道生「津久井尚重『南朝編年記略』における『大日本史』受容」（『近世文藝』98、二〇一三年七月）に詳しい。

（11）大阪府立中之島図書館所蔵『蘭洲遺稿』巻二所収。寺門日出男「五井蘭洲遺稿の伝存について」（『国文学論考』、二〇〇四年三月）の分類に従えば、本書は三種ある内の八巻本である。

（12）以下、「観光院」「建学私議」「高辻胤長」（前掲『増補改訂版　懐徳堂事典』）参照。

（13）飯田忠彦『野史』（嘉永四〈一八五一〉年成）本紀第二〇「光格天皇」に「上皇（光格）嘗嘆輦下乏学士。権中納言菅原胤長（高辻胤長）。献中井積善（竹山）所著。建学私議及図。上皇大悦。摸之」とある。

（14）『草茅危言』の本文は『草茅危言』（懐徳堂記念会、一九四二年九月）による。

（15）『昔の旅』の本文は矢羽野隆男ほか「中井履軒『昔の旅』翻刻訳注および解説」（『懐徳堂センター報2005』、二〇〇五年二月）による。

（16）院は「南の帝にて撰ばれし新葉より後の歌ども」を撰ぼうとする。この『新葉集』について、竹山は南朝に対する同情を交えて評価するが（『蔵山集』跋）、履軒は後醍醐天皇の歌を除けば否定的である（『華胥囈語』）。また、景範の歌学の師である烏丸光栄は、『新葉集』を見るべきかという問いに対して『新勅撰集』で事足りると答えており（『烏丸光栄卿口授』）、その評価は分かれている。

（17）『神皇正統記』の本文は日本古典文学大系による。

（18）『読史余論』の本文は日本思想大系（新井白石）による。

（19）『保建大記』の本文は日本思想大系（近世史論集）による。
（20）藤田覚『近世政治史と天皇』（吉川弘文館、一九九九年九月）第八章「天皇号の再興」参照。
（21）渡邊雄俊「青綺門院と宝暦事件―江戸時代における女院研究に寄せて―」（『書陵部紀要』49、一九九八年三月）。
（22）野村玄「江戸時代における天皇の葬法」（『明治聖徳記念學會紀要』44、二〇〇七年一一月）。
（23）藤田覚『江戸時代の天皇』（講談社、二〇一一年六月）第六章「幕末政争と天皇の政治的浮上―孝明天皇の時代」。
（24）前掲藤田覚「天皇号の再興」。
（25）川嶋將生「江戸時代前期における朝儀の復活―後七日御修法の再興をめぐって―」（『立命館文學』587、二〇〇四年一二月）。
（26）『承聖篇』の本文は大阪府立中之島図書館所蔵本による。
（27）当該箇所の解釈については前掲清水光明「「御新政」と「災後」―天明の京都大火と中井竹山―」に従う。
（28）竹山が伝え聞いたのは、天明七（一七八七）年に御修法が小御所で行われた件であろう。近世期、御修法は紫宸殿で行われるのが常であったが、この時は例外的に小御所で行われた。同年正月八日付の『山科忠言卿記』によると、小御所で御修法を行うとの仰せに対して、東寺側が「頗凶例」と反発したが、「叡慮御一決」ということで、小御所での実施が強行された（『光格天皇実録』1、ゆまに書房、二〇〇六年一〇月）。当該記事には忠言自身も「可恐々々」と感想を漏らしており、御修法の変更が関係者にとって相当衝撃的な出来事だったことがうかがえる。なお、御修法の場所は翌年には紫宸殿に戻され、忠言は「将今年復本珍重云々、宝祚長久之瑞也」と胸をなで下ろしている。
（29）山口和夫「神仏習合と近世天皇の祭祀―神事・仏事・即位灌頂・大嘗祭」（『将軍と天皇』、春秋社、二〇一四年九月）。
（30）前掲山口和夫「神仏習合と近世天皇の祭祀―神事・仏事・即位灌頂・大嘗祭」。
（31）前掲山口和夫「神仏習合と近世天皇の祭祀―神事・仏事・即位灌頂・大嘗祭」、高埜利彦『近世日本の国家権力と宗教』（東京大学出版会、一九八九年六月）。

（32）桜町天皇の朝儀再興については、高埜利彦「18世紀前半の日本」（『岩波講座　日本通史　近世』3、岩波書店、一九九四年九月）、同『江戸幕府と朝廷』（山川出版社、二〇〇一年五月）四「朝幕協調の時代」、前掲藤田覚『江戸時代の天皇』第三章一「活発な朝儀再興」を参照。なお、藤田は元文五（一七四〇）年に行われた伊勢神宮への公卿勅使派遣を桜町天皇の朝儀再興の意欲と努力の成果として捉えている（前掲藤田覚『近世政治史と天皇』第五章「伊勢公卿勅使からみた天皇・朝廷―宣命・幣物の検討を中心に―」）。

（33）なお、前田勉は『兵学と朱子学・蘭学・国学　近世日本思想史の構図』（平凡社、二〇〇六年三月）Ⅳ付論3「大嘗祭のゆくえ」で『神道憶説』の当該記事に触れ、五穀豊穣が大嘗会の恵みであるという考えが京都庶民の中にあったことを指摘する。三輪執斎と懐徳堂との関係については宮本又次「三輪執斎の学風と懐徳堂」（『季刊　日本思想史』20、一九八三年三月）を参照。

（34）『いつのよがたり』の後半部では延享年間に朝廷と幕府の間に起こった事件を題材として、幕府による苛政と帝による民衆の救済が語られる。本書第一部第三章参照。

（35）中川学『近世の死と政治文化―鳴物停止と穢―』（吉川弘文館、二〇〇九年一月）序章「本書の課題と構成」。

（36）前掲中川学『近世の死と政治文化―鳴物停止と穢―』第一章「江戸幕府鳴物停止令の構造と機能」掲載の表1「江戸・大坂の鳴物停止令」、および第二章「鳴物停止令と朝廷」掲載の表5「京都・江戸の鳴物令」に基づき作成。なお、中川学「「鳴物停止令」と朝廷」（『近世の天皇・朝廷研究』2、二〇〇九年三月）には徳川家重と桃園天皇の死に際しての京都・江戸における鳴物停止日数が載る。それによると、家重の際は京都「※133」、江戸「※51〜」、桃園天皇の際は京都「※55」、江戸「5」である。京都における鳴物停止日数は、吉宗に続き家重の際でも将軍が天皇を上回っていたことが分かる。

（37）大阪大学附属図書館懐徳堂文庫所蔵本。なお同書によれば、家重が没した際の七日間にわたる休講は吉宗が没した時の例にならったものという。

（38）具体的には道頼の息子兄弟の官位争いを肯定的に描く『落窪物語』の執筆態度。

（39）前掲藤田覚『近世政治史と天皇』『江戸時代の天皇』『幕末の天皇』（講談社、一九九四年九月）など。なお、光格天皇の存在を近世文化史という観点から浮き彫りにした論考として、飯倉洋一・盛田帝子編『文化史のなかの光格天皇―朝儀復興を支えた文芸ネットワーク』（勉誠出版、二〇一八年六月）がある。

（40）盛田帝子『近世雅文壇の研究―光格天皇と賀茂季鷹を中心に―』（汲古書院、二〇一三年一〇月）第一部「堂上雅文壇論」。

（41）前掲西村天囚『懐徳堂考』下巻「竹山の尊王（下）」。

※原本、影印、翻刻からの引用は、清濁、句読点を改め、カギ括弧を付した。なお、著者による注記は（　）内に記した。

第二部
江戸派の和文小説

第一章　服部高保『てづくり物語』考——『竹取物語』・生田川伝説・六玉川——

はじめに

近世期、国学者によって古典研究が盛んに行われたことは周知の事柄である。しかしその一方で、彼らがみずから物語を書き綴ったということについては、一体どのような作品がどれほど作られたのかさえ、実はほとんど分かっていない。本章で取り上げる『てづくり物語』も、そうした知られざる作品の一つである。

『てづくり物語』については以前発表した旧稿(1)以外の先行研究はない。その旧稿では、本作の翻刻とともに簡略な解題を作成したが、紙幅の関係上、内容の分析については十分に行うことができなかった。また、天理本『てづくり物語』や『〔岸本〕家蔵書目』の存在など、旧稿発表以降において知り得た重要な事柄も少なくない。そこで本章では『てづくり物語』の書誌について改めて整理、記述するとともに、新たに内容の分析を行う(2)。その際、作者の古典研究と創作作業がどのように相関していたのかについて特に注意しておきたい。

さて、現時点で確認できた『てづくり物語』の諸本は以下の三本である。

①多和本……多和文庫所蔵本
写本。半紙本一巻一冊。外題「てつくりものかたり　全」（左肩題簽）。内題「てつくりものかたり」。無辺無界、一面行数一一行、一行字数二二字程、墨付二七丁。奥書に「安永九年庚子む月　空さみ」とあり。蔵書印「このふみたわのふぐらにをさむ」（題簽）、「集古清玩」「多和文庫」「このふミ一たひよみ畢つ」「香木舎文庫」「不忍文庫」「阿波國文庫」（一オ）、「阿波國文庫」（二七ウ）。

②無窮会本……無窮会専門図書館神習文庫所蔵本
写本。半紙本一巻一冊。外題「てつくり物語　調布談」（左肩打付書）。内題「てつくりものかたり　調布談」。無辺無界、一面行数九行、一行字数二二字程、墨付三二丁。本奥書に「文政五年後のむつき　さゝなみの屋にてうつしぬ」とあり。奥書「文政七甲申歳夏六月八日書写了　美保」とあり。蔵書印「會田家蔵書」「伴氏家印」「無窮會神習文庫」「井上頼囶蔵」「井上氏」「香雪庵」（一オ）、「（印字不明）」（三三オ）。

③天理本……天理大学附属天理図書館所蔵本
写本。大本一巻一冊。外題「てつくりものかたり」（左肩打付書）。内題「てつくり物語」。無辺無界、一面行数七行、一行字数二四字程、墨付三四丁。蔵書印「朝田家蔵書」「竹柏園文庫」（見返し）、「邨岡氏印」（一オ）。

以上、現存する三本はいずれも転写本であり、自筆本の存在は不明である。多和本と無窮会本には、それぞれの書写者による奥書があり、それによって多和本は安永九（一七八〇）年正月に「空さみ」が転写した本であること、無窮会本は文政五（一八二二）年閏正月に清水浜臣《はまおみ》が転写した本を、さらに二年後の六月八日に「美保」が書き写したものであることが分かる。(3)また、天理本には奥書がないが、「朝田家蔵書」という蔵書印が捺されていることから、岸本由豆流《ゆずる》の旧蔵書であることが分かる。このことは、由豆流の次男朝田由豆伎《ゆずき》がまとめた『〔岸本〕家蔵書目』(4)に「てつくり物語」と記載されていることからも証される。

一　作者と成立

現存する『てづくり物語』には作者による序跋がなく、いつ誰が著したものなのかを直接知ることはできない。しかし、先述した多和本の奥書によって少なくとも安永九（一七八〇）年正月以前には成立していたことが分かる。以下に多和本の奥書を示す。

此ものがたり、たれ人のかきたる事をしらず。む所の玉川にみよしの丶里などゝり合つくりたるとて、ある人のもとより、これ見よと送りぬ。しかるに、わがうまごのうつしてよと聞ゆるにまかせ、ひとわたり書ぬ。されども、此ふみとくとかうがへて書るとも見えず。いま此ふみかきたらん人の見ば、いと拙うをし□□（難読）おもふらんとこそおぼゆ。

安永九年庚子む月　空さみ

この奥書を記した「空さみ」とは誰か。旧稿で考証したように、同じ多和本に「義亮按」という書き入れがあることを考えれば、空さみとは空阿《くうあ》とも称した源義亮《よしすけ》であろう。このことは多和本の筆跡が義亮のものと同一で

あることからも証せられる。(5)

岡陽子によると、義亮は江戸幕臣文化圏において明和から寛政前半を中心に和学書の著述を行った人物である。(6)寛政一〇（一七九八）年刊の『いそのかみ』など万葉集注釈書のほか、天明二（一七八二）年正月に『しのびね』を借りて書写したり、同年以後、源氏物語注釈書『源語類聚抄』を著したりなど、物語研究の業績も認められる。義亮は孫に乞われて『てづくり物語』を書き写したというが、その背景には物語研究に対する興味関心が働いていたと見るべきだろう。ただ、「此ふみとくとかうがへて書るとも見えず」とあるように、本作に対する評価は厳しいものであった。

一方、無窮会本にのる浜臣の奥書は好意的である。

この物語は、あがたゐおきな（賀茂真淵）に物まなべる服部高保が筆すさび也。『竹取物語』と『大和物語』の生田川との段をおもひよせて、をかしくもつくれりけり。高保はまなびのかたにも歌よむかたにもすぐれたるぬしなり。このぬしのことは前に伝めきたるものしておけり。
さゞなみのやのあるじ（清水浜臣）
文政五年後のむつき
さゞなみの屋にてうつしぬ（花押）

この通り、浜臣は本作を「をかしくもつくれりけり」と述べている。さらに浜臣は、本作が賀茂真淵の門弟である服部高保《たかやす》によって著されたと述べたうえで、高保を「まなびのかたにも歌よむかたにもすぐれたるぬしなり」と紹介するなど、本作のみならず作者をも称賛しようとする姿勢がうかがわれる。

浜臣が本作を書き写した文政五（一八二二）年は、ちょうど浜臣が真淵門流の歌文を集めた『県門遺稿』を編していう時期であった。前年の文政四（一八二一）年には『県門遺稿』第四集が刊行され、そこには荷田在満の和文小説である『白猿物語』が収められている。『てづくり物語』の転写と称賛も、そうした県門顕彰活動と軌を一にするものであったろう。

服部高保は、通称安五郎、姓は藤原、平。享保一九（一七三四）年生、寛政五（一七九三）年没。幕府の小臣で、牛込赤城下町に住み、後に四谷左門町に移った。(7)『県居門人録』によると、賀茂真淵に入門したのは明和二（一七六五）年二月二六日のことであった。(8)また、相場高保などの名で狂歌も詠んでおり、安永八（一七七九）年八月に大田南畝が主催した月見の宴にも出席している。(9)なお、『てづくり物語』の作者が高保であることは、『高保家集』（国立公文書館内閣文庫蔵）に載る歌が作中歌として用いられていることからも裏付けられる。

さて、浜臣の奥書には「このぬしのことは前に伝めきたるものしておけり」とあり、高保の人物伝を記したことを述べている。その記事は文化一〇（一八一三）年に成立した『泊洦筆話《さざなみひつわ》』の二三条にある。その前半部を引用する。

県居翁の門人に平高保通称服部安五郎といふ人有りけり。雨引山の恵岳といへる法師が『万葉集選要抄』といふ書き作りて、一家の説を建て、暗に翁の説を破りたる事のあるを見て、深く憤り、『非選要抄』といふものを書き出でて、吾師（村田春海）の許に持ち来たりて意見を乞へり。師はひとわたり見られたるのみにて、「恵岳が不学無術、もとより弁をまたずして、具眼の者誰か見しらざらん。わぬしが弁、いはれざるにはあらねども、かかるをこ人にむかひて詞つひやし、その甲斐あらじ」といはれしかば、高保も「げにさりけり」とうべなひて其儘にやまれき。又『続冠辞考』三巻、『万葉大註』三巻、『考解万葉集』一巻、いづれも学のほど顕はれてめでたき考ども多し。(10)

恵岳《えがく》の『万葉集選要抄』が刊行されたのは安永八（一七七九）年のこと（自序は安永六〈一七七七〉年）。高保はこれが師説を難じていると知って憤り、『非選要抄』を著して論駁しようとしたという。真淵の学問への崇敬のあつさとともに、『万葉集』について相当の知識を有していたことがうかがわれる。浜臣があげる高保の著作はいずれも万葉集注釈書である。『続冠辞考』は真淵『冠辞考』の遺漏を補ったもので安永四（一七七五）年の成立、『万葉大註』は万葉集歌の難語を注釈したもので寛政四（一七九二）年の成立、『考解万葉集』は現存不明だが、『続冠辞考』にその書名が見えるので、安永四（一七七五）年以前の成立である。こうした著作や浜臣の伝えるエピソードから、高保の国学者としての本領は万葉集研究にあったと見てよいだろう。

『てづくり物語』に話を戻せば、そもそも「てづくり」という書名は、

多摩川にさらす手作りさらさらになにそこの児のここだかなしき(11)

というよく知られた万葉歌を踏まえたものであり、当該歌を含めて、本作には全四首の万葉歌が引用されている。(12)特に本作の成立年次を考える際に注目したいのは、作中に真淵の『万葉集』についての学説が踏まえられていることである（第三節にて詳述）。したがって、高保が本作を著したのは真淵入門以降、すなわち明和二（一七六五）年以後と考えられる。

また『泊洦筆話』でいまひとつ注目したいのは高保と村田春海《はるみ》との親交である。春海は真淵門人としては高保の兄弟子にあたるが、年は一二も年少である。にもかかわらず、高保は『非選要抄』を著した後、まず春海の意

見を乞い、そして春海の提案に素直に従っている。もちろんこのことが事実かどうかは不明だが、少なくとも浜臣は高保を春海と親しく交わった国学者として理解し、尊敬の対象としていたと思われる。『てづくり物語』が清水浜臣や岸本由豆流といった春海の門人たちの手にわたっていたことも、そうした高保の立ち位置を反映したものであろう。

以上を要するに、『てづくり物語』は、賀茂真淵門弟の服部高保によって、明和二（一七六五）年から安永九（一七八〇）年の間に著されたものと目され、以後、清水浜臣や岸本由豆流といった村田春海門弟をはじめ、源義亮といった国学者とは立場を異にする和学者にまで、その読者圏を広げたのであった。

二　『竹取物語』との関係

浜臣が無窮会本の奥書で指摘したように、本作は『竹取物語』を踏まえて作られた物語である。そのことを確認するために、以下に前半部（一ォ〜一七ゥ）の梗概を示す[13]。

昔、武蔵野にてづくりの翁という者がいた。もとは帝に仕える評判高い歌人だったのだが、その評判ゆえに周囲の嫉妬を買って都を追われ、この地に辿り着いたのである。翁は里の女との間にはし玉姫を授かり、夫婦で生業の布作りに励んでいた。やがて麗しく育った姫は他国でも評判となり、多くの人が布を求めたため、貧しかった家はにわかに豊かになった。しかし、姫はおごることなくみずから布を作った。姫の評判はますます高まり、貴賤を問わず多くの男が姫に思いを懸けた。そのなかでも、五人の若者（山城国井手のひなれを、摂津国のうなのを、近江国野路のはこたを、陸奥国野田のとほりを、紀伊国高野のゐなへを）が熱心に通う。翁夫婦は姫の意にかなった一人を相手にしようと考え、歌会を催すなど風雅な交わりを重ねる。

以上の梗概から、さらに『竹取物語』と『てづくり物語』の共通点を抽出すると、以下のようになる。

①老夫婦が、美しい娘（かぐや姫／はし玉姫）によって富裕となる。
②娘は多くの男に懸想され、なかでも五人の男が熱心に言い寄る。
③親は娘に一人を選んで夫とするよう勧めるが、娘はそれを拒む。

『てづくり物語』では右にあげた①から③の要素が冒頭部において描かれる（一オ〜四ウ）。こうした物語の文章構成も『竹取物語』と共通する。したがって『てづくり物語』を読みはじめた者は、ただちに『竹取物語』を連想し、両作を重ね合わせながら読むことになったと思われる。

さらに『竹取物語』との関係は本文の表現にまで及んでいる。例えば『てづくり物語』の書き出しの一文は、

昔、武蔵野のかたはらにすむ人有けり。(14)

というものだが、これは、

いまはむかし、たけとりの翁といふものありけり。(15)

という『竹取物語』の書き出し（「むかし」という時代設定の後「ありけり」を用いて人物を紹介する）と同じ形である。
また、はし玉姫の評判が広がり、多くの男が懸想するという箇所は、

されば、をちこちしらぬはなく、あてなるも、いやしきも、おしなべてこのをとめを恋わたるまゝに、後はいと国をへだてたる人さへをとめを見まほしみ、又彼がさらせる布をきまほしとて、山河いはず、くるになん有ける。

というものだが、これも、

世界の男、あてなるも、賤しきも、いかでこのかぐや姫を得てしかな、見てしかなと、音に聞きめでて惑ふ。

という『竹取物語』の書き方を踏まえたものである（破線部は類似箇所）。両者の影響関係は一目瞭然と言ってよい。
高保が『竹取物語』を本作の典拠として用いた背景を考えるに、『万葉集』巻一六にのる竹取翁歌の存在は無視できないだろう。当該歌は集中屈指の難解歌と言われるが、いち早くその読解にあたったのが賀茂真淵であった。明和三（一七六六）年二月、田安宗武の要請を受けての任である（『万葉集竹取翁歌解』）。時に高保が真淵の門に入って一年後のことであった。師である真淵の竹取翁歌読解作業は高保にも少なからず影響を与えたに違いな

い。たとえば『てづくり物語』の翁は「かしらももろしらげにしらげ、れば」と白髪であることが強調されるが、こうした造型は『竹取物語』に無く、むしろ竹取翁歌（および反歌）に見られるものである。また、当該歌には「麻手作り」という語もあり、真淵はそこに「多摩川に…」の歌を引いている（『万葉集竹取翁歌解』、『万葉考』巻一六》。こ万葉集注釈において、「多摩川に…」の歌と竹取翁歌は「てづくり」の語によって連関しているわけである。このように高保が『竹取物語』を本作に取り込んだ背景には、彼の万葉集研究が関与していたと思われる。

近世文学における『竹取物語』の影響作品については、つとに大谷篤蔵が言及している[16]。大谷は「此の物語の江戸文芸に与へた影響は希薄」であると述べ、数少ない例である五作品（いずれも浄瑠璃や合巻）を紹介した後、「何故かくも取材される事が少なかったのか」とその理由を考察する。こうした先行研究を踏まえると、『てづくり物語』は近世文学にあって、稀少な『竹取物語』影響作の一つであると言うべきだろう[17]。

ただし、『てづくり物語』が『竹取物語』を大きく改変した箇所も少なくない。その第一は姫を翁の実子としたことである。翁と姫の関係は以下のように語られる。

此里の賤のめにあひなれて、ひとりのをんな子をまうけぬ。名をさだめけるに、うるはしきことといはんかたなく、玉をのべたらんがごとくなればとて、所のをさ、「はし玉姫」とぞ名づけゝる。昼はめをとしておひついたいつ、ほとりの河原にぬのをさらし、其てづくりしてやりけるあたひもて、とし月をおくりける（後略）

以上の通り、てづくりの翁はまだ翁とも呼ばれていない時分に姫を儲けるのであって、竹取の翁のようにある日突然娘を得るのではない。また、三寸ほどだったかぐや姫が三か月ほどで成人するといった展開も『てづくり物語』には見られない。はし玉姫は世間一般の子どもと同じく、年月をかけて養育され、成長するのである。どうやら『竹取物語』に見られるような超自然的な要素は『てづくり物語』のとるところではなかったらしい。たしかに、はし玉姫は「うるはしきことといはんかたなく」「おひたち、世にたぐひなく、こゝろこと葉もいやしからず。よろづの事教ざるにしり、又布をよくさら」すとあるように、人並み外れた美貌や能力を持つ女性として造型されている。だが、かぐや姫と比すれば、あくまでこの世に存在しても不思議ではない、一人の人間として描かれているのである。

第二は、いわゆる難題求婚譚の型を採らないことである。周知のように、竹取の翁はかぐや姫の将来を案じ、五人のなかから一人を夫とするようすすめるが、姫は条件として五つの難題を持ちだす。一方、はし玉姫の場合も嫗から同様の提案をされるが、姫は「いなもうもなくおもてふせりて」、次の古歌を詠むばかりであった。

紫のひともとゆゑにむさし野の草はみながら哀とぞおもふ(18)

同じく親の提案への拒否といっても、饒舌に会話を繰り広げるかぐや姫と寡黙なはし玉姫ではその様相が全く異なる。こうした違いは二人の拒否の内実に起因する。すなわち、かぐや姫が五人に対する好意を持っていないのに対して、はし玉姫は「みながら哀とぞおもふ」、つまり五人全員を「哀れ」と思うがゆえに一人を選べないのである。

だからこそ、この後の展開は『竹取物語』と大きく違ってくる。『竹取物語』では五つの難題、帝からの求婚、月の都からの迎えと物語が続いてゆくが、そうした展開は『てづくり物語』にはない。かぐや姫が数多の求婚を拒絶し通せたのは月の都という帰る場所があったからである。しかし、この世に生をうけたはし玉姫にそういった場所はあるはずもない。そしてそもそもはし玉姫は求婚者をかたくなに拒否しているわけでもない。それでは、本作はどのようにして物語を展開させてゆくのだろうか。

三　生田川伝説との関係

五人の男と姫とのいわば膠着状態は、五人のうちの一人「ゐなへを」の単独行動によって打開される。それは自分以外の四人を毒殺しようとする過激なものであった。その企ては未遂に終わるものの、事態の重大さにはし玉姫は自身を責めて入水。四人の男も後を追うように川に身を投げる。

このうち姫と男たちの落命については、いわゆる処女塚伝説との関係が指摘できる。処女塚伝説とは、複数の男から求婚された処女が、それをしりぞけて自死し、塚に葬られたという伝承である。[19] 浜臣が「竹取物語と大和物語の生田川との段をおもひよせて、をかしくもつくれりけり」という『大和物語』一四七段（生田川伝説）がそれで、当該話は二人の男に言い寄られたあげく生田川に入水し、男たちも後を追うという物語である。『大和物語』との共通点を以下に示す。

①一人の女が複数の男に求婚される。
②女は思いなやんで川に身を投げる。
③男たちは女の後を追って入水する。

これらのうち①の要素は『竹取物語』にも認められるものだが、②と③については独自の共通点である。したがって、『てづくり物語』が『竹取物語』と『大和物語』との組み合わせであるとする浜臣の指摘は、本作の大筋を正確に捉えていると言えるだろう。

特に②について『大和物語』では、

いづれまされりといふべきもあらず。女思ひわづらひぬ。この人の心ざしのおろかならば、いづれにもあふまじけれど、これもかれも、月日を経て家の門に立ちて、よろづに心ざしを見えければ、しわびぬ。[20]

とあり、甲乙付けがたい複数の求婚者に対して苦悩する女の心情が語られるのだが、そうした筆致は『てづくり物語』でも以下のように受け継がれている。

をとめは、かく年月ふかくしたひ給へる人々のうち、それとわきてうるはしきこたへせんすべもなく、なべてのみ哀におもひわづらふくるしさに、おつるなみだもせきやらず、「よしや、この身、世になからましかば」とおもひきはみ、（後略）

こうした表現の一致に加えて、「よしや、この身、世になからましかば」という姫の心内語は、将来の姫の死を予感させるものであり、やはり読む者に処女塚伝説を想起させるためにもうけられたものと考えられる。

以上は『大和物語』を典拠として想定した分析だが、真淵が「此事よめる歌、万葉集巻九巻一九にもあり」（『大和物語直解』中）というように、[21] 生田川伝説の源流たる『万葉集』巻九、巻一九に見える菟原処女《うないおとめ》伝説も参照されたと見るべきだろう。

『万葉集』の菟原処女伝説からの影響は、たとえばはし玉姫の呼称に認められる。はし玉姫は作中、多く「姫」と呼称されるが（四〇例）、しばしば「をとめ」（一四例）とも「玉をとめ」（二例）とも記される。後者の呼称は『竹取物語』や『大和物語』一四七段にはないものである。これはやはり『万葉集』における「うなひをとめ」を踏まえたものと見るべきであろう。また、本作における五人の求婚者が「～を」という名であり、また別に「～をのこ」とも記されるのも、『万葉集』における「～をとこ」という名を踏まえたものと考えられる。特に津の国の男の名が「うなのを」であるのは『万葉考』における「菟名日處女《ウナヒオトメ》」への注「津の国の地名なるべし」を受けてのことであろう。高保は五人の男の求婚後の物語を『万葉集』や『大和物語』にのる処女塚伝説にもとづいて描いたのであった。

もっとも、ゐなへをが四人を殺害しようと都に行って毒薬を入手するあたりは古代の伝説というよりも、むしろ当世の通俗文芸に通じるものがある。特に、阿蘭陀の医者が登場する場面には同時代人も違和感を感じたらしく、多和本には、

義亮按るに、「此ものがたり、万葉、新万葉などをうつしもちひ、やゝふるめかしく書たるに、阿蘭陀てふことばおぼつかなし。ふるくは渤海、任那など、それより後をいはゞ、高麗、新羅ともいへらんに□□（虫損）て紅毛を書たるはいかゞ。いぶかし」といひければ、かたへなるわらはのいへるは、「こや、やまとふみをはじめ、

皇朝の文とも甚かへさぬ人の書たるにや」と聞しも、げにさることにや。

との書き入れがある。『万葉集』や『古今集』から歌を引き、古風な文体を用いながらも阿蘭陀という語が出てくることに違和感を禁じ得なかったのであろう。義亮の不評の要因の一つがここにある。

さて、ゐなへをは毒（鴆毒《ちんどく》）を持ち帰り、これを酒に混ぜて四人にふるまおうとする。だがそこで酌をしようとしたはし玉姫の「手にまきもたるくしろ」の玉の一つが砕け散る。はし玉姫のくしろ（釧）の玉の一つは犀角《さいかく》で作られていたのである。

ここでいう釧とは『万葉集』に「玉釧手に取り持ちて」（巻九・一七九二）などと詠まれる上代の装身具である。当該歌について真淵は「手に取持而とは手にまくてふ意也」との見解から「取」と「苛」（巻）の誤写を疑い、「巻き持ちて」と訓むべきだと主張していた（『冠辞考』五）[22]。すなわち、『てづくり物語』の「手にまきもたるくしろ」という表現はまさにその真淵説を踏まえたものなのである。

ともあれ、はし玉姫に釧を持たせたのは『万葉集』の雰囲気を漂わせるための演出でもあったろう。しかし、ゐなへをの企てが失敗に終わった以下の場面はどうか。

翁はおほいにいかり、「にくきしわざかな。かばかりのこと、しらざらめや。さいの角は毒をよくけつ。よりてこの角をたくはふれば、今のごと、くだけてそをしらしむ。されば、姫が手にまけるくしろの玉、ひとつはさいの角もてつくらせたり。か丶らざりせば、我をはじめ、四人のをのこ、ひとつむしろにしにせんはうたがひなし。いかにしてくれん」と目の色かへての丶しる。

引用した場面では悪のゐなへをに対する善の翁という構図が明確に出ている。翁は身につけた教養によってゐなへをの悪計を白日のもとにさらす。その舌鋒鋭く悪を追及する姿には、通俗文芸におけるヒーロー的性質さえ認められよう。『てづくり物語』はその物語の世界を『万葉集』『竹取物語』『大和物語』といった古代文学に借りつつも、なお当代小説としての娯楽性をも有しているわけである。

四　六玉川起源説話として

はし玉姫の入水後、四人の男は後を追うように川に身を投げる。こうした物語展開は、前節で見てきたように『大和物語』にのる生田川伝説の話型をなぞったものである。しかし、女と同じ川に男が身を投じた『大和物語』とは異なり、『てづくり物語』の四人の男たちはそれぞれ別の川で落命する。その理由は、作者が本作を六玉川の起源説話として構想していたからに他ならない。

六玉川とは武蔵、山城、摂津、近江、陸奥、紀伊の六国にある玉川の総称で、それぞれが古来より歌枕として知られている。各玉川には後世に影響を与えた和歌がある。確認のため、四人の男に関わる玉川の代表歌を以下に列挙しておこう。(23)

山城国……蛙なく井手の山ぶきちりにけり花のさかりに逢はましものを　（古今集・春下・一二五・読人しらず）

摂津国……見わたせば波のしがらみかけてけり卯の花咲ける玉川の里　（後拾遺集・夏・一七五・相模）

近江国……あすも来む野路の玉川萩こえていろなる波に月やどりけり　（千載集・秋上・二八一・源俊頼）
陸奥国……ゆふされば潮風越してみちのくの野田の玉河ちどりなくなり　（新古今集・冬・六四三・能因）

囲みの箇所は、当該歌の影響から、後世それぞれの玉川において一般的に詠み込まれることになった景物である。一方『てづくり物語』では、ひなれを以下四人がそれぞれ一首の和歌を遺して各地の川に入水する。その歌は以下の通りである。

山城国……山振のさかりもわびし花見むとうゐける人は世にもあらなくに（ひなれを）
摂津国……恋すなる人によりてやいにしへに世をうの花は咲はじめけん（うなのを）
近江国……秋風の吹にぞきゆる萩がえにむすびもとめぬ露の命は（はこたを）
陸奥国……夜もすがら鳴てあかせる千鳥こそつま恋かねしわが身なりけれ（とねりを）

すべての歌において各玉川における名物が詠まれていることが確認できる。なお、山城国のひなれをの歌で山吹を「山振」とするのは、高保自身が「万葉集にやまぶきを山振とあまた書たり」（『続冠辞考』上）と述べているように『万葉集』に見られる表記である。

注意したいのは、逆にすべての歌において「玉川」という言葉が詠まれていないことである。これは高保があえて「玉川」の語を省いたものであろう。なぜなら本作においては、四人がはし玉姫の形見である玉を抱いて入水したことによって各地の川が玉川と呼ばれるようになった、というように物語るからである。言い換えれば、本作は玉川がまだ玉川とは呼ばれていなかった時代にさかのぼり、それらの川がなぜ玉川と呼ばれるようになったのかという起源を語る物語なのである。

さて、はし玉姫と四人が入水した元凶と言うべきゐなへをは、改心の後「くうけん」という僧になり、武蔵国を訪れる。ゐなへをは当地の賤の女から玉川の由来（はし玉姫が入水したことから呼ぶようになった）を聞く。ゐなへをは昔をしのび、しばらくその場にたたずみ、

玉川にさらすてづくりさら／＼に何ぞわぎもがこゝら恋しき

という歌を詠む。これはもちろん先述した、

多摩川にさらす手作りさらさらになにそこの児のここだかなしき

という万葉歌（巻一四・三三七三）の詠みかえである。原歌の「この児」が「わぎも」（吾妹）、「かなしき」が「恋しき」と改められたことにより、恋歌であるということが一層分かりやすくなっている。[24] これは玉川に身を沈めた思い人を偲ぶという原歌にはなかった状況が加わったため、一首の恋歌としての性質をより際立たせようとしたのであろう。その意味では「恋しき」を用いたのは、例の菟原処女を詠んだ、

語り継ぐからにもここだ恋しきをただめに見けむいにしへをとこ

という万葉歌（巻九・一八〇三）の反映とも考えられる。

この後、ゐなへをは諸国をめぐり、当地の人々から玉川の由来を伝え聞く。一例を示す。ひなれをが入水した山城国の玉川を訪れた場面である。

山城の国に至りし時、こゝにも玉川てふ有。其ゆゑを人にとへば、「かのひなれをのこ、かたみの玉をもちながらしづみたるによりてしかいひ、又岸べに山吹のすへてあるは、をのこが歌に山吹をよみてしにたる故、みな人、此川べに山吹をさして手向しよりなり」といひき。

山城国の人は玉川の名称の由来とともに、ひなれをが詠み遺した歌から川辺に山吹が手向けられるようになったと語る。こうした場面が摂津・近江・陸奥でも繰り返される。そして『てづくり物語』を読む者は各地の玉川の名称とそれぞれの代表的景物の由来をも知ることになる。さきほど引用した四人の歌に各玉川の名物が詠み込まれていた理由は、こうした趣向を活かすためだったのである。

さて、高野山に帰ったゐなへをは口の渇きを潤すために川の水を飲むのだが、その際、胸に痛みが走る。ゐなへをが岩間に封印していた毒酒が、時を経て川へと浸みだしたのである。ゐなへをは同行していた僧に「この流れを人になのませ給ひそ」と言い遺し、

わすれてもくみやしてまし旅人の高野のおくの山川の水

という歌を詠んで息絶える。この歌は、空海が「この流れを飲むまじきよしを示しおきて」詠んだ、

忘れてもくみやしつらん旅人のたかののおくのたま川の水

という著名な歌（風雅集、雑中）に基づく。やはり原歌の「玉川」が「山川」に変更されていることが確認できる。物語の末尾は以下のように結ばれる。

かの僧、なみだとゞめかね、するの世の人のため、いのちのきはみによめる歌、かしこくもおもほゆれば、「この川の名も玉河のかずになして、かれがほむらをやすめん」とて、かの「山川の水」とよみしを「玉川の水」ととなへかへて、すべてむくにの名所とはなりにたりけりとや。

同行していた僧はゐなへをが命を落とした川を玉川に加え、さらに「山川」と詠んだのを「玉川」と改めた。かくして六玉川の起源は『てづくり物語』のなかで語りつくされたのである。

おわりに

以上、本章では『てづくり物語』についての基本情報をおさえたうえで、内容についての分析をすすめてきた。

最後に、本章における内容分析の結果を踏まえ、『てづくり物語』の執筆背景を考察したい。

思うに、『てづくり物語』執筆当初に高保の念頭にあったのは、著名な万葉歌「多摩川に…」を主軸とした物語を作ろうというものだったろう。この万葉歌を、武蔵国の玉川（以下、多摩川）に身を投げた女を恋い慕う歌としてはどうか。その発想の背景には、『大和物語』一四七段にのる生田川伝説があったに違いない。さらに、多摩川が六玉川の一つであることを考え合わせれば、残る五つの玉川に五人の男を配することで、六玉川すべての起源が語れるのではないか――と、ここまで連想が及べば、「玉」を名に持つ女が多摩川に身を投げ、残る五人の男がその女の形見の玉を抱いて各地の玉川で後を追う、という大筋は容易に構想できたはずだ。ここで一人の女に五人の男が求婚するという『竹取物語』との対応にも気づき、前半部の展開はほぼ決まったことだろう。問題は、六人が命を落とす後半部をどのように描くかである。その際、五人から一人を選びかねて女が入水し、五人がその後を追う、という展開も当然考えたに違いない。しかし、それだけでは高保にとって面白味が足りなかった。そこで、毒を詠みこんだ紀伊国の歌「忘れても…」を活かし、紀伊国の男が毒を用いて四人の殺害を企て、最終的にはその毒によって自身の命も落とす、という着想を得た。『てづくり物語』の構想過程はおおむね以上のようなものであったと思われる。

つまり、高保は六玉川起源説話という趣向のもと、『竹取物語』と『大和物語』一四七段（生田川伝説）から話型を借り、本作の構成を設計したわけである。『竹取物語』、生田川伝説、六玉川。これらは『てづくり物語』を構成する必要不可欠な三要素であった。そして、その三要素の背景に共通するものとしてあったのが『万葉集』であった。すなわち、竹取翁歌、菟原処女伝説、そして万葉歌「多摩川に…」である。『万葉集』は、いわば『てづくり物語』の三要素を縫いつなぐ糸のような役割を担っている。これをさらに言えば、『てづくり物語』を構成する三要素は、いずれも高保の万葉集研究によって導き出されたものなのである。本章で指摘した限りにおいても、『てづくり物語』には『万葉集』を踏まえた表現や趣向が散りばめられていた。『てづくり物語』創作の根源には高保の万葉集研究があったのである。

注

（1）拙稿「服部高保『てつくり物語』解題と翻刻—近世和文小説の一例」（『国文学研究ノート』44、二〇〇九年三月）。なお、旧稿では本作を「てつくり物語」と表記したが、『万葉考』の「多摩川に…」（巻一四・三三七三）の訓み方にしたがい「てづくり」と濁点を付した。
（2）そのため、「はじめに」と「一　作者と成立」では、一部旧稿と重なる部分がある。
（3）「美保」については不明。
（4）川上新一郎「『〔岸本〕家蔵書目』翻刻と解題」（『斯道文庫論集』45、二〇一〇年）参照。
（5）筆跡の比較対象は、義亮の自筆版下を用いたと思われる『いそのかみ』（寛政一〇〈一七九八〉年刊）の自序（安永八〈一七七九〉年付）を用いた。
（6）岡陽子「解題」（『源語類聚抄（広島大学蔵）』下、二〇〇三年六月）、同「源義亮の著述活動—『源語類聚抄』（広島大学蔵）解題補遺—」（『古代中世国文学』20、二〇〇四年一月）。
（7）以上は『万葉大註』（無窮会専門図書館神習文庫蔵）、『物号語釈鈔』（国立国会図書館蔵）、『高保家集』の奥書に記された事項を整理したものである。奥書は全て平宝雄（俗名市川五郎蔵）による。
（8）『増訂賀茂真淵全集』12（吉川弘文館、一九三二年九月）。
（9）『月露草』（『大田南畝全集』18、岩波書店、一九八八年一一月）。
（10）『泊洦筆話』の本文は新日本古典文学大系による。
（11）『万葉集』の本文は新編日本古典文学全集による。

（12）　該当歌は以下の通り。なお、原歌からは多少改変されている。「しろがねもこがねも玉もいへにあれどまされるたから子にしかめやも」（原歌八〇三、三句目「なにせむに」）、「いかにしてこひばか君にむさし野のうけらが花の色にいでざらん」（原歌三三七六〈或本〉、二句目「妹に」、五句目「出ずあらむ」）、「むさしのの草葉もろむきかもかくも君がかたへとよりしものなり」（原歌三三七七、下句「君がまにまに我は寄りにしを」）、「たまがわにさらすてづくりさらさらに何ぞわぎもがここら恋しき」（原歌三三七三、下句「なにそこの児のここだかなしき」）。

（13）　丁数は無窮会本による。以下同じ。

（14）　『てづくり物語』の本文は無窮会本による。本書資料編二参照。

（15）　『竹取物語』の本文は新編日本古典文学全集による。

（16）　大谷篤蔵「竹取物語に取材した江戸文芸」（『国語国文』6―5、一九三六年五月）。ただし、大谷があげた作品は「竹取物語」という語を題に冠したものに限っている。

（17）　なお、天保九（一八三八）年に成った井関隆子『さくら雄が物かたり』にも『竹取物語』からの影響が認められる。当該作は美少年桜雄が多くの求婚者を拒んで、桜川に身を投げるというものであり、後述する処女塚伝説をも取り込んでいる。深沢秋男『井関隆子の研究』（和泉書院、二〇〇四年一一月）参照。

（18）　『古今集』雑上・八六七・読み人知らず。「思ふ」は原歌「見る」。

（19）　『日本伝奇伝説大事典』（角川書店、一九八六年一〇月）。

（20）　『大和物語』の本文は新編日本古典文学全集による。

（21）　『賀茂真淵全集』16（続群書類従完成会、一九八一年七月）。

（22）　『賀茂真淵全集』8（続群書類従完成会、一九七八年六月）。

（23）　『歌ことば歌枕大辞典』参照。各歌の本文は新日本古典文学大系による。

（24）　『拾遺集』にも下の句を「昔の人のこひしきやなぞ」（恋四・八六〇・よみ人しらず）とした類歌が入る。

※原本、影印、翻刻からの引用は、清濁、句読点を改め、カギ括弧を付した。なお、著者による注記は（　）内に記した。

第二章　村田春海「春の山ぶみ」考——嵯峨野の春の夢——

はじめに

国学者による擬古物語創作を考えるとき、あるいは近世期における和文小説の存在を考えるとき、看過できない存在として掌編物語という一群がある。掌編物語とは著者が便宜的に用いる語で、国学者や和学者が和文の会などで創作した短い和文のうち、特に物語形式を持つものを指す。ひとことで言えば、ごく短い擬古物語である。残存する作品点数が多いのが特徴で、多くの書き手によって幕末に至るまで長く書き続けられた。その主な作者は加藤千蔭《ちかげ》、村田春海《はるみ》、清水浜臣《はまおみ》、片岡寛光《ひろみつ》など、江戸派の国学者に多い（本書序論第二章）。

一方、この分野の研究は、安藤菊二による片岡寛光の作品紹介(1)と、鈴木淳による加藤千蔭の作品注解(2)にとどまり、ほとんどの作品がまだ手つかずの状態である。

そこで本章では、江戸派を率いる立場にあり、みずから複数の掌編物語を著した村田春海の著作から、「春の山ぶみ」（『琴後集』巻一〇所収）という作品を取り上げ、その内容を分析してゆきたい。

村田春海、号は錦織斎、琴後翁。延享三（一七四六）年生、文化八（一八一一）年没。賀茂真淵没後の江戸において、加藤千蔭とともに江戸派の領袖として多くの門弟を教え導いた人物である。『琴後集《ことじり》』はその春海の歌文を集めたもので、春海の生前より編纂が進められていた。(3) 一五巻七冊。うち四冊目までが歌集で文化一〇（一八一三）年刊。五冊目からの三冊が文集で文化一一（一八一四）年刊。刊行はいづれも春海没後のことであった。『琴後集』文集の部には、春海が折々に書き記した和文が収まる。記、序、跋、消息文、雑など、その分類は様々だが、なかに掌編物語、すなわち虚構の世界を描いたと思しい短文がある。「物語ぶみのさまにならへる文」と注された「河づらなる家に郭公を聞くといふことを題にて」（雑）がその典型例だが、ほかに「月の宴の記」（記）、そして「春の山ぶみ」（記）も掌編物語に数えてよいだろう。

さて、『琴後集』に収まる和文が、多く和文の会（和文作成のための会合）において作られたものであることは、すでに田中康二が明らかにしたところである。(4)「春の山ぶみ」については、その裏付けとなる資料が見つかっていないものの、千蔭の歌文集『うけらが花』にも「春の山ぶみといふを題にて」と題された和文が収まるので、やはり春海や千蔭をはじめとする江戸派の国学者が「春の山ぶみ」という題のもとに参集し、その席上で披露されたものであると想定されている。(5)

以下、本章では春海が著した「春の山ぶみ」の全文を掲げて読解を行ってゆく。(6) その際、内容に応じて適宜本文を別つこととした。

一　夢の中へ

本作は以下のように書き起こされる。

> 春雨そぼふりてしめやかなるに、ひとり日ながきまどのうちに、なにくれと古き世のさうしどもとうで丶うち見るほど、しばしふづくゑよりそひてまどろむとせしに、たちまち柴の戸うちた丶きて、「師どの丶待かね給ふを、いかでまうで給はざなる。とく〱」といひさしてはしり行を見れば、との丶舎人なるが、御とものつらよりふりはへておとづれける也。『げに、けふは嵯峨の山ぶみせさせ給ふなるに、歌よみの数にとて、かねてめさせ給ふを、などかくわすれけん』と心もそらにて、やがてかりばかまに水干とりきて、いそぎいでつ。

しとやかに春雨が降る昼下がり、ひとり窓辺で古書をひもとく――ここに描かれた人物は春海その人と解してよいだろう。と同時に、それは俗事から離れて心ゆくまで文雅の世界に遊ぶ、庶幾すべき理想の姿でもあったろう。上田秋成が『春雨物語』を「はるさめけふ幾日、しづかにておもしろ。れいの筆研とう出たれど」（序文〈富岡本〉）[7]と書き出したように、細やかに優しく降る春雨は、周囲の景色のみならず心の内奥までをも穏やかにして、静かな感興をもたらしてくれる。俗塵から解き放たれた春海の心はどこへ向かうのか。

ついうとうとと眠気を催した春海だったが、柴の戸を叩く音によって目を醒まされる。戸を叩いたのは師殿の舎人で、今日は嵯峨で山踏みがあると言う。春海はそれに歌詠みとして呼ばれていたのだ。春海は急いで身支度をととのえ、家を出る。

そもそも「春の山ぶみ」が和文の会での所産であるならば、春海は現在江戸にいるはずである。その春海が遠く離れた嵯峨の山踏みに加わるというのはどういうわけか。もちろん、春海は夢を見ているのである。それはおそらく、最前まで開いていた「古き世のさうし」の世界、時代は嵯峨一帯が貴族たちの景勝地となった平安時代と考えられる。春雨が降る中、春海はいつのまにか時空を超え、平安時代の都へと降りたったのである。正確に言えば、この時、春海は一人の歌詠みになり変わっており、自身が春海であることを忘れているはずである。しかし、本章では便宜上、この歌詠みのことをも春海と呼称する。

さて、春海を召した「帥どの」とは一体どのような人物だろうか。帥殿といえば『大鏡』などでそのように呼称される藤原伊周《これちか》がただちに想起されるが、具体的なモデルが想定されているのかどうか、この時点ではまだ分からない。(8)

二　嵯峨野の春

急ぎ駆けつけた春海の眼前に、春の盛りを迎えた嵯峨野の景色が広がる。

さが野のかなたこなた見めぐらせば、山かたつける老木の松の陰に、あげばりたかうはりて、幕なから引わたしたるなん、との丶おましなりける。また、ふもとの芝生いと清らなるに、いまを盛とにほひあひたる花の本をしめさせ給へるは、中務のみことぞ聞ゆなる。山風さと吹来て、ちりかふ花のけはひは、さながら雪をめぐらすとかいふばかりなるに、「春庭花」をおもしろく舞いでたる、うちふる袖のにほひもたゞならず、やをらこなたのおまへうちすぎてかへりいりぬるは、たとしへなくめでたしと、めとゞめられつ。

嵯峨野に着けば、山際の老松の陰に帥殿が、そして麓の満開の桜のもとに中務の親王が、それぞれ宴席を構えていた。一陣の山風に吹かれた桜の花びらが雪のように散りかうなか、匂いたつ袖を翻して「春庭花《しゅんでいか》」を舞う親王の姿が春海の目を奪う――まさに美麗を尽くした嵯峨野の春景である。

春海は嵯峨、嵐山一帯に特別な愛着があったらしく、春海の歌文にはたびたび嵯峨野が登場する。たとえば、「春の山ぶみ」と同じく『琴後集』巻一〇に収まる「秋の山ぶみ」は、法輪寺の住職に誘われて嵐山からあたりを一望した体験を叙したもの。同じく「山ざとの紅葉を見る記」は、嵯峨野の奥に隠棲している秋篠朝臣と嵐山を周遊するといったもの。同じく「月の宴の記」は、嵯峨野から殿の庭に移された虫の音のもと、月見の宴が開かれるというもの。また、『笠志船物語』には、大井三位一家が離京を前にして嵯峨野で「秋の花見」をするという場面がある。(9)このほか、『琴後集』歌集の部には、

人ごとのさが野にたてるをみなへし風さそふともなびきだにすな　（巻三・秋）
もみぢ葉にむかししのばゞさがの山みゆきのあとも尋ねてをみよ　（巻六・雑）

の二首が載る。これらの例だけでも、いかに春海が嵯峨野を愛していたかが分かるだろう。注意したいのは、い

ま列挙した用例が、「秋の山」「紅葉」「虫の音」「秋の花見」「女郎花」「もみぢ葉」という言葉からも分かるように、いずれも秋の嵯峨野を描いているということである。

そもそも、和歌において嵯峨野は秋の風情を詠むのが本義であった[10]。それは物語においても同様で、『源氏物語』賢木巻で描かれた野宮での別れは誰もが知るところである。また『うつほ物語』吹上・下でも、院が秋の野山の中で「いづれか面白き」と問うたのに対して、仲頼は「近きほどには、嵯峨野」と、まずその名をあげている[11]。先にあげた春海の歌文も、こうした嵯峨野の秋景を愛でる伝統的な美意識に即しているわけである。

さらに春海の実生活を参照すれば、天明七（一七八七）年八月に上京し、翌年正月三〇日に京を離れたことが分かっている[12]。八月から正月、すなわち中秋から初春までを、春海は上方で過ごしたわけである。前掲「秋の山ぶみ」に記された嵐山での体験はその間のことであり、『竺志船物語』の秋の花見の場面も、その体験に基づいて描かれたものである[13]。つまり、春海が歌に詠み、文に書きあらわした秋の嵯峨野は、伝統的な美景であるとともに、自身が直接体験したものでもあったのだ。

逆に言えば、春の嵯峨野を描いた「春の山ぶみ」は、春海の歌文においてやや特殊な例というべき存在なのである。

先述したように、天明七、八（一七八七、八）年の上方滞在の折には、春海は正月三〇日に京を離れている。旧暦であることを考慮しても、時期的に嵯峨野で満開の桜を見たと考えるのは無理がある。春海は春の嵯峨野を実際に体験したのか。現在のところ、そのことを証する伝記資料は見当たらない。だが、「春の山ぶみ」で描かれる幻想的なまでに美しい春景は、むしろ想像だからこそ描けたものとも考えられる。一篇が春海の見た夢であるという設定も、いまだ見たことのない嵯峨野の春を描くにあたっての、いわば免罪符となっているのではないだろうか。

三　舞楽の競演

帥殿と親王、そして春海が揃い、いよいよ春の宴が盛大に始まる。

とのはまちとり給ひて、「あそびとくせよ」とのたまふ声のしたより、わらは四人、たけだちすがたひとしきが、「胡蝶」のよそひうるはしく、霞のひまよりみだれいでゝ、花のあたりとびちがひたる、えもいはずつきぐ〵し。やがてそのわらは一人をめして、

いざゝらばあそぶこてふにさそはれて花の木陰にけふはくらさん

ときこえ給へば、とりあへずこなたよりも、御かへりきこえ給ふ。

胡蝶にもわれおとらめやさく花のあかぬ色香をしたふこゝろは

猶かたぐ〵きそひあひて、「春鶯転」「喜春楽」「陵王」「納蘇利」など、すきぐ〵にまはせ給ふ。けふはかなたにもこなたにも、ものゝ上手どもをえらばせ給へれば、すべていひ知らぬ手どもをつくして、野山の木草もなびき、空行雲をもとゞめつべくなむ有ける。さるはいとうるはしくむつび聞え給ふなるが、大かたのはかなきすさみごとには、かたみにおとらじといどみかはし給ふも、をかしき御なからひなりや。

「胡蝶」を皮切りに、帥殿と親王が次々と舞楽を披露する。仲睦まじいながらも一方に劣るまいと競い合う二

人の間柄は、あたかも光源氏と頭中将のようである。さて、その二人が繰り広げる競演の壮麗なさまを「野山の木草もなびき、空行雲をもとゞめつべく」と称えた一節は、まずは『土佐日記』一二月二七日条の「空行く雲も漂ひぬ」を踏まえたものと考えられる。鹿児の崎を出て浦戸へ向かう際、ある人が「唐詩」や「甲斐歌」を見事にうたったさまを評した表現である。見事な歌を称讃するという文脈においても『土佐日記』と一致しており、ここは所を得た措辞ということができるだろう。[14]

しかし、『土佐日記』だけでは「野山の木草もなびき」という前半の表現について説明できない。春海は『土佐日記』を典拠とするにとどまらず、さらにその『土佐日記』が典拠とした『列子』湯問篇の「聲振林木、響遏行雲」（聲林木を振《ふる》はせ、響き行雲を遏《とど》む）にまでさかのぼって、自身の表現の典拠としたのである。[15]もとは秦青《しんせい》の歌う悲曲が門人薛譚《せったん》を圧倒させるという故事にある文辞である。春海はそれを『土佐日記』を参照しつつ、「野山の木草もなびき、空行雲をもとゞめつべく」と大和言葉に仕立て直して、名手たちが競演する舞楽の圧倒的な素晴らしさを形容したわけである。[16]

和文に漢籍の表現を用いることが避けられていたこと、にもかかわらず、春海がそれを積極的に行っていたことについては、すでに田中康二が指摘している。[17]田中はこうした営為の背景に、「からも大和も、歌はまたくおなじ物」（『織錦斎随筆』「から大和の歌のけぢめ」）という春海の詩歌観を見据えるが、「野山の木草もなびき、空行雲をもとゞめつべく」という表現も、そうした春海の思想がよく表れた箇所と解されよう。

ここで注目したいのは、前節の本文にあった「春庭花」を含め、本節にある「胡蝶」「春鶯囀《しゅんのうでん》」「喜《き》春楽《しゅんらく》」「陵《りょう》王《おう》」「納蘇利《なそり》」という雅楽が、いずれも唐楽か高麗楽、すなわち大陸由来の曲だということである。

周知のように、雅楽には唐楽、高麗楽のほかにも催馬楽や神楽などがある。賀茂真淵をはじめとして、本居宣長や平田篤胤など、近世期の国学者たちが主に研究したのは、日本固有の文化を伝えるものとされた催馬楽や神楽の方であった(18)。それは国学の有する復古思想的性格からして当然のことでもあったろう。しかし、「春の山ぶみ」が描くのは催馬楽や神楽ではなく、むしろ唐楽、高麗楽といった大陸から渡来した舞楽であった。ここにも和漢の文学に等しく親しんだ春海の国学者としての立ち位置が顕著にみとめられる。そしてその唐楽、高麗楽を形容するに『列子』の一節を踏まえた文を以てする――春海の和文が「文詞はおもむきをもろこしにかり、言葉をここにうつし」たものであるとは清水浜臣の言だが（『琴後集』序）、そうした春海和文の真骨頂がこの場面に現れているといえよう。

四　親王への詠進

宴はなおも続く。まずは帥殿から親王へのもてなしである。

かくてみこに御酒たてまつらせ給ふ。山吹の花なからなるをつくゑにゆひて、上にはこがねの杯をのせ、白かねの瓶子に桜の枝をおもしろくとりよそひて、「歌とくつかうまつらんものに」とて、おのれに給へり。いと心も得ねど、もてまゐりたるに、みこいと興ぜさせたまひて、さかづきとらせ給ひぬ。おまへにはべりて瓶子とりながら、

わか桜名におふ宮のいにしへの春おもほゆる花のさかづき

山吹のほそながに三重の袴とりそへてたまはりたるは、いともおふけなくこそおぼえしか。

春海は帥殿からの使いとして親王に御酒を進呈し、和歌を詠んで褒美を賜る。「歌詠みの数に」といって召された春海の面目躍如たる場面である。

帥殿から親王への進物は、山吹を結びつけた机の上に金盃と桜が飾られた銀瓶子が置かれるというものであった。その趣向をさとった親王は興に入るのだが、それは一体どういった趣向なのだろうか。歌の中にある「わか桜名におふ宮」という言葉を手がかりにすれば、それは『日本書紀』巻一二に載る若桜宮の故事に基づいたものであると推察される。以下に要約を示す。

履中三年一一月六日、天皇は舟を磐余市磯池に浮かべ、妃とともに遊宴の催しを行われた。「時に桜花《さくらのはな》、御《おほみ》盞《さかづき》に落」ち、不思議に思った天皇は桜の花びらがどこから飛んできたのか物部長真胆連《もののべのながまいのむらじ》に確かめさせた。長真胆連は掖上室山《わきがみのむろのやま》に桜が咲いているのをみつけ、それを天皇に献じた。天皇はその珍しさを喜び、宮の名を「磐余稚桜宮《いはれのわかさくらのみや》」としたという(19)。

この故事は『日本書紀』独自のものであり、『古事記』には見当たらない。春海の日本書紀研究は寛政年間から確認でき、享和、文化年間には定期的に講読の会を開くなど熱心に取り組んでいたことが分かる(20)。履中天皇の故事を活かしたこの箇所も、そうした春海の『日本書紀』に対する関心、学識を反映したものであると言えるだろう。

「春の山ぶみ」の世界に視点を戻せば、親王は桜と酒杯の取り合わせから、春海が「心も得」ぬなか、すぐさまその趣向をさとったのである。親王の博学さを印象づける場面である。先にあげた花吹雪のなかでの舞い姿といい、中務の親王は「春の山ぶみ」でことさら風雅な人物として描かれている。

嵯峨野と中務の親王――ここで浮かび上がってくる人物が一人いる。前中書王こと兼明親王である。兼明親王は延喜一四（九一四）年、醍醐天皇の皇子として誕生し、源姓を賜って臣籍降下。[21] 後、大納言にまで昇進するが、安和の変に際して殿上を差し止められ、貞元二（九七七）年には関白藤原兼通の讒奏によって親王とされ、中務卿におとされた。失意の兼明親王が都を離れ、隠棲の地を嵯峨に定めたのは天延三（九七五）年のこと。以降、永延元（九八七）年に没するまで嵯峨の山荘で文雅の生活を過ごした。

兼明親王が棲んだ嵯峨の山荘は、『花鳥余情』以来、『源氏物語』で明石の君らが住まう「母君の御祖父中務宮と聞えけるが領じ給ひける所」のモデルとして指摘されてきた。この説は真淵の『源氏物語新釈』にも、

醍醐天皇第十六御子中務卿兼明親王山荘在大井川畔号雄蔵宮也。此親王を明石上の母君の祖父といへり。[22]

というかたちで引き継がれており、こうした源氏物語注釈を通して春海も兼明親王の名を認識したことだろう。ただ、「春の山ぶみ」における中務の親王の描き方を見るに、春海にとって兼明親王は、源氏物語注釈の中で意識すべき一人物であるにとどまらず、それ以上の憧憬すべき理想的な存在であったと想像される。

周知のように、兼明親王は卓越した文才の持ち主であり、当代を代表する漢詩人であった。親王の詩文は『本朝文粋』に一九作もの多きが収められている。さらに、その悲劇的な人生は後世の漢詩人の同情を誘わずにはいられなかったらしい。大曽根章介によれば、近世期になると「嵯峨の地は憂憤黙しがたき親王退隠の場所として

詩人の眼に映」ることとなり、深草元政の「何有亭」(『艸山集』巻一六)をはじめとして親王を偲ぶ多くの漢詩が詠まれることになった[23]。揖斐高が論文「漢詩人としての村田春海」で説いたように、春海は国学者、歌人でありつつも、同時に儒学者、詩人という側面も持ち合わせていた[24]。そうした春海が兼明親王に敬慕の念を抱いていたとしても、それはさして不自然なことではあるまい。

なお、兼明親王は太田道灌の故事で有名な、

ななへやへ花は咲けども山吹のみのひとつだになきぞあやしき　(後拾遺集・雑五)[25]

という歌の作者でもある。この歌の詞書に「小倉の家に住み侍りける頃、雨の降りける日、蓑借る人の侍りければ」云々とあるように、「ななへやへ…」の歌は、兼明親王が嵯峨での日々の中で詠んだものである。「春の山ぶみ」で、親王への進物に「山吹の花」が結われ、また親王が春海に「山吹の細長」を賜ったというのも、「ななへやへ…」の歌を意識してのことだろう。

実は天明七(一七八七)年の上京の際、春海は兼明親王の古跡を目にしていた。先述したように、『琴後集』に収まる「秋の山ぶみ」は、春海が法輪寺の住職に嵯峨、嵐山を案内してもらった体験を記したものだが、そのなかに住職の台詞として、

これなむ小倉のみねなる、ふるくは中務の親王の、かくれがしめ給へる(後略)

とある、この「中務の親王」が兼明親王のことなのである。この例から、春海のなかで嵯峨の地が兼明親王と結びついていたことは明らかである。[26]

先に、「秋の山ぶみ」が自身の体験をもとに秋の嵯峨を描いているのに対して、「春の山ぶみ」が未だ見ぬ春の嵯峨を夢想したものであるという可能性について述べた。それをさらに言えば、「春の山ぶみ」は、はるか昔に嵯峨の地に隠棲した兼明親王を偲び、夢という枠組みを用いて、春の嵯峨野で親王が風雅を尽くした遊宴を催し、春海自身とも交わりを結ぶという情景を描いた作品だったのである。

五　親王よりの使い

続いて親王から師殿へ使いが来る。

みこよりの御つかひは、図書助となむきこえける。いと大きやかなるすゞりのふたに、色こきすみれをあまたうゑて、くれなゐの糸をつがりにしたるこんるりの壺に、名だかきたきものどもをいれて、しろかねの火とり一をそへて、その上におきたり。ふたあゐのざうがの地しきのはしに、歌をぞかゝれたる。

もろともにすみれさく野にやどりせば草のまくらもうれしからまし

「野をなつかしみ」とおもひとり給ふなるべし。この助は名高き博士なりければ、酒たうべて文つくらせ給ふ。今日の山ぶみのこゝろを、四韻の句におもしろくつくりいでたるを、その道の人々はうちかへしずして、「いたくもいへるかな」とて、いみじくめであへりけり。ろくどもかづけ給へば、ゑひの足どりたど〳〵しく、立よろぼひながらまかりいづるも、をりからつみゆるされてをかしかりき。

親王からの進物は、色濃い菫、紺瑠璃の壺、二藍の象眼の地敷、と紫紺を基調とした細工であった。帥殿から贈られた桜に対して菫を配し、その菫を引き立たせるための細工というわけなのだろう。地敷の端に書かれた、菫が咲く野に共に旅寝しようという歌は、その趣向を汲んだものである。さて、その「もろともに」の歌は「野をなつかしみと思ひとり給ふなるべし」とあるように、『万葉集』巻八にのる山部赤人の次の歌を踏まえたものである。

春の野にすみれ摘みにと来し我そ野をなつかしみ一夜寝にける(27)

春の野に菫を摘みに来たが、菫の咲く野が懐かしいので、一晩そこで寝てしまった、という意味である。菫の野で一人夜を明かす情況を歌ったものだが、それを春海は「もろともに菫咲く野にやどりせば」とあるように、共に菫を愛でて一夜を明かそうという共寝を誘う歌へと変えたわけである。一人寝から共寝へ――同様の趣向によって、春海はもう一首の歌を詠んでいる。

いざゝらば春の野守にやどからんともにすみれの花になれつゝ　（『琴後集』巻一、春歌）

題は「すみれ」。こちらは共寝の相手を野守とした歌であるが、やはり「春の野に」の万葉歌を踏まえた歌であることは明らかであろう。[28]「春の野に」は「春の山ぶみ」に限らず、春海にとって詠歌のよりどころとなった万葉歌だったのである。

そもそもこの歌は、かつて真淵が高く評価した歌でもあった。宝暦二（一七五二）年、真淵は田安宗武の求めに応じて『万葉新採百首解』（以下『百首解』）を著している。『百首解』は、山本嘉将の言葉を借りれば、『万葉集』の中から「彼が当時主張するがごとく、まことを基本に、みやびたる極みのすがたを持つ秀歌の中から百首を採って、そのすがたに応じて懇切に解いた」書である。[29]「春の野に」の歌は、その『百首解』に載っている。つまり、当時の真淵が選りすぐった万葉歌の一つなのである。春海が「春の野に」を本歌として歌を詠み、それを「春の山ぶみ」に用いた背景には、こうした真淵による評価、さらに言えば、「春の野に」を評価した頃の真淵に対する評価があると見ておきたい。

さて、前節において「春の山ぶみ」の「中務の親王」が兼明親王であることを述べた。では、その親王と「をかしき御なからひ」（第三節）という帥殿とは誰か。それは先にあげた藤原伊周ではないだろう。九一四年生まれの兼明と九七四年生まれの伊周とでは年齢が離れ過ぎているからである。兼明と同世代であり、大宰帥（あるいは大宰権帥）をつとめた人物――考えられるのは、源高明である。

高明は兼明の異母兄であり、兼明と同じ延喜一四（九一四）年に生まれた。[30]やはり源姓を賜って臣籍降下。後、左大臣にまで至る。しかし、安和の変に際して大宰権帥として左遷。天禄三（九七二）年に帰京するも政界には戻らず、山城国葛野郡の別荘で隠棲。天元五（九八二）年に世を去った。

兼明と高明。二人はともに醍醐天皇の御子として生まれ、臣籍降下して政界に重きをなすも、安和の変において失脚し、洛西での隠棲生活のなかで生涯を終えた。高明は、兼明親王の遊宴の相手として最も相応しい人物で

あるといってよいだろう。なお、高明を「帥殿」と呼称した例が『蜻蛉日記』にあることを付け加えておく。(31)

六　夢の終わり

時が過ぎ、宴は終わりを告げようとする。「春の山ぶみ」の末尾である。

日影やゝ山のはちからなるまゝに、今はまかで音声なるにやあらん、ひだりも右もゝろごゑに吹あげたるが、あまりに耳おどろくばかりおぼえたるに、ふとめさめたれば、ひねもすふりくらしたる雨の晴間なくて、軒の玉水、こゑうちそへたるなりけり。さはゆめなりとおもふも、猶わすれがたくて。

「まかで音声」、すなわち楽士たちが退出するときに演奏する音楽が鳴り響く。その音があまりに大きいと思ったところで目が覚めると、それは軒から雨のしずくが落ちる音であった。

こうして春海は夢から現実へと帰った。思えば、春海が現実から夢の世界へと入っていったのは、帥殿の舎人が柴の戸を叩く音であった。柴の戸を叩く音、そして「まかで音声」の音は、「春の山ぶみ」において、現実と夢との境界を超える契機としての役割を担っているわけである。さらに、冒頭の「春雨」が眠りを誘い、末尾の「軒の玉水」が眠りを終わらせたことを考え合わせるならば、春雨は「春の山ぶみ」の首尾にあって照応し、一炊の夢を描いた一篇の、いわば外枠として存在しているといえよう。

さて、引用文冒頭の「日影やゝ山のはちからなるまゝに」は『枕草子』のよく知られた一節、「秋は夕暮。夕日のさして山の端《は》いと近《ちか》うなりたるに」を踏まえたものである。(32) この一節については近世期の枕草子注釈においては両説があり、さらにその解釈が『源氏物語』椎本巻の「夜深き月のあきらかにさし出でて、山の端近きここちするに」という一文の解釈にも関わることは、大谷雅夫の論考に詳しい。(33) それによると、『枕草子』と『源氏物語』における解釈の問題は「夕日あるいは月が、山の端に近くなっている」のか、「夕日あるいは月に照らされて、山の端が近く見える」のか、という点にある。通説は前者であり、枕草子注釈においては北村季吟『枕草子春曙抄』、源氏物語注釈においては『岷江入楚』をはじめ、『首書源氏物語』、季吟『源氏物語湖月抄』などの主要な注釈書がその立場をとった。それに対して後者の説を提出したのが、枕草子注釈においては加藤磐斎『清少納言枕草子抄』、岡本保孝《やすたか》『枕草子存疑』、源氏物語注釈においては契沖『源注拾遺』、賀茂真淵『源氏物語新釈』であった。大谷は和漢における詩の用例を多数あげ、後者の説こそが正しいと説く。

それでは、春海はどちらの説だったのか。当該場面の「日影や丶山のはちかなるま丶に」という一文が、その答えを推測する手がかりになるだろう。というのは、この一文は「夕日がやや山の端の近くになる」という解釈しか成り立たないからである。もし、この一文を山の端が近くなるという意味でとるには、『枕草子』や『源氏物語』がそうであるように、「日影」の後に「さして」などの語が必要であろう。でなければ、「日影」の語が一文のなかで孤立してしまうからである。「日影」の後にその述語となるべき語が「ちかうなる」しかない以上、近くなるのは「日影」であり、「山のは」ではありえないのである。

春海がこの一文を記したとき、『源氏物語』の解釈にまで想を及ぼしたかどうかは分からない。ただ、少なくとも典拠とした『枕草子』の解釈については充分意識したはずであろう。その時、春海は『枕草子』の一文を「夕日がさして、たいそう山の端に近くなっている時に」と解した。そしてそれを「春の山ぶみ」の当該場面に持ち寄り、日没近くの情景を描いたのではなかったか。

大谷の説に従えば、『枕草子』の一文は、夕日の中で山が常よりも近く見えるという漢詩文における清新な表現を和文のなかに溶かし込んだものであった。それを春海は見落としている。春海が漢詩文に親しんでいたことを思えば、それは悔やむべき手落ちと言うべきだろう。ただ、そのことを認めつつも強調しておきたいのは、春海の眼目は『枕草子』が賞した秋の夕日を、春のものとして持ってきたところにあったということである。秋から春へ――その趣向は先述したように、伝統的に秋の景が賞される嵯峨野を、春の山ぶみの舞台として選んだ点にも認められる。こうした筆法によって、「春の山ぶみ」を読んだ者はある種の新鮮さを抱いたのではないだろうか。

おわりに

以上、「春の山ぶみ」を読み解いてきた。「春の山ぶみ」は春海がいまだ見たことのない嵯峨野の春景を夢想したものと推定される。国学者が著した和文らしく、作中には『日本書紀』や『万葉集』、あるいは『土佐日記』や『枕草子』など、古典文学を踏まえた趣向や表現が散見される。それらに加えて注目されるのは、国学者でありながら漢詩人としての一面をも持ち合わせていた春海ならではの趣向や表現である。それは例えば『列子』を表現の拠り所とする点や、作中の舞楽を神楽や催馬楽ではなく唐楽や高麗楽で統一している点、そして何より、嵯峨野で遊宴を催す中務の親王が、平安時代を代表する漢詩人兼明親王に基づく点に認められる。

たとえば本居宣長は、自身が紫式部と一夜の対面を果たすという掌編物語を書いている(34)。物語は、憧憬する人物を描くだけにとどまらず、時空を超えて作者と直接交流することを可能にする。先述したように、「春の山ぶみ」における春海の憧憬の対象は、安和の変で失脚し、嵯峨の地で余生を過ごした兼明親王であったと考えられる。

興味深いのは、「春の山ぶみ」における親王に政治的敗北者としての陰や鬱屈が微塵も描かれていないことである。これも先述したように、親王は近世の漢詩人の敬慕の対象となり、親王を偲ぶ多くの詩が詠まれたのだが、それらは親王の代表作「菟裘賦」を踏まえるのが常であった[35]。「菟裘賦」は志なかばで政治の世界から追放された際に詠んだものであり、江村北海が「抑鬱之懐可想也」（『日本詩史』巻一）と評したように、そこには慷慨悲憤の情が横溢している[36]。近世の漢詩人は、何よりもそうした憂憤やるかたない不遇の文士としての親王に同情、共鳴したのである。それに対して「春の山ぶみ」が描くのは、どこまでも明るく雅な世界である。そうした理想的な雅趣あふれる世界を作りだし、そこに心ゆくまで親王を遊ばせたことが、春海なりの親王に対する敬慕の念の表出であり、慰霊の方法だったのであろう。そして、それは漢詩文とは異なる和文だからこそ叙述できた世界だったのではないだろうか。

注

（1）安藤菊二『江戸の和学者』（青裳堂書店、一九八四年九月）「宇津保物語に取材した雅文二章――「軒もる月」と「寒江垂釣」」。

（2）鈴木淳『橘千蔭の研究』（ぺりかん社、二〇〇六年二月）八「橘千蔭の和文と『源氏物語』」。

（3）『琴後集』編纂の委細は、田中康二『村田春海の研究』（汲古書院、二〇〇〇年一二月）第二部第一章「歌集の部総論――『琴後集』撰集攷」に詳しい。

（4）前掲田中康二『村田春海の研究』第一部第一章「文集の部総論―江戸派「和文の会」と村田春海」。
（5）前掲田中康二「文集の部総論―江戸派「和文の会」と村田春海」。
（6）『琴後集』の本文はノートルダム清心女子大学所蔵刊本（国文学研究資料館マイクロフィルム）による。
（7）『春雨物語』の本文は『上田秋成全集』8（中央公論新社、一九九三年八月）による。
（8）なお、「帥」とは大宰府の長官のことである。大宰府は、菅原道真の左遷先という史実があまりに有名なためか、流罪の地というイメージが一般に定着している感がある。しかしながら、流罪の身でさえなければ、その長（帥、あるいは大弐、権帥）は膨大な富と利権を獲得できる地方官であった。『源氏物語』をはじめとする平安期の物語に登場する大宰府の長は、むしろそうした裕福な地方官というイメージで造型されており（久下裕利「大宰大弐・権帥について」、『學苑』785、二〇〇六年三月）、文化元（一八〇四）年頃に春海が著した『竺志船物語』もそうした造型を引き継ぎ、大井三位が右大臣の勧めで「帥の君」として大宰府に赴任するところから物語が始まる。また、千蔭が著した「春の山ぶみ」でも「帥殿」が姫君の亡き父君というかたちで登場する。千蔭の「春の山ぶみ」は、亡父が遺してくれた小野の御荘でひっそりと暮らしている姫君のもとを、春の山踏みに出かけた公達が垣間見る、という掌編物語である（前掲鈴木淳「橘千蔭の和文と『源氏物語』」）。この構想は、おそらく『狭衣物語』巻一の物語内容（故帥中納言の忘れ形見である飛鳥井君のもとを狭衣が通う）を意識したものかと思われる。
（9）揖斐高『近世文学の境界―個我と表現の変容』（岩波書店、二〇〇九年二月）Ⅱ「『贈三位物語（つくし舟）』論―未刊の翻案雅文体小説はどう書かれようとしたか―」。
（10）もっとも、中世以降、嵯峨野は桜の名所ともなっており、小沢蘆庵は『六帖詠草』に嵐山の桜を多く詠んでいる。ただ、和歌の長い歴史からすれば、春の嵯峨野が比較的新しい美意識であったことには違いない。『歌ことば歌枕大辞典』「嵯峨」参照。
（11）『うつほ物語』の本文は室城秀之校注『うつほ物語　全』（おうふう、一九九五年一〇月）による。
（12）前掲田中康二『村田春海の研究』第六部第三章「織錦斎略年譜稿」。
（13）前掲揖斐高「『贈三位物語（つくし舟）』論―未刊の翻案雅文体小説はどう書かれようとしたか―」。

（14）春海がいかに『土佐日記』を熟読し、自身の作品に活かしていたかについては、田中康二「『笠志船物語』の設定」（『国文論叢』51、二〇一六年九月）に詳しい。
（15）『列子』の本文は新釈漢文大系による。
（16）類似の例が千蔭の和文にもある。「寛政七年四月三日二荒の宮の御前の舞楽を見侍りし時、宮のおもと人岸本土佐守利貞主のもとめによりて書きておくりけるふみ」（『うけらが花』巻七）である。この和文で千蔭は雅楽演奏の様を「ひびきは空ゆく雲もただよひぬべく」と形容している。
（17）前掲田中康二『村田春海の研究』第一部第二章「和文和歌対比論―「初雁を聞く記」の分析」。
（18）近世期における雅楽の受容については、鈴木聖子『「科学」としての日本音楽研究　田辺尚雄の雅楽研究と日本音楽史の構築』（博士論文〈東京大学〉、二〇一四年九月）第二部第四章「明治期の雅楽概念における「日本固有性」の意味」を参照。
（19）『日本書紀』の本文は新編日本古典文学全集による。
（20）前掲田中康二「織錦斎略年譜稿」。
（21）以下、『国史大辞典』「兼明親王」参照。
（22）『賀茂真淵全集』14（続群書類従完成会、一九八二年四月）。
（23）大曽根章介『日本漢文学論集』2（汲古書院、一九九八年八月）「兼明親王の生涯と文学」。なお、当該論文で紹介される兼明親王を偲んだ詩は、先述した深草元政の詩の他に、那波活所「遊嵯峨山懐兼明親王」（『活所遺藁』巻四）、宇野明霞「西郊作」（『明霞遺稿』巻四）、石島筑波「嵯峨雑詠五首（其二）」（『芰荷園文集』巻五）、南宮大湫「嵯峨雑詠七首（其四）」（『大湫先生集』巻五）、赤松蘭室「嵯峨雑詠」（『蘭室先生詩文集』）、北条霞亭『嵯峨樵歌』である。
（24）揖斐高『江戸詩歌論』（汲古書院、一九九八年二月）第五章「漢詩人としての村田春海」。
（25）『後拾遺集』の本文は新日本古典文学大系による。
（26）なお、同年（天明七年）秋に刊行された『拾遺都名所図会』巻三にも「兼明親王亭」が立項されており、「今野の宮の南に旧蹟あり」云々という。
(27)『万葉集』の本文は新日本古典文学大系による。
(28)田中康二校注『和歌文学大系　琴後集』(明治書院、二〇〇九年一二月)。
(29)山本嘉将「万葉集新採百首解　解説」(『賀茂真淵全集』19、続群書類従完成会、一九八〇年一一月)。
(30)以下、『国史大辞典』「源高明」参照。
(31)該当箇所は『蜻蛉日記』中巻の、愛宮(高明の妻)に長歌を贈る段である。そこで、愛宮は「帥殿の北の方」と呼称される。なお、春海は「おかし」「をかし」別語説に対して、「おかし」という語が存在しないことを幾度も主張しているが、その重要な根拠の一つとして『蜻蛉日記』の用例が扱われている(前掲田中康二『村田春海の研究』第五部第二章「語学論―『仮字大意抄』の成立」参照)。
(32)『枕草子』の本文は新日本古典文学大系による(原本は三巻本)。
(33)大谷雅夫「椎本巻「山の端近きここちするに」考」(『文学』16―1、岩波書店、二〇一五年一月)。
(34)『鈴屋集』巻七「八月ついたちごろ稲掛大平が十五夜の円居に出すべき月の文ども人々すゝめて『源氏物語』の詞つきをまねびてかゝせけるにたはぶれにかける文」。
(35)前掲大曽根章介「兼明親王の生涯と文学」。
(36)前掲大曽根章介『日本漢文学論集』2「「菟裘賦」小論―「鵩鳥賦」との比較考察―」。なお、当該論文で紹介される「菟裘賦」に共鳴、感激した近世期の漢詩人の例は、先述した江村北海の他に、林海洞、ロ羽徳祐、青山延寿、林鵞峰、斎藤拙堂である。
※原本、影印、翻刻からの引用は、清濁、句読点を改め、カギ括弧を付した。なお、著者による注記は( )内に記した。

第三章　清水浜臣「虫めづる詞」考——もう一つの「虫めづる姫君」——

はじめに

本章では、清水浜臣《はまおみ》の作である掌編物語「虫めづる詞」を取り上げ、浜臣の物語創作の手法と古典文学研究の連関について論じたい。

浜臣は安永五（一七七六）年生、文政七（一八二四）年没。村田春海《はるみ》門下の高弟で、寛政四（一七九二）年、一七歳にして春海に入門。翌年、住居を不忍池のほとりに移し、泊洦舎《さざなみのや》と号した。加藤千蔭《ちかげ》、村田春海の後を継いで江戸の歌壇で重きをなし、賀茂真淵門下の顕彰活動を行うなど、江戸派の第二世代における中心的存在と言ってよい人物である。その生涯にわたる文事については丸山季夫の大著『泊洦舎年譜』（以下『年譜』）に詳しい。(1)

浜臣が著した和文は『泊洦文藻《さざなみぶんそう》』（『泊洦舎文藻』『泊洦文集』とも）にまとめられたが、本章が底本とする筑波大学所蔵本の場合、「虫めづる詞」は巻三に収まる。(2)正確には「むしめづる詞　物語ぶみになずらふ　文化二年」

という注記付きの題であり、これによって本作が文化二（一八〇五）年に執筆されたことが知れる。浜臣三〇歳の年である。『年譜』は「虫めづる詞」の成立時期を同年の「八月頃」とさらに踏み込んで記述するが、その根拠は不明。もっとも、秋の虫を愛でるという本作の内容からして、秋に書かれたものであることは間違いないだろう。注記に「物語ぶみになずらふ」とあるのは、春海に「物語ぶみのさまにならへる文」と注記された和文があるのと同様で、(3)本作が王朝物語になぞらえて虚構の世界を描いた、典型的な掌編物語であることを示している。なお、『年譜』では未指摘だが、中京大学図書館と西尾市岩瀬文庫がそれぞれ所蔵する『虫めづる詞』は同題の和文を複数集めたものである。その作者名を掲載順に記す。

自寛（三島自寛）、雄風（清原雄風）、嘉卿（西村嘉卿）、章、景寛（長尾景寛）、盛由、至誠（中村至誠）、勇雄（吉田勇雄）、よし子、ぬひ子、みね子、薫子、かう子、浜使主（清水浜臣）

すなわち、「虫めづる詞」は文化二（一八〇五）年、浜臣が三〇歳の秋に、浜臣を含めた一四名で催された文章制作の会、いわゆる和文の会にて披露された作品なのである。

以下、本章では浜臣が著した「虫めづる詞」の全文を掲げ、物語展開に即して読解を加えていく。その際、内容に応じて適宜本文を別つこととした。

一　秋の夕暮れ

本作は以下のように書き起こされる。

秋のけはひやう〳〵ふけゆくまゝに、つぼのうち、せざいの有さま、云んかたなくをかし。薄きり、けしきばかりたちこめて、こゝのいはかげ、かしこのすいがい、木末、草むら、そこはかとなくあはれに、虫のねしげうみだるゝ夕ぐれ、宮のおまへちかうさぶらふ人々、はかなき物がたりするを、きこしめしつゝ、さま〴〵の虫ども、こに入させて、とかくもてあつかひ、めでたまはするさま、なまめかしうらうたげに、御心しみてものし給ふ。

秋の色合いが深まるころ、夕暮れをむかえた邸内では、そこかしこで虫の音が鳴り響いている。そうしたなか、側近くに仕えている人々の話を聞きながらも、宮はさまざまな虫を籠（こ）に入れ、それを一心に愛でている——誰もが『堤中納言物語』の「虫めづる姫君」を想起する場面だろう。はたして、宮が虫に夢中になっている様子を述べた、

さま〴〵の虫ども、こに入させて、とかくもてあつかひ、めでたまはするさま、なまめかしうらうたげに、御心しみてものし給ふ。

という箇所は「虫めづる姫君」の、

よろづの虫の恐ろしげなるを取り集めて、（中略）さまざまなる籠箱どもに入れさせたまふ。（中略）明け暮れ耳はさみをして、手のうらにそへふせて、まぼりたまふ。[4]

という表現を踏まえていよう（傍線部は共通箇所、以下同）。

浜臣は『堤中納言物語』それも「虫めづる姫君」に特別の関心を持っていたらしい。というのは、浜臣は文化三（一八〇六）年五月に『堤中納言物語』の謄写本を作成して校注を施しているのだが、特に「虫めづる姫君」については、『今鏡』や『古事談』に載る類話（藤原宗輔が蜂を愛したという逸話）を指摘するなど、後にその委細を検討した土岐武治が「特筆すべき卓説で、実に賞讃に堪へない[5]」と述べるような本格的な研究成果を残しているからである。文化七（一八一〇）年一二月には、万笈堂と『堤中納言物語』出版の話し合いがもたれたというから、後々は注釈書の出版をも考えていたのだろう。[6]本作執筆の背景に「虫めづる姫君」に対する学問的関心が存していたことは間違いないと言ってよい。

もっとも、だからといって本作が全面的に「虫めづる姫君」に依拠しているというわけではない。本場面で言えば、むしろ典拠と呼ぶに相応しいのは『紫式部日記』なのである。

秋のけはひのたつまゝに、土御門殿の有さま、いはんかたなくおかし。池のわたりの木ずゑども、やり水のほとりの草村、をのがじゝ色づきわたりつゝ、おほかたの空もえんなるにもてはやされて、ふだんの御どきやうのこゑ〴〵、あはれまさりけり。やう〳〵すゞしき風のけしきにも、れいのたえせぬ水のをとなひ、夜もすがらきゝまがはさる。御まへにもちかうさぶらふ人々、はかなき物がたりするを、聞しめしつゝ、なやましうおはしますべかめるを、さりげなくもてかくさせ給へり。(7)

引用したのは『紫式部日記』の冒頭部、すなわち御子を懐妊して土御門殿に里下がりをしていた中宮彰子の様子を叙した場面である。この場面は、

季節→邸内の風情→［音］→御前の人々→［貴人］

というように構成されているが、まず押さえておきたいのは、浜臣がこうした文章構成を「虫めづる詞」にそのまま利用しているということである。特に季節・邸内の風情・御前の人々といった要素については、『紫式部日記』の表現をほとんどそのままの形で借りている（傍線部）。

一方、変更を加えているのが［音］と［貴人］の両要素である。すなわち、［音］については、『紫式部日記』で「読経の声々」「風のけはひ」「水のおとなひ」とあったのを「虫の音」一つに絞り、［貴人］については、身重の身でありながら平静を装う彰子の様子を、一心に虫を愛でる宮の様子へと変更している。いずれの改変も「虫めづる」という主題に焦点を絞り、以後の物語を展開させてゆくために必要な作為だったと理解できる。

なお、当該場面の「虫のねしげうみだるゝ夕ぐれ」という［音］の要素を表す一文は『源氏物語』鈴虫巻の光

源氏の台詞「虫の音いとしげう乱るる夕《ゆふべ》かな」による。(8) また、［貴人］の要素を表す一文が「虫めづる姫君」の表現を踏まえることは先述したが、特に「なまめかしうらうたげに、御心しみてものし給ふ」という表現については、やはり『源氏物語』絵合巻の、

なまめかしう添ひ臥してとかく筆うちやすらひたまへる御さま、らうたげさに御心しみて、

という、絵を思案する斎宮女御（後の秋好中宮）の様子に冷泉帝の心が惹かれる場面に依拠している。本作の宮には先述した中宮彰子とともに斎宮女御の面影が付与されている。浜臣は虫を愛でる女君を「虫めづる姫君」よりも格段に高貴な存在へと変更したわけである。(9)

かくして浜臣は「虫めづる姫君」から〈虫を愛好する女君〉という趣向を借りつつも、『紫式部日記』や『源氏物語』から表現と文章構成を借りることで、新たな物語を始発させた。それはすなわち、もう一つの「虫めづる姫君」を作り出してゆく試みでもあった。

二　虫めづる宮

虫めづる姫君は毛虫を可愛がり、それゆえ周囲から敬遠された。では本作の虫めづる宮はどうだろうか。

数のおもとたち、わかきもおいたるも、ひとつ心にまねびこのむをば、うるせきものにおぼしまつはせば、

たれも〳〵「われひとおとらじ」と思ひはげみて、すぐれたる声のかぎりを名高き野べどもよりあつめ取てたいまつるに、かく虫めでし給ふと聞かして、何がしの宮、くれがしの殿よりも、心をつくしてまゐらせ給ふを、ともにむしやにかはせおき給ひて、ちいさき籠ども、おほくつくらせて、それぞれに品わき、えりもて遊び給ふ。

宮の虫好きは内外に知れわたり、人々は競ってすぐれた音色の虫を献上する。まずは「虫めづる姫君」との関連を確認するために、特に表現が共通する箇所を引用する。

この虫どもとらふる童べには、をかしきもの、かれが欲しがるものを賜へば、さまざまに、恐ろしげなる虫どもを取り集めて奉る。（「虫めづる姫君」）

このように、周囲の人間がこぞって貴人に虫を献上するという要素は「虫めづる姫君」にも見られる。しかし、虫めづる姫君のもとに集まるのが「恐ろしげなる虫ども」であるのに対して、宮のもとに集まるのは「すぐれたる声のかぎり」である。本作の虫めづる宮は、虫の美しい鳴き声をこそ愛でた。言うまでもなく、それは伝統的な美意識にのっとった虫の愛で方である[10]。

そもそも「虫めづる姫君」の姫君が世人から異端視されるのは、その虫愛好のありかたが常識的な範囲からははなはだしく逸脱しているように見えるためである。浜臣はそうした姫君の異端性を排除し、その嗜好のありかたを美しい鳴き声を愛でるという常識的かつ伝統的なものへと書き換えた。先述したように、宮が虫を一心に愛でる様子は『源氏物語』絵合巻を踏まえるが、それはすなわち、宮を「なまめかしう」「らうたげ」な斎宮女御と重ね合わせるための作為であり、同時に宮の形象を「虫めづる姫君」から切り離すために必要な典拠利用であったのだ。(11)

さて、その絵合巻においては冷泉帝の絵画愛好に端を発する光源氏と頭中将の競合が描かれる。絵画を好んだ帝は、若い殿上人でも絵を習う者には特別目をかけていたため、同じく絵を好む斎宮女御に寵愛が深まる。すでに娘弘徽殿女御を入内させていた頭中将はそれを耳にして、帝の歓心を買おうと見事な絵を集める。

殿上の若き人々もこの事まねぶをば、（帝は）御心とどめてをかしきものに思ほしたれば、（中略）（頭中将は）「我人に劣りなむや」と思しはげみて、すぐれたる上手どもを召し取りて、いみじくいましめて、またなきさまなる絵どもを、二なき紙どもに描き集めさせたまふ。

傍線部に明らかな通り、人々が競って貴人の嗜好に適おうとする場面を書くにあたって、浜臣は絵合巻をその表現の拠り所にしたのである。

絵合巻の利用は宮の造型に留まるものではなく、本作の物語展開にまで関わっている。そしてそのことは次節以降の場面においてより一層明らかとなる。

三　にわかの催し

月の光が室内にさし入る時分となった。徒然をもてあました女房たちは、ある催しを企てる。

月ほのかにさし入てえんなるを、すのもとに、宮の宣旨、侍従のおもと、少将の命婦などさぶらふなるべし。たれともなくかたらひいでゝ、「いとつれ〴〵なるゆふべかな。なほあらじに、何にまれ、はかなきいどみごとをおまへに御覧せさせばや。かの春秋の争ひはいふもさら也。後々の何あはせとか数きこゆるも今はめづらしげなきを、いざや、此むしども、数のかぎり、ひだりみぎとかたわきて、歌をさへものして、それがゝちまけさだめんはいかに」といへば、わかうどたち、「いとよきこと」ゝうちそゞろきつゝ、かたみに心がまへして、「歌人にはたれよけん」「男がたにはおほいどのゝ二郎君、又は左衛門督、源宰相などぞこゝろにくき」「されど、そはあらかじめのもよほしごとこそきこえもやらめ、かゝるにはかなるすさびわざには、いかでこゝのごたちにてもたりぬかし」とて、よしあるかぎり、これはかれはなどさだめあふ。

女房たちが思いついたのは、邸内で飼っている虫たちを左右に分けて、歌を詠んで合わせるという催しであった。興に乗った女房たちは、このにわかの催しに相応しい歌人は誰かと定め合う。

前節に引き続き絵合巻を踏まえた表現が出てくるが、(12)ここで何より注目したいのは、〈女君の虫愛好が周囲に浸透し、やがて虫合が催される〉という物語展開が、絵合巻における〈冷泉帝の絵画愛好が周囲に浸透し、やがて絵合が催される〉という物語展開を踏まえているということである。これ以降、本作の内容は虫合の話題に終始する。その意味でも、絵合巻は本作の主たる典拠に相応しい。前節で確認した宮の人物造型における絵合巻の利用とそれに伴う「虫めづる姫君」からの乖離は、物語が展開し始める当該場面への接続をよりスムーズにするための処置だったと考えられよう。一方、「虫めづる姫君」に依拠した箇所はこの場面以降ほぼ無くなる。絵合巻に導かれるように物語の筋は「虫めづる姫君」から離れ、新たな物語世界へとその歩みを進みはじめたわけである。

さて、当該場面で女房たちが企画する虫合とは、左右に分かれて、それぞれの出した虫にちなむ歌を詠み、虫や歌の優劣を競うという歌合の一種である。物合という言葉があるように、同様の趣向は虫合に限らず、前栽合、根合、貝合、物語合など多岐にわたる。そうしたなかで女房たちが虫合を企画したのは、一つには宮が虫を愛好しているからであり、また一つには「後々の何合はせとか数聞こゆるも今はめづらしげな」いから、すなわち虫合という趣向自体が新鮮で面白味があったからである。

一般に虫合は平安時代に行われ、先述した堀河朝の催しも虫合のために行われたと言われる。たしかに、平安期の歌合を見てゆけば、前栽合の際に虫を放って鳴き声を賞美していたということが分かる[13]。しかし、それらはあくまで前栽合の事例であり、こと虫合に限れば、その詳細をうかがい知ることのできる資料は意外に少ない。当時の和歌や物語に当たっても「虫合」という記述を見いだすことは簡単ではないのである[14]。浜臣はそこに目をつけ、虫合をみずからの物語の題材としたのだろう。その発想のきっかけは、近世期における虫愛好の広がりなどさまざまに考えられるが[15]、本章では以下にあげる『山家集』の歌に注目したい。

八条院、宮と申しける折、白河殿にて、女房虫合はせられけるに、人に代りて、虫具して、取り出しけるものに、水に月のうつりたるよしを作りて、その心を詠みける
行末の名にや流れん常よりも月澄みわたる白川の水(16)

八条院こと暲子内親王がまだ「宮」と呼ばれていたときに、白河院の仙洞御所で女房たちが虫合をしたという。このとき西行は人の代わりに歌を詠んだが、それは虫そのものではなく、白川の水に月が映っている様子を作った虫籠について詠んだ歌であった。この詞書を含む『山家集』の歌からは、虫合が虫だけでなく虫籠の趣向においても競われたことがうかがえる。虫合の委細について知ることのできる、数少ない貴重な例と言えるだろう。そして、宮と呼ばれる高貴な女性のもとで女房たちが虫合を催すという状況は「虫めづる詞」と重なり合う。

浜臣が『山家集』に目を通していたことは『語林類葉』や『皇朝喩林』といった浜臣自身の著書に引用されていることから明らかである。さらに『年譜』によれば、浜臣が校合した『山家集』の転写本が残っており、そこから文化元（一八〇四）年一二月二九日に『山家集』の校合を終えたことまでが分かっている。文化元年といえば「虫めづる詞」執筆の前年である。浜臣が虫合という趣向を思いついた背景には、『山家集』についての研究があったのではないだろうか。

四　虫合

宮付きの女房のなかから歌詠みが選ばれ、いよいよ虫合が開かれる。

宮も「はや〳〵」といそがし給ふほどに、越後の弁、大弐のないしのすけ、藤式部もまゐりきぬ。此殿にてたゞ今の歌仙たちなれば、もろともにあづかり聞ゆ。おまへなるわらは、あてき、なれきなど、例のこどもおほくもて出たり。あをたけをほそうみがきて、をかしうくみあやつり、紫にうす花田の糸してむすびさげたるふさのかゝり、いとになくしなしたるに、又あをきこにしろいくみして、ぢんの台にするゐたるなど、とり〳〵にめもあや也。時うつるほど、あるかぎりの人々よみ出たる歌、はたこよなかりけり。

先述のように、虫合においては虫籠の趣向までもが鑑賞の対象となったが、ここでも色とりどりの虫籠が美麗さを競っている様子が描かれている。

さて、虫合に参上したのは「此殿にてただ今の歌仙」という越後の弁、大弐の典侍、藤式部という女房たちであった。本場面にはさらにあてき、なれきという女の童も登場する。前節の宮の宣旨、侍従のおもと、少将の命婦も含めて、本作には実に多くの宮付きの女性たちが出てくるわけだが、その出典としてまず考えられるのは、やはり絵合巻である。

梅壺の御方には、平典侍、侍従内侍、少将命婦、右には大弐典侍、中将命婦、兵衛命婦を、ただ今は心にくき有職どもにて、（後略）

引用したのは絵合に参加する帝付きの女房たちが列挙された場面である。傍線部で示したように、侍従のおもと、少将の命婦、大弐の典侍はこの場面が出典なのだろう。また、あてき、なれきについても『源氏物語』にその名が見える。(17)

一方、宮に彰子が重ね合わされていることから予想されるように、本作に登場する宮付きの女房たちの多くは、彰子付きの女房として『紫式部日記』や『栄花物語』にその名を探し求めることができる。藤式部は『栄花物語』に見える人物で、もちろん紫式部のこと。越後の弁は同じく『栄花物語』に見える人物で、紫式部の娘賢子が彰子のもとへ仕え始めた頃の呼称。宮の宣旨は『紫式部日記』に見える人物で、源陟子。さらに、先ほど『源氏物語』にその名が見えると述べた人物のうち、侍従のおもと、少将の命婦、あてきの三名は、『栄花物語』や『紫式部日記』にも彰子付きの女房、女の童としてその名が出る。

どうやら浜臣は「虫めづる詞」に登場する人物を、『源氏物語』か、さもなければ彰子周辺の人物から意識的に選び取っているようだ。そしておそらく、読み手がそれぞれの出典に気付けるかどうかを試しているのではないか。

そうした目で、前節の場面に「こゝろにくき」歌人としてその名があがった、大殿の二郎君、左衛門督、源宰相という三名の人物についても見直してみよう。すると、大殿の二郎君は藤原道長次男で『今鏡』にその類い希な歌才が伝えられる藤原頼宗、左衛門督は『紫式部日記』や『栄花物語』にその呼称で登場する藤原公任、源宰相は『栄花物語』に「世に心にくくおぼえたまひける人々」として記される源宰相こと源頼定に該当することに気付かされる。(18)もちろん三者ともに彰子と同時代を生きた人物である。

これまで想定をしてきた人物の名は、『源氏物語』にせよ『紫式部日記』『栄花物語』『今鏡』にせよ、一巻や一場面に集中的に出てくるものではなかった。唯一、『源氏物語』では絵合巻の一場面に三名が登場するが、それでもあてきやなれきの名を探そうとすれば、葵、玉鬘、竹河の各巻を読まなければならない。「虫めづる詞」

の登場人物のモデルは、各古典作品全体に目を通してようやく見つけ出すことのできるものである。それはすなわち、浜臣が本作執筆にあたって、これらの作品を相当程度読み込んでいたことを示していよう。

五　虫定め

歌を詠み終え、人々は秋の虫の優劣を品評し合う。

「いでや、秋のむし、いづれともあらぬがなかに、はたおりめのくだまく声なん、賤が手わざも思ひやられて、いとあはれなるよ」といへば、ひとりが「つゞりさせてふきり〴〵すの、夜寒の床にひとりねなぐさむるぞ、心にしみておぼゆるは」とかたぶく。かたへより、「あらず。そのくだをまき、つゞりをさゝむも、所がらこそはあらめ、かゝるおまへわたりには、につかはしからじ。くつわむしのかしがましきはさるものにて、をゝしういさましきかたにもきゝなさるれど、をみなどちのうへにはふさはしからずや。名よりはじめて、松虫なんいとめでたき。千とせの秋もかはらぬ声ならんかし。さはゝべらずや」など、とり〳〵にいどみかはせば、侍従のおもと、「ほゝ」とうちゑみて、「そも名にしおはゞ、霜の後まで声のこすべきを、いとたがひてもはべるいのちのみじかさよ。ふりいづる声のはなやかにをかしきに、いまめかしきらうたさゝへそはれば、すゞ虫にまされるなんあらじを」と心々あらそふ口つきどものをかしきを、（後略）

はたおりめ、きりぎりす、くつわ虫、松虫、鈴虫といった虫が次々に論評される。その一々についての細かな語釈は注に任せるとして、[19]ここでまず確認しておきたいのは、これらの虫が『枕草子』の「虫は」の段（はたおり、きりぎりす、松虫、鈴虫）、そして「笛は」の段（くつわ虫）に、それぞれの出典を認めることができるということである。

『年譜』によれば、浜臣は寛政一二（一八〇〇）年正月から七月にかけて北村季吟『枕草子春曙抄』に初校書き入れを行い、文化元（一八〇四）年二月に再校、所見を注記、さらに四月から一〇月にかけて加藤磐斎『清少納言枕草子抄』と対校している。本場面における『枕草子』利用の背景には、こうした一連の『枕草子』研究があると見ておきたい。

さて、虫定めの議論のなかでも、その半分近くを占めるのが松虫と鈴虫の比較論である。この比較論は、

①松虫が優れている

という意見に対して、

②松虫はその名に反して短命である
③鈴虫の音色は「はなやか」で「をかし」
④鈴虫は「いまめ」いていて「らうたし」

と反論するといった要素から成っている。言うまでもなく、これは『源氏物語』鈴虫巻における松虫鈴虫比較論

に基づく。

例の渡りたまひて、「虫の音いとしげう乱るる夕かな」とて、我も忍びてうち誦じたまふ阿弥陀の大呪いと尊くほのぼの聞こゆ。げに声々聞こえたる中に、③鈴虫のふり出でたるほど、はなやかにをかし。「秋の虫の声いづれとなき中に、①松虫なんすぐれたるとて、中宮の、遥けき野辺を分けていとわざと尋ねとりつつ放たせたまへる、しるく鳴き伝ふるこそ少なかなれ。②名には違ひて、命のほどはかなき虫にぞあるべき。心にまかせて、人聞かぬ奥山、遥けき野の松原に声惜しまぬも、いと隔て心ある虫になんありける。鈴虫は心やすく、④いまめいたるこそらうたけれ」

中秋十五夜に光源氏が女三の宮のもとを訪れる場面である。虫の音が響く夕暮れ、光源氏は女三の宮に向かって松虫と鈴虫の優劣を語り出す。この場面中に先ほどあげた①から④の要素が含まれていることは、傍線部に明らかだろう。

のみならず、「虫の音いとしげう乱るる夕かな」（波線部）という源氏の台詞は、第一節で言及した［音］の要素「虫の音しげう乱るる夕暮れ」の典拠である。また、源氏が松虫と鈴虫の優劣を評する台詞の冒頭、「秋の虫の声いづれとなき中に」（波線部）は、本作で人々が虫定めをし合う台詞の冒頭、「いでや、秋のむし、いづれともあらぬがなかに」の典拠にもなっている。

つまり、浜臣は源氏が語る鈴虫松虫論を、複数の人々の評定とし、さらに鈴虫、松虫に、はたおりめ、きりぎりす、くつわ虫を加え、その論評の対象を二種から五種へと拡張したわけである。その意味で、本場面は、まず鈴虫巻に基づいて書かれていると言ってよい。振り返れば、本作の冒頭部における鈴虫巻からの引用（「虫のねしげうみだる〻夕ぐれ」）は、鈴虫巻に基づいて虫定めの場面が展開されることの伏線にもなっていたわけである。ただし、鈴虫巻の利用はあくまで本場面にとどまる。本作における虫定めの議論は「心々あらそふ口つきどものをかしきを」という表現で承けられるが、これは絵合巻の「心々に争ふ口つきどもをかしと聞こしめして」に基づく。本作の全体的な物語展開としては、やはり絵合巻から離れないのである。

六　虫定めの博士

甲乙つけがたいそれぞれの弁舌に、宮は虫定めの博士として右近を召す。本作末尾の文章である。

（心々あらそふ口つきどものをかしきを、）宮は「このむしさだめのはかせ、たれにかはさせん。右近こそ故宮よりのふる人にて、よろづおやめきあつかふなれ。かれめし出て、此こと聞えん」との給ふほど、「右近ぞまゐりたる」とあてきがいふ。

このように、右近が参上したというところで本作は幕を閉じる。一見するといかにも中途半端な印象を与えかねないところだが、この最後の場面にも、浜臣の古典利用が隠されている。それを解く鍵となるのが、宮が召し出す右近という人物名である。

例によって『紫式部日記』をひもとくと、彰子付きの女房として右近という名が見えるが、単に名があがるだけで、それ以上の情報はない。これまでに登場したような女房ならともかく、わざわざ「故宮よりのふる人にて、よろづ親めきあつかふ」と説明され、虫定めの評定を任される特別な人物であることを考えると、モデルとして相応しいとは思われない。それでは、右近は一体誰に基づくのか――実は、宮が右近を呼ぶ最後の場面は『枕草子』の以下の箇所が踏まえられている。

「それぞ」といひ、「あらず」といひ、くちぐ〳〵申せば、「右近ぞ見しりたる。よべ」とて、しもなるをまづとみのことゝてめせば、まいりたり。(20)

翁丸追放の後に現れた犬をめぐって、人々が翁丸であるかどうか言い合うという場面である。人々の議論に決着が付かないので、定子から召し出されて右近が参上する。本場面との一致は明らかだろう。翁丸についての章段は『枕草子』のなかでもよく知られていたと思われるが、これまで彰子周辺に目を凝らしていた読み手からすれば、最後に定子周辺の人物が出てきたことにやや意外の念を抱いたことだろう。

『枕草子』の右近は右近の内侍とも称される帝付きの女房で、定子や清少納言とも親交が深い才媛だったようで、『枕草子』に度々登場する。「故宮よりのふる人にて、よろづ親めきあつかふ」という評に相応しい人物である。となると、ここでいう「故宮」とは定子を指すことになる。定子を「故宮」と称する例は『栄花物語』に認められる。はじめに指摘した通り、本作は彰子が里下がりをしたときの『紫式部日記』の記事を踏まえて書き出されている。史実によれば、それは寛弘四（一〇〇七）年のこと。定子はそのときすでに亡くなっている。「故宮」という呼称は、そうした考証を踏まえたものだろう。浜臣は本作の作品世界を虚構と史実によって構築しているが、その史実の部分は、定子亡き後の彰子周辺だったのである。

おわりに

以上、「虫めづる詞」を読み解いてきた。本作は「虫めづる姫君」から〈虫を愛好する女君〉という趣向を借りつつも、その女君の造型については『源氏物語』絵合巻の斎宮女御、それに彰子の面影をも重ね合わせて格段に高貴な存在とし、虫愛好のあり方も音色を愛でるという伝統的な美意識にのっとったものへと変更している。それはまた本作が〈貴人の愛好が周囲に浸透し、やがてその愛好にちなんだ物合が催される〉という絵合巻の物語展開を主筋として利用していることと密接に連関した作為であった。『源氏物語』からの利用は、鈴虫巻における松虫鈴虫比較論や登場人物の借用にまで及ぶ。ただし、後者については、浜臣は本作の基調となる世界を定子没後の彰子周辺に定め、むしろ『紫式部日記』『栄花物語』『今鏡』『枕草子』といった作品から、彰子と同時代を生きた女房、女の童、男性歌人を探し求め、本作の随所に登場させている。こうした編集作業によって、浜臣は原話と異なる、もう一つの「虫めづる姫君」を紡ぎ出そうとしたのである。

最後に考えたいのは、浜臣の文業、あるいは浜臣研究における本作の意義である。浜臣は文化元（一八〇四）年に「倣伊勢物語文勢」と注記された「歳暮」という和文を著し、文化三（一八〇六）年には『源氏物語』須磨巻を用いて白居易の「琵琶行」を翻案した「きぬたを聞く詞」という和文を著している（ともに『泊洦文藻』所収）。「虫めづる詞」の執筆は決して単発的なものではなく、執筆前年から続く、掌編物語創作の一環だったのである。また、本作には『源氏物語』からの影響が顕著だが、それは本作執筆の直前、すなわち文化二（一八〇五）年の六、七月に石川雅望との間で『源氏物語』中の語彙について質疑応答の書簡が集中して交わされたことと無関係ではあるまい（『清石問答』）。一連の掌編物語創作への取り組み、そして『源氏物語』研究への傾注――この両者が相まって、本作は生み出されたものと考えたい。

また、はじめに指摘したように、本作は和文の会にて披露された作品である。その意味で、本作の第一の読者は会の出席者、すなわち共に国学にいそしむ同好の士だった。これまで見てきたように、「虫めづる詞」はかなり多くの場面で平安期の古典作品を典拠として利用しており、その意味では読み手に対してあたかもパッチワークのような印象を与える作品である。国学者が作った物語なのだから当然のこととはいえ、それにしても本作の典拠利用の多さは、これまで著者が読み得た掌編物語のなかでも群を抜いている。それでいて、それぞれの典拠はすぐにそれと分かるものから、よくよく探索しないと気付かないだろうもの、あるいは有名ではあるが意外に気付きにくいだろうものまでさまざまであった。こうした浜臣の典拠利用には、おそらく読み手が典拠に気付けるかどうかを試す、ある種の知的遊戯としての性質があったのではないだろうか。

一方、こうした作品を創作しえた背景に、日頃の研究で蓄えた浜臣の膨大な古典文学に対する知識があったことは疑いない。逆に言えば、本作の読解を通して、注釈書などの業績からだけでは知ることのできない、浜臣の古典研究の成果をうかがうことができる。たとえば『紫式部日記』『栄花物語』『今鏡』については、書き入れ本の存在や著書への引用から浜臣が研究したこと自体は分かっていたが、それが一体いつの時点のことなのかは不明だった。しかしながら、これまで確認してきたことから、本作が成立した文化二（一八〇五）年秋の時点で、浜臣がこれらの作品を相当程度読み込んでいたことは明らかである。その意味で「虫めづる詞」は、これまで知られていなかった浜臣の古典研究の一面を示してくれる作品であると言えよう。

【参考】人物想定一覧（出典の日記は『紫式部日記』。『源氏物語』は巻名のみ記す）

呼称	想定される人物	生没年	出典
宮	『源氏』作中人物（斎宮女御）		絵合
	彰子	九八八～一〇七四	栄花、日記
宮の宣旨	彰子付女房（源陟子）	未詳	日記
侍従のおもと	『源氏』作中人物		絵合「侍従内侍」
	彰子付女房	未詳	栄花「侍従の典侍」
少将の命婦	『源氏』作中人物		絵合
	彰子付女房（藤原宗相妻）	未詳	栄花
越後の弁	彰子付女房（藤原賢子）	未詳	栄花
大弐の典侍	『源氏』作中人物		絵合
藤式部	彰子付女房（紫式部）	未詳	栄花
あてき	『源氏』作中人物		葵、玉鬘
	彰子付童女	未詳	日記
なれき	『源氏』作中人物		竹河
大殿の二郎君	藤原頼宗	九九三～一〇六五	今鏡「御堂の第二の御子」
左衛門督	藤原公任	九六六～一〇四一	栄花、日記
源宰相	源頼定	九七七～一〇二〇	栄花
故宮	定子	九七六～一〇〇〇	栄花
右近	内裏付女房	未詳	栄花、枕草子

注

（1）丸山季夫『泊洦舎年譜』（私家版、一九六四年二月）。以下、浜臣の略歴については同書を参照。

（2）『泊洦文藻』は諸本によって収録数や順序が異なり、その書名も一定ではない（本章では便宜的に『泊洦文藻』に統一する）。そこで本稿では、転写年次が明確で収録作品数が比較的多いという理由から、筑波大学所蔵本を底本とする。当該本は四巻三冊、外題「泊洦舎文藻」、内題「泊洦文集」、飛驒高山の国学者小野高堅（号橘園）が慶応三（一八六七）年一二月上旬に中島信敬の蔵本を転写したものである。

（3）『琴後集』巻一四「河づらなる家に郭公を聞くということを題にて　物語ぶみのさまにならへる文」。

（4）「虫めづる姫君」の本文は新編日本古典文学全集による。なお、無窮会専門図書館には後述する浜臣自身が校注を施した『堤中納言物語』が存するが、本章執筆時点では閲覧できない。

（5）土岐武治「堤中納言物語の研究史的考察―清水浜臣の研究について―」（『立命館文学』182、一九六〇年八月）。

（6）無窮会図書館所蔵清水浜臣自筆本奥書。『年譜』に指摘あり。

（7）『紫式部日記』の本文は『紫式部日記傍注』（静嘉堂文庫所蔵、清水浜臣自筆書入本）による。

（8）『源氏物語』の本文は新編日本古典文学全集による。

（9）虫めづる姫君は按察使の大納言の娘。

（10）人々が虫を取り集めた「名高き野辺ども」は具体的に記されないが、「野は嵯峨野、さらなり」という『枕草子』の一節や、殿上人たちが嵯峨野で虫を取り集めて帝に献上したという堀河朝の故事（『古今著聞集』などに載る）を考えあわせれば、嵯峨野あたりを指すと見ておくのが妥当だろう。

（11）横溝博「『虫めづる姫君』を読む―冒頭部の解釈をめぐって―」（『堤中納言物語の新世界』、武蔵野書院、二〇一七年三月）によれば、そもそも斎宮女御（秋好中宮）は、童たちにさまざまな虫籠を持たせて露をかけさせたり（野分巻）、遠い野原にまで人を遣わして松虫を捕まえさせたり（鈴虫巻）するなど、『源氏物語』のなかでもとりわけ虫を愛好する人物として描かれているという。横溝はそうした斎宮女御の像が「虫めづる姫君」に利用された可能性を指摘するが、斎宮女御に基づいて本作の「虫めづる宮」を造型した浜臣は、すでに斎宮女御の虫を愛好する貴人としての性質を認めつつ、斎宮女御と「虫めづる姫君」との連関までをも示唆していたわけである。

（12）本場面の「此虫ども数のかぎり左右と方分きて」という箇所は、絵合巻で中宮が帝付きの女房たちを「左右と方分かたせたまふ」という箇所による。また本場面末尾の「よしあるかぎり、これはかれはなど定めあふ」は、「上の女房なども、よしあるかぎり、これはかれはなど定めあへるを、このごろのことにすめり」という、帝付きの女房たちが絵を評定し合う箇所をそのまま借用している。

（13）天禄三（九七二）年八月二八日規子内親王前栽歌合、貞元二（九七七）年八月一六日三条左大臣頼忠前栽歌合。以上については、前掲横溝博「『虫めづる姫君』を読む―冒頭部の解釈をめぐって―」が紹介している。

（14）虫合の委細が書かれた珍しい例として、後述の『山家集』とともに鎌倉時代成立の『在明の別』巻二がある（前掲横溝博「『虫めづる姫君』を読む―冒頭部の解釈をめぐって―」も指摘）。ただし、浜臣が手にしていた可能性は不明。

（15）近世期における虫愛好の広がりについては、鈴木健一『江戸詩歌の空間』（森話社、一九九八年七月）第一部「虫籠の文学史」、鈴木淳『橘千蔭の研究』（ぺりかん社、二〇〇六年二月）五「『十番虫合』と江戸作り物文化」、牧野悟資「狂歌絵本『画本虫撰』」（鈴木健一編『鳥獣虫魚の文学史　日本古典の自然観　三　虫の巻』、三弥井書店、二〇一二年一月）を参照。なかでも鈴木淳「『十番虫合』と江戸作り物文化」は、天明二（一七八二）年八月に加藤千蔭をはじめとする江戸の歌人たちによって催された虫合について詳細に論じており、参考になる。当該虫合では、『源氏物語』を踏まえて牛車を模して作った虫籠に鈴虫を入れるなど、「著名な古典の趣意によそえ、なずらえ、見立てた造り物と生きた鈴虫、松虫の取り合わせによって、その妙趣を競った」という。浜臣はこの虫合にこそ出席していないが、「虫めづる詞」で描かれる虫籠の具体的な描写はそうした江戸派のなかで行われた虫合を踏まえたものかと推測される。

（16）『山家集』の本文は新潮日本古典集成による。

（17）あてきは葵巻と玉鬘巻に、なれきは竹河巻に出る。

（18）『栄花物語』の本文は新編日本古典文学全集による。

(19) はたおりめについての評は「かりがねのは風をさむみはたおりめくだまくこゑのきりきりとなく」(古今和歌六帖・六)を踏まえる。また、「つづりさせてふきりぎりす」という表現は「あきかぜにほころびぬらしふぢばかまつづりさせてふきりぎりすなく」(古今和歌六帖・六／古今集・一九・雑)を、その評は「きりぎりすなくやしもよのさむしろに衣かたしきひとりかもねむ」(新古今集・五・秋下)を踏まえる(以上、新編国歌大観参照)。くつわ虫についての評は『枕草子』「笛は」の段の「いとかしがましく」、「うたてけ近く聞かまほしからず」を踏まえる。

(20)『枕草子』の本文は『枕草子春曙抄』(静嘉堂文庫所蔵、清水浜臣自筆書入本)による。

(21) 虫めづる宮には、虫めづる姫君、斎宮女御、彰子の三者の面影が重ねられているわけだが、それはおそらく偶然の結果ではなく、浜臣は意図的に三者を選び取ったのではないかと思われる。虫めづる姫君と斎宮女御との類似性については先述したが、斎宮女御と彰子についても、お互いに通い合う性質を有していると考えられるからである。そもそも絵合巻において人々が絵に熱中する背景には、冷泉帝の寵愛と後の立后をめぐる、光源氏方の斎宮女御と、斎宮女御よりも先に入内していた頭中将方の弘徽殿女御との対立関係がある。結果として中宮の座を得たのは斎宮女御(秋好中宮)であるが、こうした関係から、彰子と定子の関係を想起するのは難しくなかっただろう。虫めづる姫君に斎宮女御を重ね合わせたのは、斎宮女御の虫を愛好する姫君という性質を踏まえたからと考えられるが、さらに彰子をも重ね合わせたのは、斎宮女御のモデルとして彰子の存在を意識していたからではないだろうか。

※原本、影印、翻刻からの引用は、清濁、句読点を改め、カギ括弧を付した。なお、著者による注記は(　)内に記した。

第四章　朝田由豆伎『袖のみかさ』考
――文化八年の桐壺更衣――

はじめに

本章で取り上げる『袖のみかさ』という作品は実践女子大学図書館黒川文庫における調査のなかで見出だした擬古学編物語である。黒川文庫は黒川春村に端を発し、真頼《まより》、真道《まみち》と形成されていった黒川家伝来の一大蔵書である(1)。現在は複数の機関に分割所蔵されており、実践女子大学には物語関係の古典籍が多く入っている。『袖のみかさ』はそのなかの一冊というわけである。以下に解題を引用する。

写本、一巻、一冊。〔表紙〕縹色無地表紙。〔寸法〕二三・六cm×一五・九cm。〔外題・内題〕表紙左上打付に「袖のみかさ」と墨書。右上に「岸本由豆伎本　自筆本」と朱書。内題「袖のみかさ　又いのりの神子」。〔料紙〕楮紙。〔体裁〕袋綴。一面一〇行。五丁。〔印記〕一丁表に「黒川真頼蔵書」「黒川／真頼（丸印）」「黒川真道蔵書」朱印。〔奥書〕なし。〔備考〕岸本由豆伎自筆本。墨・朱の書き込みあり。[2]

現在のところ、『袖のみかさ』はこの一点しか現存が確認できない。そして、いま引用した解題が『袖のみかさ』についての唯一の先行研究である。

さて、この解題によれば、本書は写本で半紙本一巻一冊、全五丁のささやかな作品である。序文や跋文などは無く、作者や成立時期は不明である。ただ、後人によって表紙に書き加えられた「岸本由豆伎本　自筆本」との文句を信じれば、本書は幕末期の国学者朝田由豆伎《ゆずき》の自筆本ということになる。由豆伎は、文政四（一八二一）年生、嘉永四（一八五一）年没。岸本由豆流《ゆずる》の次男で、はじめ岸本氏だったが、後に由豆流が再興した朝田家を継いで朝田由豆伎と名乗った人物である。[3]

以下、本章では本作の作者と成立、そして内容について分析を行ってゆく。

一　作者と成立

まずは『袖のみかさ』が由豆伎自筆であるという表紙書き入れの真偽から確認したい。

ここで注目したいのが東京大学総合図書館所蔵の『初音のゆかり』（嘉永三〈一八五〇〉年成）である。『初音のゆかり』は、由豆伎がほととぎすの初音を聞くべく、嘉永三（一八五〇）年四月六日、加藤千浪《ちなみ》、井上淑蔭《よしかげ》らと連れ立って隅田川周遊をしたときの小紀行である。おびただしい訂正書き入れがあることや、末尾に「朝田由豆伎」との署名があることから、『初音のゆかり』が由豆伎の自筆草稿本であることは疑いない。[4]したがって、『初音のゆかり』と『袖のみかさ』の筆跡を比較すれば、表紙書き入れ（「岸本由豆伎本　自筆本」）の真偽はおのずと明らかになろう。

幸いなことに、由豆伎の筆跡は癖が強く特徴的で、『初音のゆかり』と『袖のみかさ』を見比べると、一見して両書の筆跡が同じであることが分かる。ここではその証として、両書から同じ字体をいくつか抜き出し、横に並べて比較してみよう。

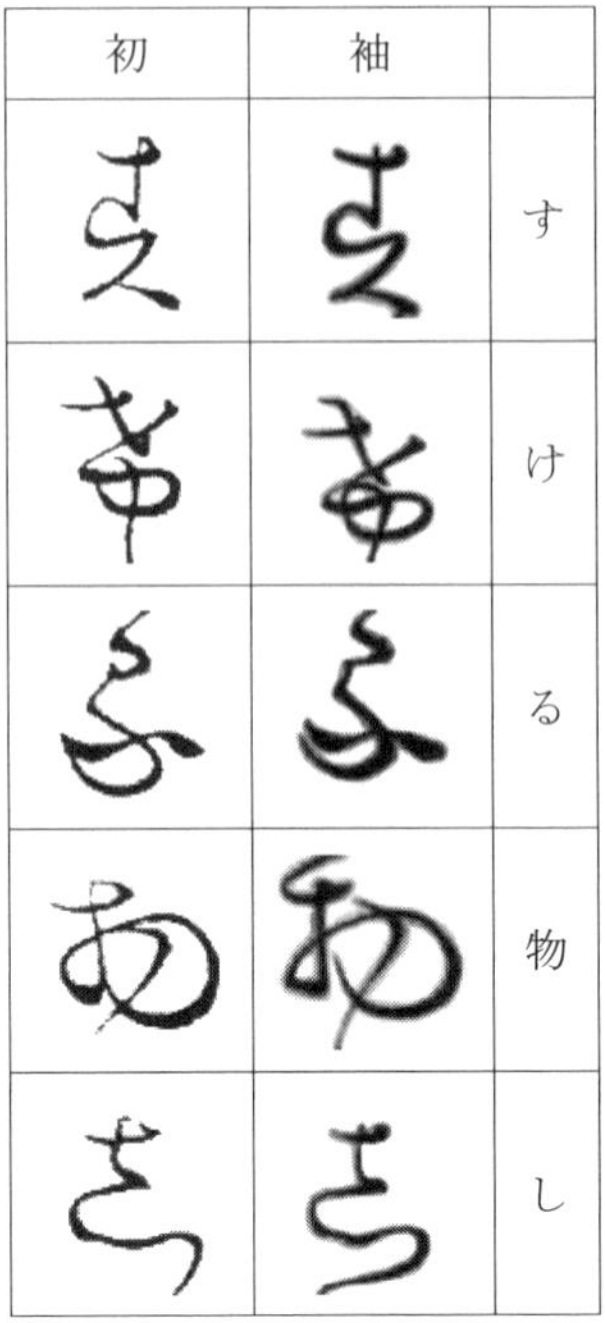

こうして対照してみると、両書が同一人物によって書かれたことは一目瞭然であると言って良いだろう。「岸本由豆伎本　自筆本」という書き入れはそのまま認めてよい。

ところで、『袖のみかさ』以外にも黒川文庫には由豆伎の旧蔵本が存する。そしてそれらの本についても『袖のみかさ』の表紙書き入れと同様のものが確認できる（いずれも同筆。黒川真道の筆跡か）。興味深いのは、それぞれの表紙書き入れが、由豆伎の著作か、転写本かを識別したうえで書いているらしいことである。たとえば、由豆伎の著作である『古今和歌集序略解』（ノートルダム清心女子大学所蔵）の表紙には「由豆伎考証」とあるが、由豆伎が転写した本である『漢故事和歌集』（同前）、『儒林拾要』（早稲田大学所蔵）の表紙には、それぞれ「岸本由豆伎写本」「由豆伎写本」と記され、当該書が転写本であることを明記している。このことを重視すれば、『袖のみかさ』の「岸本由豆伎本　自筆本」という書き入れは、本書の作者が由豆伎自身であることを示していると考えられる。現に『袖のみかさ』には著者自身による推敲跡と思われる訂正箇所が複数存在するため、今後有力な反証がない限り、『袖のみかさ』の作者は朝田由豆伎であるとしておきたい。

由豆伎は三一歳でこの世を去ったということもあり、著作も多くなく、そのせいか今でこそあまり名の知られた人物ではない。しかし、たとえば由豆伎と親交の深かった井上淑蔭は文久三（一八六三）年に、

こゝに朝田由豆伎といふ人あり。浅草の坊正（町名主）なれば、常に事繁きをこととてもせず、書見歌読み何れの道にもさどく《（ママ）》かしこく、其心ばへまことにもゝたりちたりが中のすぐれ人になむ有ける。

（『樫亭随筆』「槻の若葉序[5]」）

との言を残しており、由豆伎を繁多な日常のなかでも学問の研鑽を怠らない傑出した人物として称賛している。もっとも、この文は由豆伎の遺稿の序文として捧げられた文章なので、幾分その評価を差し引いて理解する必要がある。そこで、由豆伎が町名主を務めていたことに注目し、少し視点を変えてみよう。すなわち、江戸町奉行の隠密廻が町名主の風聞を報告した公文書を見てみるのである。すると、以下のような記事が確認できる。

然る処同人（岸本由豆流）後見引退き候以来、当権之丞（朝田由豆伎）儀も歌道執心にて、歌学・国学相学び居候由相聞申候、尤烈敷御用向は相勤兼可申候得共、世話掛並被仰付候ても差支候筋には有之間敷風聞に御座候。(6)

この記事によると、由豆伎は父由豆流の学問を引き継ぎ、「歌道執心」であったという。「尤烈敷御用向は相勤兼可申候得共」云々と、町名主としての評価は微妙なところではあるが、由豆伎が熱心に国学に取り組んでいたことは間違いなさそうである。(7)

ここで、国学者としての由豆伎の立ち位置について確認しておきたい。由豆伎の父岸本由豆流は村田春海《はるみ》の没後門人である。由豆流は、同門で春海高弟の小山田与清《ともきよ》が伝えるように、若くして多くの著述を世に出した気鋭の国学者であり、またその所有する書物の数は三万巻を超えるという大変な蔵書家であった（『擁書漫筆』）。ただし、これも与清が伝えるように、浄瑠璃本に序文を寄せて同門の顰蹙を買うなど（『松屋筆記』）、毀誉褒貶の相半ばする人物でもあった。与清が文化一三（一八一六）年に作成した学統図では、由豆流は春海門人一一人中一〇番目に記載されている。(8)春海門人としては認めるが、その位置は決して高くない、というのが与清の偽らざる評価だったのではないだろうか。

一方、幕末に作成された『古学道統図』という国学者の系譜図では、由豆流は「朝田弓弦」として村田春海の門人一一名中、本間遊清《ゆうせい》や片岡寛光《ひろみつ》らを越える六番目に記されている。与清の学統図と比べると、由豆流に高い評価が与えられていると言ってよい。注意すべきは、この『古学道統図』が清宮秀堅《ひでかた》によって由豆伎作と伝えられていることである。(9)確かに、由豆流に対する高評価のみならず、由豆流の姓がよく知られた「岸本」ではなく、後に再興した「朝田」で記されていることも、由豆伎による作為であれば納得がゆく。そして当の由豆伎はというと、由豆流の門人八名中の筆頭に記されている。すなわち、『古学道統図』を見る限り、由豆伎は江戸派の正統を受け継ぐべき存在としてその名が据えられているのである。

中澤伸弘は『古学道統図』が由豆伎の著作であると仮定したうえで、

これを纏めるに当つて、父由豆流が村田春海の統に連なり、延ては自らをもその統にある自負が脳裏に去来した事であらう(10)。

と、由豆伎の心境を推測しているが、『古学道統図』の著者如何にかかわらず、由豆伎が国学者として身を立てている以上、江戸派の学統におけるみずからの正統性を意識していたであろうことは想像に難くない。

すでに知られているように、江戸派の国学者は修練のために和文の会などを開いて和文創作に打ち込んだ(11)。その成果を見ると、加藤千蔭《ちかげ》の「花を惜しむ詞」(『うけらが花』)、村田春海の「春の山ぶみ」(『琴後集』)、清水浜臣《はまおみ》の「虫めづる詞」(『泊洦文藻』)、片岡寛光の「軒もる月」(『草縁集』)など、積極的に和文の物語を著していることに気付く(本書序論第二章、第二部第二、三章)。由豆伎による『袖のみかさ』執筆は、まずはこうした江戸派における一連の学問的営為を意識してなされたものとして理解するべきであろう。

二　『源氏物語』との関係

本節からは『袖のみかさ』の内容分析に入る。まずはその前提として以下に梗概を示す。

新内侍のすけは帝の寵愛を一身に受け、それ故、周囲から嫉妬されている。新内侍が帝との間に儲けた第二皇子は母親譲りの美貌で今年三歳になる。宰相の典侍を母とする第一皇子はすでに東宮となっていたが、下々はややもすれば第二皇子に引き越されてしまうのではと噂した。新内侍は続いて皇女を産むが、皇女は間もなく死亡。衰弱していた新内侍も亡くなってしまう。新内侍は見舞いの品を口にしてから容態が急変したとも言われた。同年五月、桂宮の称号を与えていた第二皇子も亡くなった。看病をしていたのは新内侍に何かと嫌がらせをしていた民部卿の典侍である。この民部卿が第二皇子に御守りといって身につけさせていた不審な物があったが、大蔵大輔の妻が取り隠しておいた。第二皇子が亡くなった際、民部卿は御守りがすでに取り除かれていることに気付き、少し動揺したものの、素知らぬ顔をして退出した。その後、巫女や下女たちが武家に捕らえられて取り調べられたという。秋になった。帝は亡き人を思い、長恨歌の一節を口ずさみつつ、せめて夢で会いたいと夜の御殿へ入っていくのであった。

以上の通り、本作には類い希な寵愛を受けた女性とその死、そして最愛の女性を失った帝の深い歎きが描かれている。こうした内容から連想される通り、本作は『源氏物語』桐壺巻の内容を踏まえて作られた作品であり、桐壺巻の冒頭部から光源氏誕生、そして桐壺更衣の死と桐壺帝の追懐までの物語展開をほぼそのまま利用したものである。

桐壺巻からの影響は内容だけではなく本文の表現にまで及んでいる。そのことを示すために、特に表現の類似が顕著な箇所を引用し、桐壺巻の本文と並置する。

比較1

袖　その比、新内侍のすけと聞え給ひしは、何がしの大納言の御むすめにて、①すぐれて時めき給ふありけり。②はじめより参り給ひける御かた〴〵、やすからぬ物に思ひきこえ給ひけれど、[12]

桐　いづれの御時にか、女御、更衣あまたさぶらひたまひける中に、いとやむごとなき際にはあらぬが、①すぐれて時めきたまふありけり。②はじめより我はと思ひあがりたまへる御方々、めざましきものにおとしめそねみたまふ。[13]

比較2

袖　①一のみこは宰相の典侍の御局の御腹にて、坊に定り給ひて、大かたの御心よせもおもりかに、世の人もかしづき聞え奉りぬれど、猶②ようせずは、かの二宮にや引こされ給ひなんと、例の心やすからぬことをぞ下にはいひあへる。

桐　①一の皇子は右大臣の女御の御腹にて、寄せ重く、疑ひなきまうけの君と、世にもてかしづききこゆれど、（中略）坊にも、②ようせずは、この皇子のゐたまふべきなめりと、一の皇子の女御は思し疑へり。

比較3

袖　①ともし火をかゝげて②長恨歌を御らんずるにも、中々になぐさめがたう、御心をつくし給ふべきくさはひのみなれば、あまり久しき宵ゐを③人もめはづかしう《ママ》おぼしめされて、「九華帳、漏初長夜」と口ずさみ給ひつゝ、せめては夢にもみんと思ひかけ給ふ物から、玉すだれおくふかく、④よるのおとゞにいらせ給うけるとぞ。

桐　このごろ、明け暮れ②御覧ずる長恨歌の御絵、（中略）①灯火を挑げ尽くして起きおはします。右近の司の宿直奏の声聞こゆるは、丑になりぬるなるべし。③人目を思して④夜の御殿に入らせたまひても、まどろませたまふことかたし。

【比較1】は『袖のみかさ』の冒頭部、【比較2】は第一皇子について述べた場面、【比較3】は末尾の部分である。表現が対応する箇所には傍線を引き、番号を付して対照させた。これらの比較例に明らかなように、『袖のみかさ』はかなり明確な形で桐壺巻を利用している。本作は内容・表現の両面において桐壺巻を模倣しているのである。

近世期の擬古物語で王朝文学に大きく依拠した作品は珍しくない。たとえば、よく知られる本居宣長『手枕《たまくら》』は『源氏物語』の番外編といったものであるし、加藤千蔭「花を惜しむ詞」は『源氏物語』の続編である。こうした作品のなかに置けば、登場人物を入れ替え、筋をほぼそのまま引き継いだ本作は『源氏物語』桐壺巻の翻案ということになろう。

ただし、本作が桐壺巻と大きく異なる点もある。それは『袖のみかさ』では光源氏に相当する第二皇子が、新

内侍に続いて死んでしまうという点である。そもそも、「袖のみかさ」という本作の書名は、

二のみこをばかつらの宮と聞えさせしも、日をへず、御事のありける、折さへ五月雨のうきをかさねて雲まなきに、皆人くれまどひぬ。「空もかなしきことや知らん」と周防の内侍がいひ置し昔の袖にも、今のみかさはまさりぬべし。

とあるように、幼くして死んだ第二皇子（かつらの宮）に対する悲しみを表した本文「昔の袖にも、今のみかさはまさりぬべし」から取ったものであり、この皇子は作中でも重要な人物と言って良い存在である。どうやら、本作は桐壺巻を安直に引き写しただけの作品ではなさそうである。それでは、桐壺巻には描かれない本作独自の内容は、一体何に基づいて書かれたのだろうか。

三　史実との関係（一）

結論を先に言えば、本作は歴史上、実際に起こった事柄を物語としたものである。その手がかりは『袖のみかさ』の頭注にある。

先に梗概で触れたように、本作には女主人公というべき「新内侍のすけ」をはじめとして、第一皇子（東宮）の母「宰相の典侍」、そして第二皇子の死去に関わる「民部卿の典侍」といった三人の女官が登場する。注目したいのは、その初出時に、それぞれ「東坊城」「葉室家女」「勧修寺家息女」と頭注が付されていることである。

ここで記された三家（東坊城、葉室、勧修寺）は、いずれも近世期に実在した公家である。[14] つまり、『袖のみかさ』の頭注は、三人の女官にそれぞれ実在するモデルがいる、ということを示しているのである。

それでは、近世期の朝廷において、東坊城《ひがしぼうじょう》、葉室《はむろ》、勧修寺《かじゅうじ》の三家出身で、なおかつ「新内侍」「宰相」「民部卿」と称す女官が、同時に存在していた時期はあるのだろうか。高橋博の労作「近世後期〜幕末・維新期典侍一覧」および「同掌侍一覧」[15]を参照して探索すると、そうした時期が一つだけあることが分かった。それは、享和四（一八〇四）年から文化八（一八一一）年。光格天皇の時代である。該当する三人の女官は、掌侍で新内侍と称した東坊城和子、典侍で宰相と称した勧修寺婧子《ただこ》、やはり典侍で民部卿と称した葉室頼子であった。

さらに、この三人の人生を史料によって辿ってみると、それが『袖のみかさ』の設定とほぼ一致することが確認できた。[16] 以下の通りである。

比較１　系図

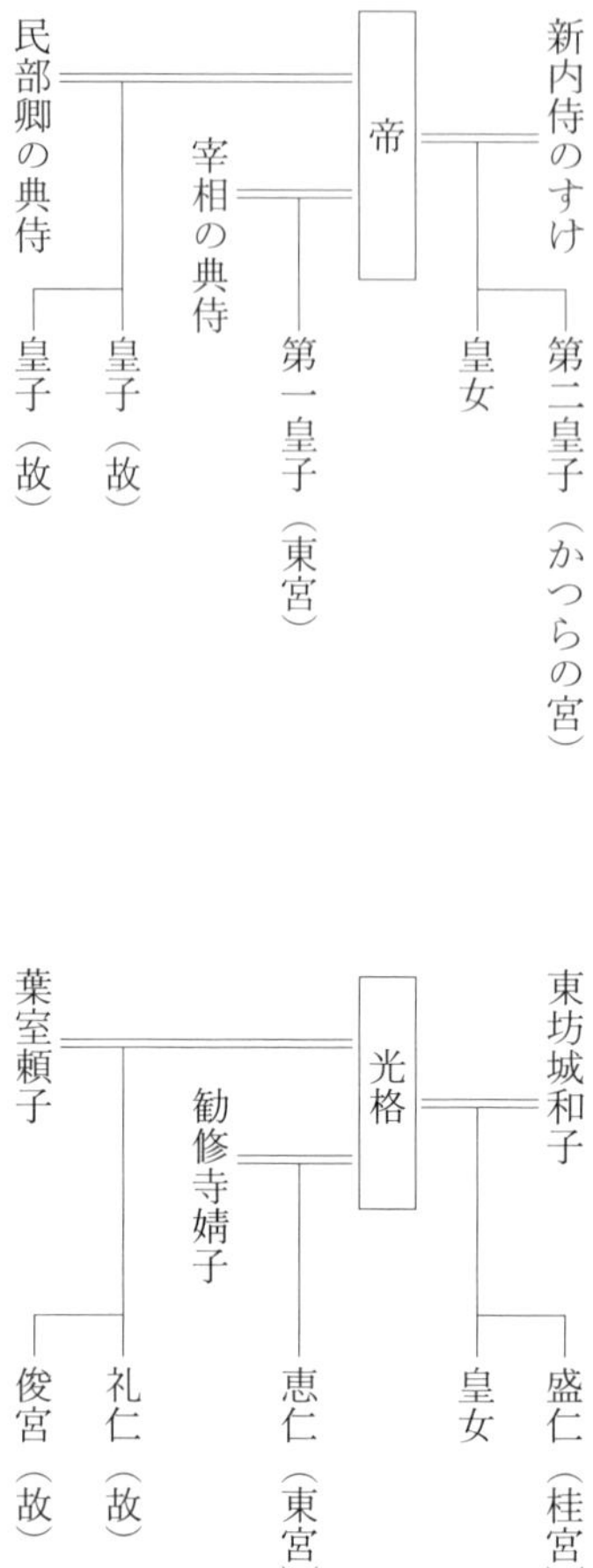

比較2　履歴

新内侍のすけ ①「新内侍のすけ」、「何がしの大納言の御むすめ」。 頭注「権大納言　東坊城」。 ②第二皇子（桂宮）の母。 ③皇子三歳の時、皇女を産む。七日後、皇女没。 ④皇女の死から程なくして没。 ⑤同年五月、皇子没。	東坊城和子 ①掌侍。新内侍と称す。東坊城益良娘。 ②第二皇子（盛仁、桂宮）の母。 ③皇子二歳の時、皇女を産む。翌日、皇女没。 ④皇女の死から二日後に没。 ⑤同年五月一七日、皇子没。
宰相の典侍 ①頭注「宰相典侍　葉室家女」。 ②第一皇子の母。 ③皇子は東宮に定まっている。	勧修寺婧子 ①典侍。宰相と称す。勧修寺経逸娘。 ②第一皇子（恵仁、のち仁孝天皇）の母。 ③皇子は東宮に定まっている。
民部卿の典侍 ①頭注「民部卿典侍　勧修寺家息女」 ②宰相典侍とは「ちかきゆかり」である。 ③早くから禁裏に仕えている。 ④皇子を二人産んだが、いずれも没。	葉室頼子 ①典侍。民部卿と称す。葉室頼熙娘。 ②婧子とは同じ藤原氏北家勧修寺流。 ③婧子・和子より早く禁裏に仕えている。 ④皇子を二人産んだが、いずれも没。

（下段に示した史実の情報は文化八〈一八一一〉年時点のもの）

以上のように、系図、履歴のいずれにおいても、『袖のみかさ』と史実の三人の女官はほぼ完全な一致を見せる。『袖のみかさ』の「新内侍のすけ」に対応する東坊城和子は、天明二（一七八二）年に東坊城益良の娘として誕生。(17)寛政七（一七九五）年一〇月二八日に掌侍として光格天皇に仕え、寛政八（一七九六）年一〇月五日から新内侍と称した。文化七（一八一〇）年六月には第二皇子で後に桂宮となる盛仁《たけひと》親王を産み、続いて文化八（一八一一）年四月二五日に皇女を産む。その皇女は二六日に死去。二八日には和子もこの世を去る。そして五月一七日、残された桂宮盛仁親王もわずか二歳で死去した。東坊城和子が辿った人生は『袖のみかさ』の「新内侍のすけ」のそれと同一であることが確認できるだろう。

つまり、『袖のみかさ』は一見すると『源氏物語』桐壺巻の模倣作にしか見えないが、そこに登場する三人の女官は、東坊城和子、勧修寺婧子、葉室頼子という実在する女官に基づき、物語が描く「新内侍のすけ」とその子どもたちの死去は、文化七、八（一八一〇、一一）年にかけて起こった出来事を、ほぼ忠実になぞっていたのである。

四　史実との関係（二）

ここまで『袖のみかさ』が東坊城和子をはじめとする光格天皇に仕えた三人の女官に基づいて描かれているということを確認してきた。問題は、『袖のみかさ』における新内侍とその皇子（桂宮）が、民部卿たち他の女官によって殺されたかのように描かれている点である。まず、新内侍の死についてだが、

なやみ給ぬるうちも、かた〴〵の御局より、巻数にそへて、御加持物とて、すきぬべき物ども、又は供御のおろしなりなどいひておくられし、それ参給ひてより、にはかにかゝりきなどいへる、いかなりけることに

か有けん。

とあるように、他の女官（かたぐの御局）から見舞いの品にかこつけて毒殺されたかのような書きぶりである。そのような事件は実際にあったのだろうか。和子の死に関連する記録を調べた限りで分かったことは、和子が四月二二日以前から体調を崩し、里邸に下がって保養していたということだけで(18)、事件性をうかがわせるものは見あたらない。

次に、第二皇子（桂宮）の死である。これについては、

二の宮の御薬のことなど、民部の御つぼねの御はからひにて、手づから御ゆなどをも参らせ給ひ、御はだへに、何やらん御守とてかけ奉らせ給たるを、いぶかしと心づきたる人も有けれど、引かなぐりなどいかゞはせん。

とあり、民部卿が看病に見せかけて皇子を死に追い込んだかのように書かれている。これもやはり裏付ける資料は見つからなかったが、桂宮盛仁親王が亡くなった当日の『桂宮日記』に、

民部卿典侍殿今日御上也、〔従先達逗留御看病有之、〕

とあることから、民部卿すなわち葉室頼子が盛仁親王が亡くなる前から寄り添って看病し、さらにその死に立ち

会っていたことが分かる。(19)

さて、『袖のみかさ』において民部卿が第二皇子に与えた御守は大蔵大輔の妻によって取り隠される。

されど、大蔵大輔なりける人のめは、宮のみうしろみだちて、心よせつかうまつりければ、とくとりかくし置たりしを、かくれ給ぬと見奉るより、御ふところに彼御つぼねの手をさし入て求め給つれど、あらざりしかば、少しはおどろきたるやうなれど、さしもひたぶるにたけき心にしあれば、いろもかはらで、「御いみにこもりぬべき身に侍りながら、心あしければ、えなんたうまじかりける」とて、まかむで給へり。

民部卿は第二皇子が亡くなった際、既に御守が取り除かれていたことに気づいて動揺するが、そうした素振りは見せずに退出する。ここで第二皇子側の人間として出てくる大蔵大輔の妻は、本作において唯一民部卿に立ち向かう存在である。そこで『地下家伝』を参照して大蔵大輔に相当する人物を探すと、桂宮家の諸大夫を務めた生嶋宣由という人物が文化八（一八一一）年当時大蔵少輔に任じられていた。(20) おそらく本作における大蔵大輔の妻とは、この宣由の妻に基づくのではないだろうか。葉室頼子が盛仁親王の看病をしていたことといい、『袖のみかさ』は盛仁親王周辺の情報をかなり詳しく取り入れていることがうかがえる。

第二皇子の死後、『袖のみかさ』では、

さて何ごとやらん、北山のほとりに住る巫女ども二人三人、又うちのつぼね〳〵にさふらふおさめひすましめくものども、それがしたしき市女などのたぐひあまた、武家にめしとらへられて、明らかなる鏡にうつしてことをかうがへぬるよし聞えし。

とあるように、一連の事件は武家によって解決されたかのように描かれる。しかし、やはりそれを示す史料は見出すことができない。唯一気になるのは、和子や盛仁親王が亡くなった年の翌文化九（一八一二）年六月二四日に、頼子が隠居しているということである。老齢による隠居は例があるが、四〇歳での隠居は頼子以外に例がない[(21)]。早過ぎる隠居の背景に何があったのか。その理由を詮索したくなるところではあるが、史料は「久々御所労に付」（禁裏執次詰所日記）、「永々所労に付」（伊光記）と記すだけで[(22)]、具体的な理由は不明である。

五　伝承との関係

前節で確認したように、東坊城和子とその皇子が葉室頼子らによって殺されたという出来事は歴史史料を調査した限りでは見いだすことができなかった。真相はあくまで不明である。ただ、その調査のなかで興味深い資料が見つかった。民俗学者の池田弥三郎が「天皇家に祟る怨霊」として紹介する以下の記事である。

御霊神社の若宮は「菅原和子」と記したみたましろである。今日ではこれも和光明神という神であるが、この人は光格天皇の内侍、東坊城和子といった人で、ご懐妊のまま亡くなった。毒を盛られたとも言い、胎内の御子を亡きものにするために、廊下に蝋を塗って転倒させられたとも言われている。ともかく、御子出生にまつわるお内儀の争いの犠牲になったらしい人である[(23)]。

池田によると、御霊神社には東坊城和子が和光明神としてまつられており、和子は懐妊したまま毒殺あるいは転倒死させられたとの言い伝えがあるという。先に見たように、和子が亡くなったのは皇女出産の後であるから、「懐妊のまま亡くなった」という池田の記事は正確ではない。しかしながら、和子他殺の風聞が存したという指摘は『袖のみかさ』の内容を検討するうえにおいて、この際何よりも重要であろう。

こうした和子の伝承をさらに詳しく伝えるのが、歴史学者の猪熊兼繁である。

光格天皇のお内儀に東坊城（菅原）益長《ママ》の娘の和子がお仕えしていた。文化七年六月に盛仁親王をお産みしてまた懐妊、翌八年未の年の四月の産み月近くのこと。誰の仕業かわからないが、和子の通る縁側の板に蝋をぬり、これにころんだ和子はつき落とされた。直ちに、皇女出産。しかし、まもなく母子ともになくなった。そこで、皇女には浄土宗で「霊妙心院」の法号をおおくりし、母子ともに千本中立売の東北にある浄福寺に葬られた。その本堂の西脇に、いまも宮内庁所管の御墓がある。まことに、お痛ましいことではあったが、お内儀のその縁側にはそれから毎晩、白衣に黒髪をたれ、乳のみ子をだいた幽霊が現われた。みな、恐れおののいた。[24]

ここに記された和子の出産年月、皇女の法号、墓地といった事実関係は、全て正確である。和子の死因については何者かによって転倒死したとあり、さらに和子が怨霊として恐れられていたことまで記されている。

猪熊の記事はさらに続く。

つぎの仁孝天皇の後宮には前関白鷹司政熙の姫君の繫子《つなこ》が女御として入内された。文政三年には安仁親王を産まれてまた懐妊、これも未の年の文政六年の同じ四月に、同じ縁側を通られてころばれ、やはり同じく皇女を出産。このときも、母子ともになくなられた。（中略）やはり先年の菅原和子の怨霊がたたった、いや女御も同じ幽霊で現われた、などといって恐れた。そこで、その現場に霊社を設け、両事件の方々の霊をまつられた。もう幽霊もでなくなったが、その当時の殿舎は嘉永に焼けて同じ様式で安政に再建されても、この霊社はまた再興されてまつられていた。これは、幕末の宮中では有名な話であった。

和子怨霊への恐怖は、文政六（一八二三）年四月、女御鷹司繫子が和子同様の転倒死を遂げたことによってさらに増大し、ついに霊社を設けるほどになったという。[25]『仁孝天皇実録』を参照するに、繫子の死因は不明だが、確かに繫子は四月二日に皇女を産み、同日中に死去している。[26]猪熊は「これは、幕末の宮中では有名な話であった」と述べるが、実際、上御霊神社には東坊城和子が祀られている。[27]したがって、和子が死後、怨霊として恐れられたことは特に事実に相違しないのであろう。ただし、その伝承がいつ頃から存在していたのかについては、猪熊も池田もそれぞれの情報源を全く記していないので、それを知る手立てがなかった。その意味で『袖のみかさ』は、少なくとも由豆伎が没した嘉永四（一八五一）年以前において、すでに和子にまつわる伝承が存在していたことを示すものである。おそらく幕末においては、和子の死をめぐる同工異曲の風聞が広まっていたのではなかろうか。『袖のみかさ』の作者と目される朝田由豆伎は、そうした風聞に接して本作を執筆したものと思われる。[28]

そもそも、和子たちが仕えた光格天皇は、中御門天皇直系の血筋が絶えたために急遽即位した天皇であった。中御門系の皇統が途絶えた理由は短命な天皇が続いたことと、それに関連して皇子の数が少なかったことによるのだろう。そうした背景を受けてであろうか、光格天皇は多くの子を儲けたが、そのほとんどは典侍や掌侍といった女官が産んだ子どもたちであった。光格天皇の御代において、年若い典侍・掌侍は後継となる皇子を産むという重要な役割を担っていたのである。

	姓名	年齢	家格	職名	位階
典侍	四辻季子	66	羽林家・旧家・内々	上臈・大典侍・典侍	従三位正
	葉室頼子	39	名家・旧家・内々	局民部卿	正五位下
	園正子	38	羽林家・旧家・内々	督	従五位上
	勧修寺婧子	32	名家・旧家・内々	宰相	従五位上
	飛鳥井備子	22	羽林家・旧家・内々	新	
掌侍	樋口藤子	57	羽林家・新家・外様	勾当	正五位上
	久世根子	44	羽林家・新家	弁	従五位上
	高松昵子	30	羽林家・新家・外様	兵衛	従五位下
	東坊城和子	30	半家・旧家・外様	新	従五位下

ここにあげたのは、和子が死去した文化八（一八一一）年当時における典侍・掌侍の一覧である。(29) 当時光格天皇の皇子は婧子所生の東宮恵仁《あやひと》親王と、和子所生の盛仁親王の二人のみであった。天皇の早世が続いたなかで、第二皇子である盛仁の存在は小さくなかったと想像される。その母である和子も相応に重んじられたことだろう。それでいて、和子は典侍である頼子・婧子と比べて一段低い掌侍という身分であり、さらに年齢も若く、家格は

掌侍のなかでも最も低い半家であった。嫉妬や羨望を集める条件は揃っていたと言えるだろう。『袖のみかさ』に話を戻せば、本作は『源氏物語』桐壺巻の世界を借りつつ、光格天皇の御代に出現した、女官たちの寵愛をめぐる争いを描いた作品だったのである。

おわりに

以上、本章では『袖のみかさ』の作者と成立、そして内容についての分析を行ってきた。その結果得られた主な見解は以下の五点である。すなわち、①実践女子大学所蔵『袖のみかさ』は朝田由豆伎の自筆本であること、②『袖のみかさ』は江戸派における物語創作の所産の一つと考えられること、③『袖のみかさ』は『源氏物語』桐壺巻を内容・表現の両面において模倣した作品であること、④『袖のみかさ』は文化八（一八一一）年における掌侍東坊城和子母子の死を題材としていること、⑤幕末の宮中では和子が嫉妬のために命を落としたという話が知られており、『袖のみかさ』はその風聞に接して執筆されたらしいということ、以上である。

最後に考えたいのは、なぜ由豆伎が『袖のみかさ』を執筆したのか、という問題である。先述したように、由豆伎が物語を執筆した背景に和文習得のための修練という学問的側面があったことは疑いない。しかし、同じ江戸派の物語文を読んでも、由豆伎のように近世期の宮中の奥に取材したような作品は、ほかに例を見ない。なぜ由豆伎は光格天皇に仕えた女官たちの争いを物語の題材に選んだのだろうか。

まず考えられるのは、東坊城和子の辿った人生に『源氏物語』の桐壺更衣を連想し、両者の類似性に創作意欲を刺激された、というものである。和子と桐壺更衣は、共に第二皇子の母となりながらも若くしてこの世を去った。和子の辿った人生を耳にすれば、二人の像はただちに重なったことだろう。

さらに注目したいのは、由豆伎が嘉永四（一八五一）年に詠んだ歌をまとめた『槻の葉』（慶應義塾大学所蔵）である。この歌集には『源氏物語』の各巻を題として詠んだ歌が収められているのだが、なかでも桐壺巻については最も多い四首の歌が詠まれている。

きえはてし露のかたみの白玉の光はいとゞ匂ひけるかな
あだしの丶露におくれし小萩原末の丶秋は時めきしとそ
ふたばよりかをりけんとは時めきしこの若草をいへる也けり
ふたばだに色めく小萩花さかり又なかりしときくもことわり

このように、いずれの歌においても桐壺更衣の忘れ形見である幼い光源氏のことが詠みこまれ（傍線部）、源氏が将来栄達することを予祝している。一方、その光源氏にあたる桂宮盛仁親王は、源氏のような栄華を見ることもなく、幼くして世を去ったのであった。『袖のみかさ』という書名が、この夭折した皇子への悲しみを表したものであること、そして皇子の死について最も詳しく記述している点を勘案すれば、『袖のみかさ』の執筆背景には、何よりも幼くして亡くなった桂宮盛仁親王への同情と鎮魂の念があったのではないか、と推測されるのである。

注

（1）柴田光彦「黒川文庫の変遷について」（『日本書誌学大系　黒川文庫目録　索引編』、青裳堂書店、二〇〇一年九月）。
（2）『実践女子大学図書館所蔵　黒川文庫目録（新版）』（実践女子大学図書館、二〇一一年三月）。
（3）『国書人名辞典』1（岩波書店、一九九三年一一月）。
（4）なお、本書見返の付箋には「此初音のゆかり一冊は朝田ゆつきの筆なること明なり。文中千浪の歌とて付箋せるは千浪自筆なり。小杉榲邨鑑識」とある。
（5）『樫亭随筆』の本文は『新編埼玉県史　資料編12』（埼玉県、一九八二年三月）による。
（6）「嘉永元年十二月付隠密廻上申書」（世話掛名主共明跡其外風聞承候儀申上候書付）。本文は『大日本近世史料市中取締類集』7（東京大学史料編纂所、一九六七年三月）による。
（7）なお、ほかに渡辺刀水が井上淑蔭の家にあった評判記として紹介するなかに、由豆伎の評判として「歌は奇調也学問も少しは有げなれどとかく競ふ癖ありて議論を好む世事にわしる俗心慎むべし」とある。渡辺刀水「国学者の評判記」（『日本書誌学大系　渡辺刀水集』、青裳堂書店、一九八五年五月。初出、一九三四年一月）参照。
（8）田中康二『江戸派の研究』（汲古書院、二〇一〇年二月）第四部第一章「江戸派の血脈―「織錦門人の分脈」の分析」。
（9）中澤伸弘「『古學道統圖』に關する一考察」（『東洋文化』84、二〇〇〇年三月）。
（10）前掲中澤伸弘「『古學道統圖』に關する一考察」。
（11）田中康二『村田春海の研究』（汲古書院、二〇〇〇年一二月）第一部第一章「文集の部総論―江戸派「和文の会」と村田春海」。
（12）『袖のみかさ』の本文は実践女子大学所蔵本による。本書資料編三参照。
（13）『源氏物語』の本文は新編日本古典文学全集による。
（14）『公家事典』（吉川弘文館、二〇一〇年三月）。
（15）高橋博『近世の朝廷と女官制度』（吉川弘文館、二〇〇九年六月）第三章「近世の典侍について」および第四章「近世後期における掌侍の制度的検討」。
(16)『光格天皇実録』5（ゆまに書房、二〇〇六年九月）。
(17)以下、和子の事跡は前掲『光格天皇実録』5を参照。
(18)宮内庁書陵部図書寮文庫所蔵『禁裏執次詰所日記』文化八年四月二十二日条。
(19)宮内庁書陵部宮内公文書館所蔵『盛仁親王実録』所収『桂宮日記』文化八年五月十六日条。
(20)国文学研究資料館《地下家伝・芳賀人名辞典データベース》参照。
(21)前掲高橋博『近世の朝廷と女官制度』第三章「近世の典侍について」。
(22)前掲『光格天皇実録』5。
(23)池田弥三郎「家に憑く怨霊」（『池田弥三郎著作集』1、角川書店、一九七九年七月。初出、一九五八年一一月）。
(24)猪熊兼繁「維新前の公家」（『明治維新のころ』、朝日新聞社、一九六八年一一月）。
(25)猪熊はこの霊社に祀った神霊がいくつかの変遷を経た後、明治になって上御霊神社に移されたと述べる。
(26)『仁孝天皇実録』5（ゆまに書房、二〇〇六年九月）。
(27)『神社辞典』（東京堂出版、一九七九年一二月）。
(28)由豆伎がどのようにして和子の風聞に接したのか、その詳細は不明である。父由豆流や他の国学者から得たということも考えられるし、町名主として日頃から風聞に接する機会も多かっただろう。可能性は様々考えられる。
(29)前掲高橋博『近世の朝廷と女官制度』第三章「近世の典侍について」および第四章「近世後期における掌侍の制度的検討」を参照して作成。

※原本、影印、翻刻からの引用は、清濁、句読点を改め、カギ括弧を付した。なお、著者による注記は（　）内に記した。

第三部

読本における和文小説とその周辺

第一章　石川雅望『飛弾匠物語』考——古典解釈と読本創作——

はじめに

寛政末から文化初期にかけての江戸では、山東京伝と曲亭馬琴を中心として、伝奇的趣向を用いた長編娯楽小説（いわゆる後期読本）の様式が急速に整えられていった。(1)寛政の改革で取り締まりを受けた黄表紙や洒落本に代わる、新たな商業出版への模索である。後期読本が次第に盛況を迎えるなかで、それまで異なる分野で活躍していた者たちも、この新たなジャンルの文芸に参画するようになる。その代表といえる存在が狂歌師たちであった。つとに藤岡作太郎は以下のように述べている。

読本盛なるにつれて、他方面の人も競ひて読本を作れり。その著しき例をあぐれば、六樹園は文化五年『近江県物語』、『飛騨匠物語』を作り、中本には『天羽衣』を出し、同じく狂歌に名ありし四方歌垣も、文化五

年に『月宵鄙物語』を出し、芍薬亭長根又の名浅黄裏成は、文化三年の『濡衣草紙』、其の他二三の作あり。(2)

六樹園こと石川雅望《まさもち》、四方歌垣こと鹿都部真顔《しかつべのまがお》、そして芍薬亭長根《ながね》――なかでも雅望は、国学者としての側面も持ち、三者のなかでは抜きん出て日本の古典文学に通暁していた人物である。

石川雅望は宝暦三（一七五三）年生、天保元（一八三〇）年没。狂名は宿屋飯盛、号は六樹園など。「石川雅望」という名は国学面で用いられた。大田南畝に入門し、狂歌師としての名を不動のものにするも、寛政三（一七九一）年に家職の公事宿に関わる事件によって江戸払いとなり、以来、文化三（一八〇六）年に復帰するまで狂歌界から身を引いた。雅望が国学に専念したのは、そのときのこととされている。(3)雅望の国学上の業績としては、古典の雅語の用例を集成した『雅言集覧』五〇巻を筆頭として、源氏物語注釈書である『源注余滴』、清水浜臣《はまおみ》と『源氏物語』の語彙について議論した『清石問答』、ならびに北村季吟『源氏物語湖月抄』への書き入れなどが知られている。(4)

本章では、雅望の読本における代表作であり、従来和文小説の典型例として言及されてきた『飛弾匠物語《ひだのたくみ》』（文化六〈一八〇九〉年刊）を対象として、雅望の古典解釈が、どのような形で読本創作に関わっていたのかについて分析を施してゆきたい。(5)

一　『飛弾匠物語』の構想と構成

自在に伸縮する架け橋、人力を使わずに運行する船や網代車、そして生き物のように動く鶏や猫――『飛弾匠物語』といえば、やはり何と言っても飛驒の名匠墨縄《すみなわ》が作り出す数々の機関《からくり》細工が眼目である。

しかし、雅望が全六巻に及ぶ本作を、完結した長編読本として成り立つように働かせた構想を考えるに、注目されるのは、物語の冒頭と末尾に置かれた仙界譚である。まず前者の梗概を示す。

墨縄は弟子松光と蓬莱山へ迷い込む。魯班仙人から将来の登仙を約束された墨縄だったが、折しも仙界から人界へと追放されようとする男女に遭遇する。男女が再び仙界へと帰るためには仙界の「瓢《ひさご》」が必要なのだが、男を追放する際、仙人たちは瓢を持たせるのを忘れてしまう。そこで墨縄と松光は、人界に生まれ落ちた男のもとへ瓢を届ける役目を買って出る。墨縄は霊力のある工具を与えられ、二人は人界へと帰還する。

（巻一、ほうらいの山）

この後、墨縄は男（山人）を見つけ出し、同じく人界に生まれ落ちた女（女一の宮）との仙縁をも全うさせて、物語は終局を迎える。以下は『飛弾匠物語』末尾の文章である。

一日天晴《てんはれ》たる日、紫の雲、墨縄が家の庭にたなびくとみへしに、蓬莱にて逢《あひ》つる魯班仙人あらはれ出《いで》て、「月宮造営《げつきうざうえひ》の御《おん》いそぎなり。いざ」とて、墨縄が手をとりて、雲居高くぞのぼり行ける。山人のもとにも、同日に、あまた仙人おり下《くだ》りて、山人、姫宮を玉の輿《こし》にのせ、又ふたつの瓢をば玉の筥《はこ》にをさめて、仙楽たかやかに奏しつゝ、天上へこそのぼり行《ゆき》しが、其後《のち》の事はしらず、と世には語りつたへたるとなん。

（巻六、あじろ車）(6)

このように、冒頭（巻一）に書かれた魯班仙人による墨縄登仙の予言と、人界へと追放された男女に課せられた仙界への帰還が、末尾（巻六）に至って実現されるというかたちで『飛弾匠物語』は大団円を迎える。言い換えれば、『飛弾匠物語』の前後に配された二つの仙界譚は、墨縄、魯班仙人、男女、そして瓢といった要素が過不足なく対応し、物語全体を外側から支える強力な枠組み、すなわち〈読本的枠組〉(7)として構想されているのである。

ただし、枠組みが明快であるということは、逆に言えば、すでに序盤において一話の終結までもが予想され得るということでもある。したがって、雅望の工夫のしどころは、仙界譚によって作られた外枠を活かした中身の結構――すなわち、人界に生まれ落ちた男女が出会い、仙縁を成就するという物語を、いかに描くかというところにあっただろう。

そこで用意された趣向が『更級日記』竹芝伝説である。当該伝説は、火焼き屋の衛士と姫宮が、「ひたえのひさご」（瓢）を縁にして東国へと駆け落ちて行くというものだが、雅望は、その衛士を男（山人）に、姫宮を女（女一の宮）に移し替え、人界で離ればなれに生まれ落ちた男女が、再び出会って結ばれるという恋愛譚を構想したのである。このことは雅望自身が、

このふみむねとひだ人のたくみがうへをいひて、かつたけしばのふることをさへとりまじへて、つゞりなしつ。（序）

と述べており、さらに本編の前に、親切にも『更級日記』の該当本文を掲出しているのであった。このように、竹芝伝説が『飛弾匠物語』の主要な趣向であったことは読者に明示されている。仙界譚という枠組み、そして竹芝伝説という趣向――これこそが『飛弾匠物語』という長編読本の基本的構造であると言えるだろう。

ところが、『飛弾匠物語』には、このような構造的説明からは洩れてしまう、もう一つの物語があった。それは、巻三、四に描かれた山人とむらさきの恋愛譚である。

二　むらさきの物語はなぜ挿入されたのか

仙界から人界に帰還した墨縄と松光は、やがて山人に出会うのだが、そのまますぐに山人と女一の宮の恋愛譚が始まるわけではない。山人との出会いの後に語られるのは、互いの親の確執によって妨げられる、山人とむらさきの悲恋の物語なのである。明瞭な枠組みが神仙譚によって形作られ、さらにそれに呼応する恋愛譚の構想が用意されながらも、なぜむらさきの物語は挿入されたのだろうか(8)。

稲田篤信(9)や佐藤深雪(10)が説くように、その背景には、物語の舞台となる隅田川に対する雅望の強い関心があった。その関心のほどを直接伺うことのできるのが、作中に書かれた隅田川についての考証である。

そもこの隅田川といへるは、古《いにしへ》よりいと大きなる川にて、業平朝臣の「いざ事とはん」とよみ給へりしは人のしる所なり。又『更科日記』に、「下総の国と武蔵のさかひにてある、あすた川とぞいふ」としるされしも爰《こゝ》の事なり。此日記、印本あまたあれど、みな誤りありて、こゝをも「ふとゐ川」としるしつ。これのみ

ならず、東海道の道すぢなどをも、まへしりへと誤れる事あり。古本《こほん》を見たる人はしるべし。（巻三、うきふね）

この考証については、山本和明の論考[11]に詳しい。以下、その内容を簡単に要約してみよう。

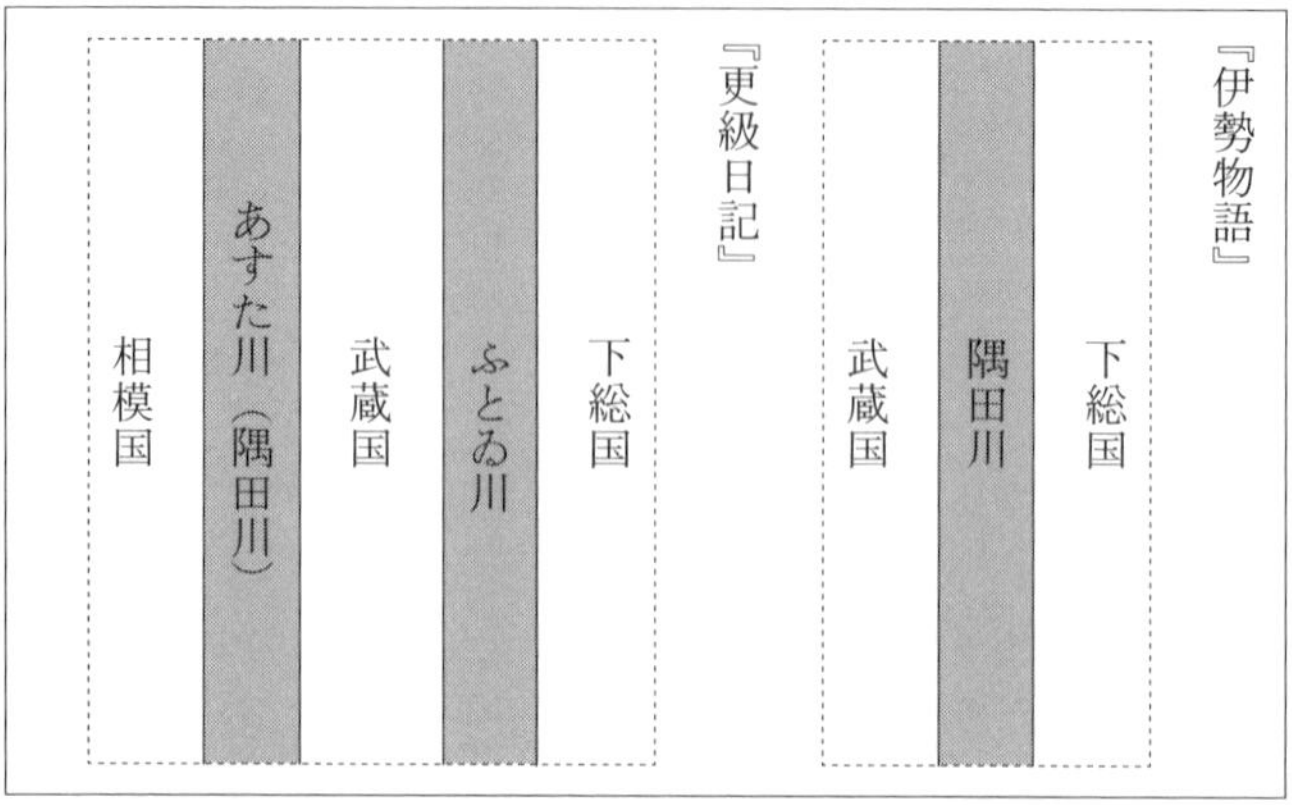

そもそも、『伊勢物語』九段では、隅田川は武蔵と下総の間にあると記述される。一方、『更級日記』には武蔵と下総の間にあるのは「ふとゐ川」で、「あすた川」（隅田川）は武蔵と相模の間にあると記述され、これによって隅田川の地理を巡り『伊勢物語』と『更級日記』の記述が矛盾してしまう。この問題は、契沖『勢語臆断』（元禄五〈一六九二〉年頃成立）以来の大きな謎だった。

この問題を一挙に解決するのが、雅望の言う『更級日記』の「古本」である。古本『更級日記』は、問題の「ふとゐ川」と「あすた川」（隅田川）が入れ替わった形の本文を持っていた。雅望はそれにより「此日記印本あまたあれど、みな誤りあり」と流布版本の本文上の誤りを断じているのである。同様の記事は随筆『ねざめのすさび』（享和二〈一八〇二〉年頃成立）にも見られ、国学者雅望の一つの見識であった。先に引用した隅田川考証は、それが物語上に発露した箇所だったのである。

たしかに当時通行の『更級日記』は、本文研究が行き届いた今日から見ても錯簡が甚だしく、本文の乱れたものであった。ところが、こと雅望ら近世の国学者が問題にした出立から上京までの本文に関しては、原形を留めたものだったのである。

真の古本が発見されたのは大正期のことだった。古本を調査した玉井幸助は、雅望の説について「之は錯簡ならざる所を錯簡と誤り認めたもので、これによつて順序を改むれば寧ろ一層の錯簡を重ねる事になるのである」(12)と述べた。つまり、流布版本『更級日記』の本文が誤っているという、その雅望の判断こそが誤りだったのである。雅望が本文上の積年の問題を解決するものと信じて疑わなかった古本『更級日記』は、おそらく何者かのさかしらによって改変されたものだったのであろう。

国学者の随筆類に偽の古写本や古筆に対する話題が散見されるように、古典学隆盛の風潮は、同時に偽書や贋作をも生み出していく。真贋の判断が問われるなかで、なぜ雅望は古本の存在を信じてしまったのだろうか。古本の出自とされる萩原宗固に対する信頼が、その大きな要因であると思われるが(13)、先に引用した隅田川考証の末尾に「これのみならず、東海道の道すぢなどをも、まへしりへと誤れる事あり」とあるのに注目すれば、東海道に寄せる地理的関心が働いていたことも見逃せない。

雅望は文化元（一八〇四）年には、実際に東海道を旅し紀行『草まくら』を記していた。粕谷宏紀が指摘するように、雅望にとって東海道の旅は、狂歌界復帰に向け、自派の結成を企図して行われたものである(14)。その様な実際的事情が、国学者としての東海道に対する地理的関心を呼んだとしても、あながち不自然なことではないだろう。『ねざめのすさび』において、『あづまの道の記』や『東関紀行』など、『更級日記』以外の東海道紀行にも考証を加えていることも、東海道に寄せる関心が国学研究に波及している例と理解できる(15)。もちろん、内実はどうあれ、本文の復旧作業と地理考証とは、おのずから次元の異なる問題である。紀行に記された旅程が、そのまま実際の地図に重なり合うとは限らない。本文批判と地理的考証をない交ぜにしてしまったことが、『更級日記』の錯簡という雅望の誤読の一要因であったのだろう。そして、それが古本『更級日記』の発見という誤った判断を生んだ。

『飛弾匠物語』の大枠から外れるむらさきの物語が挿入された背景には、以上のような『更級日記』読者としての雅望の誤読が遠因として働いていた。まずはこのことを確認しておきたい。

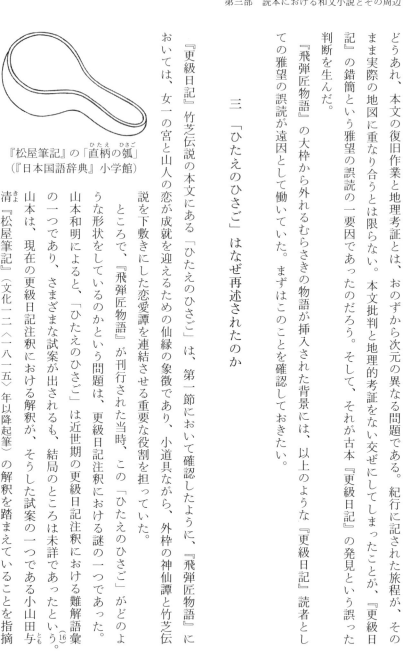

三　「ひたえのひさご」はなぜ再述されたのか

『更級日記』竹芝伝説の本文にある「ひたえのひさご」は、第一節において確認したように、『飛弾匠物語』においては、女一の宮と山人の恋が成就を迎えるための仙縁の象徴であり、小道具ながら、外枠の神仙譚と竹芝伝説を下敷きにした恋愛譚を連結させる重要な役割を担っていた。

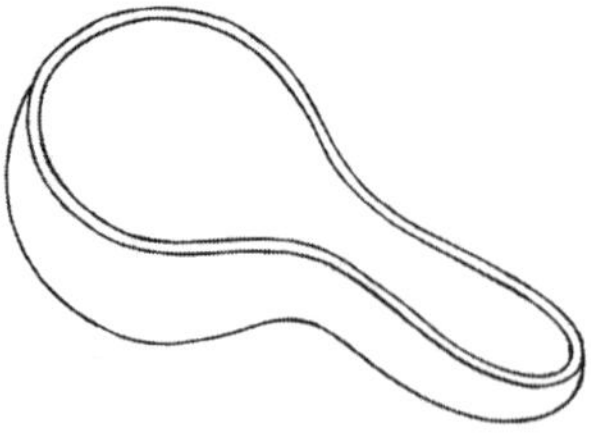

『松屋筆記』の「直柄《ひたえ》の瓠《ひさご》」
（『日本国語辞典』小学館）

ところで、『飛弾匠物語』が刊行された当時、この「ひたえのひさご」がどのような形状をしているのかという問題は、更級日記注釈における謎の一つであった。

山本和明によると、「ひたえのひさご」は近世期の更級日記注釈における難解語彙の一つであり、さまざまな試案が出されるも、結局のところは未詳であったという[16]。山本は、現在の更級日記注釈における解釈が、そうした試案の一つである小山田与《とも》清《きよ》『松屋筆記』（文化一二〈一八一五〉年以降起筆）の解釈を踏まえていることを指摘したうえで、『松屋筆記』に先立つ『飛弾匠物語』における「ひたえのひさご」の描写が「そのまま今日言う「ひたえのひさご」についての語義となっている」と指摘し、本作の更級日記注釈としての一面を評価する。たしかに、

　此ひさごと申すは、大きなるひさごを、ふたつにきりわりたるかたちしたる物にて、いやしき物のとりあつかふ柄杓のやうなる形せり。（巻四、夢のただち）

という雅望の説明は、たとえば「瓢箪を縦に二つに割ったもの。水をくむ道具として用いる。柄がなく、直接それを握るところからの称」（第二版『日本国語大辞典』）という現代の解釈から見ても遜色無い。しかし、そもそも、

　山人、酒つぼの事を今ひとかへり申ければ、姫宮、御夢の事をおぼしあはせて、御かたはらなる瓢をとり給ひて、「風になびける瓢といひしは、かゝる物にや」との給ふ。山人のびあがり見て、「これに聊《いさゝか》たがひ候はず。但《たゞし》、これよりは今すこし大きやかにて候。男女《をとこをんな》にくらべ候はゞ、これは女《め》の瓢とも申すべくや」
（巻五、よゐの法師）

というように、山人と女一の宮が持つ瓢は同形のものであり、その形状の説明は巻一、二において、すでに済ませていたのである。なぜ巻四に至ってそれを再度説明する必要があったのか――ここで、巻一の該当箇所を見てほしい。

此《この》瓢といふは、瓶《かめ》のかたちして、上に鎖をつなぎ置《おき》たり。石にやあらん、其《その》質はしりがたけれど、いとかろき物なり。松光、一人の仙人に向ひて、「此瓢は何のために用ふる物にて候か」と問へば、かの仙人、答《こたへ》て云《いひ》けるは、「仙界にて金丹《きんたん》といふ薬を練《ねる》事あり。（中略）丹薬つゝがなく成就せば、この瓢にもりてたくはふべきを、かの男女《なんによ》、法を犯《をかし》ぬれば、かく仙界をおひやるなり」とかたる。松光、聞《きゝ》て、「扨《さて》は大切の薬をいるゝ瓢にてこそ候へ。何とてかの男女に此瓢をあづけ給ふにか」と問へば、仙人「（中略）此瓢は、かれらが人間に胎をやどして、さて後ふたゝび此仙界へ帰り来《きた》らん時、つゝがなく此瓢を持《もち》来らざれば、仙となる事あたはず。もし此瓢にいさゝかの疵《きず》だにつきても、もとの位の仙人とはなりがたし」といふ。松光、「我故郷にては、かゝる瓢には炭炭団《すみたどん》などをこそ儲《たくは》へ候へ。（中略）」といひてあざわらひぬ。（巻一、ほうらいの山）

松光と仙人の会話によって仙界における瓢の役割が説明される箇所だが、「瓶のかたち」をしているという点、そして薬を貯え得る器であったという点。この二点からしても、先掲した「柄杓のやうなる形」（巻四、夢のただち）を想定しているとは考えにくい。

また、松光は「かゝる瓢には炭炭団などをこそ儲へ候へ」と発言している。たしかに瓢は当時炭入れによく用いられたようで、『和

『和漢三才図会』の「炭斗」
（『東洋文庫』平凡社）

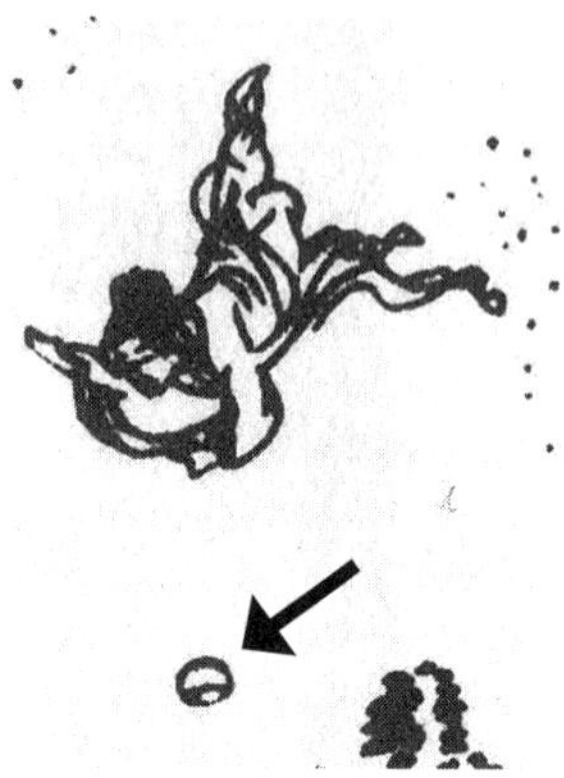

『飛弾匠物語』巻一挿絵部分
（『石川雅望集』国書刊行会）

漢三才図会』の「炭斗」の項目には、炭斗には瓢を用いることが多いと説明されているのだが、そこに掲載された「炭斗」図は瓢箪を横に二分したものとして描かれている。これは先に示した『松屋筆記』の「直柄の瓠」図とは明らかに異なるものである。なお、「ひたえのひさご」は巻一の挿絵において小さく描かれているのだが、それを拡大してみると、『和漢三才図会』の「炭斗」図と同形であることが分かる。

さらに巻二には、松光が、都人が使うという「大壺」（巻二、ひろをか）を瓢と勘違いするという笑話があるが、ここでいう大壺とは、たとえば『源氏物語』で、近江の君が、

何かそは、こと〴〵しく思ひ給へてまじらひ侍らばこそ、ところせからめ。おほみおほつぼとりにも、つかうまつりなん。（『源氏物語』常夏巻）(17)

と言って父内大臣を笑わせた台詞中の「おほつぼ」、すなわち便器なのである。どうやら『飛弾匠物語』前半部において、雅望は未だ「柄杓のやうなる形」という見解に至っていない。巻二から墨縄が山人の家で瓢を発見する場面を引用する。

墨縄、打見《うち》まはせば、此家、田つくるかた手に酒をもつくりて売ひさぐと見へて、くりやのあなたに大なる桶など、あまたならびてあり。（中略）少年がいはく、「（中略）これは今朝のほど、はやう起出《おき》て見候へば、此酒つぼの上のひさしに、鎖につなぎたる瓢のかゝりて候。いかなる事にかと存《ぞんじ》て見て候へば、折ふし東風《こちかぜ》風のふき出候へば、此瓢西になびきて、音《ね》をたて候。其声、えもいはずおもしろく、心もおのづからすみわ

たりて候ひき。しばしして北風ふけば、又南になびきて同《おなじ》くおもしろき音をいだして候。（中略）」とかたる。

（巻二、たけしば）

この箇所は『更級日記』竹芝伝説の、

わが国に七つみつゝくりするゑたる酒つぼに、さしわたしたるひたえのひさごの、南風ふけば北になびき、北風ふけば南になびき、西ふけば東になびき、東ふけば西になびく

という箇所に対応して設定された場面だが、廂に吊り下げているという点と、風によって音が鳴るという点は、『更級日記』に無い記述である。むしろ、この時点で雅望が想起していたのは、『徒然草』一八段にある「なりひさご」ではなかったか。

もろこしに許由といひつる人は、さらに身にしたがへるたくはへもなくて、水をも手してさゝげて飲けるを見て、なりひさごといふ物を人の得させたりければ、或時、木の枝にかけたりければ、風に吹れてなりけるを、かしかましとてすてつ。又手にむすびてぞ水ものみける。いかばかり心のうちすゞしかりけん。

（『徒然草』一八段[18]）

『飛弾匠物語』には、この箇所も含め『徒然草』の影響がいくつか見られるが、これもその一例と言えるだろ

う。[19]ちなみに、浅香山井『徒然草諸抄大成』（貞享五〈一六八八〉年刊）では「なりひさご」の注の末に「○荘子註ニ瓢ハ半瓢也トイヘリ」という注を引く。[20]雅望の解釈の変遷には、『徒然草』解釈が連動しているのではないだろうか。

いずれにせよ、「ひたえのひさご」がなぜ再度説明されたのかという疑問に答えるためには、「ひたえのひさご」についての解釈の変更を抜きにしては説明できないだろう。

さらに、作者としての編集意識を考えれば、神仙譚と女一の宮の恋愛譚の間隙にむらさきの物語が挿入されたため、一旦途切れた外枠との接続を促す「ひたえのひさご」は、再び強くクローズアップされなければならなかったはずである。現に、巻四「夢のただち」で、女一の宮は瓢と共に登場し、瓢との縁の深さを物語る小話が続くのであった。

解釈と編集――この両者の作用によって、「ひたえのひさご」は女一の宮の物語の始動とともに、再び詳述されなければならなかったのである。

四　『源氏物語』はどのように利用されたのか

石川雅望の古典研究は、源氏物語注釈書『源注余滴』や雅語辞典『雅言集覧』などに代表されるように、『源氏物語』を始めとする平安文学を中心とした語彙研究が主要な業績となっている。しかしながら、これまで『飛弾匠物語』における『源氏物語』の影響が正面から論じられることはほとんど無かった。[21]そこで、『飛弾匠物語』における『源氏物語』利用の一端を示すため、まず語彙のレベルの利用から考えていきたい。

たとえば、山人たちが女一の宮を東国に連れて逃げて行く場面に以下のような一文がある。

山人も力を得てたちあがれば、松光はいさみ立て姫宮の御手をとりて竹輿にのせ奉る。山人、松光は馬にのれば、あるじは弓矢とりてしりへに立ちてあゆむ。百姓どもは、いみじくつゝしみ、警衛《けいめい》してあゆみつれたるさま、昨日には事かはりて、いさましき旅のよそほひなり。（巻六、からねこ）

特に立ち止まることなくそのまま読み進めてしまいそうな文ではあるが、この文中の「警衛《けいめい》」（傍線部）という一語などは雅望の源氏物語研究の一端がうかがえる格好の材料であろう。『源氏物語』では、

御車いれさせて、にしの対におましなどよそふほど、かうらんに御車ひきかけて立ちたまへり。右近、えんなる心ちして、きしかたのことなども、人しれず思ひ出でけり。あづかりいみじくけいめいしありく気色に、この御有様しりはてぬ。（『源氏物語』夕顔巻）

という一文にあった言葉であり、源氏が夕顔を伴って廃院に到着した際に、夕顔付きの女房右近が、院の留守役が「けいめい」する様子を見て源氏の身分をすっかり知ってしまう、という場面である。

この「けいめい」には、どのような漢字を充てて解釈すべきなのか――『河海抄』の「経営」説、『孟津抄』の「敬命」あるいは「経栄」説など、古来解釈の分かれる所であった。文化二（一八〇五）年、雅望は清水浜臣との間で「紫の物語の中なる字音の語」に関する問答を書簡上で交わしている。『清石問答』として後に刊行さ

れたのがそれであるが、それを見ると、まずは浜臣が「けいめい」について、

『河海抄』に「経営」の字をあてぬ。本居氏も、「経営」の音便にて「えい」を「めい」といふは、「三位」を「さんみ」、「陰陽」を「おんみやう」といふ例なり、といへり。げに、いとなむ意にて聞ゆるにや。「鶏鳴」「謦命」など、すべてあたれりともおぼえず。（『清石問答』[22]）

と『玉の小櫛』（寛政八〈一七九六〉年成立）における本居宣長の主張を踏まえて「けいめい」に「いとなむ」意を汲み取り「経営」説を推す。それに対し、雅望は、

「鶏鳴」「敬命」などの文字は、いふにもたらぬこと丶存候。「経営」はいとなむ心なれば、これも穏也ともおもはれ申さず。此詞、人を守護し奔走するこ丶ろのやうにおぼえ候。『東鏡』に「警衛」と申字、相見え候。もしこれにやとも存候へども、いかゞ候はん。なお考べき事と存候。（同前）

と「人を守護し奔走するこ丶ろ」を読み取って「警衛」説を標榜する。浜臣はこれに対する書簡で「おのれはなおうべなひはべらず」とそれを否定し、『雲州往来』『今昔物語集』の例を出して「経営」説を強く主張した。それに対する雅望の返事は『清石問答』に収められておらず不明だが、文化四（一八〇七）年頃の起筆とされる『源注余滴』では、当該箇所の注において「経営」の用例をまず出しながらも「又考るに、「警衛」の字にても有べきか」と「警衛」説へのこだわりを見せている。さらに後年の『雅言集覧』になると、「けいめい」の項

目で「警衛」の用例を大幅に追加し、それ以外の用例は一切出さないまでに至っている。

先に引いた『飛弾匠物語』中の一文は、以上のような雅望の語彙研究史の中に位置付けることができるだろう。現在の『源氏物語』の本文では「経営」が採られており、「警衛」説に軍配は上がらなかったようだが、「けいめい」という一語を、追っ手から逃れる姫君を守衛するという文脈に移し、「人を守護し奔走する」ニュアンスを出させておいて「警衛」の字を充てたところに、国学者としての古典解釈と物語作者としての編集意識の両様がうかがえるのである。

次に、もう少し大きな視点から『源氏物語』利用の問題をとらえてみたい。すなわち、物語展開のレベルにおいて『源氏物語』がどのように『飛弾匠物語』に関わったのかという問題である。先述したように、『飛弾匠物語』における『源氏物語』利用について論じた先行研究は皆無に等しい。ただし、そのようななかで、佐藤は、むらさきの自害を暗示させる描写について「浮舟入水に重ねあわされている」[23]と言及し、稲田は、山人・むらさきの物語と山人・女一の宮の物語に関連づけて「このひとりの貴種と結びついていく二人の女主人公の物語の趣向は、光源氏と紫の上、光源氏と女三の宮の物語の換骨奪胎として記憶しておいてよいように思われる」[24]と述べている。しかし、両論ともに引用した以上の論究や具体的な例証は無い。この辺りの問題を、むらさきの物語と浮舟との関連に絞り、今少し突き詰めて考えていきたい。

浮舟は薫と匂宮の両人に愛され、またそれゆえに苦悩した人物である。一方、むらさきは山人と相思相愛の仲であり、むらさきに恋慕する男は山人以外に登場しない。また、むらさきの悲恋の原因は双方の親の確執だが、浮舟の物語にそのような要素はなかった。恋愛譚として設定された状況からすれば、浮舟とむらさきは全くと言ってよいほど共通点を有していないのである。しかし、むらさきの死が近づくにつれて、『源氏物語』浮舟巻からの引用表現は目立つようになる。巻三、巻名もそのまま「うきふね」と題された章である。しばらくその叙述を追いかけてみたい。

浅草寺に引き続き、隅田川においても山人との逢瀬が叶えられなかったむらさきは、山人との婚姻を父親に必死に頼むが、その願いが聞き入れられることはなかった。怒る父親の罵声を聞きながら、むらさきは、

なまなかながらへゐて、うきを見たらんより、死なんこそまさらめ。（巻三、うきふね）

といよいよ自死の決意を抱くのだが、これは、

とてもかくても、ひとかた〳〵につけて、いとうたてあることは出できなん、我身ひとつの亡くなりなんのみこそめやすからめ、（中略）ながらへばかならずうきことみえぬべき身の、なくならんは、なにかをしかるべき。（『源氏物語』浮舟巻）

という浮舟の自死に傾く心情描写を踏まえた表現であると言えるだろう。さらに、

わがのりし舟の、ゆくへなくなりぬとて、さこそ心をもまどはし給ひけめ。つゝがなく家にや帰り給ひけん。我かく思ふとも、知り給はで、今ごろは、寝やし給ひぬらん。夢に見てやおはすらん。（巻三、うきふね）

と山人に思いを馳せるむらさきの心内語は、直接には『狭衣物語』の、

唯今かくなりぬるとも知り給はでいづこにいかにしてかおはすらむ、ねやし給ひぬらむ、さりともねざめにはおぼしいづらむかし。（『狭衣物語』巻一）[25]

という入水直前の飛鳥井姫の心情表現から借りている。しかし、ここでは同時に、むらさきの「のりし舟の、ゆくへなくなりぬ」という状況（むらさきは小舟に一人乗って山人と逢おうとするも果たせず、川下へと流されてしまった）が、

たちばなのこじまのいろもかはらじをこのうき舟ぞゆくへしられぬ（『源氏物語』浮舟巻）

という浮舟の抱いていた憂苦を、「うき舟ぞゆくへしられぬ」という言葉そのままに具現化してしまった形であったということに気付くべきであろう。そして、

げに床中《とこなか》にたゞよふ涙には、あたりちかき隅田川のわたし守も船よせつべく、又かの浅草の里にありとかいふめる、石の枕もうきぬべくこそ。（巻三、うきふね）

という佐藤もあげる場面、特に「石の枕もうきぬべくこそ」という修辞表現は、直接には、

独りねの床にたまれる涙には石の枕もうきぬべらなり

（『古今和歌六帖』第五帖[26]）

という柿本人麻呂の歌に依拠するのであろうが、これも『源氏物語』に、

きみはいよ〳〵思ひみだるゝことおほくてふし給へるに、いりきてありつるさまかたるに、いらへもせねど、枕のやう〳〵うきぬるを、かつはいかにみるらんとつゝまし。

（『源氏物語』浮舟巻）

とあり、浮舟が一人涙に暮れる場面に使われた表現なのであった。

以上、むらさきの物語における『源氏物語』浮舟巻の引用を列挙したが、それらは全て浮舟の自死へと傾く心情表現からの引用であった。むらさきと浮舟の持つ唯一にして最大の共通点は自死しようとする女という要素である。むらさきの恋の成就がいよいよ絶望的になってからの度重なる『源氏物語』浮舟巻引用は、佐藤がいうように、むらさきの死を読者に予感させる、すなわち、浮舟とむらさきを表象的に重ねる役割を負っていたわけである。

そして、同時にそれは女一の宮と山人の恋愛譚へと接続させる連想的役割をも有してはいなかっただろうか。

浮舟巻に続く蜻蛉巻では、浮舟の死を嘆く薫らの姿が描かれつつも、一方で女一の宮を中心とした恋物語が展開されていくのであった。もっとも、むらさきと浮舟がそうであったように、『飛弾匠物語』の女一の宮と『源氏物語』の女一の宮との間には人物形象を引き継ぐまでの強い関連性は見られない。しかし、浮舟の死、悲嘆、

そして女一の宮への恋慕という『源氏物語』における物語の進行は、ヒロインの交代という構造を以てすれば、『飛弾匠物語』におけるむらさきの悲恋の物語と女一の宮の恋愛譚のうえに重なる。そもそも、『更級日記』では単に「宮」と呼称された女君をわざわざ「女一の宮」とした理由を考えてみても、巻三「うきふね」の終盤における『源氏物語』浮舟巻からの引用は、『源氏物語』読者に対し、続く「女一の宮」という存在を読書記憶から再生させるものではなかっただろうか。『飛弾匠物語』において『源氏物語』は、むらさきの物語と女一の宮の物語を連結させる記憶表象として利用されていると考えられるのである。

おわりに

本章では、まず第一節において『飛弾匠物語』を神仙譚、山人・女一の宮の恋愛譚、山人・むらさきの恋愛譚の組み合わせとしてとらえた。山人・女一の宮の恋愛譚は『更級日記』竹芝伝説の変奏であり、『飛弾匠物語』の前後に配された神仙譚と内容的に強い連結を持つ。それに比して、山人・むらさきの恋愛譚は、神仙譚と直接の接続を有していない。つまり、物語の進行上、神仙譚と山人・女一の宮の恋愛譚は一旦断絶されてしまう。本章では、これを構成上の問題ととらえた。第二節では、山人・むらさきの恋愛譚が挿入された背景にある古本『更級日記』の発見という雅望の誤断に言及した。次に第三節において、「ひたえのひさご」描写を追いかけ、語彙のレベルにおける解釈が物語中においてどのように伏在しているのかを探った。さらに、第一節において強調した『飛弾匠物語』の構成上の問題を踏まえ、山人・むらさきの恋愛譚の挿入によって、「ひたえのひさご」が物語進行に果たす重要性が増したことに注目した。以上二つの見地から、「ひたえのひさご」描写の問題を、解釈と編集の双方から把握することを試みた。さらに第四節において、『飛弾匠物語』における『源氏物語』引用の一端を示し、雅望の古典利用の方法を看取したうえで、その引用が山人・むらさきの恋愛譚と山人・女一の宮の恋愛譚を連想的に接続するという表象的役割を有しているのではないかということを指摘した。それはまた、『飛弾匠物語』における『源氏物語』の利用についての分析でもある。

語彙研究に基づいた古典解釈と、完結した読本を目指す編集意識――本章では、対象を石川雅望『飛弾匠物語』に絞って、それが本文上にどのようにして現れているのかを追った。

注

（1）『読本【よみほん】事典―江戸の伝奇小説』（笠間書院、二〇〇八年三月）Ⅰv「江戸＝京伝・馬琴と〈稗史もの〉読本の形成」、大高洋司『京伝と馬琴―〈稗史もの〉読本様式の形成』（翰林書房、二〇一〇年五月）。

（2）『藤岡作太郎博士著作集4　近代小説史』（岩波書店、一九五五年一月）第四編第五章「読本一般の来歴」。

（3）牧野悟資「『狂歌波津加蛭子』考―石川雅望の狂歌活動再開を巡って―」（『近世文芸』80、二〇〇四年七月）。

（4）以上、雅望の略歴については、粕谷宏紀『石川雅望研究』（角川書店、一九八五年四月）、同執筆「石川雅望」（『新版　近世文学研究事典』、おうふう、二〇〇六年二月）を参照。

（5）『近江県物語』については、山名順子「石川雅望『近江県物語』における典拠利用　和文・勧懲・『源氏物語』」（『日本文学』66―10、二〇一七年一〇月）が参考になる。

（6）『飛弾匠物語』の本文は叢書江戸文庫（石川雅望集）による。

（7）前掲大高洋司『京伝と馬琴―〈稗史もの〉読本様式の形成』Ⅰ6ⅰ「〈読本的枠組〉と『月氷奇縁』」に定義が載る。それによると、読本的枠組とは、「大高の造語。後期読本の中でも最も本格的な〈稗史もの〉（横山邦治氏の分類・命名に従う）に見られ、読本独自の長編構成を可能にするための仕組み。人間・動物・モノ・言葉など様々なかたちで、ふつう物語の発端近くで存在が示され、その後、表面に姿を見せなくても、ストーリー展開に直接・間接に関与し続け、〈稗史もの〉読本の結末は、例えば怨霊の解脱、過去の因縁の消滅、言葉の謎の解決といったように、作品世界の中から〈読本的枠組〉の存在が消えることによってもたらされる。読本における小説的原動力と言って良く、また作品全体が〈読本的枠組〉に貫かれ、挟まれることで、その内側に置かれる個々の挿話や典拠は、互いに突出せず安定した状態となる。施し方の巧拙はともかく〈稗史もの〉読本に一般的な技法で、大高は、日本近世小説の一様式としてこのジャンルを把握するための重要要素と位置づけている」とのことである。

（8）もっとも、むらさきの物語は後に続く女一の宮の物語の伏線でもあることから、女一の宮の物語のなかに包括される物語と把握することも可能であろう。しかし、それにしても物語内物語であることからは免れない。

（9）稲田篤信『江戸小説の世界　秋成と雅望』（ぺりかん社、一九九一年九月）「『飛弾匠物語』論　＊機関と正義」。

（10）佐藤深雪「『飛彈匠物語』典拠私考」（『日本文学』26―10、一九七七年一〇月）。

（11）山本和明「〈古典〉再生―石川雅望『飛驒匠物語』小考」（『日本文学』52―10、二〇〇三年一〇月）。

（12）玉井幸助「更級日記の錯簡及び其の復旧」（『増補国語国文学研究史大成　平安日記』、三省堂、一九七八年七月。初出、一九二四年八月）。

（13）『ねざめのすさび』巻一「いせ物語古意にすみだ川を注したる誤の事」には「やつがれが蔵書に、萩原宗固といふ人の自筆もて校合せる本あり。それは古本もてうつしなほせるよし、しるしてここにかきつく」とある（本文は日本随筆大成による）。

（14）前掲粕谷宏紀『石川雅望研究』。

（15）実際、『更級日記』が記す富士川、大井川あたりの道順は事実と相違し錯綜している。富士川、大井川についての記述は『草まくら』にも確認できる。

（16）前掲山本和明「〈古典〉再生―石川雅望『飛驒匠物語』小考」。なお、山本があげた文献以外では、齋藤彦麿『傍廂』（嘉永六〈一八五三〉年序）、長谷川宣昭『三余叢談』（巻一のみ文政五〈一八二二〉年刊）が、それぞれ「ひたえのひさご」を図示している。

（17）『源氏物語』の本文は早稲田大学図書館所蔵の北村季吟『源氏物語湖月抄』による。なお、前掲粕谷宏紀執筆「石川雅望」は、雅望の源氏物語研究が『源氏物語湖月抄』に基づくことを指摘している。
（18）『徒然草』の本文は『校訂増註徒然草諸抄大成』（吉澤義則撰、立命館出版部、一九三一年一一月）に翻刻所収された浅香山井『徒然草諸抄大成』による。
（19）たとえば、「かく楼のやうに、たかやかにあがりゆくやうにつくり侯は、夏の頃すゞみとるべき為にまうけて候」（巻一、すみなは）は『徒然草』五五段を、「御産ありけるに、古きならひにて、御屋の上に人のぼりて甑をまろばしおとす事あり」（巻四、夢のただち）は六一段を、「年老いたる衛士」（巻五、びさもんてん）は一〇二段を参照していよう。さらに、自序にある「あべのにかくれて、むしろおりけん某法師」（序）とは、「吉田の兼好法師は乱をさけて阿閇野の命婦丸が故郷に宿り筵を織て業を扶くる」（『摂津名所図会』巻二）とあるように、兼好法師のことである。
（20）現代の徒然草注釈にも「熟した瓢箪は二つ割りにして中をくりぬき、杓子として用いられる」（新日本古典文学大系）という解釈がある。
（21）中矢由花「『飛弾匠物語』試論―墨縄の造形と典拠に関する一考察」（『国文』97、二〇〇二年七月）は『源氏物語』の影響については、特筆すべき点が多々あるが、それに関しては後日稿を改めたい」としている。また、中矢論文は馬琴以来『飛弾匠物語』の典拠とされていた李漁『笠翁十種曲』「蜃中楼伝奇」に対し再検討を促す。「むしろ日本古典の影響の強さを本作『飛弾匠物語』の上に見ることを提案」した中矢の論考は、むらさきの物語と女一の宮の物語の連結を「蜃中楼伝奇」に拠らずに考察する本論の視座ともなっている。
（22）『清石問答』の本文は『源注余滴』（国書刊行会、一九〇六年四月）による。
（23）前掲佐藤深雪「『飛彈匠物語』典拠私考」。
（24）前掲稲田篤信「『飛弾匠物語』論　＊機関と正義」。
（25）『狭衣物語』の本文は『日本文学古註釈大成　狭衣物語古註釈大成』（日本図書センター、一九七九年六月）による。底本は石川雅望、清水浜臣書入本。ちなみに、今井源衛執筆「擬古物語」（『日本古典文学大辞典』2、岩波書店、一九八三年一〇月）は、薫と浮舟、あるいは狭衣と飛鳥井姫という構図が、擬古物語に常套の手段であったことを指摘する。

（26）『古今和歌六帖』の本文は大阪府立中之島図書館所蔵本（寛文九〈一六六九〉年刊本）による。主題「服飾」、小見出し「まくら」。

※原本、影印、翻刻からの引用は、清濁、句読点を改め、カギ括弧を付した。また、振り仮名は適宜省略した。なお、著者による注記は（　）内に記した。

第二章　芍薬亭長根『濡衣双紙』考（一）——勧戒と議論——

はじめに

文化六（一八〇九）年二月、官命によって多摩川を巡視中の大田南畝は、多摩川上流域にある柴崎村にて、芍薬亭長根《ながね》の読本『坂東奇聞濡衣双紙』（文化三〈一八〇六〉年刊、以下『濡衣双紙』）を繙いた。多忙な公務の合間を縫っての読書である。そのときの記録を、南畝は以下のように記している。

○予、平生いとまなければ、近頃流行の小説をよむにいとまあらず。六樹園（石川雅望）があらはせる『近江県物語』をよみて、①俗流にあらざる事をしれり。去年師走の末〈「ことし正月のなかば」を訂す〉に八幡塚村にて、『飛弾匠物語』をよみ、ことし二月廿日、柴崎村にて、芍薬亭（長根）が『濡衣草紙』をよむ。例の義訓のこじつけたるには見るめもいぶせけれど、序の議論をはじめとして、②一部の趣意俗流の及ところにあらず。たゞ、校合の足らざるによりて、見及ぶところあやまり多し。
○序文の中、「鎬矢」は「嚆矢」の誤也荘子。「文花」、「文華」とすべし。「今昌平二百年」、「昌平」は「昇平」、又は「升平」の誤也。「昌平」は魯国の地名にして、聖堂前の橋に名づく。「升平」の「升」は升目にして、豊年の事になり、又「昇平」と書ば、世のすがたののぼり平かなる事にて、いづれも太平の世の事になる事、『品字箋』にみえたり。つゐでながら書をく也。
○賛詞の中、「淵」は平、「扇」は仄に也、韻字不合いかゞ。「濽亭」とは「潜亭」の書損歟。
○巻一本文、家杉は上杉也。浜の内は山内也。青木が谷は扇が谷也。千代田左衛門入道とは、太田道灌の事也。これは時事に触れて、板刻の改めを恐れて書かへたる也。かゝる事さへしらぬものゝ読がために、こゝにしるし置也。
○巻五、「みよし野の寓居《かりのやどり》。」「ひきはらひて、母がもとに帰る」云々。③此書、雅語をむねとして、和漢の詞をかりあつめたれば、「ひきはらひて」といはずともよろしきことばも有べきを、つゐうか〳〵と俗語に入りし也。「引払」の詞つたなし。五ノウ「名利に騶《はしり》」趨の。書損　十六ウ「不詳《さがなき》」不祥の。書損　されど、④一部の主意明かにして、『英草子』『繁夜話』のおもかげあり。
（『玉川砂利』(1)）

見ての通り、石川雅望《まさもち》の『近江県《おうみあがた》物語』（文化五〈一八〇八〉年刊）を読んで「俗流にあらざる」（傍線部①）との感を抱いた南畝は、さらに雅望の『飛弾匠《ひだのたくみ》物語』（文化六〈一八〇九〉年刊）、そして芍薬亭長根の『濡衣双紙』と読み進めた。その読後感は「一部の趣意俗流の及ところにあらず」（傍線部②）というものである。以下、『濡衣双紙』についての読書記録が続くが、大半は、序文や口絵の画賛、そして本文における誤字の指摘である。ただ、最後に「一部の主意明かにして、『英草子』『繁夜話』のおもかげあり」（傍線部④）と評すなど、総じて高い評価が与えられていると言ってよい。微細にわたる誤字の指摘も、南畝が『濡衣双紙』を熟読した痕跡と見るべきだろう。

さて、いま紹介した南畝の読書記録には伏線があった。南畝が『濡衣双紙』を読む二年前、すなわち文化四（一八〇七）年の正月、彼は読本についての感想を記していたのである。そこで南畝は怪異風の漢詩を三首あげ、

三詩ともに新奇なり。しかれども怪異にしてこの比世にもてはやせる京伝、馬琴が稗史をみるがごとし。かばかりの事も時運にあづからざる事なし。

（『一話一言』巻二四[2]）

と述べた後、「読稗史有感（稗史を読みて感有り）」と題した漢詩を詠んでいる。

気象進須楽太平　近来稗史若何情　儻非讎敵糢糊血　尽是紅愁緑惨声

（同前）

太平を楽しむべき世の中であるのに、近来の読本（稗史）は情を置き去りにしてしまい、敵討による血みどろの殺害場面か、そうでなければ、あとは婦女が憂い嘆く場面ばかりだ――詩の内容は以上のようなところだろう。文脈から考えて「近来稗史」とは「この比世にもてはやせる京伝、馬琴が稗史」以外にありえない。南畝は、京伝や馬琴が相次いで世に出していた怪異や惨劇が横溢する読本に否定的であった。『玉川砂利』で、南畝は「予、平生いとまなければ、近頃流行の小説をよむにいとまあらず」と述べているが、それは決して単に多忙だったか

らではないだろう。「近頃流行の小説」、すなわち当時一世を風靡していた京伝や馬琴流の読本に、南畝の食指は動かなかったのである。

そうしたなかで南畝は雅望や長根の読本を読んだ。「俗流にあらざる」「俗流の及ところにあらず」という評語には、京伝や馬琴流の読本（俗流）に辟易するなかで、ようやく自身の嗜好に適う作品に出会えた――という南畝の思いを読み取ることができよう。

さらに後年（文政二〈一八一九〉年）、南畝は都賀庭鐘《つがていしょう》についての記事のなかで、

戯作する所、『英草紙』『しげ〳〵夜話』あり。世に行はる今の都下よみ本の風は、これを学ぶに似たり。

（『一話一言』巻五四[3]）

と述べ、庭鐘の『英草紙《はなぶさぞうし》』（寛延二〈一七四九〉年刊）『繁野話《しげしげやわ》』（明和三〈一七六六〉年刊）が後年流行した読本のルーツであると指摘している。このことをも勘案すれば、「俗流の及ところにあらず」、あるいは『英草子』『繁夜話』のおもかげあり」という『濡衣双紙』は、南畝にとって、庭鐘以来の読本の正統を受け継ぐものであり、それゆえに「俗流」の読本と一線を画す作品だったと言えるだろう。

久保田啓一が指摘するように[4]、『玉川砂利』の読書記録からは、雅語を用いた読本として雅望と長根の読本を一括して把握し、それを評価しようとする姿勢を認めることができる。そうした南畝の読本観は、雅語を用いた読本を否定する曲亭馬琴の態度とは甚だ対照的であり、読本としての和文小説を同時代的にとらえるうえで重要である（本書序論第一、二章）。ただ、南畝自身が「此書、雅語をむねとして、和漢の詞をかりあつめたれ」（傍線

部③）と述べるように、長根の雅文体は〈漢〉の要素を含むものであり、正確には和文小説の周辺作と言うべきものである。長根の文体については、その性質が最も顕著となる読本第二作『国字鵺物語《おんなもじぬえものがたり》』（文化五〈一八〇八〉年刊）を対象として、章を改めて詳しく分析しよう（本書第三部第四章）。本章および次章では、南畝の『濡衣双紙』への評価が文体面のみならず内容面にも及んでいることに注目し、『濡衣双紙』の内容的特質、および南畝の評価の所以を具体的に探ってゆきたい。

二　長根の読本観

『濡衣双紙』の作者芍薬亭長根は、明和四（一七六七）年生、弘化二（一八四五）年没。本姓は菅原で本阿弥氏。本阿弥光悦七世の子孫であり、加賀藩、幕府の御刀脇差目利究所に仕えた武士である。[5] 黄表紙や狂歌を中心に文芸活動を開始しており、[6] 文化三（一八〇六）年正月に刊行された『濡衣双紙』は、読本第一作目となる作品だった。半紙本五巻五冊。刊行書肆は江戸書肆松本平助、上総屋忠助。割印帳によれば、前年一二月八日に松本平助により開板願いが出されている。[7]

たとえば、『出像稗史《えいりよみほん》外題鑑』（文化末年頃刊）が、『濡衣双紙』を「船遊びの雅談より珍事をひき出す口の禍。鳩谷義二郎が仇うちばなし」[8]と紹介するように、本作は男主人公義二郎の敵討を主筋とする、いわゆる〈仇討もの〉[9]に分類される読本である。ただし、大高洋司が「必ずしも型通りに終始する作柄ではなく、作者独自の主張を生かす工夫の見られる点、注目に値する」[10]とし、高木元が「単なる敵討ものから離れようとする工夫の跡が見られなくもない」[11]とするように、『濡衣双紙』の独自性については、すでに読本研究者によって指摘されてきた。[12]

ここで、『濡衣双紙』の序文を見てほしい。そこには長根自身の読本観が開陳されている。

『御伽這子《おとぎばふこ》』（伽婢子）の書は漢土の小説を皇国《みくに》の事に撲《うつし》たる鎬矢《はじめ》にて、文体いにしへにちかく、猶物語の余波《なごり》あり。『繁《しげく》』（繁野話）『英《はなぶさ》』（英草紙）の二書は、これを襲《つぎ》、間《まゝ》皇国の事を飜案して、古に非、今に非、文章の奇絶、国字小説第一といはんに論なし。『莠草《ひつぢぐさ》』（莠句冊）は強弩の末荒唐《とりしめなく》、美を前書に紹《つぐ》事を不得。『新斎』（新斎夜語）『前席』（怪談前席夜話）『垣根草』の諸篇、文花降《くだる》といへども、事に託《よせ》て自己の識見を述、議論高にいたりては、『剪灯《せんとう》』（剪灯新話）の書中、子胥、笵蠡を罵《のる》の流亞《たぐひ》にして、二書の美を奪《うばふ》に足れり。

（『濡衣双紙』長根自序[13]）

『伽婢子《おとぎぼうこ》』（寛文六〈一六六六〉年刊）から始まり、『繁野話』『英草紙』『莠句冊《ひつじぐさ》』（天明六〈一七八六〉年刊）『新斎夜語』（安永四〈一七七五〉年刊）『怪談前席夜話』（寛政二〈一七九〇〉年刊）『垣根草』（明和七〈一七七〇〉年刊）といった作品が言及されている。

さながら長根による前期読本の総評といった趣だが、長根がまず評価するのは『英草紙』『繁野話』であり、その文章表現の巧みさを「国字小説第一」と賞賛している。ただし、『新斎夜語』『怪談前席夜話』『垣根草』に関しては、作者の識見を述べた作中の議論が優れており、その点では『英草紙』『繁野話』の「美を奪に足れり」とまで評価する。長根が重視したのは、『英草紙』『繁野話』のような文体、そして何より、作者の学識に裏付けられた作中の議論であった。こうした長根の読本観は、前期読本の特質としてしばしば指摘される学識的性質を正確に言い当てていよう[14]。

長根は続いて以下のように述べている。

ちかごろ復讐の書、世に行はる丶。奇事怪話百出すといへども、勧懲を主として議論を不立、竊《ひそかに》羅氏の風韻に拠《よる》。又国字小説の一変といふべし。　（同前）

ここに記された「復讐の書」とは、当時流行の〈仇討もの〉読本に他ならない。長根は、その怪奇性を認めながらも、勧善懲悪を前面に出すあまり、前期読本が有していた作風、具体的に言えば議論を置き去りにしていると指摘する。

前節で南畝が当代流行の読本のあり方に批判的であったことを述べたが、その問題意識は、長根自身も有していたわけである。南畝が「序の議論をはじめとして、一部の趣意俗流の及ところにあらず」と評したのは、『濡衣双紙』の序文に見られる長根の読本観についての同意と見てよいだろう。

序文の後半部は以下のように続く。

東家《ひがしどなり》女子あり。年十二。予に従て書を読。一夕、古人の名を命、事を問ふ。明旦、一冊子を携来ていふ、「名を命の教を受て戯に記」と。巻を舒ば、復讎の書にして、二子に名つくる、老蘇が言に依、閨秀を称ずる、翠翹が行に擬《なずらふ》。美婦《よきめ》を具《ぐし》たる士、氏を鳴門と呼び、内衞を失へる翁、字を外衞といふ。志大ならざれば燕雀を以し、心定らざれば舩路を以す。鳩谷、生鵠を愛《あいし》て児を生し、雪児、春風に妬《ねたま》れて身を亡。其国風《わかのみち》を論《あげつらふ》にいたりては、予が生平の言を載たり。勧戒あり、議論あり。妙年にして野史の才あるを愛て、予、これを潤色し、画家を労し、題て『濡衣冊子』と号。題意は巻を披て知べし。或難ていふ、「書は人の事跡情態を記、画は時の制度風俗を写。古記、画軸、徴とすべし。此書の如は、文、当時《そのとき》の事を記て、称呼言辞、当時の言に非。画、当時の形を写て、服飾器財、当時の物に非。これを梓に彫《ゑる》、何の心ぞや」。予いふ、「戦国の時、復讐殺戮の事を説とも、耳目の馴処、誰かこれを奇とせん。今昌平二百年、復讐の噂を説は人競てこれを奇とせざるはなし。太平の余沢に非ずや。これを画、これを雕、これを鬻、これを読者、すべて太平の余沢に浴に非や」。

文化丙寅春　　東都芍薬亭主人序（同前）

長根は本作を「勧戒あり議論あり」と自賛する。後期読本の有する勧善懲悪的性質と、前期読本が有する学識的性質——長根が自序において提言したのは、それらの性質が共存する読本であった。

それでは、『濡衣双紙』において「勧戒」と「議論」はどのように描かれ、どのように関わり合っているのだろうか。以下、同時代読本との差異に注意しつつ読解してゆく。

三　『濡衣双紙』の勧戒

先述したように、『濡衣双紙』の主筋は、男主人公義二郎による仇討である。義二郎の仇討は、燕二が義二郎の兄寛一を討ったことを発端とする。ところが、そもそもこの事件は、寛一が燕二を騙って自邸に呼び出し、討ち果たそうとしたことから起こった。つまり、燕二は自身の命を守るために寛一を殺害したに過ぎない。この点を確認するため、関連するストーリーをたどっておこう。

①寛一の妻雪児《ゆきこ》は、姉妹と船遊びに出かけた際、家宝〈濡衣の香〉を紛失してしまう。寛一の「情急《せいきふ》」な性質を思い、雪児はそのことを秘密にする。②寛一と雪児には子ができず、春風という妾を置く。雪児を妬む春風の讒言によって、寛一は雪児に対し、密通の疑いを抱いていく。③ある日、寛一が気晴らしに出掛けた庚申祭で、燕二が雪児との情交をうかがわせる話（実は、燕二は船遊び中にたまたま〈濡衣の香〉を手に入れただけであり、全くの作り話）を一座に披露。燕二はその証拠として〈濡衣の香〉をたく。

①雪児の〈濡衣の香〉紛失、②春風の讒言、③燕二の虚談――以上三つの要因が重なって、寛一は雪児と燕二の密通を確信し、その結果、雪児と自身の死を招いてしまった。こうして見ると、敵はたしかに燕二であるが、燕二に全ての原因があるわけではないことが了解されよう。そこで注目したいのは、敵役としての燕二の描かれ方である。殺害現場を実見し、諸々の証言を照らし合わせた検使は事件について以下のように総括する。

夫婦死し、対家《あひて》亡《にげ》て、事実不可知《しるべからず》といへども、事状《やうす》を以《も》ておしはかるに、侍児《こしもと》がいへる如《ごと》く、雪児に不義なかるべし。燕二なるもの、邂逅《たま〳〵》おのが船の内に其裏香紙《かうつゝみ》の落たるを、無根話《ねなしごと》の証左《しやうこ》となして、人前《ひとなか》に誇たるまでにて、これ又失行《ふぎ》の事なかるべし。（中略）寛一、事を詳《つばら》に糺《たゞさ》ば雪児を殺すに至らじ。　（巻三）

雪児は「不義なかるべし」、燕二も虚談を行っただけであって「これ又失行の事なかるべし」――検使によって非難されるのは雪児でも燕二でもなく、事の子細を詳しく問い糺さなかった寛一であった。この検使の見解に対して、一同は、「其言《ことば》の徴《しるし》ありて其理《り》の明《あきらか》なるに伏《ふく》し、寛一が事をあやまりたるを惨《いたみ》ぬ」（巻三）と寛一の行為の間違いを明確に認めている。

一般に〈仇討もの〉で敵に討たれる人物は、そうなるべき因果が含まれているものである[15]。しかしながら、本作のように敵である燕二の発端部における悪行を「失行の事なかるべし」とまで断言する読本の作り方は〈仇討もの〉では異例であろう。たとえば山東京伝『復讐奇談安積沼』（享和三〈一八〇三〉年刊）の轟雲平、同『優曇華物語』（文化元〈一八〇四〉年刊）の大蛇太郎、曲亭馬琴『月氷奇縁』（文化二〈一八〇五〉年刊）の石見太郎など――彼らの凄まじい悪漢ぶりに比して、燕二の悪事はあまりに小さく思われる。となると、そうした燕二を敵として仇を討つ義二郎の行動も、さして意味があるとは思えなくなる[16]。つまり『濡衣双紙』の書き方は、義二郎の仇討における勧善懲悪が成り立たないという印象を読者に与えかねないのである。

しかし、ここで我々は長根が「奇事怪話」溢れる流行の「復讐の書」を目指していたわけではなかったということを想起すべきであろう。京伝や馬琴の読本に登場するある種超人的な悪人はもとより長根の採るところではなかったはずなのである。それでは、長根が意図し、作中に施した勧戒とは何だったのか。

この点を明らかにするには、寛一、義二郎、燕二の三者が、三者ともに士分であったということに留意しなければならない。寛一、義二郎、燕二という三人の武士――そのなかでも寛一は一家の主たる人物である。先に寛一の非を難じた検使は続けて以下のように言う。

寛一、士家《ぶけ》に生れて人に討れ、且《また》児なければ、家の絶なん事力なし。（巻三）

事件の顛末を聞いた義二郎は「名の寛の字にそむき、事状《ことのこゝろ》を詳《つばら》にせずして、災害《わざはひ》一家におよぶ」と兄の短慮を非難し、「此上は讐人《かたき》燕二を討て再《ふたゝび》家名を嗣《つが》ん事は我任也」（巻三）と仇討の決意を抱くに至る。

寛一が自身の性急さを修めることができず、しかも人に討たれてしまうということは、御家断絶を招く愚行に他ならなかった。そこに、本作で寛一が断罪される理由が求められよう。一方、義二郎の仇討は御家存続のためであり、また父や兄など目上の人物に対する仇討は士道に適う。そうである限り、義二郎の仇討の正当性は、士分としての行動原理によって保証されている。義二郎の善性は動かないのである。

こうして見ていくと、寛一と義二郎の悪性、善性は、それぞれの行動が士道に適うかどうかという基準を以て明確に別れていることが分かる。そのうえで、「失行の事なかるべし」と断ぜられた燕二について再考してみよう。すると、無益の虚談を行ったことにその悪性があったことが了解される。たとえば、室鳩巣『明君家訓』（正徳五〈一七一五〉年刊）には武士同士が寄合で無駄に騒ぐことを難じた以下のような記事がある。

当代、士《さぶらひ》の寄会《よりあい》を聞及候に、おほくは賓主ともに礼義たゞしからず、わけもなき事共口にまかせ、声高にわらひのゝしり、又は人の噂、好色のはなし、或酔狂をし、或小歌三味線座上にとりはやすやからも有之由、是等は一として士の作法にて無之候。（『明君家訓』[17]）

燕二の虚談は、一〇人程の若侍による寄合で、一人ずつ好色話を披露していくという座興のなかで行われた。こうした燕二の行いは、『明君家訓』に鑑みると、「士の寄会」で「わけもなき事共口にまかせ」て「好色のはなし」に興じるという、まさに「士の作法」に反した行為であった。

さらに、燕二の悪性はストーリーの進行とともに徐々に追加されてゆく。すなわち、燕二は寛一を討って逃亡した後、三つの盗み（笄、金、布）を働き、なかでも金を盗んだことは、間接的に女主人公翹子の継母の死亡を引き起こした。燕二は女主人公翹子にとっても敵となるのである。

こうして燕二は敵討の終結部に近づくにつれ、悪漢として相応しい人物として造型されていくのだが、そのなかで燕二が懲罰される機会があったにもかかわらず、見逃されたという場面がある。燕二を見逃したのは金津恕介という人物で、義二郎の協力者となる商人である。そのときの恕介の心理は、「官家《こうぎ》天に代て賞罰を行ふ。（中略）いかにぞ僕《おのれ》が如きもの、、弄ものならんや」（巻五）と述べられる。恕介が懲罰を躊躇った理由は、自身が「官家」すなわち公をつかさどる身分では無かったという点にある。それに対応して興味深いのは、義二郎が自身の仇討を振り返った以下の台詞である。

此暁討たるをりから詰問《なじり》はんと思ひしが、盗賊《ぬすびと》を讐《あだ》として討ん事くちをしく、士《さぶらひ》の礼をもてあしらひぬ。（巻五）

義二郎は、燕二が犯した盗みを詰問しようと思ったが、盗人を仇討するのが口惜しく、「士の礼」を以て彼をあしらったと言う。燕二はあくまで士分として、士分によって懲罰されたのである。

以上のように士道という基準を以て義二郎の仇討話を読めば、本作における勧めるべき善性が義二郎に与えられていることは疑いない。一方、懲らすべき悪性は、まず士でありながら生来の性急さによって事件の主要因となってしまった寛一、次いで士でありながら無益な虚談を行い寛一の身の破滅を引き起こした燕二にある。

おそらく、巻三で検使に雪児、燕二の無実性を述べさせたのは、寛一の性急さを最も強調して戒めようとしたためであったのだろう。同場面の末尾の文ではそれをフォローするかのように、

寛一が火急《きみぢか》なるより事を詳《つばら》にせず、燕二が根なし言に誇り、雪児が燭《しよく》を秉《とり》て夜行《よるゆく》の嫌疑を不避《さけず》、此一条《ひとくだり》の災禍《わざはひ》を引出たる。一つの事にして三の誡《いましめ》ありと、其頃関の東の茶話とぞなれりける。（巻三）

と結び、寛一と燕二が誡めの対象として並列的に叙述されている。(18)

四　『濡衣双紙』の議論

前節では、本作の主筋における勧戒が士分としての規範を基軸として描かれているということを確認した。こうした勧戒の在り方は、作中の随所に施された議論とどのように関係しているのだろうか。まず、本話の議論として抽出できる箇所を以下にあげる。(19) 項目として、議論する人物、議論の内容の三点を簡潔に記す。

議論Ⅰ（巻一、亘・深谷）…………士道について
議論Ⅱ（巻二、麹子・義二郎）……君臣の道について
議論Ⅲ（巻四、麹子・恕介）………狂歌について
議論Ⅳ（巻五、義二郎・直助）……君臣の道について

議論Ⅴ（巻五、翹子・柳葉）………遊女と尼について

全てで五つの議論を掲出した。まずは主筋に関連する議論Ⅰ、Ⅳについて検討しよう。
議論Ⅰは、義二郎の養母深谷《ふかや》に対し、武士の石橋亘《わたる》が言い寄ったのが発端となる。以下は亘の台詞である。

僕《おのれ》が命にかけて思ひまゐらするをうけがひ給はざれば、僕士道《さぶらひのみち》立侍らず。左右平《さうへい》（深谷の夫）のぬしとうちはたしなんより外なし。（巻一）

亘は、自分の思いを受け入れてくれなければ「士道」が立たないので、あなたの夫を討ち果たすしかない、と深谷に強引に迫る。士道をたてにして深谷を口説き落とそうというわけである。しかし深谷は以下のように答える。

「うけがはざれば士道《さぶらひのみち》不立《たゝず》」と聞え給ふもおぼつかなし。かく戦国打つゞきて、をゝしくいさめる事をのみ貴《たふと》びぬれど、神の道、孔子《くじ》の道、仏の道の外に、又ひとつの士《さぶらひ》の道てふものありて、道ならぬ事いひ出て其事しひて遂《とげ》んとし給ふ事、ことわりとも思ひ侍らず。妾《わらは》此事諫てとゞまり給ひなば、既に失はんとしたる士道《さぶらひのみち》のすたらざるにこそ。（巻一）

深谷は道ならぬことを言い出して強引に事を運ぼうとする亘を制し、いま思いとどまったならば士道がすたる

ことはあるまいと、亘が本来の士道に回帰するよう促す。この深谷の諫言を受け、亘は退散する。なお悪計を企む亘だったが、この後、事の顛末を忍び見ていた義二郎によって討たれる。亘の悪性は、前節で見てきた寛一や燕二と同じく、士道から外れたという点に求められよう。別の場面で、亘は「士道《もののふのみち》などふつに不知者《しらざるもの》」（巻二）とも評されている。『濡衣双紙』の勧懲の基軸は、やはり士道に適うか否かというところに存するのである。

ところで、亘には直助という家僕がいた。亘に仕えていた直助からすれば、義二郎が主君の敵ということになる。直助は偽って義二郎の従者となり、行動を共にしながら仇討の機会をうかがう。そして義二郎が燕二と刀を交わす際に、直助は義二郎に刃を向ける。義二郎は直助と燕二を続けざまに倒し、燕二には止めを差し、直助には正気を取り戻させて事の次第を聞く。これが議論Ⅳにつながるのである。旧主の仇討にこだわる直助に対し、義二郎は独自の君臣論を展開することで直助の志を士としての栄達に向けさせようとする。

汝（直助）が壮健《すこやか》にして義胆《まごゝろ》なる、武術《ぶげい》を学び志気を練《ねら》ば、名士《なあるさぶらひ》とならん事、難《かたき》にあらず。など志を翻て栄達《しゆつせ》をはからざる。（巻五）

この後、義二郎は直助の刀をわざと肩先に受けてから、直助の刀を打ち落とし、

勝負はこれまでぞ。汝（直助）が志を感じて薄創《うすで》ひとつ負たれば、古主（亘）へのいひわけ立なん。今日より心をあらためて功名を図《はかる》べし。（同前）

と志ある直助が本来あるべき姿に戻り、士としての功名を遂げるよう促す。義二郎は直助に「心は小く、志は大《おほい》ならんこそよけれ」とも言うが、まさにこの台詞などは自身の本分を弁えたうえで大きな志を持って生きるべきだという考えが端的に表れている。[20]

以上、議論ⅠⅣを見てきた。これまでの分析で明らかになったことは、議論が各登場人物を本来あるべき姿に回帰するよう促す役割を担っているという点である。そして、それを逸脱した登場人物（この場合は亘）については勧懲の論理が働く。

では、残る議論ⅡⅢⅤはどうか。この三つの議論は、すべて翹子に関するものである。翹子は『濡衣双紙』の女主人公と言うべき人物で、彼女を中心とするストーリーは、義二郎と一旦は恋仲になるものの遊女屋へ騙し売られてしまうという悲恋物語を形成している。

亘を殺害した後、出奔し仮住まいをする義二郎は、隣家に住む翹子と知り合い、お互いに惹かれ合うようになる。議論Ⅱは、義二郎が翹子と初めての逢瀬を果たす場面で行われる。すなわち、才色兼備の翹子を前にして、義二郎は「僕《おのれ》これまでものいはんとする女あれど、志願《のぞみ》ある身にしあれば、ゆるし侍らず。さるを、そこ（翹子）の才色兼たるを見て心まどひぬ」と言うのだが、これに対して、翹子は君臣のたとえを用いて彼を諫める。この議論において、翹子は次のような発言をしている。

殿（義二郎）、既に妾《わらは》が為に心の守りうしなひ給ひぬ。妾《わらは》は殿の容儀《かたち》になづむものに非《あらず》。心はみやびて小く、志はをゝしくして大《おほい》ならんには、家をおこして城の主《ぬし》ともなりなん。（巻一）

先に「心は小く、志は大ならんこそよけれ」という義二郎が直助に言った台詞を紹介したが、これはもともと翹子が義二郎に言った台詞「心はみやびて小く、志はを、しくして大ならん」に基づいていたのだった。この議論は女との出会いによって惰弱しかけた義二郎を士としてあるべき姿に立ち戻らせるという役割を担っている。

議論Ⅱの後、寛一殺害の報を聞いた義二郎は、仇燕二を探索する旅に出る（巻三）。しかし、それとすれ違う形で翹子は継母の奸計によって遊女屋へ騙し売られてしまう（巻四）。議論Ⅲは、遊女となった翹子が狂歌についての識見を客に披露するというものである。「国風《わかのみち》を論《あげつらふ》にいたりては、予が生平の言を載たり」（『濡衣双紙』長根自序）とあるように、ここで語られる狂歌論は長根自身の持論を披露したものであろう。ただ、これまでの考察を踏まえて何より注目したいのは、和歌と狂歌を、それぞれ良家の妻と妓女という異なる分際にたとえるという形で論が展開されている箇所である。

良家《たゞのをみな》は朝夙に起て夜は早く寝《いね》、妓家《たはれめ》は朝おそく起て夜は不寝《いねず》。良家は言語不多《ことばおほからず》、不食言《いつはりことといはず》。妓家は言語多《おほく》、常食言《いつはりをつねにす》。良家は紡績《うみつむぐ》を業《わざ》として誡痛飲《さけのむをいましめ》、妓家は紡績を業とせずして痛飲《さけのむ》を尚《たふと》ぶ。良家は百年一箇《もゝとせひとり》の男子《をとこ》を守りて再び醮《とつぎ》せざるを貴《たふと》び、妓家は一夜三四《ひとよみたりよたり》の嫖客《きやく》を接《むかふる》を栄《てがら》とす。其見る処をもて論《あげつらふ》時は狂歌《たはれうた》の詞《ことば》俗《すさび》体《すがた》くだりたる、いかでか和歌の詞雅体《ことばみやびすがた》の高《たかき》に及ん。猶良家の行状《おこなひ》をもて妓家を論《あげつらふ》が如し。（巻四）

妓女と良家の比較という趣向は、『英草紙』巻四第六篇「三人の妓女趣を異にして各名を成す話」のなかにある「妓女《ぎぢよ》《うかれめ》」と「良家《りやうか》《つねのをんな》」の比較論に基づく。(21)『英草紙』における比較論は名妓のストーリーに続く枕として妓女の性質について論じたものであるが、長根はそれを自己の狂歌論に応用したわけである。

さて、良家（和歌）と妓女（狂歌）の優劣について、長根は一旦良家（和歌）の優位を認めている。しかし、翹子の台詞は以下のように続く。

されど、良家の婦人《をみな》、財《たから》を貪りて節《みさを》を失ひ、妬《ねたみ》を逞《たくましく》して嗣《よつぎ》を断《たち》、婬《いろ》に荒《すさび》て家に禍《わざはひ》し、言《ことば》を巧《たくみ》にして人を陥《おとし》、和歌の作者《よみびと》、相聞姦《あひきこえかん》を醸《かも》し、宴《さかもり》に陪《ばい》し献媚《こびをたてまつり》、名に騁《はし》り利を射る、其志を論《あげつらふ》時は却《かへつ》て妓家《たはれめ》と狂歌《たはれうた》とに及ざるもありぬべし。（同前）

良家（和歌）が自身の道を踏み外したとき、妓女（狂歌）の志は良家（和歌）を凌駕する。狂歌論を傍らに置けば、ここには本来あるべき姿を失った良家に対する批判的視点が設定されている。『濡衣双紙』の主筋である義二郎の仇討とこれまで見てきた議論では、いずれも士分の本来あるべき姿を基軸として勧戒や議論が進行していた。そういった分度意識は、婦人の生き方にも及んでいるわけである。

もっとも、翹子が生来の妓女ではなく、あくまで良家にならんとしていた登場人物であったという点には留意しておきたい。妓女の分度を心底から肯定的にとらえるためには、生来の妓女による議論を待たなければならない。その点が顕著になるのが議論Vである。

燕二の仇討が終わった後、燕二を客としていた遊女柳葉は、彼の仇を討とうと翹子の後を追う。燕二の悪行と翹子の出家を知った柳葉は仇討を諦めるが、ここで両者の生き方について議論が行われる。

翹子は柳葉にも仏門に入るよう促すが、柳葉は反対に翹子に再び遊女になるよう誘う。二人の議論は結局平行線で終わるのだが、結果として議論Vは、翹子と柳葉の生き方の違いを象徴的に表すものになっている。議論V

の終わりに翹子は、「人、各《おの〳〵》志あり。妾《わらは》、君（柳葉）を仏の道に不唱《いざなはず》。君、妾を鬼の窟《いはや》にな導そ」と言い、一晩同宿した後、「翌日《つぐのひ》、柳葉は西へ、春水尼《しゆんすゐに》（翹子）は東方《ひがしのかた》へ立別れぬ」と結ばれるなど、翹子と柳葉の生き方の違いがはっきりと表れたものになっており、各人がそれぞれの「志」を持ち、あるべき道に進む姿が描かれている。柳葉は、「其議論を聞《きく》に、又一個の名妓といふべし」と讃えられるが、これは柳葉が己の本分を見出し、志を持ってその道に進んだことを評価しているのであろう。

以上、議論ⅡⅢⅤを見てきた。議論Ⅱは、議論ⅠⅣと同じく、士分から逸脱しそうになった登場人物を、本来あるべき姿に回帰させようとするものであった。そして議論ⅢⅤは、それぞれ遊女と良家の妻、遊女と尼の比較論という形で、各々の分度を論じている。分度が問題になるのは、何も士分に限ったことではなかったのである。

おわりに

以上、『濡衣双紙』における勧懲と議論が如何に関わっているのかという問題を考察してきた。結果として、〈己の本分を見極めたうえで如何に生きるべきか〉という強い分度意識が、『濡衣双紙』の眼目である勧戒と議論に一貫して語られているということが明らかになった。

こうした『濡衣双紙』の語りの姿勢は、結果として本作の内容に一定の節度をもたらしている。そしてそれは本作の典拠利用の方法を見ることで、より一層明瞭になるだろう。このことについては引き続き次章で述べたい。

注

（1）『玉川砂利』の本文は『大田南畝全集』9（岩波書店、一九八七年六月）による。

（2）『一話一言』巻二四の本文は『大田南畝全集』13（岩波書店、一九八七年四月）による。「文化四年正月十六日付記事」。三首の漢詩の作者は寛斎、竹渓、杏坪（頼杏坪）。

（3）『一話一言』巻五四の本文は『大田南畝全集』15（岩波書店、一九八七年一二月）による。

（4）久保田啓一「大田南畝の文体意識」（佐藤泰正編『文体とは何か』、笠間書院、一九九〇年八月）、同「読本の「俗流」と文体の問題―大田南畝の『濡衣雙紙』評を手がかりとして」（『読本研究』10上、一九九六年一一月）。

（5）牧野悟資「『国字鵺物語』を読む」（『近世部会誌』2、二〇〇七年一二月）。なお、長根には『校正古刀銘鑑』（文政一三〈一八三〇〉年刊）といった刀剣関係の著もある。

（6）黄表紙作者としての事蹟は棚橋正博『日本書誌学大系　黄表紙總覧』中（青裳堂書店、一九八九年）に詳しいが、それによると、寛政元（一七八九）年から寛政三（一七九一）年にかけて六作の黄表紙を著しており、「吉原に取材した黄表紙を得意とする」作者であった。狂歌師としても、長根は狂歌集と吉原細見を融合させた『擬新吉原細見狂歌集』（文化二〈一八〇五〉年九月序・同一〇月刊）を著している。これらの文学的事蹟から、自身が親しんだ遊郭を文芸創作の素地としていたことがうかがえよう。後述するように、長根が初めて読本執筆に挑んだ『濡衣双紙』の女主人公もまた遊女となる人物である。

（7）『享保以後江戸出版書目（新訂版）』（臨川書店、一九九三年一二月）。

（8）高木元『江戸読本の研究―十九世紀小説様式攷―』（ぺりかん社、一九九五年一〇月）第一章第三節「江戸読本書目年表稿（文化期）」。

（9）横山邦治『読本の研究』（風間書房、一九七四年四月）。

（10）大高洋司「解題」（『京都大学蔵大惣本稀書集成　読本Ⅱ』、臨川書店、一九九五年一一月）。

（11）前掲高木元『江戸読本の研究―十九世紀小説様式攷―』序章「江戸読本研究序説」。

（12）さらに最近では鈴木よね子によって本作の「異質な面白さ」が指摘されている。鈴木よね子「『濡衣双紙』の寓

意と命名法」（『近世部会誌』2、二〇〇七年一二月）。

（13）『濡衣双紙』の本文は関西大学所蔵中村幸彦文庫本（国文学研究資料館マイクロフィルム）による。

（14）この点については、前掲高木元「江戸読本研究序説」、木越治「「師」としての前期読本―『四方義草』を視座にして」（『日本文学』66―10、二〇一七年一〇月）なども言及。

（15）大高洋司「様式と分類」（『読本研究』9、一九九五年一〇月）。

（16）前掲鈴木よね子「『濡衣双紙』の寓意と命名法」は、この点について「弟義二郎（退二）の仇討ちもよく考えれば無意味だが、それこそが主筋なのである」と述べる。

（17）『明君家訓』の本文は日本思想大系（近世武家思想）による。

（18）雪児が責められるのは武士の妻としての本分を逸脱したからである。武士の妻としての本分については、第四節で述べる。

（19）本章で取り扱う「議論」は登場人物同士が論を闘わせる形式を持つものに限っている。

（20）この考えの逆を行く人物が燕二である。その名は序文にて「志大ならざれば燕雀を以し」と命名の意図が明かされていたのであった。

（21）『英草紙』の本文は新編日本古典文学全集による。

※原本、影印、翻刻からの引用は、清濁、句読点を改め、カギ括弧を付した。また、振り仮名は適宜省略し、左訓は《 》内に記した。なお、著者による注記は（ ）内に記した。

第三章　芍薬亭長根『濡衣双紙』考（二）——『通俗金翹伝』の利用法——

はじめに

芍薬亭長根《ながね》『濡衣双紙』（文化三〈一八〇六〉年刊）の内容的特質とは何か、そして大田南畝は本作の何を評価したのか。

前章では、『濡衣双紙』の内容的特質として、議論と勧戒が〈己の本分を見極めたうえで如何に生きるべきか〉という強い分度意識のもとに共存していることを指摘した。本章では、『濡衣双紙』の典拠利用の様相を詳細に分析することで、引き続き本作の内容的特質、および南畝の評価の所以を明らかにしたい。

一　『濡衣双紙』と『金翹伝』——概要——

『濡衣双紙』の典拠として第一に挙げられるのは、西田維則『通俗金翹伝《きんぎょうでん》』（宝暦一三〈一七六三〉年刊、以下『金翹伝』）である。『濡衣双紙』が『金翹伝』を利用していることについては、長根自身が序文で「閨秀を称ずる、翠翹が行に擬(1)」と記していることによって明らかである（本書第三部第二章）。すなわち、「翠翹」とは『金翹伝』の書名の由来ともなった女主人公の王翠翹《すいぎょう》、(2)「閨秀」とは『濡衣双紙』の女主人公の翹子《たか》のことである。翹子の登場人物画賛には「行效翠翹（行は翠翹に效ふ）」ともあるが、そもそも翹子という名前自体が翠翹に因んだものであった。(3) これらからも明らかなように、翹子は翠翹を基として造型されている。それでは、翠翹を主人公とする『金翹伝』とは、一体どのような内容だったのだろうか。『金翹伝』の巻頭には、

　コノ書ハ、才モ貌《カタチ》モ古ノ美人ニ減《オト》ラズシテ、折磨《セツマ》ハ反テ百倍ニマサリタル女ノ始終ヲ写《カキ》シルシ、風流ノ話柄《ワヘイ》《ハナシノタネ》トナスモノナラシ。（『金翹伝』小引(4)）

とある。すなわち、『金翹伝』は、才色兼備の女主人公翠翹がさまざまな艱難辛苦に遭う半生を描いたものである。

日野龍夫は本書の内容について、

　王翠翹を次々と襲う運命の悲惨さ、王翠翹をさいなむ悪人たちの残忍さ、復讐を遂げる時の王翠翹の苛酷さ、これらは宝暦当時のわが国の微温的な小説界には見出せない実に徹底したもので、こうした点に人々は興味をそそられたのであろう。

と述べ、出版当時の『金翹伝』の新鮮味を「悲惨」「残忍」「苛酷」という作風から推測した。[5] この『金翹伝』が後年の読本に影響を与えたことについては、すでに周知のことであろう。たとえば徳田武は『金翹伝』を利用した読本として、山東京伝『復讐奇談安積沼』（享和三〈一八〇三〉年刊、以下『安積沼』）、同『桜姫全伝曙草紙』（文化二〈一八〇五〉年刊、以下『曙草紙』）、曲亭馬琴『標注そののゆき』（文化四〈一八〇七〉年刊、以下『そののゆき』）、馬田《また》柳浪《りゅうろう》『朝顔日記』（文化八〈一八一一〉年刊）などの作品を列挙する。[6]『金翹伝』が読本作者によって繰り返し利用されてきたことがうかがい知れよう。そして『濡衣双紙』もまた、これらの一群に加えられるべき存在なのである。

二　『濡衣双紙』と『金翹伝』——比較検証（一）——

『濡衣双紙』は『金翹伝』をどのように利用したのだろうか。この点を明確にするために、両話の梗概を示して共通要素を洗い出しておこう。まず、『金翹伝』の梗概を以下に示す。[7]

（Ⅰ）良家の娘で才色兼備の翠翹は、ある日、名妓劉淡山の霊に恋の罪業を得ることを告げられる。（Ⅱ）翠翹は隣家に住む金重と婚約したものの、（Ⅲ）父の危難を救うために妾として身を売り、さらに遊女屋へと連行されてしまう。翠翹は自殺を図って遊女となるのを拒むが、奸計によって客をとらざるを得なくなり、閨房術を教わる。（Ⅳ）翠翹は名妓となり、身請けされるが、その妻によって虐待を受ける。やがて道姑覚縁に助けられた翠翹は徐明山の妻となり、彼の力で自分に辛く当たった悪人達を次々と処刑する。明山の死後、翠翹の罪業も尽きる。（Ⅴ）翠翹は金重と再会するが、結婚を拒み、尼となって身を潔くする。

一方、『濡衣双紙』における翹子を中心とする梗概は以下の通りである。

（Ⅰ）良家の娘で才色兼備の翹子は、（Ⅱ）隣家に住む義二郎と婚約したものの、（Ⅲ）継母の病気を救うために妾として身を売り、さらに遊女屋へと連行されてしまう。翹子は、遊女として名をあげることを決意し、客を取る。（Ⅳ）翹子は名妓となり、翹子の志に感じた贔屓客恕介によって貞節を守る。（Ⅴ）翹子は義二郎と再会し、恕介と共に義二郎の仇討ちに協力する。仇討ちの完遂後、翹子は恕介に身請けされ、遊女の身から解放されるが、義二郎との結婚を拒み、尼となって身を潔くする。

この比較によって、両話は以下に並べたⅠ～Ⅴの共通要素を有していることが分かる。なお、『金翹伝』の梗概に付した波線部については次節で言及する。

Ⅰ　女（翠翹／翹子）は良家の娘で才色兼備である。
Ⅱ　女は隣家に住む男（金重／義二郎）と夫婦の約を結ぶ。
Ⅲ　女は親の危難を救うため妾となるが、遊女屋へ売られてしまう。
Ⅳ　女は遊女として頂点の地位に登りつめる。
Ⅴ　女は遊女の身から解放されるが、再会した男と結婚せず尼として生きる。

要素Ⅰ～Ⅴは両話ともに同じ順番で進行しており、ⅠⅡは序盤（発端部）、ⅢⅣは中盤（展開部）、Ⅴは終盤（結末部）に当たる。つまり、両話は物語全体を貫く大筋を共有しているということになる。長根は、『金翹伝』からⅠ～Ⅴの基本的な構成を借り、それを基として翹子を中心とする物語を作ったのである。

以上は構成面における『金翹伝』利用についての分析であるが、一方で、表現上の近似率が高い箇所も存在する。それは先程挙げた要素Ⅱに該当する場面である。ちなみに、この箇所における両話の一致はさらに細かい点にまで及んでいるため、要素Ⅱは以下ⅰ～ⅴの小要素に分解して示すことができる。

ⅰ　女（翠翹／翹子）は男（金重／義二郎）の隣家の二階に住んでいる。
ⅱ　ある日、男は女の金の釵を拾う。
ⅲ　このことによって女に密会するきっかけを得た男は女と逢瀬を果たす。
ⅳ　男は女に勧められ、結婚の誓紙を記す。
ⅴ　誓いの直後、男は閨を共にしようとするが、女によって拒まれる。

小要素ⅰ～ⅳは男女の恋が成就するまでの階梯である。すなわち、隣り合う家に住む男と女は、男が女の釵を拾ったことをきっかけとして逢瀬を果たし、ついに結婚の約束を結ぶ。ところが、その直後に男は女の拒絶にあってしまう（小要素ⅴ）。ここが、『濡衣双紙』が最も『金翹伝』の叙述に接近している場面である。さて、この場面、『金翹伝』では以下のように描かれていた。

①金重《キンチヤウ》、情思《オモヒ》ニ禁不住《タヘカネ》、翠翹ヲ膝ノ上ニ抱《イダ》キアゲ、翠翹ガ臉《カホ》ヲ熟視《マモリツメ》、モノヲモ云ハズニ居《ヰ》ケレバ、②翠翹、コレヲ悟リテ、「郎《キミ》、マタ邪念ヲオコシ玉ヘリ。妾《ワラハ》モモトヨリ木石ニアラズ。心ナキニハアラネドモ、女ノ身ヲ守ルハ磁器《ヤキモノ》ヲ守ルト同ジク、一タビ破《ヤブ》ル、寸ハ、再ビコレヲ治メガタシ。モシ妾ニ淫蕩《ミダリ》ナル心アラバ、郎ノ御心ニハ、妾ヲ殺シ玉フトモアキタルマジ。却《カヘツ》テ妾ニ淫蕩ナルコトヲ誨《オシヘ》玉フハイカヾゾヤ」ト云。③金重モ手モチアシク、翠翹ヲ膝ヨリ下《ヲロ》シ。「卿《キミ》ガ言有理《コトモットモ》々々《〱》。吾《ワレ》オヨバズ。吾オヨバズ」トテ、又シバラク説話《モノガタリ》ヲナス裏《ウチ》ニ、④ハヤ鶏《トリ》ノ声キコヘ、東モヤウ〳〵白ミケレバ、（後略）

（『金翹伝』巻一下）

①金重は翠翹に対して欲情を抑えることができない。そうした金重に、②翠翹は「妾ニ淫蕩ナルコトヲ誨玉フハイカヾゾヤ」と問い質す。③金重は「手モチアシク、翠翹ヲ膝ヨリ下シ」というように、翠翹に制せられてしまう。そうこうしている内に、④夜が明け一夜の逢瀬は終わりを迎える。一方、『濡衣双紙』は以下の通りである。

①義二郎、翹子が手をとりて閨《ねや》に入らんとす。②翹子いふ、「殿と妾《わらは》、天のめぐみえて容貌《かたち》不醜《みにくからず》。などか日本魂《やまとだましひ》いさぎよからざらむや。今宵、誓《ちかひ》をなしまゐらするものは、宿世《さきのよ》の縁《えにし》を遂《とぐる》ともいふべし。媒《なかだち》なくして猥《みだり》なる事なさんは、心の問《とは》ば、何とかいらへなん。殿、遠からず家を興し、妾、母のゆるし得て、終身《いつしやう》殿に事《つかへ》ん。いかでかたはれたる世のならはしに倣《なら》ひんや」。③義二郎、翹子が志の高きにせんすべなく、膝の上よりすべり落たるをりふし、④船路が咳嗽《しはぶき》の声におどろきて立別れぬ。

（巻二）

①義二郎は翹子の手を取って閨に入ろうとする。そうした義二郎に、②翹子は「猥《みだり》なる事なさんは、心の問《とは》ば、何とかいらへなん」と問い質す。③義二郎は「せんすべなく」、翹子に制せられてしまう。その時、④船路（翹子の継母）の咳払いが聞こえて、一夜の逢瀬は終わりを迎える。

『金翹伝』の①から④に至る筆の運びに寄り沿う形で、『濡衣双紙』の翹子と義二郎のやりとりが描かれていることが分かるだろう。同様の『金翹伝』利用は当該場面以外では認められない。そうであるならば、長根が『金翹伝』のなかでも要素Ⅱ—ⅴの場面を重視したと考えてもあながち間違いとは言えまい。おそらく、長根は翠翹が結婚の約束をした金重を制する当該場面に彼女の高潔な貞女ぶりを見、それを翹子の性質に取り入れようとしたのであろう。

だが、それだけだろうか。ここで、男主人公を制する翠翹と翹子の台詞に微妙な相違があることに注意したい。翠翹の場合、女の貞操を破る「淫蕩《ミダリ》ナル心」を夫が教えるとは如何なものかと反問している。つまり、女の貞節を盾にして男を制している。一方、翹子の場合は「殿、遠からず家を興し、妾、母のゆるし得」ることが然るべき手続きであり、それが済まされていない内に「猥なる事」をするのは許されないと主張している。『濡衣双紙』の場合、まず以て求められるのは男の立身なのである。どうやら、翹子の「志の高き」性質は、翠翹のように自身の貞操を守ることだけではなく、男主人公の立身を励ます役割をも担っている。この点については後述することとして、今は以下の考察に進みたい。

三　『濡衣双紙』と『金翹伝』——比較検証（二）——

前節では、『濡衣双紙』と『金翹伝』の共通する部分を把握することにつとめた。しかし、最も近似率が高い箇所（要素Ⅱ―ⅴ）にさえ、確かな相違があった。翠翹の性質や境遇は、そのまま翹子に受け継がれた訳ではないのである。これを踏まえ、本節では、両者の共通要素のなかにある相違点に注目して考察していきたい。まず、要素Ⅲ〈女は親の危難を救うため妾となるが、遊女屋へ売られてしまう〉を見てみよう。

『金翹伝』で、翠翹は自分が遊女屋に売られたと気付くなり、躊躇無く刀を握って自分の喉を刺す。

翠翹、コノ寸、他《カレ》ハ娼家《チヤヤ》ナルヲ暁《シ》リ、懐中《クハイチウ》ニ蔵《カク》シタル剃刀《カミソリ》ヲ出シ、「我ハ命ヲオシマズ」ト云ヨリハヤク、喉ニムカヒテツキタテ、忽地《タチマチ》ニ倒レテ死ニ入タリ。

（『金翹伝』巻二）

この現場を役人に目撃された遊女屋の女主人馬秀媽は、翠翹を救うために医者を呼ぶ。一通りの応急処置を施した医者は、

①百二十日ノ内必《カナラズ》気脳《ハラダチ》ノコトヲナサシムベカラズ。モシ一《ヒト》タビ悩怒《ハラヲタツル》寸ハ、瘡《キズ》ノ口《クチ》マタ裂《サケ》テ、再ビコレヲ救ヒガタシ。ヨク〳〵コレヲ慎《ツヽ》シムベシ。

（同前）

と、翠翹が怒気を発することがないよう注意する。やがて意識を取り戻した翠翹に、秀媽は遊女となるようにしむけたことを詫び、以後は客を取らせないと言明するのだが、

翠翹、コレヲ聞《キ》テ、「我ハモトヨリコノ命ヲオシマズ」ト、②一声《ヒトコヘ》叫ビケルガ、忽瘡口迸《タチマチキズノクチホトバシ》リ裂《サケ》、血ハ泉ノゴトクニテ、依然《モトノゴトク》ニ死ニ入タリ。（同前）

と、翠翹は怒りのあまり傷口から血を噴き出し、再び気絶してしまう。自身の死をも厭わない翠翹の激しい気性を表すエピソードであるが、これは翹子ではなく、義二郎の兄寛一に受け継がれている。

寛一は合戦の場で活躍するも深手を負ってしまう。寛一の手当のために呼ばれた医者は治療を施したうえで、

猶《なほ》①百日が間酒色《しゆしよく》を禁じ、いたく怒《いかり》を発《おこ》す時は、創口《きずくち》綻《ほころ》びてふたゝび治《ぢ》する事かたし。（巻二）

と、寛一が怒気を発することがないよう注意する。しかし、その後、寛一は燕二への怒りのあまり血を噴き出してしまう。

こゝにいたりて怒気陪《いかりのきます〳〵》発《はつし》、②一声大《ひとこゑおほき》に喝《さけ》びて打《うち》かくるに、この時金創一時《きりきずいちど》に綻《ほころ》び鮮血《ちしほ》ほとばしり、さしもの寛一眼《まなこ》くらみ太刀筋《たちすぢ》乱るゝを、（後略）（巻三）

翠翹も寛一も、①百日程の間、傷口が綻びないよう怒気を戒められる。しかし、②程なく激し、血を噴き出してしまう。注目したいのは、寛一が「烈々火性」（登場人物画賛）によって身を滅ぼす性急な人物として造型されていることである。[8] すなわち、翠翹が持つ性質の内、自身を損傷させるような激しい気性については、長根は翹

子に受け継がせることを良しとしなかったのである。

では、遊女屋に売られたと悟った際、翹子はどうしたのか。翹子は愁嘆に沈みながらも、「白刃《やいば》に伏《ふし》て自《みづから》潔《いさぎよし》とおもふも却《かへり》て心のいさぎよきにはあらざるべし」（巻四）と、自死を選択しなかった。翹子は、「よしやか丶るたぐひとなりて滄浪《さうらう》の水にごれる流《ながれ》に沈むとも、其《その》浪を揚《あげ》ざらんや」（同前）と、遊女の道で名をあげることをみずから決意するのである。一方、梗概に示した通り、翠翹が遊女となって客を取ることを決意するのは悪人達の奸計によって追い詰められたからである。翠翹も翹子も、遊女となってからは天下無双の名妓として名を馳せる（要素Ⅳ）。しかし、遊女になるまでの過程が両者では全く異なっているのである。

この違いは、結末部である要素Ⅴ〈女は遊女の身から解放されるが、再会した男と結婚せず尼として生きる〉において大きな相違点を生み出している。両者の相違点は女が男と結婚を拒否する際の理由である。まず、翠翹は以下のように述べている。

我已《スデ》ニ身ヲ幾《ス》百ノ人ニ失ヒタリ。今更何ノ面目アリテ、復《マタ》夫ニ会《アフ》ベケンヤ。ソノ上前年ノ盟《チカヒ》ハ、已ニ妹ニ続《ツガ》シメタリ。我ハコレヨリ覚縁師父《カクエンシフ》ニ跟《シタガ》ヒ、身ヲ潔《イサギヨ》クナスニシカジ。
（『金翹伝』巻五下）

一方、翹子の台詞は以下の通りである。

義二郎主《ぬし》とは約に背《そむき》てか丶る身（遊女）となれば士家《つかさあるひと》の正室《むかひめ》となりて愧《はぢ》を夫《つま》におよぼさん事従来《もとより》願ふ所にあらず。寛一主《ぬし》の妾《そばめ》、春風とやらん、女僧《あま》となりて義二郎主の令堂《はゝうへ》に仕《つかふ》ると聞けば、妾《わらは》も尼となりて、共に

薪水《あさゆふ》の労《らう》を助《たすけ》まゐらせたし。（巻五）

一見すると、翠翹も翹子も、貞節を失ったことが拒否の理由であるように読める（傍線部）。しかし、翠翹が「身ヲ幾百ノ人ニ失ヒタリ」と言い、貞節を失ってしまったことを明確に発言するのに対し、翹子の台詞に同様の発言は見当たらない。実は、翹子は遊女となって後も贔屓客金津恕介の協力によって貞操を守っていたのである。恕介は義二郎の仇討の協力者ともなる人物であるが、彼は自邸を訪ねてきた義二郎に対し、以下のように述べている。

はた卿《きみ》（義二郎）と翹子、天の浮橋わたりもやらで、末の松山浪こえぬるなげきはつばらに聞《きゝ》しりぬ。僕妻《おのれ》あり児《こ》あり。吾嬬《あづま》（翹子の遊女名）が色になづむものにあらず。荊棘《けいきよく》の林に在《あり》て心綿に針をつゝまず、五柳《ごりう》五柳の巷《ちまた》に栖《すめ》ど辞露《ことば》の玉を貫《ぬき》、侠《はで》にして不野《いやしからず》、含情《なさけをふくみて》不淫《たはれざる》をあはれび、章室《くるわ》にあらんほどは貪夫《いやしきをとこ》の為に志をくださせじと貨《たから》を贈りて操《みさを》を遂《とげ》しめんとおもふ也。（巻五）

恕介は義二郎と翹子が離別した次第を聞き知っていた。彼は妻子があり、翹子と色めいた関係にあったのではないと言う(9)。恕介は翹子の言動に感心し、「志をくださせじ」と翹子の貞節を守ろうとしたのである（傍線部）。翠翹が悪人に再三騙されながらその都度身を失っていったのとは対極的と言えよう。

先に、女が結婚を約束した男にまでも体を許さないという『金翹伝』の場面が『濡衣双紙』に利用されているということを指摘した（要素Ⅱ―ⅴ）。しかしながら、いま見たように、二人の貞女が辿る境遇は結果的に正反対なものになっている。『金翹伝』の場合は、「女ノ身ヲ守ルハ磁器ヲ守ルト同ジク、一タビ破ル、寸ハ、再ビコレヲ治メガタシ」（巻一下）と金重を制した翠翹が、「我已ニ身ヲ幾百ノ人ニ失ヒタリ」（巻五下）と貞節を失った。一方、『濡衣双紙』の場合は、「志の高き」（巻二）によって義二郎を制した翹子が、その言動によって恕介に「志をくださせじ」（巻五）という思いを抱かせ貞節を守った。こうした相違の背景に、両話の語りの方向の違いを見ることは可能だろう。つまり、『金翹伝』はその落差を以て「翠翹を次々と襲う運命の悲惨さ」(10)を焦点化させているのであり、『濡衣双紙』はその一貫性を以て翹子の「志」を称えているのである。

そして、こうした両話の相違に目を向けると、『濡衣双紙』が『金翹伝』から採用しなかった重要な事柄があることに気付く。それは、物語序盤で翠翹に与えられた霊による予言である。梗概に示した通り、彼女の数奇な境遇は、この霊による罪業の告知に始まり、罪業が尽きるところでようやく安寧を得る（『金翹伝』梗概の波線部）。つまり、『金翹伝』においては予言がストーリー全体を包みこむ枠組みとなっている。それゆえに、翠翹は罪業が解消するまで次々と苦難に襲われなければならないのである。しかし、『濡衣双紙』は予言という枠組みそれ自体をとらなかった。(11)『濡衣双紙』の主眼は、因果応報の枠組みから女主人公を解放し、その生き様を描くことにあったのである。言い換えれば、『濡衣双紙』が、女主人公の「志の高き」生き様を一貫して描くことができたのは、『金翹伝』に設けられた因果応報の枠組みから女主人公を解放したからなのであった。

四　同時代読本と『金翹伝』

長根は『金翹伝』を利用する際、翠翹の境遇を決定付ける予言という枠組みを採らなかった。そういった点で対照的なのは、『濡衣双紙』の翌年、文化四（一八〇七）年に刊行された曲亭馬琴の『そののゆき』である。『そののゆき』自序には、

事は彼《かの》翠翹が小説にすこしく似て、その趣大《おほい》に同じからず。（『そののゆき』馬琴自序[12]）

とあり、『濡衣双紙』の場合と同じく、作者自身によって『金翹伝』の存在が明示されている。その利用の詳細については徳田武による指摘が備わるが[13]、端的に言えば、馬琴も長根と同じく『金翹伝』を話型的典拠として利用し、女主人公薄雪の境遇を描いたのである。すなわち、その利用箇所を梗概にすると、以下のようになる。

（Ⅰ）良家の娘で才色兼備の薄雪は、（Ⅱ）男主人公園部頼胤と婚約に至る。しかし、薄雪の前世である小野小町の霊に前世の因縁と将来の辛苦を告げられる。その後、（Ⅲ）薄雪は家の危難を救うために妾として身を売り、さらに遊女屋へと連行されてしまう。

すでに見てきたように、要素Ⅰ〜Ⅲは『濡衣双紙』が『金翹伝』から借りた要素でもあった。そして、波線部は『濡衣双紙』が受け継がなかったもの、すなわち女主人公の境遇を決定づける予言という読本的枠組みであった。馬琴は、女主人公が前世の因縁を背負い込み、その罪障を苦難として受けとめるという構成を採用したのである。『そののゆき』は前編のみの未完に終わったため、遊女屋へ連行されて後の薄雪の境遇は知り得ない。しかし、後編のストーリーは以下の予言に従う形で展開していったであろう。

> この罪障《ざいしやう》やうやく滅《めつ》するとき、親子《しんし》兄弟夫婦《きやうだいふうふ》、みなひとつに聚《あつま》りて、家もめでたく栄《さか》ふべし。もしそのときをしらんとならば、三曲亀《さんきよくかめ》を失《うしな》ひて、戈《ほこ》を卜《うらな》ふの年を俟《まち》給へ。
> （『そののゆき』巻三）

「三曲亀を」云々の標注箇所には「後編に詳なり」とある。すなわち、後編で書かれたであろう内容は、薄雪を襲うさまざまな艱難辛苦と、罪障の消滅後に訪れる大団円である。『濡衣双紙』と典拠を同じくしながらも、その利用の方法は真逆であると言えよう。

『そののゆき』が刊行された文化四（一八〇七）年、大田南畝は、「読稗史有感（稗史を読みて感有り）」と題した漢詩を詠み、当時流行の京伝、馬琴流の読本に「讎敵模糊血」「紅愁緑惨声」（復讐による血みどろの殺害場面や婦女の悲愁の声）が横溢していることを嘆んじた（本書第三部第二章）。

先に見たように、馬琴の『そののゆき』は因果応報の枠組みが設けられ、その枠組みのなかで婦女が否応なしに苦難を受けるという構成をとっていた。まさに『そののゆき』のような読本こそが、南畝が嫌悪した作風であったろう。

文化八（一八一一）年、馬田柳浪の読本『朝顔日記』が刊行された。その後編の題詩に、南畝は件の漢詩を流用している。大高洋司は、

> 本作では、〈勧善懲悪〉の理念が、敵討とは全く異なるかたちで実現されている。そのことが南畝の眼鏡にかない、当時通行の〈稗史もの〉を痛烈に批判したこの詩を、あえて後編の序に揚げたのではなかろうか。(14)

と推察する。この視座は京伝、馬琴を中心とした読本展開史を相対的にとらえ得るものとして示唆的だろう。ここで何より重要なのは『朝顔日記』もまた『金翹伝』を典拠とする読本だということである。

『朝顔日記』の『金翹伝』利用については、すでに徳田武によって分析が施されている。[15]『朝顔日記』の場合は『濡衣双紙』や『そののゆき』と異なり、部分的典拠として『金翹伝』が利用されている。その利用箇所は以下にあげる二つの場面である。

① 女主人公深雪が遊女屋に連行される場面

② 男主人公次郎左衛門の前で琵琶を演奏する場面

このうち場面①は、先述した要素Ⅲ〈女は親の危難を救うため妾となるが、遊女屋へ売られてしまう〉と重なる。すなわち、『濡衣双紙』『そののゆき』とも共通する場面である。

深雪は次郎左衛門を探索する途中、人買いにかどわかされ、遊女屋へと連行されてしまう。深雪は客を取ることを迫られるが「一切承引《うけひか》ず」、主人の怒りを買う。折檻を命じる主人だったが、その妻は「強《あながち》に呵責《せめ》たまはゞ、舌噛切《かみきつ》ても死《しに》かねまじき挙動《やうす》なり」と宥め、深雪に身の上を問う。深雪から事情を聞き出した妻は、「深雪が貞心感ぜしうへ、そのいふことも理《ことはり》なれば、快《こゝろよ》く諾《うべな》ひ」、深雪に助力することを約束する。妻は、

深雪が義烈《こゝろいき》を委《くはし》く語り、那《か》の小姐《むすめ》の気象《きしやう》の猛《はげ》しさ、一心恋に凝《かたまり》て、石にもなりかねまじき貞女精神《たましい》、強《しひ》て迫

らば死を催《はやむ》るといふものなり。

（『朝顔日記』巻五）[16]

と夫を説得し、深雪を解放させる。

他者からの強要を断固として拒絶する深雪の「気象の猛しさ」は翠翹の性質に由来するのだろう。だが、『朝顔日記』では『濡衣双紙』と同様に、女主人公がみずから喉を突いて自殺を図るという場面を避けている。また、深雪の「貞心」「貞女精神」が遊女屋側の心を動かすという展開は、翹子の「志」が遊客の恕介を協力者にさせるという『濡衣双紙』の展開と共通している。

徳田武は『朝顔日記』の『金翹伝』利用について、「佳人を損傷し、淫風を宣べる場面や趣向などは一切採り入れず、作品の基調をおだやかなものに転化し、深雪の貞節を高める筆致で貫いている」[17]と指摘し、また別稿で「殺人や婦女迫害などの凄惨な場面」を取り入れなかった『朝顔日記』の作風に南畝の評価の所以を求めているが、[18]こうした指摘は『濡衣双紙』にも当てはまるものである。『朝顔日記』の場合、遊女に身を落とすという事態までもが回避されるので、女主人公の意志が周囲の人間を変心させるという点では『濡衣双紙』を上回っていると言えるだろう。

ところで、先述した場面②〈男主人公次郎左衛門の前で琵琶を演奏する場面〉で『朝顔日記』が拠った『金翹伝』の話は次のようなものであった。

束守は翠翹を妾としたことを正妻宦氏に秘してあったが、それを知った宦氏は翠翹を誘拐し、「侍女」として翠翹を束守の前に召し出す。束守は思わぬ再会に動揺するも、妻の手前、感情を顕わにすることができない。翠翹は宦氏に命ぜられて琴を演奏する。

翠翹、忙ギ胡琴《コト》ヲ拿出《トリイダ》シ、束守《ソクシウ》、宦氏《クハンシ》ガ前ニ坐《ザ》シ、一曲ノ妾薄命《シヤウハクメイ》ヲ弾《タン》ジケル。ソノ声、凄風楚雨《セイフウソウ》ノゴトク、聞《キク》ニアハレヲ催《モヨ》ホシケレバ、宦氏モ愁然《シウゼン》トシテ楽《タノシ》マズ。

（『金翹伝』巻四）

宦氏は苦悩する妾と夫を見て「心ノマ、ニ二人ヲ苦シメ、他們《カレラ》ガ一言半句《ゴンハンク》ヲ通ズルコトアタハズ、起居《タチヰ》モ心ナラザル光景《ヤウス》ヲ看《ミ》テ、暗《ヒソカ》ニヨロコビ」と満足を得る。

この話は、文化二（一八〇五）年に刊行された山東京伝の『曙草紙』にも利用されている。[19] 妾である玉琴が、正妻である野分の方の前に連れ出され、琴の演奏を強要されるという場面である。

（玉琴は）琴を引よせてかきならし、唐の代の名妓翠翹がつくりたる、妾薄命《しようはくめい》といふ曲を日本詞《やまとことば》に和《やはら》げて、いともあはれに唱《うたふ》。手頭《てさき》もふるへ、声も泣声《なきこゑ》なれど、さすが妙手のしらべなれば、かへりて常よりもまさり、其声、凄風楚雨《せいふうそう》のごとく、聞《きく》にあはれを催すといへども、野分の方はなほ嫉《ねたみ》の心いやましぬ。

（『曙草紙』巻二）[20]

『金翹伝』では、琴を演奏させて夫と妾を責めることで宦氏の溜飲は下がった。ところが、『曙草紙』の野分の方は、むしろ「嫉《ねたみ》の心いやましぬ」となって、

「（前略）報《むくい》のほど思ひしらせんずるぞ」とて、緑の黒髪をかいつかみ引倒して、額さきを畳にすりつけすり

つけしつれば、額の皮やぶれて血をながしぬ。　（同前）

と、玉琴を傷め付け、ついに惨殺してしまう。このように、『曙草紙』では、より凄惨さを極める方向で『金翹伝』が書き換えられていくのである。

山本和明は、「妬婦」という要素を加えるために『金翹伝』が利用されたと指摘するが、[21]たしかに、ここではもはや作者の視点は玉琴の悲劇を描くことから離れ、妬婦としての野分の方を描くことに力点を移していると言えよう。そしてこうした趣向が、南畝の嫌った「饐敵模糊血」「紅愁緑惨声」であったことは想像に難くない。

五　『濡衣双紙』と『安積沼』

南畝は、京伝、馬琴流の読本に対して批判的な視点を持っていた。そして長根も、

ちかごろ復讐の書世に行はるゝ。奇事怪話百出すといへども、勧懲を主として議論を不立。　（『濡衣双紙』長根自序）

と述べるように、当時流行の読本に対して不満を持っていた（本書第三部第二章）。『濡衣双紙』は長根にとって、読本のあるべき姿を示した実践作なのである。その意味で、『濡衣双紙』が享和三（一八〇三）年に刊行された山東京伝の『安積沼』を典拠としていることは注目に値しよう。すなわち、『濡衣双紙』の要素Ⅱ〈女は隣家に住

む男と夫婦の約を結ぶ〉は、『金翹伝』のみならず『安積沼』をも取り合わせており、特に小要素ii〈ある日、男は女の金の釵を拾う〉における依拠の度合いは『金翹伝』を凌いでいるのである。

以下、具体的に見ていこう。『安積沼』の対応箇所は、仮住まいをする山井波門と隣家の二階に住むお秋の艶話である。

二階に住まいするお秋は隣家に仮住まいをする波門に恋情を抱いている。ある日、波門は釵にくくりつけられた手紙を受け取る。

一夜《あるよ》、波門、窓の下《もと》に書几《つくゑ》をするゑ、灯火かゝげつ、書を読て居たる折しも、何やらん机の前にはたとおちぬ。怪しと思ひつゝ取《とり》あげて見るに、釵児《かんざし》にくゝりつけたる物あり。頓《とみ》にひらき見れば、信夫摺《しのぶずり》の絹のきれに、血をとりて書たるは、まがふべうもあらぬお秋が筆にて、

（『安積沼』巻三[22]）

手紙の奥には「安積山影さへ見ゆる山の井の浅き心は我おもはなくに」という万葉歌が書き付けてあった。波門はお秋に感じ入って文鎮に返書をくくりつけ、二階に向けて投げる。

（波門は）日ごろの鉄心もとろけ、前後をかえり見ずして、いそがはしく返書をしたゝめ、文鎮にくゝりつけて、彼楼上《にかい》を的《めあて》になげあげたり。

（同前）

こうしてお秋と波門は思いを交わし一夜の逢瀬へと繋がっていく。

一方、『濡衣双紙』でも、二階に住まいする翹子が隣家に仮住まいをする義二郎に思いを懸け、釵にくくりつけた短冊を投げ入れる。

（翹子は）一枚《ひとひら》の短冊を金《こがね》の釵《かんざし》にまとひて洗手盤《てうづばち》のあたりに投落《なげおと》せば、石にあたりてチンと響くを、あやしび、障子ひらきて義二郎立出るに、見られじと、翹子《たかこ》は楼《たかどの》の障子ひきよせて透間《すきま》より覗《のぞき》見る。義二郎は釵取あげ結付たるをひらき見るに、「君が宿我《わが》宿わくる燕子花《かきつばた》うつろはぬ間に見るよしもかな」といへる伊勢がよまれたる歌を書付ける。（巻二）

手紙を受け取った義二郎は、文鎮に返書をくくりつけ、二階に向けて投げ入れる。

詩《からうた》を書て、狗兒《ゑのこ》の形《かた》なせる銀の書鎮《ぶんちん》に巻付て楼上に投上ぬ。（同前）

翹子と義二郎はこうして思いを交わすのである。

二階に住まいする女が、ある日隣家の男主人公に懸想し、釵に手紙をくくりつけて男主人公のもとへ投げる。男主人公は文鎮に返書をくくりつけて投げ返し、これによって交際する——設定や筋だけでなく、釵、文鎮など小道具までが一致している。[23] これらの要素は『金翹伝』には見られないものである。要素Ⅱの前半部（小要素ⅰ〜ⅲ）に関しては、『金翹伝』よりも、むしろいま見てきたような『安積沼』におけるお秋と波門の恋愛譚が直接の典拠となっている。このことは『濡衣双紙』の挿絵が『安積沼』のそれに近似しているということからも確

『安積沼』巻三挿絵（『山東京伝全集』ぺりかん社）

『濡衣双紙』巻二挿絵（関西大学図書館中村幸彦文庫）

認できるだろう。(24)両者共に、右側に釵に結い付けられた書を開き見る男、左側に二階の女という構図である。
さて、以上を確認したうえで、やはりここでも両者の相違点に目を向けていきたい。『安積沼』のお秋と波門の艶話を振り返ろう。

一日《あるひ》、お秋、楼上《にかい》より偶《ふと》波門を臨《のぞみ》見るに、村落人《いなかうど》の目にはことさらに、目馴ざる美男なれば、忽《たちまち》心迷ひ、世にはかゝる人もありけるよと、魂そらにかへりて、さながら酔人《ゑへる》のごとく、しば〳〵前後をおぼえざりしが、此日より恋の重荷をおひそめて（『安積沼』巻三）

そもそもお秋は、波門の美貌を一目見るより我を忘れて恋患いにかかってしまった。お秋は「艶書をおくること度たび」であったが、敵討という「大望を挑《にな》」う波門は「いささかも心とめず」相手にしない。お秋が血で認められた手紙を波門に向けて投げ入れるのは、「かくて恋死なんもおなじ命なれば、今宵縊《くびれ》て死ん」と自死を覚悟してのことであり、それゆえに波門の「日ごろの鉄心もとろけ」たのである。密会の約束を取り付けたお秋は「あまりのうれしさに心頭突々《むなさきとつ〳〵》と跳《をど》りて、とる手もたゆくながめ入て、只夢かとのみぞ思れける」と喜ぶ。波門との一夜の逢瀬は以下のように情を尽くした筆致で語られる。

お秋はそれと見るよりも、波門にひしとゝりつきて、胸にかさなる日ごろの恨み、せきくる涙にあらはせり。波門も岩木にあらざれば、彼が情のふかきにめで、只脊《せ》をなで、なごめけるが、夜もやゝ更ぬれば、お秋、波門が手を携へ、鴛衾《をしのふすま》にいざなひて、日来の幽情《ゆうじやう》、花月の佳会《かくわい》、娯楽《たのしみ》あげていふべからず。（『安積沼』巻三）

一方、翹子は「文武の才兼全く志高く心のまことある人ならでは」と多くの求婚者を拒否してきた。翹子との恋で心迷わせるのは、むしろ義二郎の方である。

僕《おのれ》これまでものいはんとする女あれど、志願《のぞみ》ある身にしあればゆるし侍らず。さるを、そこ（翹子）の才色兼たるを見て心まどひぬ。（巻二）

義二郎は仕官の志を捨てて、兄のもとで一生を共に暮らそうと言い出す。しかし、翹子は義二郎の「おもひあやまり給ふこと」を誡め、

殿（義二郎）、既に妾《わらは》が為に心の守りうしなひ給ひぬ。妾は殿の容儀《かたち》になづむものに非《あらず》。心はみやびて小く、志はをゝしくして大《おほい》ならんには、家をおこして城の主ともなりなん（同前）

と言うのであった。翹子の台詞には、これまでも見てきたような「志」を励ます姿が見られる。志の高い女性として造型された翹子は、同様に「志はをゝしくして大ならん」ことを相手に求める。それゆえに、義二郎の心迷いは制御されるのである。こうした翹子の性質が、第二節で言及した要素Ⅱ―ｖ〈誓いの直後、男は閨を共にしようとするが、女によって拒まれる〉における『金翹伝』と『濡衣双紙』の相違点を生み出していたのである。

もちろん、こうした『濡衣双紙』の筆致は、恋愛譚として見ると『安積沼』に比して味気ないものだったのか

もしれない。しかしながら、読本における艶話が殺害場面と隣り合わせであったことには注意しなければならない。お秋は、その後波門と逢瀬を重ねるものの、思いがけず悪僧現西を自室に招き入れてしまう。現西はお秋の姿態を見て「しきりに春心発動し、恰《あたか》も餓虎《うへたるとら》羊羔《ひつじのこ》を見つけたるごとくのいきほひにて、自《みづか》これを制することあたはず」（『安積沼』巻三）襲いかかった挙げ句、抵抗するお秋を刀で刺す。お秋は「阿《あ》と一声叫び、鮮血滾々《こん〳〵》《ナマチダク〳〵》とわきながれて」（同前）、命を落としてしまうのであった。

おわりに

以上、『濡衣双紙』が典拠である『金翹伝』をどのように利用しているかについて、同時代の読本との比較を含み、考察してきた。

『金翹伝』は、因果応報の枠組みのなかで、女主人公である翠翹が悲惨な境遇をたどるという作品だった。馬琴は、そうした『金翹伝』の話型をそのまま利用し、女主人公の薄雪がさまざまな艱難辛苦を受ける『そののゆき』を著した。また、京伝は『曙草紙』や『安積沼』で部分的な典拠として『金翹伝』を用いたが、いずれの場面においても女性登場人物（玉琴、お秋）は惨殺されており、残酷さの度合いを『金翹伝』よりも強めていた。

一方、そうした利用法と対照的なのが、長根の『濡衣双紙』、そして柳浪の『朝顔日記』である。長根は、馬琴と同じく『金翹伝』を話型的典拠として用いつつも、因果応報の枠組みは採用せず、女主人公がひたすら受難する物語展開にはしなかった。『濡衣双紙』の女主人公である翹子は、『金翹伝』の翠翹や『そののゆき』の薄雪とは異なり、自身の志によって周囲の人間の心を動かしてゆく。翹子は、男主人公である義二郎の立身を励まし、遊女となってからも恕介という協力者を手に入れて貞節を守る。そうした生き方は翠翹とは別のものであった。また、柳浪は『朝顔日記』で部分的な典拠として『金翹伝』を用いているが、女主人公の深雪が遊女屋の心を動かして遊女になること自体を回避するなど、女主人公の心が周囲を動かすという点では『濡衣双紙』のさらに上を行っている。

同じく『金翹伝』という作品を典拠としながらも、その利用の仕方によって、かくも異なる作風となっているのである。

再三述べてきたように、南畝が忌避したのは、京伝、馬琴流の読本だった。一方、『濡衣双紙』や『朝顔日記』には好意的な評価を残している。『金翹伝』の利用方法の相違は、南畝の評価にそのまま重なり合うものであった。文化六（一八〇九）年、南畝は『濡衣双紙』を読み、「一部の趣意俗流の及ところにあらず」（『玉川砂利』）と賞賛した（本書第三部第二章）。南畝のなかで『濡衣双紙』と「俗流」とを峻別させたもの――その内容面における基準の一つとして「讎敵糢糊血」「紅愁緑惨声」の有無を想定することは可能だろう。『金翹伝』をいかに利用するかという創作上の問題は、その結果（「讎敵糢糊血」「紅愁緑惨声」の有無）に密接に関わっていたからである。

長根は、女主人公の翹子を、高い志を持ち、それによって周囲の人間を動かす人物とした。それは、前章において確認した〈己の本分を見極めたうえで如何に生きるべきか〉という全編を貫くテーマに基づいた人物造型に他ならない。南畝が内容面で『濡衣双紙』を評価した所以は、そうした『濡衣双紙』の趣意にこそあったと見るべきではないだろうか。

注

（1）『濡衣双紙』の本文は関西大学中村幸彦文庫所蔵本（国文学研究資料館マイクロフィルム）による。
（2）『金翹伝』の「金」は男主人公の金重を指す。
（3）鈴木よね子「『濡衣双紙』の寓意と命名法」（『近世部会誌』2、二〇〇七年一二月）。
（4）『金翹伝』の本文は『近世白話小説翻訳集』2（汲古書院、一九八四年一一月）による。
（5）日野龍夫「解題」（前掲『近世白話小説翻訳集』2）。
（6）徳田武項目執筆「通俗金翹伝」（『日本古典文学大辞典』4、岩波書店、一九八四年七月）。また、徳田は「解題」（『馬琴中編読本集成』4、汲古書院、一九九六年六月）で、曲亭馬琴『勧善常世物語』（文化二〈一八〇五〉年刊）をも指摘しているが、論旨から外れるため、ここで書名をあげることを省いた。
（7）梗概を作成するに際し、前掲徳田武「通俗金翹伝」を参考とした。
（8）寛一の性急さに対する非難は巻三に見られる。一例を挙げると、「名の寛の字にそむき、事状を詳にせずして災害一家におよぶ」という義二郎の台詞など。
（9）恕介との間に何も無かったことは、巻五で翹子自身も「殿（恕介）正室ある事はじめよりきこえ給へば、心はゆるして身はゆるしまゐらせず」と語っている。
（10）前掲日野龍夫「解題」。
（11）『濡衣双紙』の読本的枠組（本書第三部第一章の注参照）は〈濡衣の香〉というモノであると考えられる。
（12）『そののゆき』の本文は『馬琴中編読本集成』5（汲古書院、一九九六年一〇月）による。
（13）徳田武「解題」（前掲『馬琴中編読本集成』5）。
（14）大高洋司執筆「カバー写真解説」（『読本【よみほん】事典—江戸の伝奇小説』、笠間書院、二〇〇八年二月）。
（15）徳田武『日本近世小説と中国小説』（青裳堂書店、一九八七年五月）「『朝顔日記』と『桃花扇』『通俗金翹伝』」。
（16）『朝顔日記』の本文は八戸市立図書館所蔵本（国文学研究資料館マイクロフィルム）による。
（17）前掲徳田武「『朝顔日記』と『桃花扇』『通俗金翹伝』」。
（18）徳田武「大田南畝メモ」（『日本随筆大成』別巻3附録、一九七八年一〇月）。

(19) 山口剛「解説」(『日本名著全集江戸文藝之部　読本集』、日本名著全集刊行会、一九二七年五月)。
(20) 『曙草紙』の本文は『山東京伝全集』16(ぺりかん社、一九九七年四月)による。
(21) 山本和明「京伝『曙草紙』のために—その研究と展望—」(『相愛国文』9、一九九六年三月)。
(22) 『安積沼』の本文は『山東京伝全集』15(ぺりかん社、一九九四年一月)による。
(23) 延広真治「二階の女と隣の男—京伝・西鶴・ボッカチオ」(『叢書江戸文庫　山東京伝集』月報、国書刊行会、一九八七年八月)は、「二階の女と隣の男」という趣向を取り入れた作品を広く紹介するが、『安積沼』『曙草紙』『金翹伝』もそのなかで言及されている。
(24) 『濡衣双紙』の画工は蹄齋北馬、『安積沼』の画工は北尾重政。

※原本、影印、翻刻からの引用は、清濁、句読点を改め、カギ括弧を付した。また、振り仮名は適宜省略し、左訓は《　》内に記した。なお、著者による注記は(　)内に記した。

第四章　芍薬亭長根『国字鵺物語』考——長根読本の雅文体——

はじめに

大田南畝が芍薬亭長根《ながね》『濡衣双紙』（文化三〈一八〇六〉年刊）を賞賛したことについては、これまで再三述べてきた通りである（本書序論第一、二章および第三部第二、三章）。その評は、本書第三部第二章に全文を掲げたが、南畝の『濡衣双紙』に対する評価は内容面と文体面の両方にわたっている。そのうち、内容面については、前章、前々章で分析を施してきた。本章では、文体面について注目し、南畝が「雅語をむねとして、和漢の詞をかりあつめたれ」（『玉川砂利』）と評した長根の読本における雅文体(1)について、その委細を検討してゆきたい。

ただし、具体的な検討対象とするのは、『濡衣双紙』ではなく、長根の読本第二作になる『国字鵺物語』《おんなもじぬえものがたり》（文化五〈一八〇八〉年刊、以下『鵺物語』）とする。その理由は二つある。一つは、『鵺物語』が文体分析に適した作品だからである。この点については後述する。もう一つは、長根の雅文体が『鵺物語』において最も顕著となるからである。『鶉物語』を翻刻し、解題を執筆した大高洋司は「雅文臭は前作よりも強い」(2)と述べ、『鶉物語』が『濡衣双紙』よりも雅文体が強く打ち出た作品であることを指摘した。また、同時代評である為永春水『増補外題鑑』（天保九〈一八三八〉年刊）を見ても、

さすがに狂歌の大人とて戯作者の及ばぬ文章。一家の雅風おのづからに視ゆる草紙なり。（『増補外題鑑』(3)）

とあり、『鶉物語』の「戯作者の及ばぬ文章」「雅風」に評価が与えられているのである。「雅語をむねと」し、「雅風」ある長根の読本。その文体はいかなるものであり、どういった要素が読む者をして「雅」であると感じさせるのだろうか。本章は、その答えを『鶉物語』の文体を詳しく分析することで具体的に明らかにしていきたい。

一　『鶉物語』の概要と分析方法

先述したように、『鶉物語』は文化五（一八〇八）年に刊行された、芍薬亭長根の二作目となる読本である。挿絵は葛飾北斎。半紙本五巻五冊。江戸書肆西村宗七、同柏屋忠七刊。文化四（一八〇七）年秋自序。割印帳によれば、文化四（一八〇七）年一二月二五日に西村宗七によって開板願いが出されている。(4)

考察の順序として、まずは『鶉物語』の概要を『読本事典』から引用する。

鳥羽院の寵姫美福門院《びふくもんいん》によって謀殺された三人姉妹の怨霊が、鵺《ぬえ》と化して近衛帝（美福門院の子）に祟るが、源頼政に退治される。その後も怨霊は朝廷と頼政の一族郎党に祟りをなすが、最後は頼政の娘讃岐典侍《さぬきのすけ》の手によって、若狭西津の姫宮明神として鎮め祭られる。(5)

このように、本作は頼政の鵺退治という著名な説話を題材としている。その主要な典拠として指摘されているのは、『保元物語』『平家物語』『源平盛衰記』、浄瑠璃『菖蒲前操弦《あやめのまえみさおのゆみはり》』（宝暦四〈一七五四〉年初演）といった作品である。(6)

『鵺物語』に冠された「国字《おんなもじ》」については、牧野悟資が、

おそらく物語の最後の方で、登場人物の讃岐典侍が記した「漢文の体」の記録（『国字鵺物語』の漢文版にあたる）に対応した題と思われる。(7)

と指摘する通りであろう。すなわち、鵺の怨霊を鎮めた讃岐典侍が事の次第を漢文体で綴り、それを作者長根が文辞を「国字」に改めて『鵺物語』を著した、というわけである。と同時に、「国字」＋「鵺物語」という題の付け方は、『ひらがな盛衰記』を代表とする近世演劇の題目に倣ったものと思われる。つまり、「鵺物語」を分かりやすく当世風にしたという位の意が込められていよう。特に、寛延元（一七四八）年初演の『女文字平家物語』には、「鵺を射落ければ、流人ノ三人の霊魂なれば大に怪しみ」（『歌舞伎年表』）(8)という趣向がある。『鵺物語』の特徴として指摘されている〈三人の怨霊が鵺に化す〉という趣向と一致しており(9)、作品名の類似とも併せて、長

根が典拠とした可能性を感じさせる作品である。

以上、『鵜物語』の概要について述べてきたが、次に問題となるのは文体分析の方法である。一言で文体を分析すると言っても、その方法はさまざまである。後期読本に限ると、これまで大別して二つの方法が実践されてきた。一つは、文体の特徴と思われる要素（たとえば、上代語、白話語彙、七五調など）を指標として定め、それを網羅的あるいは適宜抽出していくというもの。(10) もう一つは、典拠をほぼ丸取りした箇所を取り出し、典拠の文章を作者が改変した箇所から文体的特徴を探ろうとするものである。(11) 方法としては、両者ともに長短がある。今、仮に前者を要素抽出型、後者を典拠比較型としておく。このうち、要素抽出型は全体的かつ計量的な結果を得ることができ、作品毎の比較も可能であるなど、多くの利点を有する。その反面、あえて言えば、指標に定めた要素以外の特徴を見過ごしてしまう可能性が残る。一方、典拠比較型は文章制作における作者の作為を明確に指摘でき、かつ文体的特徴を生じさせている要素を複数指摘することができる。その反面、分析対象となる箇所が部分的となってしまう。また、そもそも典拠を逐語的に利用した作品にしか用いられない方法であるため、分析対象となる作品自体が少ない。要するに、一作品全体の文体を分析する方法としては要素抽出型と典拠比較型の両者を併用することが望ましいのだが、それが可能な作品は限られてしまう、ということである。

では、『鵜物語』はどうだろうか。幸いなことに、『鵜物語』では両者の方法を併用することが可能である。というのは、本作には『古今著聞集』『平家物語』『源平盛衰記』といった先行作品から一場面をそのまま丸取りしたといっても過言ではないほど、典拠と『鵜物語』の本文が逐語的に対応する箇所が見受けられるのである。そこで本章では、典拠比較型の分析を基本としつつ、適宜要素抽出型の方法を採り入れたい。すなわち、典拠の文章と『鵜物語』の比較を通して長根が典拠に加えた作為を明らかにし、そこで得られた特徴的と思われる要素を

『鵜物語』全体に及ぼして考察していく。

二　文体分析（一）――語彙の改変――

以下、長根が典拠とした作品と『鵜物語』の該当箇所を数例引用し、その実際を見ていく。なお、本章では典拠の文章に対して長根が加えた改変に注目するため、引用は典拠、『鵜物語』の順とする。

比較1

著　道理にてとりたる物をは、舟《ふね》①壱艘《そう》につみ非《ひ》道にて取たる物をは、又一艘《そう》につみてのぼられけるに②道理の舟は入海してけり③非道の舟はたひらかにつきければ江帥《ごうそう》いはれけるは「世ははやくすゑになりにけり人いたく④正直《じき》なるまじき也」とぞ侍ける（巻三、八二）(12)

鵜　道理《どうり》にて収《とり》たるものを①一艘《ひとつのふね》に積《つみ》、道《みち》ならずして受《とり》たる物《もの》を又一艘《ひとつのふね》に積《つみ》て上《のぼ》られけるに、③道《みち》ならぬもの丶船《ふね》は事なく、義俊《よしとし》が乗《のり》たる②理《ことわり》ありて取《とり》たる船は海寇《しらなみ》に奪《うば》れて、空《から》船にてのぼりければ、「世ははやく季《すゑ》になりぬ。人いたく④正直《まごゝろ》なるまじ」といはれけるを、（巻一）(13)

【比較1】は『鵜物語』の冒頭場面とその典拠『古今著聞集』（以下『著聞集』）である。『著聞集』の内容は、大江匡房が任地に赴く際に「道理の船」と「非道の船」の二艘に分かれて出港したところ、「道理の船」は沈没し、「非道の船」は無事に着港、匡房は人心の「正直」ならざる世を慨嘆した、というものである。見ての通り、長根は『鵜物語』の該当場面を記すにあたり、『著聞集』の話をほぼ全面的に取り込んだうえで、文体上の改変を随所に加えている。特に注目すべき改変が認められたものに、通し番号と傍線を付した。

①は、典拠では「いっそう」と読むべき「壱（一）艘」という語に「ひとつのふね」と振り仮名を付したもので、音読されるのを避け、訓読させようとした例である。同様の例は④にも認められる。そこでは、典拠では「しょうじき」と読むべき「正直」に「まごゝろ」という振り仮名を付している。この例は意によって訓を施した意訓の典型例としても注目しておきたい。以上は振り仮名における改変であるが、ある程度まとまった語彙量の改変として、②③があげられる。これは「道理の舟」「非道の舟」とあるのを、それぞれ「理《ことわり》ありて取《とり》たる船」「道ならぬもの丶船」と改めたもので、漢文訓読調を和文調に言い換えた例である。

以上、【比較1】によって確認できたのは、音読から訓読へ、漢文訓読調から和文調へという文体改変の方向性である。総じて〈漢から和へ〉という方向性があることが認められるが、こうした改変は『鵜物語』の主要典拠である『平家物語』（以下『平家』）、『源平盛衰記』（以下『盛衰記』）についても認めることができる。

比較2

平　宮ハ。①宇治《ウヂ》ト寺トノ間《タ》ニテ。六度迄御落馬《オンラクバ》有《リ》ケリ。是《レ》ハ去ヌル夜。②御寝《ギヨシン》成《ラ》ザリシ故也トテ。宇治橋《ハシ》三間《ゲン》引弛《キハナ》シ。平等院ニ入奉《レ》リ。暫《シバラク》③御休息《キウソク》有ケリ。六波羅《ハラ》ニハ。スハヤ宮コソ。④南都ヘ落《チ》サセ給フナレ。追《ヲツ》懸テ討《チ》奉レヤトテ。（巻四）(14)

盛　①宇治ト寺トノ間《ダ》。行程纔《カウテイワヅカ》ニ三里《リ》計《リ》也。六箇度《カド》マデ御落馬《ゴラクバ》アリ。御馬ニ合期《ガウゴ》セサセ給ハヌ故ニヤ。又此《ノ》程打解《ウチトゲ》②御寝《ギヨシン》ナラヌ故《ヘ》ニヤ（中略）加様ニ度々《タビ〳〵》御落馬在《アリ》ケレバ。暫《シバラ》ク休《ヤス》メ進《マイラ》セントテ宇治ノ平等院《ビヤウドウイン》ニ入進テ

③御寝《シン》アリ。其間ノニ宇治橋《ハシ》三間《ゲン》引テ。衆徒《シュト》モ武士《ブシ》モ宮《ミヤ》ヲゾ奉ル二守護《シュゴ》一。平家ハ宮④南都《ナント》へ入セ給由《ヨシ》聞キ、テ　（巻一五）[15]

鵺　宮は①菟道《うぢ》までの間にて六度《むたひ》まで御落馬《おんらくば》あり。去夜《さるよ》より②寝《いね》させたまはぬ故也とて。宇治橋《うぢはし》の中間《なかのま》三間《みま》引はなし平等院《びやうどうゐん》に入れ奉りしばらく③憩《やすま》せまゐらせけり。六波羅《ろくはら》にはすはや④南都《なら》へ奔《おち》させ給ふ追かけて討《うち》奉れとて。（巻四）

【比較2】は以仁王と頼政主従が平等院まで落ち延びる場面である。この箇所は特に『平家』からの借用が著しく、『鵺物語』の文章と見比べるとほぼ逐語的に対応する。④は「なんと」と音読されるべき「南都」という語に「なら」という訓を施したもの。これは【比較1】の④で見た改変と同型である。このタイプは他にも「坂《バン》東《ドウ》武者」を「坂東武者《あづまびと》」と改めた例（巻四）や、「違勅《イチョク》」を「違勅《みことのりにたがふ》」、「変化《ヘンゲ》」を「変化《あやしきもの》」と改めた例（巻二）など、数多く指摘できる。なお、同様の例は『濡衣双紙』にも多数あるが、なかには「威権《ゐけん》」「歌林《かりん》」など、音読の振り仮名が確認できる。そうした語彙が『鵺物語』では、それぞれ「威権《いきほひ》」（「威権《おんいきほひ》」とも）「歌林《うたのみち》」と改められている。音読を避けるという方針が『濡衣双紙』よりもさらに徹底していることが確認できる例である。

【比較2】に戻る。②③は、『平家』では「御寝《ギョシン》成《ラ》ザリシ」「御休息《キウソク》有ケリ」、『盛衰記』では「御寝《ギョシン》ナラヌ」「御寝《シン》アリ」とあったのを、それぞれ「寝《いね》させたまはぬ」「憩《やすま》せまゐらせけり」と改変したもので、これは比較一の②③で見た改変と同型のものである。

以上に加えて、①のような例もある。そこでは、漢字を「宇治」から「菟道」へと改めている。「菟道」は記紀に見られる表記であるから、より古語風をうち出そうとした改変であると言えよう。同様の例は「衝石《つくし》」（巻二）

があげられる。これも、通例「筑紫」と記すものをわざわざ『万葉集』に見られるような表記にしたのである。古語風といえば、式亭三馬編『狂歌觽《けい》後編』（文化三〈一八〇六〉年刊）の「芍薬亭長根」の項目には「仮字は上代に拠て（中略）すべて仮名遣に心を付べし」[16]とあり、この時期、長根が上代仮名遣いを標榜していたことが知られる。[17]長根はみずから『狂歌仮名遣』（文化三〈一八〇六〉年刊）という仮名遣いについての書物までも著しているのだが、そこには、

此ひとまきは契沖が正したるみなもと（『和字鉦濫抄』）をくみ、魚彦（楫取魚彦）が作たるはしだて（『古言梯』）にのぼるをさへわづらはしとて、いにしへの仮字の正しとは知りつゝなほざりがちなる人の見やすからんためしえらび出たるにて（『狂歌仮名遣』長根自序[18]）

とあり、長根が契沖『和字鉦濫抄』や楫取魚彦『古言梯』を参照していたことが分かる。こうした仮名遣いに対する長根のこだわりは『鶉物語』の文体にも現れている。

比較3

平　①憑切《タノミキツ》タル郎等。②遠江ノ国ノ住人。猪早太《イノハヤタ》（巻四）

盛　郎等《ラウドウ》ニ丁《チヤウ》七唱《トナフ》。②遠江国《トヲタウミノクニ》住人。早太《ハヤタ》ト云者《イフモノ》（巻一六）

鶉　①頼《たのみ》きりたる老党《いへのこ》②遠江《とほつあふみ》の国《くに》の住人《じうにん》猪隼太《ゐのはやた》広直《ひろなほ》（巻二）

頼政の郎等猪隼太の紹介場面である。①は「たのみきったる」といふ音便を避けたもの。『狂歌仮名遣』凡例には「「なき」を「ない」といひ、「おきて」を「おいて」といふたぐひ、平言《たゞごと》なればかならず「い」と書べからず」とあり、音便表記を俗語として退ける態度が示されているが、ここも同じ意識からの改変であろう。②は「遠江」に「とほつあふみ」と振り仮名を施したもの。これは、『和字鉦濫抄』に「遠江　とほたあふみ　和名、「とほつあふみ」といふべきを、「つ」と「た」と通ずれば、かくいへる歟(19)」とあり、『古言梯』に「とほつあふみ国也。万等保都安布美　遠江(20)」とあるのを受けたのであろう。長根は『狂歌仮名遣』でも「遠江」を「とほつあふみ」としてあげている。

さらに仮名遣いに注目して、比較例以外の箇所にも目を向けると、『鵺物語』には「東国《あづま》の武士《ものゝふ》」の台詞として、

月に対《むかふ》兎《をさぎ》の籠《かご》を脱《ぬける》が如《ごと》に取にがすな。　（巻二）

という言がある。「兎」に「をさぎ」という仮名が振られているが、これも『和字鉦濫抄』に、

兎　をさぎ　万葉第十四東歌によみたれは、東の俗語にて都の方に通せぬ。　（『和字鉦濫抄』）

とあるのを踏まえたのだろう。契沖が「東の俗語」とした「をさぎ」という語を、わざわざ「東国の武士」の台詞中に入れ込んだあたり、長根の内心得意とするところであったに違いない。この他、『和字鉦濫抄』と『狂歌仮名遣』にあって『鵺物語』にも見出せる語彙としては、「灼然《いちしろし》」「視私屏《かいまみ》」「妾《をんなめ》」「桶《をけ》」「筬《をさ》」「竹刀《あをひえ》」「懇《ねもころ》」「菟《う》

道《ぢ》」（【比較2】①）などがあげられる。

三　文体分析（二）——対句——

これまで見てきたように、長根はあくまで典拠の文章を基調としながらも、音読を伴う漢文訓読調を除去し、俗語を雅語へ改めるという方向性を以て改変を加えている。こうした作為によって同時代読本との間に差異が生じるというわけだが、これは長根が意図的に行った結果と思われる。それが最も端的に現れているのが、以下に示す常套表現の言い換えである。

比較4

平　①上下手々《テンデ》ニ火ヲ燃《トボシ》テ。是ヲ御覧ジ見給フニ。頭《カシラ》ハ猿《サル》。躯《ムクロ》ハ狸《タヌキ》。尾ハ蛇《クチナハ》。手足ハ虎《トラ》ノ如ニテ。鳴《ナク》声鵼《ヌエ》ニゾ似タリケル。②怖《ヲソロ》シナドモ愚《ヲロカ》ナリ。（巻四）

盛　①堂上《タウジヤウ》モ堂下《カ》モ紙燭《シソク》ヲ出《ダ》シ炬火《タイマツ》ヲトボシテ見《ミル》レ之《コレ》。（中略）頭《カシラ》ハ猿《サル》背《セナカ》ハ虎《トラ》尾《ヲ》ハ狐《キツネ》足《アシ》ハ狸《タヌキ》。音《コヘ》ハ鵼也。②実《マコト》ニ希代《キタイ》ノ癖者也。（巻一六）

鵺　①堂上堂下《とのゝうへした》「射《い》たりや〳〵」と誉《ほむ》る声《こゑ》しばしは鳴もしづまらず。手に〳〵炬火打揮《たいまつうちふり》てこれを見るに、頭《かしら》は猿《さる》、手足《てあし》は虎《とら》、尾《を》は蛇《くちなは》の如くにて、②山海経《せんがいきやう》にも書不伝《かきつたへず》、画軸《ゑまきもの》にも見およばず。（巻二）

鵺の正体が明らかになる場面である。①はこれまでも見てきた振り仮名改変の例。説明は省略する。注目されるのは、『平家物語』の「おそろしなどもおろかなり」という言い回しを避けた②の例である。「おそろしなども…」は、読本においても恐ろしさを表現する常套句として摂取されており、数多の例を見ることができる。特に、『鵺物語』に近い時期に刊行された読本のなかでは、山東京伝『桜姫全伝曙草紙』（文化二〈一八〇五〉年刊、以下『曙草紙』）に複数の使用例が確認できる。(21) 長根は京伝『復讐奇談安積沼』（享和三〈一八〇三〉年刊）を『濡衣双紙』の典拠としていたほどであるから（本書第三部第三章）、当然『曙草紙』にも目を通していただろう。そのようななかで、あえて常套句を避け新たに一文を設けるには、相応の理由がなければならない。おそらく、長根は常套句を俗なるものとして退けたのではないだろうか。同様の例をもう一つ見ておこう。

比較5

平　頼政吃《キッ》ト見上《アゲ》タレバ。雲ノ中《カ》ニ怪《アヤシ》キ物ノ姿《スガタ》アリ。射損《イソン》ズル程ナラバ。世ニ可《シ》レ有《ル》トモ不《ス》レ覚《ヘ》。乍《ラ》レ去矢取《ツ》テ番《ツガ》ヒ。南無八幡大菩薩ト。心ノ中ニ祈《キ》念シテ。①能引《ヨツヒイ》テ。ヒヤウド放《ハナ》ツ。手答《コタヘ》シテ。ハタト中《アタ》ル。（巻四）

盛　頼政水破ト云矢《ヤ》ヲ取《トツ》テ番《ツガヒ》テ。雲《クモ》ノ真中《マンナカ》ヲ志《シ》テ。①能引《ヨヒイ》テ兵《ヒヤウ》ト放ツ。ヒイト鳴《ナ》ク。カヽル処《ロ》ニ黒雲頻《コクウンシキリ》ニ騒《サハヒ》デ。御殿《ゴテン》ノ上《ヘ》ヲ立《タチ》。鵼《ヌヘ》ノ声《コヘ》シテヒ、ナキテ立所《タツロ》ヲ見負《ミヲフセ》テ。二ノ矢ニ兵破《ビヤウハ》ト云鏑《フカブラ》ヲ取《トツ》テ。①番《ツガヒ》テ兵ト射《イ》ル。ヒイフツト手答《テゴタヘ》シテ覚ユルニ。（巻一六）

鵺　頼政は渦巻雲《うづまくくも》を吃《き》とにらまへ立たるに、怪《あやし》き女の姿処不定蜻蜓《すがたところさだめずかぎろひ》のあるかなきかに眼《め》に遮《さへぎる》るを、南無《なむ》八幡《はちまん》大菩薩《だいぼさち》と心中《こゝろのうち》に祈念《きねん》して、①弓は円月《もなかのつき》の如《ごと》くひきしぼりて切てはなせば、箭《や》は流星《とぶほし》の如く遠鳴《とほなり》して雲中《くものうち》に入るよと見えしが手ごたえして、（巻二）

【比較4】と前後するが、頼政が鵺を射落とす場面である。ここでも、読本において矢を放つ常套句として用いられた「よっぴいてひょうとはなつ」という言い回しが採られていない。「よっぴいて…」の当時における使用例としては、内容も影響してか、馬琴『椿説弓張月前編』（文化四〈一八〇七〉年刊）が多用している。[22]論旨の関係上詳述は避けるが、『鵺物語』には馬琴『勧善常世物語』（文化三〈一八〇六〉年刊）からの影響が認められ、そこから長根が馬琴の読本を熟読していた様子がうかがえる（本書第三部第三章参照）。しかし、「おそろしなども…」の場合同様、長根はあえてこの常套的な表現を採らなかったのである。

一方、長根が「よっぴいて…」を削除した後に新たに設けた一文に目を転ずると、例によって「円月」「流星」「雲中」にそれぞれ「もなかのつき」「とぶほし」「くものうち」と意訓が施されている他、〈弓・円月・ひきしぼる・切てはなす〉という語彙から成る前半の句と〈箭・流星・遠鳴する・雲中に入る〉という語彙から成る後半の句が対応する形となっており、全体として対句となっていることが分かる（【比較4】②も同じ）。

『芍薬亭文集初編』（天保五〈一八三四〉年刊）で、長根は自身の文章について以下のように述べている。

一「てる〳〵法師」に「帚晴人」の三字を填《うめ》、「みかんの皮」に「橘皮」の二字を填《うめる》が如き、対句によりて正字を用る事あり

一訓義一ならす「蜃楼」を「きつねのもり」と訓《よみ》て「龍燈《たつのともしび》」に対し、「蟫蛩」を「たぼ」と訓《よみ》て、女の事とする類少なからず

（『芍薬亭文集初編』附言）[23]

長根は、対句によって用字や施訓が定まると述べている。もちろん、これは狂文についての文章観であるから、読本におけるそれと一概に論ずべきではないが、長根が『鵺物語』において、典拠から自由に漢字や訓を改変していることについてはこれまで見てきた通りである。

長根の読本には実に多くの対句がある。その数は、試みに『鵺物語』の例を数え上げただけでも百を超える程である。[24]そのなかには、

・青雲《よにいづる》の志《こゝろ》を棄《すて》て白雲《よをさくる》の郷《すみか》を慕《した》ひ　（巻一）

・清《きよ》らなる腕《て》も縄《なは》くひ入りて洗《あら》へる莱菔《おほね》を編《あみ》たるにひとしく。白《しろ》き肌《はだへ》も肉《しゝむら》やぶれて仙家《せんか》の雪《ゆき》の紅《くれなゐ》にかはりて　（巻二）

・一塊《ひとつ》の陰火《おにび》飛来《とびきた》り。一陣《ひとしきり》の怪風《かぜ》おこりて　（巻三）

・足下《そこ》易《やすき》にしたがひて却《かへりて》美誉《よきほまれ》世に彰《あらは》れ。僕《おのれ》難《かたき》を行《おこなひ》て醜名《あしきな》史《ふみ》に記《しる》さるべし　（巻四）

・白馬《あおうま》に鞭《むち》を挙《あげ》て五《いつ》もとの柳《やなぎ》を折《を》り。水禽《みづとり》に箭《や》を費《つひやし》て一箇《ひとり》の女《をんな》を挑《いど》む　（巻五）

など、対句とするために文章の用字、振り仮名に一々意を用いていることが了解される例が確認できる。[25]また、『濡衣双紙』には、通例七五調で記される道行文を全て対句で記した箇所もある。長根にとって対句は文章表現の核となる手段だったに違いない。

ここで、前節から行ってきた文体分析の結果（典拠からの文体改変の方向性）を整理すると、およそ以下のようになる。該当する比較例は（　）内に示した。

A　振り仮名を音読から訓読（場合によっては意訓）へと改める。（【比較1】①④、【比較2】④、【比較4】①）
B　漢文訓読調を和文調に改める。（【比較1】②③、【比較2】②③）
C　漢語をより俗語から離れたものに改める。（【比較2】①）
D　仮名遣いを上代仮名遣いに改める。（【比較3】①②）
E　常套表現を避け、対句に改める。（【比較4】②、【比較5】①）

ABからは〈漢から和へ〉という方向性が、CDEからは〈俗から雅へ〉という志向がうかがえる。この〈和〉〈雅〉を志向する読本文体については建部《たけべ》綾足《あやたり》や石川雅望《まさもち》の読本に認められ、すでに広く知られている。しかし、長根の読本を和文小説と呼ぶには抵抗がある。なぜならば、振り仮名を工夫することによって和文調に改変しようとするAの方法は、漢語の除去を意味しない（むしろ漢語の存在を保証する）ものとなっており、その結果、これまでの比較例を見れば確認できる通り、『鵜物語』には多くの漢語が散りばめられているからである。また、対句を用いるというEの方法からも、必ずしも〈漢〉の要素を排除しようとしない意図が認められる。和漢の両要素を含んだ雅文体、まさにこの点が、長根が作り出した雅文体の特徴と言えるだろう。

おわりに

以上、『鵜物語』の文体分析を通して、長根読本が「雅語」「雅風」と評された所以を探ってきた。その結果、長根の読本文体が、和漢の両要素を含んだ雅文体にあることが明らかになったと考える。南畝の「雅語をむねとして、和漢の詞をかりあつめ」（『玉川砂利』）という評は、長根の読本における文体的特質を正確に見抜いていたわけである。

その南畝自身が文体について意識的な実践を繰り返していたことは、揖斐高[26]や久保田啓一[27]の紹介する通りである。それによると、寛政一一（一七九九）年、『孝義録』執筆の命を受けた南畝は、その任を果たすため、和文の会を催したり、同一内容を五つの文体で書き分けた『宛丘伝』を著したりなど、精力的に文体を模索していた。

さて、このうち『宛丘伝』とは、江戸青山久保町の薬商長兵衛の伝記を「書上文之体」「俗文の体」「漢学者の文体」「和学者の文体」「当時雅俗ともに通ずべき体」の五つの文体で書いたものである。注目したいのは、『宛丘伝』において、「俗文の体」では「非道のこと」とあるものを「当時雅俗ともに通ずべき体」では「道ならぬ事」と改めていることである。これは【比較1】で見た、『著聞集』で「非道の舟」とあるのを、『鵺物語』で「道ならぬもの丶船」と改めた長根の作為と完全に一致している。また先述の通り、そもそも『鵺物語』自体が、設定上、本来「漢文の体」の記録を「国字」に改めたものなのであった。

思うに、『鵺物語』執筆時、長根には南畝の試みに倣おうとした節があったのではないだろうか。長根のみならず石川雅望や鹿都部真顔《しかつべのまがお》にも言えることだが、雅文体による読本が南畝を仰ぐ狂歌師たちによって著されたのは、決して偶然とは思えない。彼らが読本を執筆した背景には、南畝の存在があったのではないだろうか。

南畝が雅望や長根の読本を、それぞれ「俗流にあらざる」「俗流の及ところにあらず」（『玉川砂利』）と称賛したのは文化六（一八〇九）年のことであった。一方、曲亭馬琴は、同年成立の『燕石雑志』（文化七〈一八一〇〉年刊）において以下のように述べる。

今の作り物語を雅文《ガブン》もて綴《ツヾ》れといはゞ、紫女《シヂヨ》といへどもすべなからん。故《ユヱ》いかにとなれば、そのことを述《ノベ》、その趣を尽《キツク》すに、衣冠《イクワン》より、懸鶉《ケンシユン》より、動静云為《ドウシヤウウンヰ》より、喜怒哀楽《キドアイラク》より、暸然《リヤウゼン》として阿堵《アト》の中《ウチ》にあり、看官《ミルモノ》或《アル》は欣《ヨロコ》び、或《アル》は怒《イカ》り、或《アル》は怪《アヤシ》み、或《アル》は悲《カナシ》み、潸《サン》として涙《ナミダ》の冊子《サフシ》を湿《シメ》すを覚《オボエ》ず、見るに随《シタガツ》て倦《アク》ことなきは、その文《ブン》和漢を混《コン》じ、雅俗《ガゾク》をまじへ、人情《ニンジヨウ》をつくし、語勢《ゴセイ》をよくし、百幻《ヒヤクゲン》百出奇中《シユツキチウ》に奇《キ》を出《イダ》せばなるべし。かゝればにや、唐山《モロコシ》の稗官者流演義《ハイクワンシヤリウエンギ》小説の書《シヨ》を編《アム》に、俗語《ゾクゴ》をもてせざるはなし。彼水滸伝《ノスイコデン》などいふものも、雅《ガ》文《ブン》をもてこれを綴《ツヾ》らば、施羅《セラ》も労《ロウ》して功《コウ》なけん。

（『燕石雑志』巻四）(28)

後に『本朝水滸伝を読む並批評』（天保四〈一八三三〉年成）などで展開される雅文体批判の論旨が、すでにここには述べられている。この記事は当世の言葉遣いの誤りを記した条の後半部に見えるもので、話題が進むうちに筆がそこに及んだかのごとくである。いかにも随筆に書かれた文らしいとも言えるが、この時期の馬琴の文業を念頭に入れると、『燕石雑志』の記事を単なる連想の所産と言い切ることはできない。というのも、この時期、馬琴はみずからの読本文体を完成させるべく本格的な試行を行っていたからである。馬琴が最終的にたどり着いたのは七五調を基調とする文体だった。(29) 大衆演劇のリズムに通うため、庶民の耳にも馴染みやすかったことだろう。そうした文体を目指して努力を重ねていた馬琴にとって、その真逆を行くかのような狂歌師たちの読本は、到底容認しがたい存在だったはずなのである。馬琴に『燕石雑志』の記事を書かせたのは、同時期に相次いで刊行された雅文体の読本に対する強い反発であったと考えられる。

当時において、読本の書き手たちは、程度の差こそあれ、お互いを意識しつつ、各自の文体を打ち出そうと試行錯誤を重ねていたことだろう。雅文体を読本に用いるかどうかという問題は、馬琴、そして南畝周辺の狂歌師たちにとって決して小さなものではなかった。そうしたなかで、長根は和漢の両要素を含んだ雅文体を打ち出したのである。その文体が最も徹底された『鵺物語』は、文体面において雅文体読本のあり方の一つを示す、確かな達成であったと言えるだろう。

ただし、最後に断っておかなければならないことがある。それは、『鵺物語』の内容が『濡衣双紙』のような作風からは乖離してしまっているということである。『鵺物語』の文体に「一家の雅風おのづからに視ゆる」と高評価を与えた『増補外題鑑』が、

頼政鵺を退治して弓箭のほまれ高く、およそ鵺によつて種々の奇談を新に説れたる因果物がたり。

（『増補外題鑑』）

と紹介するように、『国字鵺物語』は鵺の怨霊が次々と登場人物に祟るという枠組みを用いており、女性登場人物が迫害されるような凄惨な場面も多い。前章で見てきたように、『濡衣双紙』において、長根はそうした構成を意図的に採用せず、その結果として、京伝や馬琴の読本とは明確に異なる作風を作り出していた。ところが『鵺物語』においては、文体こそ雅文化が徹底されるものの、こと内容面に関しては、むしろ京伝、馬琴流の読本に近づいているのである[30]。

南畝が『濡衣双紙』を読み、賞賛を与えたのは、文化六（一八〇九）年であった。その前年に『鵺物語』は刊行されている。なぜ南畝は『鵺物語』ではなく『濡衣双紙』を評したのか。あるいはなぜ『濡衣双紙』評のなか

で『鵜物語』に一切言及しなかったのか。『近江県物語』に感心して『飛弾匠物語』をも続けて読んだという南畝であれば、『濡衣双紙』の次作である『鵜物語』を読まない方が不自然というものである。

おそらく『鵜物語』は、内容の面において、すでに南畝が評価する読本の形からは逸脱していたのだろう。女性登場人物の惨劇を描く作風こそ南畝の嫌った作風だったからである（本書第三部第二、三章）。

『鵜物語』が出版された文化五（一八〇八）年は、読本出版点数がピークに達した年であった。こうした盛況は、読本読者の裾野、すなわち市場が拡大されたことと無関係ではあるまい。そうである以上、作者は自身の創作意志よりも市場の「好み」を優先しなければならない場面に出くわす。たとえば、高木元は馬琴の『松浦佐用媛石魂録』を取り上げ、前編（文化五〈一八〇八〉年刊）において「流行」に合わなかったストーリーが、後編（文政一一〈一八二八〉年刊）において大幅に改変されたという事例を伝えるが[31]、これは大衆読者の動向に創作の方向が左右されはじめる時期でもあったということを如実に示しているだろう[32]。

時代は、『濡衣双紙』を以て読本のあるべき姿を世に問うた長根すらも飲み込んでいったのだろうか。その後の長根の読本について、南畝は何も発言を残していない。

注

（1）もっとも、ここで言う雅文体とはあくまで読本としてのそれである。中村明「文体の性格をめぐって」（『表現研究』20、一九七四年九月）の定義によれば、「文体とは、表現主体によって開かれた文章が、受容主体の参加によって展開する過程で、異質性としての印象、効果をはたすときに、その動力となった作品形成上の言語的な性格の統一である」。この定義に従うならば、本章で行うのは受容主体（当時の読本読者）が長根読本を「雅」と評したことに着目し、そうした印象を抱かせた動力を明らかにする試みである。

（2）大高洋司編『京都大学蔵大惣本稀書集成　読本Ⅱ』（臨川書店、一九九五年一一月）。
（3）『増補外題鑑』の本文は横山邦治編『和泉書院影印叢刊　増補外題鑑』（和泉書院、一九八五年一一月）による。
（4）『享保以後江戸出版書目（新訂版）』（臨川書店、一九九三年一二月）。
（5）近藤瑞木執筆「国字鵺物語」（『読本【よみほん】事典—江戸の伝奇小説』、笠間書院、二〇〇八年二月）。
（6）前掲近藤瑞木「国字鵺物語」。
（7）牧野悟資「『国字鵺物語』を読む」（『近世部会誌』2、二〇〇七年一二月）。
（8）伊原敏郎『歌舞伎年表』3（岩波書店、一九五八年三月）。
（9）前掲近藤瑞木「国字鵺物語」は「鵺といふことで、怨霊を三体にしたところが『国字鵺物語』の工夫であろう」とする。
（10）鈴木丹士郎「読本の語彙」（『講座日本語の語彙5　近世の語彙』、一九八二年六月）、野口隆「『椿説弓張月』の七五調」（『近世文芸』72、二〇〇〇年七月）など。なお、濱田啓介『近世文学・伝達と様式に関する私見』（京都大学学術出版会、二〇一〇年一二月）「読本に関わる文体論試論—言表提示の周辺」は、要素抽出型の強みを最大限に活かした論考で、分析対象を中世文学にまで広げて通時的な比較を行っている。
（11）徐恵芳「「忠臣水滸伝」の文体について—「通俗忠義水滸伝」の影響を中心に」（『文芸研究』53、一九八五年三月）、大高洋司「江戸読本の文体と『安積沼』」（『読本研究新集』2、二〇〇〇年七月）など。
（12）『古今著聞集』の本文は日本古典文学大系による。永積安明「解説」（『日本古典文学大系　古今著聞集』、岩波書店、一九六六年三月）によれば、『古今著聞集』の流布本は元禄三（一六九〇）年刊本（明和七〈一七七〇〉年再版）である。長根が依拠したのもこの流布本と考えられる。
（13）『鵺物語』の本文は関西大学中村幸彦文庫所蔵本（国文学研究資料館マイクロフィルム）による。
（14）『平家物語』の本文は国立国会図書館所蔵元和九（一六二三）年刊本による。『鵺物語』が依拠した『平家物語』『源平盛衰記』は叙述の一致から見て、いずれも流布本であるが、刊年までは特定しかねる。そのため、文章の比較は最小限の範囲にとどめた。

(15)『源平盛衰記』の本文は国立国会図書館所蔵無刊記本による。
(16)『狂歌觽』の本文は国立国会図書館所蔵本による。
(17)山本和明「京伝と和学―戯作者一側面」(『江戸文学』19、ぺりかん社、一九九八年八月)が言及。
(18)『狂歌仮名遣』の本文は国立国会図書館所蔵本による。
(19)『和字鉦濫抄』(刊本)の本文は『契沖全集』10(岩波書店、一九七三年一〇月)による。
(20)『古言梯』の本文は架蔵本(刊本)による。
(21)「はたとにらみたる瞋恚《しんい》の面色《めんしよく》、おそろしなどもおろかなり」(『桜姫全伝曙草紙』巻一)、「はたとにらみたる眼《まなこ》の光《ひか》り、おそろしなどもおろかなり」(同巻四)、「はたとにらみたる光景《ありさま》、おそろしなどもおろかなり」(同巻五)。京伝作では他に、「大《おほき》なる口《くち》をひらきて白気《はくき》を吐形勢《はくありさま》、おそろしなども愚《おろか》なり」(『善知鳥安方忠義伝前編』巻一)など。以上の本文は『山東京伝全集』16(ぺりかん社、一九九七年四月)による。
(22)「為朝《ためとも》よつ引《ひき》て滕《ひやう》と発《はな》つ矢《や》、少《すこ》し手《て》ごたへするやうなりしが」(『椿説弓張月前編』巻一)、「宝荘厳院《ほうしやうごんいん》の門《もん》の柱《はしら》に、滕《ひやう》と射《い》とめて過《すぎ》給ふ」(同巻三)、「よつ引滕《ひやう》と発《はな》つ矢、玉名《たまなの》太郎が内兜《うちかぶと》に篦深《のぶか》くぐさと立《たち》しかば」(同巻四)、「半《はん》弓彎設《きうひきまうけ》て抨《ひやう》と発《はな》つ矢《や》、過《あやまた》ず御曹司《おんぞうし》の面上《めんじやう》に飛来《とびく》るを」(同巻四)、「為朝《ためとも》よつ引て射《い》給へば、鳩尾骨砕《むなぼねくだい》てぐさと射徹《いとほ》し」(同巻四)など。以上の本文は日本古典文学大系による。
(23)『芍薬亭文集初編』の本文は国立国会図書館所蔵本による。
(24)正確には、巻一40、巻二19、巻三25、巻四25、巻五14、計一二三例。もっとも、これはあくまで参考値である。たとえば、「左《ひだり》は雌池《めいけ》右《みぎ》は雄池《をいけ》」(巻一)は対句として認めなかったが、「心驕《こゝろおごり》行濫《おこなひみだり》」(巻一)は認めるなど、対句の認定には論者の主観が働いている。
(25)該当本文は以下の通り。「右は聳《そびえ》たる石壁《おほいし》の苔翠《こけみどり》に左《ひだり》はかぎりなき北海《きたのうみ》の浪蒼《なみあを》く、真砂《まさご》に混《まじる》石《いし》は碁石《ごいし》の如《ごと》く鶏卵《とりのこ》の如く、瓜《うり》の如《ごと》く毬《まり》の如し。海上《うみのへ》に欹《そばだつ》巌《いはほ》は老禅《だるま》の壁《かべ》に面《むかふ》が如《ごと》く壮士《ますらを》の虎《とら》を搏《うつ》が如く、兒《ちご》を負《お》ふあり孫《うまご》を抱《いだく》くあり。眼《め》は尽《つく》るところありて興《きよう》つくる処《ところ》なく、足労《あしつかれ》ぬれど神労《こゝろつか》るゝ事なし。鎖《とざし》なき驛亭《うまやぢ》に宿《やど》り主《あるじ》なき茶店《さでん》に憩《いこひ》、日数《ひかず》経《ふり》てみよし野《の》の里《さと》にいたりぬ」(巻五)。浪肩《なみかた》にかゝれば千筋《ちすぢ》の白糸《しらいと》乱《みだ》れ砂日《いさごひ》に映《えい》ずれば万点《かぎりなき》の砕銀《しろかねうご》揺く。『濡衣双紙』

の本文は関西大学中村幸彦文庫所蔵本（国文学研究資料館マイクロフィルム）による。
（26）揖斐高『江戸詩歌論』（汲古書院、一九九八年二月）第四部第四章「和文体の模索―和漢と雅俗の間で―」。
（27）久保田啓一「大田南畝の文体意識」（『文体とは何か』、笠間書院、一九九〇年八月）。
（28）『燕石雑志』の本文は日本随筆大成（第二期19）による。
（29）前掲野口隆「『椿説弓張月』の七五調」。また、この時期の馬琴の文体観については、服部仁『曲亭馬琴の文学域』（若草書房、一九九七年一一月）第一部第二章「曲亭馬琴、その文体の確立―初期の戯曲性より―」、同書第一部第三章「再説、馬琴の文章意識―同時代の諸相、三馬と国学と―」に詳しい。
（30）『国字鵺物語』巻四、五で猪隼太の三子が次々と死んでしまう場面などは、馬琴『勧善常世物語』巻四で源藤太の三子が次々と死んでいく場面に近く、長根が馬琴流の読本に傾いているように見受けられる。
（31）高木元『江戸読本の研究―十九世紀小説様式攷―』（ぺりかん社、一九九五年一〇月）第三章第一節「『松浦佐用媛石魂録』論」。
（32）前掲高木元「『松浦佐用媛石魂録』論」は、文化初頭に流行した読本の特徴を「アクの強い残虐な描写」「猟奇趣味と残虐さ」と捉える。
※本章の目的上、一次資料からの引用に際しては、変体仮名を通行の仮名に改め、カギ括弧を付した以外は、あえて改訂を施さなかった。

資料編

一『いつのよがたり』翻刻

凡例

一、底本として、大阪府立中之島図書館所蔵本を使用した。
一、原則として、底本の異体字、旧字、変体仮名は通行の字体に改めた。
一、清濁は適宜変更した。
一、句読点、カギ括弧、改行を適宜加えた。
一、頭注は被注箇所の後ろに〈 〉で括って表した。
一、割注は被注箇所の後ろに《 》で括って表した。
一、丁数は、各丁表裏の末に（1オ）のように表記した。

（※外題ナシ）

何世語序

偉矣、往昔婦人之才之盛也、甚矣、今日国字之文之衰也、抑天曷以鍾秀乎閨闥、亦曷以閟美乎後生、可異哉、雖然古文所紀載、往々中冓牀第之事、猥褻鄙瑣、不可以声咳於正人荘士之側、豈哲婦之才偏（序1オ）長、而無大夫正大之識欤、但以其緒言之可徴、藻辞之可翫也、後世詞流、手而不釈爾、予間得何世語之編読之、蓋以寓言、包括近時偉蹟、補以可欲之挙、構成一代盛事、仮其可美、形今可刺、編裁一巻、凡自袵席之間、及天下之大、可以（序1ウ）鼓頽風滌頑習者、大綱粗挙、蓋君子憂君閔世、陳善閑邪之意、而廁以間情游戯之筆、以銷憤厲之気、可謂深得風人之体、然而詞理典雅宏麗、勢紫諸姫彤管之遺、煒然可復覩焉、編中所載国詩、亦皆雄渾襛粋高攀前人、一掃（序2オ）近世齷齪拘攣之調迺所謂事文才識、於是為完矣、奇者、竹里子跋之、謂嘗獲諸芳之一山翁之言貌不凡、恐即出乎其手也意竹里子、以編中有觸忌諱者、不敢面質其然否耳、竹里子者、吾畏友加藤君子常是也、君之学行、固吾党巨擘、而（序2ウ）旁長国詩、能古文、世之所推服、是編既慨乎当世、而筆鋒詞気、亦与其平日之製惟肖、乃安知非其所自著、而託名於何人乎、予亦避諱、不敢究詰也、

明和甲申九月（序3オ）

竹山居士中井積善撰（序3ウ）

院のみかど、みこあまたおはしましける中に、御このかみなるが御位つかせ給へりしが、いくほどなく雲がくれ給ひ、春宮、御位にたゝせ給ひける。まだいとはけなくおはしますほど、孝経といふふみよみはじめ給ふに、「これは何をかしるせるふみぞ」ととはせたまふ。侍読の心にもふかきむねはえやはさとり給はんとて、「これは人の子のおやにつかふる道を、くじなる聖のをしへ給ふなり」とあさげにいふ。「あなめでたのふみや。あめつちもやがて孝の道ゆく物とこそみれ」とのたまふに、侍読は身の毛たつこゝちして、「おぼろげにときたがへなどせば、かへりてもどき給ふに恥うる事もぞある。もとよりことなる御ちごおひや。やまとだましゐのざえひ（1オ）ろくすゝみ給ひて後、あめがしたしろしめすらん御代こそ思ひやらるれ。老ぬる身をもせめずして、いかでさる時にあはばや」と、おのがじゝいひあはせてゑみさかえたり。

おほきおとゞ《ヒルガホ大臣》の御娘の更衣ばらに五百の宮と申みこいまそがりけり。御いもうとの姫君は大納言《楓大臣》の御むすめの女御になんおひ出給ふなりけり。うへは此女御を后がねにおぼしおきてたるを、こなた《ヒルガホ之方》にはいかゞおぼすらん、四月のころより女御いさゝか御なやみとて、こもり給ひしが、たゞならぬさまにて、御さとにまかで給ふ。

さるあひだにも、うへは又みいれ給ふ方もなく、うるはしくて過し給ふを、「いかで御こゝろなぐさむばかり

のわざも」と大納言《楓》おぼしめぐらして、もの丶つゐでに御あそびもよほさる。菊花の宴《九月九日》はて丶、人々まかで給ふを、やがてとゞめて、おかしからん物語（1ウ）どもしたまふ。「いでや、近き世にめで興ずるたぐひ、こ丶らあるべし。さる物、歌にとりもらしたる、くちおしからずや。花にていはゞ、連翹、金絲桃など、萩、山吹にたちをくれんものかは」とて、中将《連翹》、

冬《翹中将》がれの柳のいとに黄なる蝶のはねをつらねてあがるとやみん

といひもあへぬに、しりべより、

ほさ《金絲侍従》でのみ色染けりな花の名もこがねの糸のさみだれの比

と侍従、口とくこたふ。うへ、ほ丶ゑみ給ひて、「おほかたかくよみならはさぬたぐひは、和名あるも耳とをければ、から名を詞にまはし、あるは似たらん物によそへてぞ、それともしらるべくよむべき。されば、なぞ〱などのやうにて、あはれと見、なつかしと思ふふぜいはなし。さるはさてよまでもありねかし。さのみ（2オ）いひもてゆけば、才しぞき心ぬるみて、ふるきあとなからんかぎりはわが心とたくみ出さんもかたく、ふくる丶むねおさへてやまん、いといふかひなし。いで、さば、こよひはなぞ〱遊事してん。いでや、牡丹をばもろこしにはいみじうめであへるを、ふかみ草とかよめれど、耳とまるばかりのこともなし。げに、色も香もにる物なきものから、なつかしう心にまかせたるふぜいは、野山にわざとならず咲出たる萩、薄などにはをくれたるかたやあらむ。さはれ、芍薬をばをくらしたるなん、いかにぞや。

ふかみ草に咲つぐ花よそれも又あはれとみずや同じかざしを

何かあはせつべき」ときこえ給ふに、中将《翹中》、

から《翹中》人のたて丶めづてふ春の花の名を秋草にたれかかしけん

「かえでの春の紅こそ秋にも猶まさりてみゆるを、『かくこそ（2ウ）秋の』とめでける後は《勢語に、「やよひばかりに、かえでの紅葉のいとおもしろきを折て、女のもとに道よりいひやりける。君がためたをれる枝は春ながらかくこそ秋の紅葉しにけれ」》ふり出てもなど興

ぜざるらん。これをぞ」とて大納言、
　小《楓》車をとゞめてみずや秋よりもふかきはやしの春の
　　紅
「秋はた霜の葉をのみやいはん」とて、藤参議、
　名もしるく雁鳴わたる秋まちて草の籬をてらす紅
「『かまつかの花、名ぞうたてげなる。雁のくる花ともじにはかく』と清少納言がいへるや、そならん。桐をば秋風につけてこそあはれともみれ、花をばかの納言もおかしとのみ見て、さてやみぬるこそくちおしけれ」とて、右衛門督《童殺衛門》、
　さく桐の花はゆかりの色ながらあはれと人のなどみ
　　ざるらん
「ひるがほのおぼつかなくつゝましげなるや、たぐふべからん」と（3オ）て、おとゞ、
　朝露《ひるがほ大臣》のひるまを時と咲花も草葉かくれに面かくれし
　　て
「それもやがてあせゆくならひこそあはれなれ」とのたまふも、ふくめるところありけむかと心しれるはつきしろふ。

「さ《大臣云》るたぐひも多くは清氏が口にもれざらんを。いで、やがて、かのかける草紙と紫が物がたりといづれぞ」「こ《右衛門督云》は貫之、みつねがさだめめきて、いづれを上に、とわづらひぬべきを、式部はふかき才をかくし、納言はさかしらだつべからん」といふ。「そ《中将言》れもさることにて、長やかに書つゞくるは、をのづからことばものびらかに、ことみじかなるは才はしるこゝちす。さはこれかれ相かへば、ともにさぞあるべきかし。さはあれど、人の本性おもひみるに、式部はこゝろさまおいらかにかきくづし、物いふとも心をかるまじきゝはと（3ウ）かの日記など見るにも思ひはかるゝを、かれは《清少納言》、などやらむ、物のたどりともしききはなどは、一ことにも心のそこみとをされんずらんと、いさゝかにくさげのまじりてみゆるほどなん、をくれたりとやせん。さはいへど、ありがたき才とこそみゆれ」と中将のたまふ。

　ひぐらしの命婦とて、かの志斐のおうなめきて《志斐嫗の歌、万葉にみゆ。多言の女也》かしがましきありけるが、例のさし出て、「松たけとたかうなといづれ」と、ふと舌どにいひ出けるこそものぐるほしく、あなうたて

とみゆるを、「猶《楓言》さだめせば、おかしからんな。松よ竹よ、ひとへにをとりまさるけぢめわきがたかるべきを、詩にも歌にも、たかうなをこそ物にもたとへ興ずれ。松たけとはかけてもいへらぬはなぞ。そも、梅の花をば詩にも離騒にももらし〈万葉集の菊、古今集の萩もあやしきぞ〉のびるところなどいとさしもあらぬ物を、あがりたる代にはやごとなき（4オ）がことのはにもかゝれるためしなくやは」などいひもはて給はぬに、かのあつかはしき声して、「この定めは味をこそくらぶべかめれ。竹のこゝちよげに生いづめるを、皮ひきはなちたるきさのきもてきざみいでたらんやうに清げにうるはしきを、うちかむほどかほるとしもなきげの、口にみちてさはやかにおぼゆるはすてがたけれど、猶近き山にたけがりすとて朽葉かづき出たるを、やがて木のはしで焼たらんかほりのこゝちうきたつばかりなる、いくらばかりしてかはらにはみつべき」と松に心よせたる。「あなかま、しぞけ」とせいせまほしきを、「はらだゝば、猶いかならん」とおぼしのどめて、「さば、さだめせん。かの愛蓮のことばにならはゞ、竹は味の君子なるもの、松は隠逸にておかしきけぞそひたる」など、「あやしのはざしつ《判者》」とてわらひたまふ。かみ《右衛門督》にむか（4ウ）ひて、

　千《楓》世をふるみさほあるをもくさびらのはかなきもなどたけといふらん

とて「わきまへよ」とのたまへば、

　み《右衛門督》さほをば何かくらべん木にもあらず草にもあらぬたとへばかりぞ

命婦は「からくさの定めや」と心ゆかぬかほしてしぞきぬ。

はつかあまりの月、やう〳〵さしのぼる。東の大将の御かたみとて、後、おとゞへまいらせ給へる貫之のならせる琴、大納言《楓》とうで給ひて、「更衣に」とそゝのかしきこえ給ふ。「《更衣言》いかでさる名器をけがし侍らんや」とて顔あかめたまへる。「いといたし。などかさはあらん。御心とゞめて手をつくし給へらんは、おもておこすわざにこそ」とあながちにせめられて、「心やりばかりに」とかきならし給ふ。弁少将、はうしとりて、秋風楽うたひ給ふを、うへもおとゞもさ（5オ）しいらへ給ふに、人々も涙おとしてめであへるあまりに、ひき物、ふきも

の、心々にめしよせてうちあはせたる、いとおかし。前栽の虫のやゝよはりたるしも、今のしらべに催されて、さかりの声に鳴かへすらんこゝちす。をの〱まかで給ふほどは、みかうしのひまあけぬべし。

つとめて、女御より御文《更衣へ》あり。「よべ、ほのかにも、

（※一行分空白）

この《文詞》比の空いかにながめ給ふらん、とうへの御うへおぼつかなくおぼえ侍りつるを、うれしくも」とおいらか《評》也。「うはべこそことよくとも、水鳥の下の思ひこそうしろめたげなれ」など、ふるごたちぞさかしらすめれど、いかゞは。

雲《更衣》のよそに君をへだつる此秋は月も光のなき心ちして（5ウ）

「あたりの《文詞》しらべにまぎらはしつるかきなでを」とあり。かたみに《評》へだてぬ御なからひどもの、いみじうゝらやかなる宮のうち也。

うへは、さはあれど、ちかきよにすたれたることゞものおほかるを、かべにむかひてまなこひろがらぬけにや、いかでとおもひおこす人だになきを、あまりある御うらみにて、色にも声にもうつらん御心のひまなげなりかし。

まづ国史の事をはじめと、中務の宮もおぼしすゝめ給ひければ、「ともにいひあはせ給へ」とて、東の大納言の御はらからなる宰相《落葉》のざえかしこくおはすめるにおほせたまふ。六史の例は事のわかちも人のけぢめもさだかならぬとて、「班馬のあとをふみてを」と聞え給ひけり。「末の世のかゞみとあるべきを、筆をくれたらん、いとみぐるしかる（6オ）べし」とて、世にゆるされたるすくずの《宿》かぎりを国々よりめしよせらる。「はた人の才をおふしたてん」とて、大学寮をおこし、及第などもあるべき御くはだてとて、昔のあとからがへさせたまふ。

一夜、ひがしのひさしに文《帝》くりかへし給ふに、灯そむけたるかたに、暁ちかき月の影あるかなきかにうつりたるに、ふとめうつし給ふ。さはおまへなる松のいとふかうしげりたるなめり。「とのゐやたそ」とめすに、干城とてさぶらふ。「この葉わけのあまりにねたげなるに、歌ひとつつかうまつりて、このうらみはるけよ」と聞え給ふに、さしうつむきてとみにかほもたぐべうもなげなり。「さな恥らひそ。まろ忘れたり。年ごろ歌のたどり

をろかにて武事に長ぜりときゝぬ。歌はわが国ぶりの詞なめれば、おこ（6ウ）なひのあまりにはあらまほしきわざとこそいへ。これをわが国の道として、そなたの才いみじければ、をのづから世のおぼえことに、時の人とあがむるほどに、かぶりいたゞくかぎりは、わがそく《職》と心うるこそ、かへりては不学の恥あらはすわざなれ。武官かけたらんきはなどの、ことに其わざにくらからんやうやはある。いでこゝろみに月うとからぬばかり梢すかしてよ」とのたまふに、「うれし」とむねあきて、やがてくゝりたかやかにあげ、斧とりて二つえばかりの梢にいともやすげにのぼり、かさなりたる枝みつよつうちおとしぬ。うへ、うちゑみ給ひて、

われ《帝》みきと人にも告ん月のくま払ふはたけき武隈の松

「今は蔵人なるを、みかさ山〈三笠山　大中少将を云〉遠からずたのめ」と御けしきたまはりしが、あくる年、かうぶり賜はりて中将にぞなりける。（7オ）

同じころにや、院は近き世の歌ざまのまことのすぢはなれゆかんことのみあさましきことゝやおぼしけん、ちかくはたえにたる撰集といふことおぼしおこして、みなみのみかどにてゑらばれし新葉より後の歌どもあつめんとしたまふ。

「ひとりのさだめにおぼろげのゑらみせんは中々なるべし」とて、同じ心かはし給ふなるおとゞ、藤参議、むまのかみなどにもおほせあはせて、うちの御ふどのよりはじめて、伊勢の御かんぐら、住よし、玉津しま、猶さるべき所々までもとめ出し給ふ。もとより家々にひめをけるをばさらにもいはず、「これぞ此道のめいぼく」と牛にあせしてもてつどふめり。さる中に、女の才なん、ことにいにしへにをとりぬらん、いづれをかまきにもひろはん。さ《評》れど、女のざえある、なか〳〵（7ウ）よからぬなかだちともなりぬべきを、これのみ今の世のとりどころならんかし。「《院言》さても、新勅撰に順徳院の御をばもらしたる心をばしらず、かんとうの人、あるは下が下ざまのいやしきはといふともとるべからんをとり、一の人とあるとも、さるまじきをばすてゝよ。世にへつらひあらん、むげのわざ也。さりとて、あまりにきず求むとて通俊が『花こそ』のそしりのこすわざなかれ」など

《宇治語云、「通俊、後撰を撰ばれし時、泰兼久、『こぞ見しに色はかはらず咲にけり花こそものは思はざりけれ』といふ歌をみせしに、通俊見て、『花こそといふ文字、女の童などの名にしつべけれ』とてほめられず。兼久、『此殿は歌のさま知給はざるにこそ。かゝる人の撰集承る、あさましき事哉。四条大納言歌に、『春きてぞ人もとひける山さとははなこそ宿のあるじ也けれ』と詠る、めでたき歌とて、世の人口にのりて申める』と云」》、思ひくまなくをしへさせ給へり。さるは、やまと、もろこしのふみの花、此御代の風にひらけたりと誰も〳〵いみじきことにおぼすべし。

　女御は御産とをからぬほどなるべしとて（8オ）、処々の御祈ひまなし。こぞの春にや、いかでさう〴〵しくわたらせ給ふに、「おのこみこひとり、たゞに」と母宮おぼして、難波のほとりに大とこあなるに、このおぼすやうかすめきこえさせ給ひぬ。大とこ、いなみ申けるを、あながちにせめ給ければ、年ごろねんじたりける仏と真言のいみじきことば書て、「御みづからいのらせ給へ」とて奉りぬ。宮、やがて其よしつたへ給ふ。女御答「いとありがたき御心のほどを思ひ給ふるものから、かしこき御ことゝかつは思ひ給ひはべれ、ことかたにさへなからんにこそ、さるねがひをもしはべらめ。『かならずこなたに』とのみいのらんわたくし心を、何の神仏かはうけひき給はん。仏はとゞめて、後の世のしるべとたのみ奉るべし」とて経文はかへし給ひぬ。母宮心「いとはづかしくあさましき親心や」と、あたりの人（8ウ）きさへよそにやもるべからんと、御涙さへつゝましげなり。大とこへも、しか聞えやり給ひければ、大徳舌うちふるひて、「さる御心なん、何の祈にもまさらせ給ふべし」と聞えしが、ことしかくおはすにつけても、「かのことばむなしからずや」とたのもしく御心のうちに待きこえ給ふとか。

　霜月にぞ、たいらかに玉のをのこみこおひ出させ給ひける。内も外も、御よろこびの光みちてゆすりのゝしるめり。御うぶやしなひなど、かたのごとくになくありける。院よりも、むつきに鶴のぬひものして松にたけおひさかりたるかたつくりたるに、

院　わが齢君にゆづるの毛衣を松のちとせに重ねてもきよ

御としのほどよりはわかやかなる御手して書給へり。「御かへりは御こゝちむつかしかりぬべきを」と侍従はいへど、「筆とらん（9オ）はけがれあり」とて宣旨がきにし給ふなん、うへやわらはせ給ふべきかし。

限《女御》りなき君が齢にあえてきんちとせもかねてしられつる哉

おほかたのかしづきも兄みこにくらぶれば世のおぼえことなるを、おとゞ《ヒルガホ》はねたしとおぼすめるを、更衣は猶なま恨めしとおぼすべかめるを、思ふにもにず、「春日の山に出る日は」〈古今〉などいひやり給ふべし。御《女御》いみのかぎりとて、まうのぼり給ふを、うへの御つぼねに待《帝》とり給て、御ちご《今上》をばみづからいだきあげ給ふ。兄みこはいとかじけてみえ給ひしを、これはふくらかにつぶ〳〵とあかめるこぶしをすひ給ふを、あかずらうたしと見たまふ。御母はすこしおもやせ給ふが、ことにあてはかにあいげうづきたり。「いかにさはやぎ給ふや。久しうみざりつるおぼつ（9ウ）かなさを」となつかしう語らひ給ふこと多かるべし。「《女御言》かのかたさま《ヒルガホ方》のおぼさんところもあるを。いかにぞやとこそおぼえ給ふる」などのたまふ。「《帝答》などかさはあらん。かれ《更衣》はおとゞのをとり腹なるを、しかくして后がねとはかりたまへるなん罪あるわざなるを」とすく〳〵しうのたまふ。

其ほどより、院、御いたづきとて、うへもひそかにわたらせ給ひ、くすしどもめしあつめて、とひあはせなどし給ふに、たゞひとつ口に、「人参湯を」とのみいふめるを、「《院言》さるものなすゝめそ。菜はざけ《邪気》をかるものとこそきけ、たまきはる命つぐべき物かは。稀ときく齢にはたちばかりくはへぬる身の、ことになやましとすることなくてよはりもてゆくは、いくべきかぎりつきぬるなめり。何でう、草根のすくふべきにあらず」とて、かへさひ申さば、みけしきあしかる（10オ）べくみえ給ひければ、唯ひそかに加持などやせさせ給ふらん。日にそへてたのみなくものしたまふにつけて、かの御ゐらびのすぢなん、御心にかゝりたれば、人々をめして、序文のことよりはじめて、いとたえ〳〵に聞え給ふ。「清輔が『続詞華集』《此事、『拾芥抄』にみゆ。》ゐらびしに、なからにして、帝、かくれ給ひければ、勅撰の数にいらざりけるぞ、うらみすくなからぬ。こたびは其例なたづねそ」とのたまひさして、ほろ〳〵とこぼるゝ御けしきなるが、夢のやうになんうせ給ひぬ。上中下、おしみ奉らぬなし。後の御わざども、例よりも事そへ給へり。

院号定め給ふべきよし、おとゞたち、いひあはせ給ふにつけて、「いでや、うへの、たまひしことなんある。『あがりたる世には、尊策とて、ありし御徳をかたどりて文字をえらび（10ウ）けるを、宇多の帝、灌頂の後、法皇と申せしよりおぼしをきける御心にや、諡をも奉らず。冷泉のみかどより天皇の号を申さず。よゝをへて、をくり名のいはれわきまふる人なんなくなりにたるこそあさましけれ』とこそ聞をきつるを、こたびはむかしのをきてにかへしあらため給ふべしや」とて、『尚書』の中に、さるべき文字とり出て、倚廬のおましに奏し給ひしとや、何とか定まりぬらん。

又の年のむ月にや、みしほ《御修法》をこと方にておこなはるべきさだめあり。あるまじきことゝ、おとゞはおぼして、「おほかたの事、ふるきによりてありなん。何ごともあらたまりゆくまゝに、などやらん、もろこしの風にのみ吹なびかされんかと、あやしうや世人ももどくべからん」などいさめ給へど、うへは御おもゝちかへ（11オ）させ給ひて、「いかでもろこしにならはむとやはせん。道は、わが遠つみおやの道なめるを、世のくだりゆくまゝに、人の才をとり、四つの道、大かたたど〳〵しく、文の才は下ざまにのみうつりはてゝ、僧、法師をいうそくとあふぎしたしむほどに、ひとへに『仏の道にいざなはん』とはかりて、神をさへ『仏の化身』など、いとけしからぬまでいひなすを、まどはしやすきならひに、『さることにや』など、ふみたがへきて、かへりてはむかしのおきてをさへ、あやしうことさらにかまへ出したらんやうにおぼすことこそ、むげにいふかひなくこそあれ。弘仁のころにや、勘解由使の庁をはらひて、真言院をたてられ、空海におほせて、みしほ行はれしより、何のずけう《誦経》けう、くれのはかう《発講》など、代々にことくはへて、ゐびすの国の風に吹（11ウ）まどはさるゝことこそあさましくおぼゆるを、もろこしの聖の道をば、さるものにて、わが神のをしへをだにたどりしれかし」と、ゆるぐべうもなく、すくよかにのたまふ。

「さはあれど、さてもあらんかぎりは、さてもありなん。今、初めたることにはあらねど、わが祖先とある代々のみさゞきも、荷前の使するより、はなれては、まことしらるゝも、うなひ松面影ばかりのこりたるあるは、其御あとなん其ほとりとかなど、さだかにたどりしるべくだになく、田長、きこりのみちとなれるもあなる。これはたしのばれぬべくは、何をかはしのばざらん。ふるくは、天皇、々后、太子、内親王、諸王より、名臣の墓まで、手々にぬさ奉り、みさゞきには、陵戸五烟、功臣の墓は墓戸三烟を置れ、其つかさして、垣、溝、路、橋をもつくろはせなど（12オ）せしを、いつの世のみだれよりか、さることみな絶て、唯寺院をのみ造りそへて、こゝのこし《九重》の塔、七の堂など、いかめしくみがきかゞやかすほどに、山はあらはに、斧の音しげく、野は時をうばゝれて、こゝもかしこも同じ仏をつくりならべ、さう《庄》ゐん《園》おほくよするに、まろなるかしらみち〳〵て、手をむなしくして、よね、きぬを費す事、いくそばくぞや。さて、仏のにくみさへなからまじやと、いとあさまし。さりとて、今こぼちすてんも、めざましかるべく、みさゞきあらためんも、民のなげきとあるべければ、しばらく、さてしのびなん」と、いたらぬくまなき御心を、たれも〳〵めさむるこゝちすべし。

あづまよりは、とみに御使のぼりしが、「御はふり《葬》のほども、おとゞへ御せうそこありとて、はしり参らまほしきを、しづめとあ（12ウ）る身の心にもまかせぬこそ、今一きはことなる悲しみになん。

　思ひやれ《東の君》つゐのみゆきもそなたぞと雲井のよそにしたふ心を」

うへ、見給ひて、「このかへり、まろせん」とのたまひて、「御こと《返詞》はりにこそ。されど、遠きさかひなるは、さてもありなん。

　こゝながら《帝》つゐの別れにをくれゐて独みをくる心しらなん」

いでや、ちかき世となりては、天が下のまつりごと、東の御心ひとつにまかせて、国々の守といふも、たゞこのおきてに従ひもてくるまゝに、さき〳〵のとの〳〵《将軍》御いみのほどなどは、近き市町をばさらにもいはず、いか《五十日》のほどは、海の釣、山の猟をとゞめ、ものゝ音とは、みねの嵐、いそうつ浪をもひそませつべし。諒闇はひきかへて、みやこの外はわづかに十日ばかり物のひゞきとゞめられ、魚鳥のいましめもなく、よろづゆるやかにの（13オ）み、おきて給へるこそ、「いとあまり事そがれたるわざや」と下がしもざまの心にだに、あかぬことゝおもへるを、こたびはあらためて、大方、東の御いみよりは、やゝおごそかなり。

又の年、兄みこ、うせ給ひぬ。もとよりかよはくおはしましければ、「も《更衣言》し立坊のさだめあらば、弟《今上》みこにゆづりて、御みづから《五百宮》は、世をしづかに過し給へらんなんよかるべき」と母みやの思しけるを、それだにおほちおとゞ《ヒルガホ》は、「くちおしう、あるまじきこと」ゝいさめ給ひしに、かゝれば、夢にふしたる《ヒルガホ大臣心》こゝ地して、うつし心もなく、もゝよぶことゝ泣くらし給ふ。母宮はまいて物もおぼえず、ひきかづひてのみおはします。うへも、めづらかにうつくしみ給ひしを、「わか子の世をば」〈なよ竹のわか子のよをばしらずして生したてつと思ひけるかな〉とのみくりごとにし給ふめり。かくうちつゞきたる御なげきどもに、世中（13ウ）しめりて年暮ぬ。三年の御いみ《院の喪》はてゝ、女御は中宮のそく《職》にのぼり給ふ。更衣は、今はいとたづきなきこゝちにて、「山はやしにも」と思ししづみ給ふものから、宮《中宮》のいとねんごろになぐさめたまふを、いふかひなく立はなれなんも、心しらぬやうなるに、父おとゞもやまひにふし給へるを、われさへ世になきものと、はひかくれたらんには、猶いかにおぼしなげかんと、いとおしさに、心にもあらぬまじらひをぞし給ふ。

東には、夏のころより巡察使を国々に遣はして、おほやけの田のかぎりをたゞさしめ給ふ。御使のかしらだつは、もとはいとげすなりけるが、たみのわざをも、ありふるさまをも、あくまでしりたるを、さるかたのそくにめしあげられたるなめれば、こたびは、「をのがこうあらはさん」とて、（14オ）あまりの畔のかたはらをもわたくしせりとはたり、いそしろ田をも六十となし、やぶ、のら、島、すさきまで、田づくりすべきかぎりをば、あら田にひらきなどするほどに、五つの内つ国にても、田、いく千町、みつぎ、いくそばくをかますらん、あがりたる世には、一反の賦、稲二束とか、さるうへに、煢独田など名づけて、たづきなきものゝやしなひにそなへたる、と物《延喜式、令義解》にもしるせるを、さばかりこそあらざらめ、さのみは又いかゞはたがへすまゝに、うえおるまゝにこゞえ、身のあぶらのかぎりしても、おほやけのせめ、猶ふたぎがたきを、「骨かれてしなんよりすべなし」とて血に泣てなげきけれど、虎、狼などのほゆらん声してせむめれば、所のおさなども、かしらもたぐべう（14ウ）もあらずかし。

「さりとて、さてあらんや」とて、かうづ《河内》、津の国の民、所々ちかごとして、いひあはすることありけらし、さることはかると聞に聞伝ふるかぎり、後のとがめをもはじめに心きはめて、みの、笠、かれいゐまでとりしだし、めせたる親をおひ、めこひきぐして、内の御築地のめぐり、雲とかすみとむらがり来たり。

「こは何ごとのいできにけるか」と、みやこのさはぎたゞならず。「おほけなく《衆言》、みかどにうたへんとすなり。しか〳〵のくるしみ、せんすべなし。神のおほんのおほんめぐみたのまずは、いづこを露の命のかゝりどころとはせん。上を警し奉る罪、さりどころなし。うえしぬべきいのちを、こゝにきられんと、ひとつ心にはかりあはせたるなめり」と、らう《評》がはしき物から、あはれ也。

近衛づかさの（15オ）舎人、雑式など、「弓よやなぐゐよ」とさはぐめり。されど、あら〳〵しくやらはゞ、あやしき事もぞおこるらんを、先すかしこしらへてん、とて検非違使、いでゝ、「なんぢらがねがひ、きこえあげて空しくせじ。先しぞけ」と高やかにいはせけるに、やゝしづまりぬ。あやしきけはひもりきこえて、御《帝》涙ふくませ給ふ。「やがて東へおほせ遣はさるべし」とさとさるゝに、「さるうへは罪うるとも恨みなし」とみな手をつくり、ひたいにあてゝ、をのが口々にかへりぬ。

東には、飛鳥山のたか狩にて、さきざきの殿はかうやうのことも、いとこちたくありしかども、「さはあるまじきことなり。猟てふことも、なげきあるべき下ざまのくま〳〵をもみあらはし、かつは弓馬のこゝろみせん」とて、本ゐなるべきに、近くは田はたをふみまどはし、さらぬ時さへ、狩（15ウ）場と定めたるところは、鳥けものをおふをも常にいましむるなど、なか〳〵せばきそのをひろしといとはれぬべきわざ也とて、さばかり人おほうもぐせられず、むまごの君をぞいざなひたまふ。

かりみだれけるおり、ずさ《従者》ふたりばかりして馬のりはなち、おくぶかうかけめぐり給ひて、あらぬ川岸に出給ふに、山賤二人、おひたる柴おろして、ひさごして酒のまんとせるが、ふとみつけて、「あやし。いづこよりぞ。けふなん、うへのたかゞりとかきく。さるは道まどひ給へるにや」といふ。「さ《東殿答》ぞとよ。つかれたり。一杯をわかちなんや」とて、やがてかたはらにふし、よゝとかたぶけて、そら酔にさまざまかきくづしかたらひ給ふを、「う《樵者言》へこそ後の世のためしにもひきつべう、御めぐみふかくおはすべかめるを、つかさ（16オ）づかさのふくつけうきたなげなる心々に、悲しみをよろこびにいひまげて、下のうらみを上につみかさぬるこそ、はてばていかにやと、うたておぼゆるを」など、をのがどちひたいをあはせてだに、かべのみゝおそろしかるべきを、狩の御ともとみつゝいひつゞくるも、酒をなかだちにて禍の門ひらくらんかといとおし。「そ《殿心》よや。時うつりぬ。人々もて尋ぬらんを」とおぼして、それが名ところしるしてかへり給ひぬ。ほどへてだれよりとなく物たびけるとなん。

暮おしみて、猶きほふほど、京のつかさより、はいま使して、かのうたへのさはぎつげきたる。「さ《文詞》るうへに、猶おなじさまにせむるともよもうけじは」と、御ことば《宸言》のまことうしなはむもあさましかるべし。「ともかくも、とくはからせ給はなん」となん、引つゞきておとゞ《楓》（16ウ）よりも又御文とはせらる。

帝　難波がたあまのもしほの焼がごとなどからくのみなる世なるらん

とうへもおぼしなげき給ふとなん。

楓大臣　とがむなよそなたの罪のかゞみにはうつしかねたる民のなげきを

猶こまやかにおぼすことゞも聞え給ふべし。殿、かしこまりにたへず、一日のえものもいかになりけむ、やがてかの使めしかへし、うたへせしたみどもゝかしらだつもの、これかれめしよせてきこしめし、さだめおほかたありしまゝにぞゆるめさせ給ける。おほやけおどろかし奉る罪、よの常ならば、かしらきりたらんばかりには猶やむまじきを、「うへのあはれさせ給ふがかしこし」とて、命たまはるかはりに、ぜにそくばくめしあげてゆるん。

されにけり。

うへは猶御心やす（17オ）からず、「さる鬼蜮なる者いできて、たいしかはらのなやみとなるも、思へばわが不徳のなすわざなるべし」と、いたく御身をせめて、これより御位ゆづらんの御心つき給ひけるなるべし。

十一月に、みこ《今上》、坊にたゝせ給ふ。まだいときびはにおはしましけれど、おぼしたちける御いそぎのゆへなるとかや。

やよひの比ほひより、高陽院つくり給ふべき御もよほしあり。古院のふるみやのいとあばれたるをはらひてしつらはせ給ふ。ことにかゞやかしきことなく、常のおまし所は東にむかひて、前栽の石をも木をも、多くはもとのすがたうつされず。かの六條の院の町々いどみかはすべきかた〳〵もおはさねば、さるかまへもなし。辰巳のかたに松杉こぶかくしげりたる中に、高どのめくやあり。（17ウ）ふるく此宮らうじたるぬしあり。すこしもうごかさば、ことなるたゝりあり、といひ伝へて、古院つくられし時も、さてをかれし也。年をへて、簾もすのこもくちまどひて、くちばみ、かはほりのすみかとなり、きつになどあやしのもの、所えてけるを、「なでうよこしまなるものゝらう《領》じさまたぐるやうやある」とて、あとなくこぼちはらはせ給ふ。「ひめ君のやゝおとなしくし給ふが、こゝにうつろはさば、中宮もをのづからすみつき給ふべきを」とおぼしよりて、宮つくらせ給ふなりけり。こなたへのあはひにみかさ水流れたるに、「橋わたさるゝこと聞ゆやも」〈万葉七　せの山にたゞにむかへるいもの山こときゝゆやもうち橋わたす〉といはまほしげなるあたりなりけり。「あはれ、さかりの御代なりせば、何の龍ぞといふばかりもあるべきを」とおぼす人もありけんかし《阿房宮賦　長橋臥波未雲何龍》。

明の年の（18オ）五月に、みくに譲りありて、うへは院にうつろひ給ひけり。

九月に、春宮、御位につかせ給はんとさだめあり。みかど《今上》はまだいとわかうおはしましければ、おとゞ《楓》、摂政し給ふ。されど、猶大かたのことは上皇ぞきこしめし給ふ。其ほどより、いさゝかへだて《上皇と楓大臣と》あるさまに見え給ふを、宮《中宮》は心うきことにおぼしなげきて、紫のうへの人しれぬなげきども、まさしきやうにおぼししらるべし。

東の殿は、御心のうちいとやすげなく、「かの山賤がことこそかしこきさとしなるらめ」とおぼしあはせて、「大夫の監がすゝめにより、みづからこころみをろかにて、さるひが者もちひぬること、おもふにも罪さりどころなうこそあれ。さはみけしきあしかるべきを、なだらかに御らんじゆるして、立かへり御身のとがとおぼしなす（18ウ）こそ、なか〳〵身のをきどころなう、『虎兕柙を出る』のをしへ、身ひとつにせまるこゝ地して、ありしさまにもありがたし」とて、御そくかへし奉らんの御心さだまりにけり。

一日、太郎君の大将をめして、「わがこたびのあやまちにてしろしめせ。まめなる言は耳にさかひ、心とるはよろこぶならひ、人の家国をやぶる、みなこれよりなると、よくしりて、さることまどはじ」とゆるみなくてたにげんにあやまられて、「盗臣にくらべても猶をとるなる者をあげ、めのまへに限りあるものをまさんとて、しりべにひとせかいの心をうしなふをしらざりつるはかなさよ。監が本性そこおそるべき者と、みな〳〵ざえはしりて何事にもわが心のさきにたちて、かゆきに手ゆくこゝちせしほどに、霜のやがて氷りするをしらざりつる悔し（19オ）さよ」と、かへす〴〵きこえ給ひけり。

十月には、将軍の宣命下さるべき定めあり。内のおとゞ、源大納言、上達部、殿上人も、これかれとゐらび出さる御ついでの、けふあすといふに、中務の君、「むまのはなむけせん」とて、下りの人々をまらうどざねにて、親しうし給ふかぎり、川原の宮につどへ給ふ。

このみやは鴨川にのぞみて、東は大びえをおやにして、其子、むまごと、みね〳〵つらなれるを、たゞこの宮の物也と、みわたさるめぐりには、竹ふから植わたひて、あやしき木どもしげらせたり。

わかき公達など、「めづらし」と高欄にをしかゝり、前栽にもまじりてめでたまへり。散残りたる紅葉の風待ちがほにはら〳〵とさそはれて、かり衣の袖に散かゝりたる。宮《中宮》、中納言《落葉宰相》をみやり給ひて、「それはいかに」と（19ウ）のたまふに、「風其レ吹レ女《ナンジ》ヲ」《詩、蘀兮、「蘀兮々々、風其吹レ女」。注云、「蘀ハ木枯テ而将レ落者也。女ハ指レ蘀而言フ也」》とてうちはらひ給ふが、画にもかゝまほしく、いとめでたし。

「まれ〳〵のせん《餞》に、逢坂はなれぬ歌はめづらしげなし。からうたをこそ」とて、（※三字分空白）といふ題、五言十二句十六句と定め給ひ〈康保十二年十月廿三日、行幸于朱雀院御歌飛葉共舟軽五言十二句十六句〉、やがて分歌して、池の中島、あるは橋のわたりにも舟にも心々にうちつどひ、菊のしりくはへて、留歌、送歌につきて、「めづらしからん心を」と思ひめぐらし給ふ。放島のこゝろみめきて〈放島試　昔及第ノ時進士ヲ舟ニ駕シ島放テ献策セシムルコトアリ〉、才をくれたるなどは、「誰がさきなる」とむねさはぐめり。宮、とくかひつけ給ふを、だれも〳〵とりつたへて、「いときうさく也」と、ほめのゝしる。「をくれじ」と、さし出し給ふを見れば、古院の八郎君なる、このみやにかしづかれ給ふなりけり。つゞきてこゝろ〴〵興あるも多かり、けをされてやみぬる（20オ）もあるべし。右衛門督はいつもくちおしからずつからまつるなるを、「いかなるや」といへど、「いたう酔ぬるを、みだりなることいひ出て童羖のことめやあらんと《詩、賓之初筵、「由テ酔之言一ニ、俾三ム出二サ童羖一ヲ」。注云、「童羖ハ無レ角之羊。必無之物也。酔テ而妄言則罰而使レ出レ之ヲ」》おそろしさに」などいふを、「いとにくし。さは唯舌うごかぬまで」とて、さるかぎり罰の杯すゝめて興じあへり。かみ《衛門督》のにぐる〳〵、

右衛門督
ことばなき身をはづかしの杜の陰さすさかづきの影もすさまじ

これにめでゝゆるさんや」と、われぼめするもおかし。中将《翹中将》をも中納言とらへ給ふを、にげんとすまふほど、さしぬきひきやりて、

中納言
なべて咲詞の花にをくれじとさもほころぶる薄はかまかも

中将言
「われをば放てや」と竹河《催馬楽》のかたはしうたひすてゝ、（20ウ）

翹中将
ことのはの花さく春も遠ければ霞をかねていかゞみむべき

などたはぶるゝを、みな人ゑみくつがへり、みやも、「いとおかし」とおぼして、かた〴〵物かづけ給へり。

夕つかた、山風さとうち吹たるに、時雨さへそひてひやゝかなるも、酔のみだれにはいとはしからで、みかうしなどをそうおろしたり。明るまでも猶おはすべかりし

を、「内々の御なごりもあるを」とむかへの人の催ほしたつめるに、下りの人々、先まかで給ふ。

あさてのつとめて、立出給ふ。関のほとりまで送りする人々多かり。このほどの落歌をしも、やうやくになひ出て参らすることあるべし。おとゞ《ヒルガホ》は、かのせんにも参り給ふべくもあらず、小舎人童して大納言《源》のもとへ御文参らせらる。「を《文詞》くりせんもゆゝしと思ひとぢめつるを、なきものとおぼしす（21オ）て、蓬生もわけ給はぬにや」と、うらめしきものから、

帰《ヒルガホ》りこん日までと思ふを露の身の玉のおにして長らへてまし

御かへし、

旅衣《大納言》あひみましかば中々にたちうつらんと思ひやみにき

道のほどは東よりこちたくもてさはがる、ひゞきに、ふじのねの雲をはらひ、清見の波の関守をもしぞけつべくみゆるに、「なか／＼興なし」とおぼすこともあるべし。日記といふ物いてくべかめれば、其ほどの事、みなもらしぬ。

其比、げん《監》、「むくいのわざあり」とて、をしこめ給へり。「さるべきこと」、世の人、つまはぢきせり。とくさるべかりしを、「今の殿のおきて先世にあらはさん」とて、のどめをき給へるにやありけむ。かの巡察使はいかゞありけん。

三年の後、上皇、雲がくれ（21ウ）させ給ふ。天が下、月日の光うしなひたらんやうになん、此ころの事、書とめんもをろかにぞなりぬべき。

上皇のみけしきをたまはりし人々をば、おとゞ《楓》のかたざまにはしりめにかけて、「よしや、草葉よ」などうけひにくめり《勢語、「よしや、草葉よ、ならん品みん」》しが、近きほどには、内わたりのことにほれて思ひしりぬべきもてなしどもありけるを、「やしろはなれし鼠よ」など、いひそしるともがらもおほかり。かの中将《干城》の、月のくま払ひけん夜のみことのりこそゆへあるべきなど、東のかたへさかしらにやきこえけん、猶いかなる罪をか、まへ出されんと、空に目つきたるやうにおぼす人もあるべし。中納言《落葉》はさしもおぼさねど、「桃花細逐楊花落」など独ごちたる、おりもありけり。

まことや、姫君の御かたにあやしきことぞいでき（22オ）にける。たがみたるとしもなく、あるとある人、「たゞおそろし」とおもふほどに、みす、みきてうなどの風にうごくも、「くはや」と心たましゐをひやし、「目二つよこさまに、鼻はたてざまにつきたるもの〻」といはむにも、わな〻かるべし。さるは、夕べ暁となく、おはする《姫君》御かたはらに影のやうに立くるが、御そばにつとよりて、御ぐしかいつかみて、「上皇《妖物いふ》のおはせしほどこそ、さすがにすべ神の守りそへ給ふがおそろしかりしを、今は何かは」とて、うちふせなどするけはひにや、とおびえ給ふが、やがて絶入たまふ。人々も「あなや」といひて、心もけどられてにげまどひぬ。かくする事しば〳〵也ければ、ひきめはらひなどしけれど、しるしなし。

ふるごたちの中に大輔とて御めのとのあねなるが、めのとうせて後、かはりて（22ウ）此宮にすみけるが、をのづからよろづ心のま〻にうしろみつかうまつりける。さかしらに心つよき本性にて、さるおそろしげなるものをも、唯この輔が日にのみぞ、さだかにはみける。「さてあらんや」とて、げんざ《験者》めして、加持などさせらる。げんざ、よゐ《夜居》にまうで〻事のさまよく見て、「これはあらぶる神のた〻りなすや。そもたゞにはさべきやうなし。とがめおふべき事もぞある」といふに、「さりや《大輔いふ》。このみやつくり給へりし時、こ〻にあるやしろこぼたれし。まがふべくもなく、そのとがめなめり」といふ。「さは《験者いふ》、とくことかたに移しまいらせ給へ。すべて此ほとりは、猶神のにくみ残すこともぞある」といふに、大原のこなたに古宮あなる、つくろはせてうつし奉りぬ。

母宮《中宮》はにび色の御たもとひるよなき御思ひに、なやましくのみし給（23オ）ひしが、このほどはや〻おこたらせ給て、「この御山ごもりにはともに」とのたまへりしを、「姫君の罪あがなはんためなれば、そひおはさんことよからず」などいさめければ、「あやし」とはおぼしながら、あながちにもあらそひがたくてやみ給ふ。さる後は、ことに尋ねよる人もなく、「いかに心ぼそからん」と、宮《中宮》はやすげなくおぼしなげきて、めのとの子なる童の、心よく知給へるを使にて、おり〳〵はふみ通はし給へど、「か〻る時は、てんぐ、こだまなど、おそろしきものゝいざなふことあり」とて、くるゝ戸さしかためて、こと人のいでいりをゆるさねば、せんすべなし。

宮、この童にひそかにのたまひふくめたることありけらし、いとさかしき人にて、見しられぬやうにて、ことのさまうかゞひけるが、一夜、人げとをく、おくまりたるかたに、人のけはひ（23ウ）するを、やをらかいひそみて、さうじ口にさしよりてきけば、輔が声して、「をのれひとりがちからとほこりて、限りなく心ぎたなくむさぶるがいとにくし。はて〱は人にももらしやすらんとうしろめたきを、いかでかれうしなひてん」といふは、げんざが事なるべし。「いとやすし。しかせん」といふなるは、けいし《家司》、掃部が声也。「猶聞つくさばや」と思ひしが、「もし聞たりとしらば、われをもいけたらじ」とおそろしさに、すべり出て、そらいびきしてふしぬ。

つとめて、いそぎまかでゝ、ありしさま、宮にかたる。「さりや。さもこそ」とて、やがてけびゐしにおほせて、かの二人《大輔、掃部》をも、げんざをもめしとらへ、からきめみせてとはるゝに、事みなあらはれて、きられにけり。姫君をかくとりこめて、ひとへの御ぞやるゝをもかへず、はか〱しう物をだにすゝめず、（24オ）よるひるおどし、せためまいらせて、祈りのれうとて、そくばくの物、おほやけに申なし、この二人がわかちぬすめる也。へん《変》ぐゐ《化》、よう《妖》のもの《物》といふ、みなさるたぐひにこそ。

姫君は母みやの御かたへまいり給ひて、後々は御位にさへつき給ひつるとか。そのほどのこと、おさ〱さだかならずや。

この物語、たが作なるやしらず。さいつころ、吉野に遊歴せし時、同宿せし翁のみせ侍しを、写しとり侍る也。つく〱と見侍るに、古き物ともみえず。かの翁、好事のものとおぼえしが、もしみづから書るにや、と思はれ侍る。

竹里（24ウ）

二『てづくり物語』翻刻

凡例

一、底本として、無窮会専門図書館所蔵本を使用した。
一、原則として、底本の異体字、旧字、変体仮名は通行の字体に改めた。
一、清濁を適宜変更した。
一、句読点、カギ括弧、改行を適宜加えた。
一、頭注は被注箇所の後ろに〈 〉で括って表した。
一、底本における訂正指示はそれを反映させた。
一、丁数は、各丁表裏の末に（1オ）のように表記した。

てづくり物語　調布談（外題）

てづくりものがたり

調布談

昔、武蔵野のかたはらにすむ人有けり。もとはかけまくもかしこきみかどにつかへまつり、あてに雲のうへしり、はた歌のきこえならびなかりければ、かにかくにそねみおもふ人おほく、あらぬことどもいひおほせられて、今はおほんとがめかりそめならず、つひにこゝ《此処》にさすらへ、いつきかしづくものもなかりけり。

此里の賤のめにあひなれて、ひとりのをんな子をまうけぬ。名をさだめけるに、（1オ）うるはしきことといはんかたなく、玉をのべたらんがごとくなればとて、所のをさ、「はし玉姫」〈はし玉姫〉とぞ名づけゝる。昼はめを《夫婦》としておひ《負》つい《抱》たいつ、ほとりの河原にぬのをさらし、其てづくり《調布》してやりけるあたひ《価》もて、とし月をおくりけるまゝに、かしら《頭》もろしらげ〈もろしらげ〉にしらげゝれば、みな人、てづくりの翁とぞよびあへりける。

　このをとめがおひたち、世にたぐひなく、こゝろこと葉もいやしからず。よろづの事教ざるにしり、又布をよくさらしければ、爰はもとよりにて、（1ウ）あだし《他》国の人もはし玉姫がうるはしきをつたへきゝて見まほしがりて、てづくり《調布》あつらふをかごとに、くるものなんおほかりける。

　さるほどに、いとまづしかりつるおきな、にはかにとめりて、宝ゆたかに家もひろく、うとかりける人もひたすらにひ《ママ》たしく、つま木こり水くみ飯かしぐまでも、めをとが手づからのみならで、たのしさきはまれりければ、年月へ《経》ゆけどおとろへず、しらがもくろみ、おもてのしわ《皺》ものばふこゝちして、明暮をとめ（2オ）をのみいとほしみふかくしけり。有時、翁のよめる、

へしろがねもこがねも玉もいへにあれどまされるたか
　ら子にしかめやも〈万葉〉

かくもろ〳〵《諸》心にみてれども、姫はおごるべうもあらで、みづからてづくりすめり。されば、をちこちしらぬはなく、あて《貴》なるもいやしき《賤》も、おしなべてこのをとめを恋わたるまゝに、後はいと国をへだてたる人さへをとめを見まほしみ、又彼がさらせる布をきまほしとて、山河いはず、くるになん有ける。

　中にも、いづれの国の郡のつかさの子にや（2ウ）有けん、まだはたちのこなたばかりなる今やう姿に、けはひよろしきをのこ、ずさ《従者》二三人ぐして、月のうちに二三度づゝきけるが、のちは旅のよそひならず、里人のごと、なれぎぬのまゝして、布をもて、ねんごろにものがたりなどし、人ま《間》あれば、みそかぶみ、又は歌などかきたるを、姫が袂にうちいれて、さりげなくかへりぬるたぐひ、わきていつたり〈五人〉有けり。こなたには、かやうのこと、親のめをしのばんともせず、哀になん、とてあかしかたりけり。翁も刀自も、姫を（3オ）めでつゝ来る人々なれば、とてにくからずおもふべかめり。

ある時、翁、つまにむかひて、「あやしきことこそあなれ。あまねくくに〱よりわがてづくりをめで、たづねくるうちに、わきでいつたり《五人》、はじめはたびうど《旅人》のさまなりけるが、今はこの里人のごと、ひたぶるにく《来》めり。すまふ所をとへど、しかすがにいらへず。おもふに、まさしくとつ《外》国のをさうど《長人》の子ならんが、姫にけさう《繋想》して、おやの国へかへらで、こゝにやどりをれるものとしられぬ。哀になん思ふなれば、（3ウ）うちまかすべうと思へれど、五人のうち、いづれをかさしでゝたのまん。また、けおとらぬよそひなれど、いづくのたが子てふことをしらず。猶きなば、とひ給へ」といへれば、「心得てこそはべれ。いづれけぢめなきをのこなり。これがうち、ひとりへ姫をまかせまほしう思ひ侍れど、しひごとめかしあらんもわづらはしからめば、こゝろのなびかんへこそ」とて、はし玉姫を中にまねきて、其ことゝひければ、いなもうもなくおもてふせりて、（4オ）

〽紫のひともとゆゑにむさし野の草はみながら哀とぞ
　　おもふ

翁、うちきゝて、「まことにいづれをわき、いづれをかはぶくべき。うつて《捨》おかな」とて、ねどころのさうじ《障子》おしあけていりぬ。ころしも秋の夜寒の衣、はし玉姫、かひつくろひ、ねせにけり。母は、かどさらんと立出ければ、そこはかとなきむさし野の原の宵やみに、ほかげのはるかに見ゆるはあやしとてたゝずまひつゝ、

〽むさし野の末や雲井につゞくらんをがやに（4ウ）
　　ほしの見えかくれする

といへるを、「おもしろきことの給ふ」とて立出見れば、野末の霧に、かぞけきひかり三つふたつ、かなたこなた、をがやが葉末をわたるは、まさしういづちのたはれをにか、月かげおそみ、野辺の千草をよるさへみんとて、ともしふる《振》にしあるらしとて、母をいざなひ、いほりにいりぬ。月待がてら、琴かきならしゐつるに、しばらくありて、かどの戸をいぶかしげにおとなふやうなれば、あやしみて、ともしびして（5オ）庭におり、うかがふに、さしごゑ〈さし声〉にて、外のかたより、

〽はしきやし君がたなれの琴の音のねてはかへらじさ
　　よはふくとも

といひいれたり。火をさしあげて、あみ戸のすきまより

見れば、日ごろわれをしたへるうちのひとりなり。

〽君によりあけなばこよひかきならし月待ことや空に
　ならまし

とてあけず。この人々の心、あさからざれば、もだしもあへず、思ふやうなれども、とかく何ごともあらでぞ月日はへにける。（5ウ）されば、今宵とてもたのめず、つらからず、庭へともなひまゐらせたく思ひ侍れど、くぎ《釘》なんかたく母のさしたる、とていれざりければ、ちからなくかへりぬ。をとめはもとの所に来ぬれは、よしありげにや見えつらん、母は「たちていぬ」とて、「月待がてら、今しばしひき給へ。そをきゝつゝまどろまんに」とてねやにいりけり。かくて、はつかあまりの月も、尾花のなみの千里のをちに、ほのにほひ、哀もまたたぐひなく、袖の白露、（6オ）さよの秋風、すゞろ身にしむ琴のひゞき、ものわびしら也。またもおとなふ。あみどにより、こゝろならねどさし声〈さし声　上文〉して、「たれにてわたらせ給ふぞ」とゝふ。

〽いたづらに行てはきぬるものゆゑに見まくほしさに
　いざなはれつゝ

といらへぬ。しそく《脂燭》さゝげてすかし見れば、これも日ごろとかくよれる人なり。

〽その名もてゆかしかるべき秋の野をゆきくと（6ウ）
　人の袖ぬらすらん

とて、はじめのごとくしてかへしぬ。しばらくありて、又おとづるゝを、立出てとへば、

〽いかにしてこひばか君にむさし野のうけらが花の色
　にいでざらん

ときこゆ。これもしれる人になんあれば、

〽かれずしもとへる君かなむさしのゝうけらが花のい
　ろもなき身を

とて、又はじめのごとくわかれぬ。なほまたおとづれて、

〽八千種の露にしをれてきにけらしよるさへ（7オ）
　君を見まくほしさに

といふも、しれるをのこなれば、なさけなげにも、といたうものうくて、

〽風ふけばかよりかくより八千種の葉末にきえん露の
　身ぞうき

とて、かどよりかへしてけり。猶おとなふ人あり。さし

のぼる月かげにすかして見れば、日ごろくる人なり。「いかなれば、よるしもとひ給へる」といふに、

〽むさし野の草葉もろむきかもかくも君がかたへとよりしものなり

といらふ。をとめは、かく年月（7ウ）ふかくしたひ給へる人々のうち、それとわきてうるはしきこたへせんすべもなく、なべてのみ哀におもひわづらふくるしさに、おつるなみだもせきやらず、「よしや、この身、世になからましかば」とおもひきはみ、

〽かれはてんのちをばしらで秋草に深くも露の置まよふかな

とて、おなじやうにいひてやりき。よひのほど見えつるは、この人々のうちふり《振》こし火になん有けらし。をとめはねやにもいらず、泪よりしもくもれる月をうちながめ、（8オ）うらぶれをりけり。かどにも、をのこども、をとめが心をくみなづみ、また、月よもあはれなれば、しかすがにかへりもやらず、庵のめぐりにたゝずまひ、かいまみつゝぞふかしける。こなたには、誰をまつとはなく、哀またなき月にむかひ、琴にかしらをもたせ、うたゝねながらにながむめり。あかず見ればや、長き夜も、はやしのゝめの空しるく、月もしらめば、いづくの山のねぐら出けん朝がらす、こゑきほひつゝ鳴なへに、すゑはるかなる野辺の秋ぎり、（8ウ）いほへ《五百重》へだてしをちかたに、あかねさしいづるひかり、ほのかにゝほへれば、朝戸あけんと、翁、つまかど《妻門》のあみ戸をひらきぬるに、露にそぼちて、をのこどももまどひたてるを、心得ぬやうに、あみ戸をさして、いらんとしけるを、ひとりのをのこがおしとゞめて、

〽白露のおきてあかせし秋のよを又くらませるあめの霧かも

といへるに、さすがにいなみかねて、人々をいほりへいざなひたれども、何ごとによりて（9オ）こし人ともあらぬなれば、いとつきなく手ぶりもはしたにうちそばみたり。

刀自も、「朝げとゝのふ」とかまどにつま木をりくべながら、「君たちは、などかくまだきよりとひ給ひつる」といふ。ひとりがいへらく、「いはでもそれとしろし給ひつらめば、何かはつゝみ侍らん。我は山城の国井

手のさうしが子ひなれを〈山城国井手　ひなれを〉てふものにて侍り。はし玉姫のよそほひ見まほし、とおもひこしなり。かりそめとおもふほどに、ひとゝせをこゝにすぐせるなり。（9ウ）哀をしれる神しあらは、かゝる思ひを空しくななし給ひそ」とて、泪をたもとにおしかくしてうちなけば、今ひとりが、「我は津の国のかうべのさうしが子うなのを〈津の国　うなのを〉てふものなり。はし玉姫に恋わたり、ふる里をよそになし、一年をすぐしたり。今はねぐべき神ぞなき」とて、諸ともにうちなげく。のこれるも、あふみの国の野路のさうしが子はこたを〈近江野路　はこたを〉、みちのくの野だのさうしが子とほりを《陸奥野田　とほりを》、紀の国高野のさうしが子ゐなへ（10オ）を〈紀伊高野　ゐなへを〉にてさもらふとて、おの／＼姫を恋しのび、心をくだくよしをいひつ。刀自も、かくすぢめよきかたへものせんこと、いなゝらねど、姫が心さだかならねば、まづとかくいひてかへす。をのこどものかへさをおくるとて、

〽あとなくきゆる在明の月

といへれば、ひとりが立かへりて、

〽うき雲のへだてはてたる空なるを

といへり。今ひとりが、

〽ながらへてうすくも人に見えじとて（10ウ）

といふ。つぎのをのこ、

〽わがむねのおもひはいとゞもゆなるを

といふ。其次のをのこ、

〽ながめわびし我こそさしも有たけれ

といふ。のこるが、

〽待恋し山のはとほき中空に

といひて出ぬ。

翁はものかげにて聞て、「やさしき〈やさしき〉をのこらかな」とて、いみじうめでぬ。「此後、姫をまゐらせんはともかうも有ぬべし。をりしも（11オ）秋の野花々をひとつむしろに見はやさん」とて、このいつたり《五人》をまねきつゝ、うたげまどゐをぞしたりける。をのこどもは、ちゞにくだくる心をおしまつへつゝ、さりげなくしのぶめり。

姫は、かねてこの人々の心づくしもつひに空しからんをおもひつくるに、袂かわけるひまもなく、わびくらし、

なき明し、日にけにやせぬるを、おやは、「このをのこらをしたひなやめるならし」とおもひとり、「やがてまゝにこそ」とひとりうちうなづき（11ウ）つゝ、はし玉が心なぐさとて、しげ〳〵いほりにまねきけり。

ある時のまどゐに、姫をもむしろにつどへて、翁がいへらく、「此ほどは、姫がこゝちいたうなやましげなり。さいはひに、酒《さけ》くみて、君たちがみやび歌、なぐさめがてらをしへのためにきかせたし。このさうしの絵により、一首づゝよみ給へかし」てへれば、山ぶきの花ながれたるかた有を題にして、ひなれをのこ、

〽春雨ににほへる色もあかなくに香さへつなつかし山吹の花（12オ）

とよみたり。次は、山里に卯花さかりなるを題にして、うなのをのこ、

〽いづちいなん世をうの花はあし引の山の奥にも盛なりけり

其次の絵は、秋萩咲みだれたるにて、はこたをのこ、

〽萩が花ちるらんをのゝ露霜にぬれてをゆかんさよはふくとも

其次は、川辺に千鳥の鳴わたるかたを、う《ママ》ねりをのこ、

〽妻恋におもひかねつゝいり江なるみをつくしても鳴千鳥かな

其次は、いとけはしき山のいはほに、何とも名しられぬ鳥のつばさやすめたるにて、ゐなへをのこ、（12ウ）

〽恋路よりまどひ入ぬるみ山には其名もしらぬ鳥ぞすむなる

とよみければ、翁よろこび、「いづれもいはんかたなし」とほめて、盃をめぐらしつゝ、いひけるは、「およそ春の歌に花、秋の歌に紅葉をよまんたぐひは、よのつねのことなれば、ざれてひがことしてなぐさむべし。まづ、春の山に紅葉見るてふ歌と、秋山に桜みるてふと、夏うづみ火をいだくてふと、冬蛍とぶてふと、山中にすなどりすてふ歌を、おの〳〵一首づゝたはぶれ給へ」と（13オ）いへれば、ひとりが春の紅葉をよめる、

〽をとめらがあか裳袖ふる春山は花に紅葉ぞちりまがひける

次は夏のうづみ火を、

〽みじかよも恋する人のとこ夏にけたぬやながきむね

の埋火

秋のさくら花、

〽桜花秋霧こもりみやまには咲てちりしかこの瀧つせに

冬のほたる、

〽あじろ火の風にみだるゝ河瀬には冬も蛍はとばぬものかは

山中のすなどり、（13ウ）

〽波のうへになれにしわざをたえぬかないは山ふかき宿の夢にも

翁、この歌どもをなのめならずめでゝ、さかづきの数ぞつもりける。をのこどもがいへる、「われ〳〵がおよづれ歌は、あへてめで給ふ所あるべうもおぼえ侍らず。翁のぬしも、ひが題をよみてきかせ給ひつべし。また、はし玉姫、とじ《刀自》もおなじく」と、さかゑらきのしひごとに、翁は、月ひんがしにいるてふ題をすゝめ、刀自と姫に、魚雲のうちに遊ぶてふと、鳥水のそこをかけるてふ（14オ）題をあたへぬ。とじは、「かゝるむつかしげなる歌、わが心してよみうべうもおもほえ侍らず。はし玉姫に、これも」とてにげにけるも、いとをかしとてゑらきぬ。翁がよめる、

〽とまり船こぎめくらせる明がたはあらぬかたにぞ月はいりぬる

姫は、かうやうのことになぐさむべうもあらぬを、はゝがえよまずなりにけるを、をのこども、しひてせめにければ、かはりて、

〽かげうつる雲のみなるを魚ゆけば水のそこにも（14ウ）鳥ぞ飛なる

をのこども、「あなうるはしや。こは題ふたつが歌ひとつにあなるは」とて、どよめきぬ。さて、盃を姫がもとにめぐらすをとめて、

〽みなれさをさしていつまでこがるらん涙にうかぶ盃の船

とよみはてず、盃うちすて、もろ袖を顔にあて、うつぶしふし、いみじうなきけり。日も暮かゝりければ、また来り給ふべきよしいひてかへしぬ。

かくしつゝふるまゝに、秋もすぎ、冬さりきぬれば、千草もかれ〳〵に、（15オ）心もふゆこもりて、さびし

き折ふし、埋火のもとに例のをのこどもまどゐして、翁がいへる、「この里は、名もひろき野辺なるまに〳〵、もみぢもなく、桜もなし。かく冬こもれゝども、花待宿としも思はねば、いとおもしろからず。しかのみならず、さいつ比よりして、姫がこゝちなやましげなれば、こん春は、やまと路にいざなひ、名だかきよし野の山桜見せも見もしてん、と思ひ侍る」といへりければ、姫に、われなんくるしさによりなりてふものなかりけり。（15ウ）ひとりがいへらく、「の給ふごとく、かゝるゆたけき武蔵野に、もみぢ、桜のあらざるこそはとたらはひさぶらはね。されば、今より爰にも桜をうゑ侍らんかし。よのつねのはめづらしからじ。吉野の桜ねこしてとりよせさぶらはん」てへれば、のこるも、「こはいとめづらかならまし。しからば、其事なんいそぎ侍らん」とて、おの〳〵やどりどころにかへり、まづ親おやのもとへつて《伝》、ゝ多くのこがねをとりよせ、この里の賤のをあまたあともへ、大倭の国へやり、よし野の桜をほらせ（16オ）けり。車にのせ、船にこぎて、立かへり、春のはじめつかた、おほ木三本得たり。「わがものならぬもこそおもしろからめ」とて、しばらくとは《外果》てにうゑさせ、いまだ花さかざるよりなん行つどひ、めであへりける。されば、つたへきくもの、此里人はもとよりにて、あだし国までも、「むさし野にこそ吉野の桜はあめれ」とて、よきもあしきもよりつどひ、花見る所とぞなりにける。そこをみな人、「みよしの」〈みよし野〉とよびしより、むさしに其名はのこりけり。

初花の比、（16ウ）おきな、をのこどもをいざなひ、姫もつまもぐして、かしこにまかり、ひねもす遊びのみて、歌などすゝめけるついでに、よみて花のえ《枝》にむすびつけゝる、

〽ひと〳〵のなびきなれくが花の木のなはかくれなきひなのとひ〳〵〈廻文〉

この歌、上よりよむも下よりよむもおなじければ、めづらしとて、人々いたくいひはやすめり。かくて日暮ければ、もろともに小田のほそ道、野の長路、なづさひつゝ帰る。このをぐらき空に雁の鳴けるを聞て、をとめが袖をひかへて、ひとりがよめる、（17オ）

〽みよし野のたのもの雁も帰るさは君がかたにやよる

と鳴らん

こたふ、

〽わがかたによると鳴らんみよし野の田面の雁をいつ
　　かわすれん

口ずさみつゝかへりわかれぬ。

をのこどもは、くるとあくとわするゝまなく、いかにもしてしがなと、さま〳〵に心くだくる中にも、ゐなへをのこ、つく〳〵とおもひめぐらせるは、「姫が心、つれなからずは見ゆるものから、さらにたのめつることもきこえぬは、五人をしかすがに思ひなづめるもの（17ウ）ならし。よしさらば、よたり《四人》をころして、心のまゝにいひよらましもの」と、俄に旅のよそひして、翁がもとにきたり、「親のくに《国》ゝなん、のがるまじきことありてゆくなり。とほ《遠》からずして、又こそはまでき侍らめ」といひて出にけり。

それより、夜を日になして、都にまうのぼり、ある人にたづねけるは、「我はあづまの国のものにてはべり。身にこと様なる病ありて、とかくし侍れども、いえず。こゝは大君の宮所なれば、いたりふかきくすし《医師》のあらぬてふ事は（18オ）なかるべし。をしへたうべかし」てへれば、「いたはしうこそ侍れ。このほど、ひぜん《肥前》の国より、こゝに来し人、もろ〳〵のやまひをいやす、きこえためしおほくはべり。そがもとへいに給へ」と、ねんごろにをしふ。ゐなへ、よろこび罷来てとふに、此国の人さまならず、異やうなるかうぶり、ころもきひろげ、たけらかになでやり、「我ははじめおらんだ《阿蘭陀》国のものなり。もろ〳〵の病をいやす。わが業のおよばざるやまひやあると、心みにやち嶋をわたる。なんぢ《汝》いかなる（18ウ）病かある」といふ。ゐなへ、こたへて、「我は身にやまひありてきたれるにあらず。あづまのくんつかさのつかひものなり。君が名、千里にかくれなく、ひとつの薬をえんために、はる〳〵尋ねまうでたり。この比、武蔵野にあしき犬あまたいできて、人をくふ事おびたゞしかり。とらんとすれども、にげはしること矢よりもとくして、やほ《八百》里にわたれるあぶれ犬なり。よりて、かれにものをかひ《飼》、そ《其》をくらひなば、おのれと死ぬべきものあらば、（19オ）えさせたふべし」とのことなり」とて、あたひのこがねをつかねければ、こと《異》人がいへらく、「夫こそはやすきことなれ。すべていけるものをわが毒もてころさんに、ふたしな《二品》のわかちあり。そも〳〵、毒のもとをたづぬれば、わがもとつ国より海上七万里ばかり西にあたりて国あり。ちはんひん〈ちはんひん〉といふ。其国に鳥あり。名をちんと云。此鳥、いはほにつばさをやすむるに、ほとりの山河、むらさきにながれて、そをのむものは、人にまれ、けものにまれ、たちまちに（19ウ）しぬ。又、海よりさい《犀》といふけものきたり。つのしてこのかはをかきながせば、ちんも飛さり、水もすめりて、いけるをころさず。この鳥の羽を水にひたしてのめば、たちまちにしぬ。さけにひたしてのむは、三日をおきてしぬ。又、かのさいの角をつまきているれば、毒のけさりて、水も酒もなか〳〵薬となるめり。其羽と角をすなはち汝にあたふ。かならず羽と角とをたがへなせそ」とて、うつはにいれてゆゝしげにするゐなせり。

をのこは、身の（20オ）毛もいよだちておもほゆれど、今更やみなんもかひなければ、あつくむくいて立かへり、かの羽をさけにひたして、一つの盃の底をゑり、さいの角をけづりて底にいれ、外に盃よつをたくはへ、翁がもとにきたりけるに、をりしも四人のをのこつどひ、酒のみ居けるが、「あなめづらし。ゐなへの君、しばらくわかれ申せしまに、みよし野の花もちり、弥生も名残ちかづき侍りぬ」などいひて、むしろのおくへすゝめけり。やゝありて、ゐなへ、さり（20ウ）げなきけはひにて、「さて、紀の国のうまざけ、君たちへのつとに、すこしばかりたくはへ侍り。又、この盃にてのみ給ひなば、君たちがやどりどころのあるじへつとにせさせ給ふべし」とて、しろがねのさかづき、四人がまへに置、また、ちひさきさかつきの底には、何やらん面白げにきざみつけたるを、翁がまへにおき、ひとつのはこのふたをあけて、さかつぼを出すを、はし玉姫、みづからくみてまゐらせさぶらはんとて、壺をとれゝば、手にまきもたる（21オ）くしろ《釧》のたま《玉》ひとつ、おと高らかにくだけたり。翁、をとめが袂をひけば、とりおとし、つぼ《壺》もくだけて、酒はむなしくなりにけり。をとめがたもとのくだり、酒にひちたるを引きりて、庭中へなげすて、引つれて奥へいれば、人々、「こはものにくるへるか」とてあきれてゐぬ。ゐなへは、はかりごと空しく、又もをとめにまみゆべくしもあらざれば、かの片袖をかいとり、うしろめたくも立出ぬ。翁はおほいにいかり、「にくきしわざかな。かばかりのこと、しらざらめや。さいの（21ウ）角は毒をよくけつ《消》。よりてこの角をたくはふれば、今のごと、くだけてそをしらしむ。されば、姫が手にまけるくしろの玉、ひとつはさいの角もてつくらせたり。かゝらざりせば、我をはじめ、四人のをのこ、ひとつむしろにしにせんはうたがひなし。いかにしてくれん」と目の色かへてのゝしる。

姫は、むねふたがり、心きえ、「此をのこどもの、年月恋わたり、あらぬさまに身をやつしぬるだに、いとあぢきなき世の中とあきらめてしに、猶しもかゝるあさましきめ（22オ）見るも、われよりぞかし。よしや、なき身ともならばや」とて、かはら《河原》にしのび出、くしろの玉のをに一首の歌をむすびつけ、もすそのつまをかさねながらおしきり、ひとつにおきて、みそこ《水底》にしづみ、いたづらになりにけり。其歌、

〽わたり川そこのみくずとなりぬれど玉はかたみをのこす也けり

と有を、人々は心も空に、我ともなくきえいりつゝなきぬ。

翁、やゝありてかしらをもたげ、うち詠めつゝいへるは、「この歌は、姫がこゝろも、（22ウ）をのこたちが深くしたふめれば、せめてものかたみにもてふ事ならんかし。にくしとはおもへども、まな《愛》子の姫をしたふをのこ、はぶくべうもおもはねば、かれにもかたみとらせてしがな」といひつゝなげく。

かなたにくる人を、「たそや」とみれば、ゐなへのをのこ、衣をあらため、たちはきそらし、はしたなからぬけはひして、女夫にうちむかひ、「我かりそめの恋にふかくまどひ、人わらへなる名をのこさむ事、すゝがん方もおもほえず。されば、わがあらぬたくみのさま、ありの（23オ）まゝにうちかたり、いかやうにも身をなして、人のいかりをやすめ申さんため、かさねてきたり侍るなり」とて、おとすなみだは瀧なしてくやみなく、はた哀なり。翁は、やがて、姫の残しおけるものらとり出、「この歌に心くれて、うらむる人をもうらみざるぞかし。おの〳〵かたみとなし給ふべし」とて、もすそのきぬにく

しろの玉ひとつをそへて、ひなれをのこにあたへければ、せちなる心をくみ、はし玉姫が残せる歌にこたへて、（23ゥ）

〽思ひきやけふしも妹がかたみみてなみだの玉のかず
　そへんとは

とよめりけり。のこるにも、おなじやうなる形みをやりければ、うなのをのこがよめる、

〽おくれゐて恋なく時は白玉もなみだもわかぬものに
　ぞ有ける

はこたをのこが、

〽いきのをに思ひし妹はいづべにぞとへどしら玉わす
　れがたみを

とねりをのこ、

〽かたみにとのこせる玉はきく人のなみだのたねとな
　りぬべらなり

かくて、くしろの玉のみ残り（24オ）たるを、ゐなへをのこに、「かたみとなしてたべ」とてやりければ、

〽あぢきなき我心から玉の緒のたえにし妹が形みをぞ
　みる

といひつゝ、たもとよりかた袖をとりいでゝ、「こは、かの引きり給ひし、はし玉姫のかた袖なり。かたみにみばやと取て侍りしよ」とて、もすそにくゝみもて、なく〳〵わかれ、もとの国へ帰り侍れども、さしもおもひし姫におくれて、いけるこゝちもせざめれば、「ともによ《黄》み《泉》にもゆかばや」と、（24ウ）いつたり《五人》ともに思ひわづらひくらしけり。

あるとき、ひなれを、かたみ取出て、おしきりたるもすそを見たれば、山吹の花咲みだれたるかたぞめなり。今更をとめにあへるこゝちして、恋しさやるかたなきをりしも、弥生の末つかたに、

〽山振のさかりもわびし花見むとうゑける人は世にも
　あらなくに

とよみて、ものに書つけおき、かたみのしなをかいいだき、里のべの川にしづみ、むなしくなりにけり。

うなのをは、なげき（25オ）ながら、やよひもすぎ、形みのもすそのかたさへも、うづき花をそめてあるを、ものわびしらにながめつゝ、とてもながらふべきこゝちもせざめれば、

〽恋すなる人によりてやいにしへに世をうの花は咲はじめけん

と書つけ置て、玉をいだき、ほとりなる川に身をなげてけり。

はこたをは、あるにもあらぬ月日を、かたみのくしろの玉のをも、たえみたえずみあけぬくれぬと、ふづきの比になりたるに、さらでも秋はかなしきを、かたみの玉つゝめるもすそを取（25ウ）出てみれば、紫のねもとかいたる秋萩の花、うへに泪かゝれば、形みの玉のかずもそはりて、きゆるばかりに心まどひ、今はなに頼むべき身にしもあらで、

〽秋風の吹にぞきゆる萩がえにむすびもとめぬ露の命は

とよみおき、玉ともすそをもちながら、川にしづみてうせぬ。

とねりをは、わがふる里にかへり、こゝらの月日へゆけど、夢うつゝわかぬばかりの心まどひに、年は冬にぞなりにたる。ねやのふすま、引かさねてもさえわたり、ひとりぬべうもあら（26オ）ぬよを、妹恋しらに、くしろの玉、かたみのもすそをうちみれば、くろききぬに、むらちどりをそめたるは、つまこふよるのけしきもあらはに思ひたぐへなされ、かなしくなきしづみつゝ、「今は何をかもいきのをに夜ひと夜をだにあかさまし」とて、ねやのさうじに、

〽夜もすがら鳴てあかせる千鳥こそつま恋かねしわが身なりけれ

とかきつけ、さよふかくしのび出て、ひとつのながれをとめ、もすそに玉をまきもて、底にしづみ、むなしくなりぬ。

かゝることの有けんも（26ウ）しらで、ゐなへをは、とかく世の中にありわびて、ながらふべからぬ命なれども、をとめが後の世をもとはばやとて、かしらおろして、花の衣を墨になし、名をくうけんとかへ、高野の山おくに世をのがれ、三とせあまりをすぐしたれど、そこにもすみわびて、いづこをさせる旅としもなく、国〳〵をめぐり、とし経て、またむさし野にうかれきにたれば、ある河原に賤のめが布さらしゐたり。「こゝは何てふ所ぞ」ととへば、「玉川の里なり」とこたふ。「いかなれば（27

オ）こゝをしかいひはべる」といふに、ひとりが、「こはむかし、こゝにてづくりの翁とて布さらし世わたる人、もとは都人にて、よき姫をもたるが、其姫、けさうする人〳〵のあらぬ心さまをうみ、此河に身をなげ、しにたり。其名を玉をとめといひけるによりて、みな人、玉川といひならはしたるなり」ときゝて、法師はむかししのばしく、「翁があたりはいづちならん」と見やれども、いほりもまがきの跡もなし。そゞろにおつるなみだはすみ染のたもとをしをり〈しぼり〉、（27ウ）しばらくたゝずみてよめる、

〽玉川にさらすてづくりさら〳〵に何ぞわぎもがこゝら恋しき

かさねてとひけるは、「其てづくりの翁てふは、いかにかなり行けるぞ」といへば、「其おきなは、花の頃、みよし野てふところにてよみたる歌、都に聞えてあはれませ給ひ、つひにめしかへされ、都にて身まかられし、とつたへきゝ侍りしなり」とかたれり。

くうけんは、それより又もとつ国へとこゝろざすに、ひとりの法師、みちづれとなりて、高野山まで（28オ）くるめり。くうけん、今はかゝる身なれば、つゝまふことなく、少女にまよひて世を捨たるまでを、つばらにかの法師にみちすがらものがたりてけり。さて、庵むすばんとおもふあたり、岩にしりかけをり、猶かたりけるは、「わが国〳〵をめぐりしに、みちのくにいたりし時、玉川てふ川有。ゆゑとひたれば、かのとねりをのこ、はし玉姫がかたみのくしろの玉もて身をなげたるよりしかいひ、また、いにしへはなかりし千鳥、この河原にあまた鳴わたるは、かの（28ウ）をのこが歌に、

〽よもすがら鳴てあかせるちどりこそつま恋かねし我身なりけれ

とよみおきてしにたるよりこなたのことなれば、まさしくをのこがたましひ、鳥となりて鳴わたりぬるものならん、と其里人かたりき。それより所の国をめぐり、山城の国に至りし時、こゝにも玉川てふ有。其ゆゑを人にとへば、かのひなれをのこ、かたみの玉をもちながらしづみたるによりてしかいひ、又岸べに山吹のすへてあるは、をのこが歌に山吹を（29オ）よみてしにたる故、みな人、此川べに山吹をさして手向しよりなりといひき。夫より

津の国に至りし時、爰にもや、とおもひて、玉川てふありやととふに、里人、有と答ふ。其ゆゑは、かのうなのをのこ、かたみにもたる玉をいだきてしづみしよりいひ、又卯の花おほく有も、うの花を歌によみてしにたるゆゑ、そを手折、河べにさして、諸人手向しよりの事也といひたり。さて、近江の国にて玉川をたづねけるに、しかも秋はぎの名だかき（29ウ）所なり、とて里人をしへつ。ゆゑをとふに、おなじくかのはこたをのこ、かたみの玉もて身をなげしよりいひ、萩の多くあるも、をのこが歌によりて、そを手向つゝ、さしてもねこしゆき植ても手向しゆゑ、とかたりき。扨、わがしばらくすみたりし武蔵の国に至りてとへば、かの玉をとめがしづみし河を玉川と皆人よぶなり、とてづくりするしづのめがかたりき。かく国〳〵うらやましくも名はのこれるを、おもへばくやしくも（30オ）ながらへ侍りき。今更よになき命をすつとも誰か哀にいひはやさん。されども、もとは我心からなれば、なほいかやうのむくいあらんもかなしみ侍らず」とて、なみだにひちにし袂よりかれひ〈かれいひ〉取出て、「これほとばし〈ほとばし〉て君にもまゐらすべし」とて、岩まをつたひ、河水をむすびあけ、いひうちしめし、かたへに置。猶其水にのどうるほし、いひけ《飯笥》をたづさへ、たゝんとしけるに、俄にむねいたみ、めくるめき、手足なえて立えざれば、いひけを捨、（30ウ）はひまろび、くるしみわなゝくを、かの僧、はるかに見、はしりきつれば、くうけん、もすそにすがり、くるしげなるいきのしたより、「われ、おもはずも毒をのみ、命終るに、君にあふこそ嬉しけれ。われ、昔、この山奥にこもれる時、かの姫がくしろの玉とかた袖をもちわづらひ、此川上の岩まをうがち、姫がおくつきどころとなして、ねんごろにはうぶりたり。其片袖に、かのちんの羽ひたせし毒の酒こと〴〵くしみてありしが、其毒、年へて（31オ）いはほをとほりながれいづるとおもほゆれば、君、かたくいましめ給ひ、この流れを人になのませ給ひそ」とて、たえゆくいきを、ほとつきて、

〽わすれてもくみやしてまし旅人の高野のおくの山川
　の水

とくるしげによばゝり、河のきしべによろめき、さかまく水にとびいりて、むなしくなりにけり。かの僧、なみ

だとゞめかね、するゑの世の人のため、いのちのきはみによめる歌、かしこくもおもほゆれば、「この川の名も玉河のかずになして、(31ウ)かれがほむらをやすめん」とて、かの「山川の水」とよみしを「玉川の水」ととなへかへて、すべてむくにの名所とはなりにたりけりとや。

この物語は、あがたゐおきなに物まなべる服部高保が筆すさび也。竹取物語と大和物語の生田川との段をおもひよせて、をかしくもつくれりけり。高保はまなびのかたにも歌よむかたにもすぐれたるぬしなり。このぬしのことは前に伝めき(32オ)たるものしておけり。

さゞなみのやのあるじ

文政五年後のむつき

さゞなみの屋にてうつしぬ(花押)

文政七甲申歳夏六月八日書写了

美保(32ウ)

三　『袖のみかさ』翻刻

凡例

一、底本として、実践女子大学付属図書館黒川文庫所蔵本を使用した。
一、原則として、底本の異体字・旧字・変体仮名は通行の字体に改めた。
一、清濁は適宜変更した。
一、句読点、カギ括弧、改行を適宜加えた。
一、頭注は被注箇所の後ろに〈　〉で括って表した。
一、底本における訂正指示はそれを反映させた。
一、丁数は、各丁表裏の末に（1オ）のように表記した。

袖のみかさ（外題）

袖のみかさ　又いのりの神ノ子

その比、新内侍のすけと聞え給ひしは、何がしの大納言〈権大納言　東坊城〉の御むすめにて、すぐれて時めき給ふありけり。はじめより参り給ひける御かた〳〵、やすからぬ物に思ひきこえ給ひけれど、うへの御もてなしの打しきりめしまつはし給ぬれば、ことにあらはれてくね〳〵しき事もしいでがたう、只ことにふれて下やすからずきしろひ給ことはたえざりき。

いつしかとたゞならぬさまに聞え給しが、いと平かに男みこ生れ給ひぬ。ことしみつになり給ぬる御有さま（1オ）のうつくしさは今より見え給ひて、母君のさる聞え侍し御かたち人の御腹にさへおはしませば、ことわりになん。一のみこは宰相の典侍〈宰相典侍　葉室家女〉の御局の御腹にて、坊に定り給ひて、大かたの御心よせもおもりかに、世の人もかしづき聞え奉りぬれど、猶ようせずは、かの二宮にや引こされ給ひなんと、例の心やすからぬことをぞ下にはいひあへる。

又さしつゞき姫みや生給へり。御うぶやの儀式、なにくれとよろこび給ぬるに、七夜のほどより、御むしけなどいひて、ひしめきあひしが、俄にかくれさせ給ひぬ。うへの御歎はいふもさら也、かの（1ウ）御かたは産出奉り給はぬさきよりも、いと物心ぼそう、をり〳〵物の怪のやうにわづらひ給ひつれば、このかなしみをとりそへて、さのみ日数もへ給はぬほどに、弱うなり給ひぬ。内よりは、里住のほどのいぶせきを、いかに〳〵と、度々御使のゆきかふもいとかたじけなう、いかまほしきは〈桐壺　更衣　限とてわかるゝ道のかなしきにいかまほしきは命なりけり〉など、心のうちに思ひおこしぬれど、われかのさまになり増て、終にはかなうなり給ふ。なやみ給ぬるうちも、かた〴〵の御局より、巻数にそへて、御加持物とて、すきぬべき物ども、又は供御のおろしなりなどいひておくられし、それ（2オ）参給ひてより、にはかにかゝりきなどいへる、いかなりけることにか有けん。なくてぞ人は〈拾遺　有時はありのすさみににくかりきなくてぞ人はこひしかりける〉とは、かゝる時にいひ出ぬべき折なれど、今の世の人の心はさもあらずや、無世にもゆるしがたう、まが〳〵しきことのみぞ聞えたる。

二のみこをばかつらの宮と聞えさせしも、日をへず、御事のありける、折さへ五月雨のうきをかさねて雲まなきに、皆人くれまどひぬ。「空もかなしきことや知らん」〈後拾遺　哀傷　さみだれにあらぬけふさへはれせねば空もかなしき――　周防内侍〉と周防の内侍がいひ置し昔の袖にも、今のみかさはまさりぬべし〈浮舟　つれ〴〵と身をしる雨のをやまねば袖さへいとゞみかさまさりて〉。

此宮の御あつかひに、民部卿の典侍殿〈民部卿典侍勧修寺家息女〉とてつきそひ奉り（2ウ）けるは、はやう人よりさきに参給ひて、かたはらに並ぶ人もなく、御子たちをも二ところまでもち奉り給ひしかども、皆かくれ給うて、よはひも央ちかうなり給ひぬ。ちりかたの花は哀ふかき物と、うへはすてがたう、御心におぼしめしつれど、いつとなく御おもひもことかたにうつるやうにて、この新すけどのゝ、時の人にて、御とのゐも夜ごろうちつゞきぬるに、めをそばめつゝ、馬道の戸をもさしかたむべく、やるかたなき物ねたみのあるなるべし。宰相の御局はちかきゆかりにもありければ、かた〳〵（3オ）心をかはして、おふさきるさにねぢけたるふるまひやうちまじりたらん。

二の宮の御薬のことなど、民部の御つぼねの御はからひにて、手づから御ゆなどをも参らせ給ひ、御はだへに、何やらん御守とてかけ奉らせ給たるを、いぶかしと心づきたる人も有けれど、引かなぐりなどいかゞはせん。されど、大蔵大輔なりける人のめは、宮のみうしろみだちて、心よせつかうまつりければ、とくとりかくし置たりしを、かくれ給ぬと見奉るより、御ふところに彼御つぼねの手をさし入て求め給つれど、（3ウ）あらざりしかば、少しはおどろきたるやうなれど、さしもひたぶるにたけき心にしあれば、いろもかはらで、「御いみにこもりぬべき身に侍りながら、心あしければ、えなんたうまじかりける」とて、まかむで給へり。

さて何ごとやらん、北山のほとりに住る巫女ども二人三人、又うちのつぼね〳〵にさふらふおさめひすましめくものども、それがしたしき市女などのたぐひあまた、武家にめしとらへられて、明らかなる鏡にうつしてことをかうがへぬるよし聞えし。

秋にもなりぬ。（4オ）雲のうへは涙にくもる月の光のほのかなるに〈桐壺　くもの上もなみだにくもる秋の月いかですむらんあさぢふのやど〉、壺せんざい〈前栽　清涼殿東庭并西庭朝餉并台盤所前藤壺等也延喜元年左右ヱ門栽草架　禁秘抄〉の花どものつゆうちみだれ、むしのこゑもうらめしげに聞え給へば、野分だつ風の音に、いとゞ浅茅生のやどをのみ思ひやらせ給ひつゝ、折ふしゆげいの命婦も御まへにやあらざりけん、大かたにめしつかはるゝ際には、御なげきのほどをもあらはし給ふべきならねば、無人のうへ語り合給はんよすがだになく、ともし火をかゝげて長恨歌を御らんずる〈長恨歌　孤灯挑尽未成眠〉にも、中々になぐさめがたう、御心をつくし給ふべきくさはひのみ（4ウ）なれば、あまり久しき宵ゐを人もめはづかしうおぼしめされて、「九華帳、漏初長夜」〈長恨歌　遅々鐘漏初長夜耿々星河欲暁天〉と口ずさみ給ひつゝ、せめては夢にもみん〈いせ　玉すだれ明るもしらずねしものを夢にもみんと思ひかけきや〉と思ひかけ給ふ物から、玉すだれおくふかく、よるのおとゞ〈夜御殿　禁秘抄〉にいらせ給うけるとぞ。（5オ）

初出一覧

※全体にわたって加筆訂正を施した。

緒言　書き下ろし

序論

第一章「〈和文小説〉研究史概観」（『読本研究新集』10、読本研究の会、二〇一八年六月）

第二章「〈和文小説〉の展開」（『日本文学研究ジャーナル』7、古典ライブラリー、二〇一八年九月）

第一部

第一章「『続落久保物語』と『よしはら物語』――作者と成立について――」（『近世文藝』94、日本近世文学会、二〇一一年七月）

第二章「『続落久保物語』考――五井蘭洲の物語注釈と物語創作――」（鈴木健一編『江戸の「知」――近世注釈の世界』、森話社、二〇一〇年一〇月）

第三章「加藤景範『いつのよがたり』の当代性」（『雅俗』12、雅俗の会、二〇一三年七月）

第四章「加藤景範『いつのよがたり』の天皇観――懐徳堂の思想との関連を中心に――」（『国語と国文学』92―8、東京大学国語国文学会、二〇一五年八月）

第二部

第一章　「『てづくり物語』考――『竹取物語』・生田川伝説・六玉川――」（鈴木健一編『江戸の学問と文藝世界』、森話社、二〇一八年二月）

第二章　「「春の山ぶみ」考――嵯峨野の春の夢――」（『國學院雜誌』118―8、國學院大學総合企画部、二〇一七年八月）

第三章　「清水浜臣「虫めづる詞」考――もう一つの「虫めづる姫君」――」（『鈴屋学会報』34、鈴屋学会、二〇一七年一二月）

第四章　「『袖のみかさ』考――光格天皇の後宮の物語――」（『日本文学』66―6、日本文学協会、二〇一七年六月）

第三部

第一章　「近世和文小説と「誤読」――『飛弾匠物語』についての分析――」（『江戸文学』36、ぺりかん社、二〇〇七年六月）

第二章　「大田南畝の読本観――芍薬亭長根『坂東奇聞濡衣双紙』から見る――」（『国際日本文学研究集会会議録』32、国文学研究資料館、二〇〇九年三月）

第三章　「芍薬亭長根『坂東奇聞濡衣双紙』考――『通俗金翹伝』の利用法を中心に――」（『国文論叢』41、神戸大学文学部国語国文学会、二〇〇九年三月）

第四章　「芍薬亭長根『国字鵺物語』考――文体分析を中心に――」（『読本研究新集』8、読本研究の会、二〇一六年六月）

跋文

修士論文以来の研究テーマだった〈和文小説〉について、一書をなすことができた。和文小説をメインテーマとする論文集はこれまでなかった。その意味において、本書はこれまで等閑視されてきた擬古物語をはじめとする近世期の諸作品に、わずかながらも光をあてることができたのではないかと思う。

一方で、これまで和文小説についての学術書が世に出てこなかった背景には、研究テーマとして扱ううえでの困難さがあったと思われる。それは著者自身が痛感し、意識し続けてきた問題でもあった。

問題は二つある。一つは定義の問題である。本書序論第一章で述べたように、一口に和文小説と言っても、その領域に含まれる作品の性質は一様でない。どこまでが和文小説で、どこからが和文小説ではないのか——その判断は、国語学的な見地から明確な指標が提示されない限り、最終的には論者の内省に帰すことになるだろう。ただし、目安が無いこともない。まずは、作者が意識して和文を用いたということが資料の状況から分かる場合がある。歌文集や和文集に収まる作品や、和文の会で書かれた作品、序文などにおいてその意志が明示されている作品がこれにあたる。次に、同時代評などによって、和文小説として認識されていたことが分かる場合もある。先行研究による判断も参考になるだろう。

もっとも、和文小説のような新たな領域の設定は、複数の作品を関連づけて考察する——言い換えれば、視点を変えた文学史的認識を構築するために行う便宜的な措置なのだから、領域の線引きのみに終始する議論はあまり有意義とは言えまい。和文小説という領域を設定した本書が、どこまで有効な視座を提供できたのか。その評価も含めて、本書を手に取って下さった方々からの御批正を乞いたい。

さて、問題のもう一つは調査収集の困難さである。近世期に書かれた文字資料は膨大な数が現存しているが、そのなかで和文小説と呼びうるものはどれだけあるのか――その答えは今以て未知数であるとしか言いようがない。著者は、これまで目録類を頼りに、全国の所蔵機関を調査し、まだ広く知られていない和文小説の存在を一点一点確かめていった。その成果は、本書序論第二章においてできる限り拾い上げたが、まだ著者が知り得ていない作品は少なくないと予想される。これについては、今後も継続的に研究を行うことによって、全体像の解明を行ってゆきたい。

＊＊＊

はじめての論文集を公刊するにあたり、まず恩師の田中康二先生に御礼申し上げる。学部二回生のときに田中先生の演習を履修したことが私の研究者としての原点である。四回生のときに学会に連れて行って下さったことや、修士以降、東京への訪書旅行を毎年催して下さったことなど、先生との思い出は尽きない。なかでも、先生の学生に対する厳しくもあたたかい態度、明快な思考と論述、そして研究者としての努力を怠らずに生きる姿勢は、今も私の模範であり続けている。

また、先生は近世文学の各分野で活躍されている先生方を集中講義に招いて下さった。篠原進先生、木越治先生、ロバートキャンベル先生、大高洋司先生、森田雅也先生である。四日間の濃密な講義は、今でも懐かしく思い出す、知的刺激に満ちた貴重な体験だった。

神戸大学の近世ゼミは人数が少なく、修士二年からは私が最年長者となるほどだったが、特にそれを意識したことはなかった。それはひとえに、神戸大学の先生方、院生たちが専門の領域を超えて接してくれたからだろう。

それに加えて、近世ゼミの貴重な先輩である木越俊介さん、浜田泰彦さんは、就職や進学で神戸大学を離れた後も、折に触れてあたたかく教え導いて下さった。また、同じく貴重な後輩で、博士課程まで進んだ門脇大くん、黄佳慧さんは、その努力する姿勢が私の何よりの励みになった。進路について迷うこともあった大学院時代だったが、それを乗り越えることができたのは、こうした出会いがあったからだと思う。

学外で行われる読書会や研究会も得難い出会いの場であった。関西在住時には、上方読本を読む会や京都近世小説研究会などに参加していたが、そこで出会った先生方や年の近い仲間からは、今も大きな学恩をいただいている。特に飯倉洋一先生には、大学院修了後、日本学術振興会特別研究員（PD）の受入研究者として、授業や調査活動を通して多くの経験を与えていただいた。福岡に移ってからは、手紙の会（雅俗の会）や西日本近世小説研究会（よみほんの会）が主たる研究会となっている。九州大学の川平敏文先生には、私が福岡に移ったとき、すぐに手紙の会に招いていただいた。ほぼ月に一回催される会では、九州にゆかりのある学者文人の書簡を読んでいる。この研究会によって、九州の先生方や院生たち、そして九州という土地がどれだけ身近なものになったか分からない。

勤務先の九州産業大学では、各種の校務をこなしつつ、大学教員としての仕事を覚えていった。校務の負担は軽くないが、辛島美絵先生をはじめとする同僚の先生方との交流が、その支えとなってくれている。授業では、幅広い視点から近世文学を講じる機会を得て、学生たちとともにさまざまな作品を読み、楽しみながら知識を広げている。学生たちと色々な話をしたり、文学にゆかりのある史跡をたずねて遠出したり、そして一つの作品をめぐって話し合ったりすることは、何より楽しい時間である。四年生の永田萌奈美さん、三年生の佐藤舞祐さんには、本書の校閲を手伝ってもらった。ここに感謝申し上げる。

学生への感謝といえば、本書の初校に取りかかっていた八月に神戸大学で集中講義を行った。田中先生からの打診である。自分が集中講義を行う立場になるというのにいささかたじろいだが、本書にも収めた既発表の内容と、未発表の内容との半々で講義計画を作った。これまでの研究をまとめ、今後の足がかりを作るという目論見である。専門性の高い内容だったとは思うが、意欲的な学生にも恵まれ、充実した四日間を過ごすことができた。夏の暑いなか、朝早くから受講してくれた学生たちに感謝する。

各種の助成制度は研究生活を送るうえで不可欠のものだった。神戸大学の授業料減免制度には学部・大学院の長きにわたって御世話になった。公益財団法人木下記念事業団には、学部の四年間、十分な学費を給付していただいた。日本学術振興会の特別研究員制度には、博士課程の三年間と博士課程修了後の一年間御世話になった。また、本書を構成する論文は、いずれも二〇〇七年度から二〇一八年度にかけて助成を受けた科学研究費補助金（特別研究員奨励費、研究活動スタート支援、若手研究B、基盤研究C）による研究成果の一部である。本書の刊行にあたっては、やはり科学研究費補助金（研究成果公開促進費）の交付を受けた。出版を引き受けて下さった笠間書院と、編集の任にあたって下さった相川晋氏、山口晶広氏、そして貴重な資料の掲載を許可して下さった各所蔵機関にも感謝申し上げる。これからも研究の成果を社会に還元していくことで、いただいた御恩を少しずつでも返していけたらと考えている。

最後に、私の生き方を理解し、いつも前向きに応援してくれる、母をはじめとする家族に感謝したい。

二〇一八年一〇月二五日

天野　聡一

索引（人名・書名）

【凡例】

1）この索引に取り上げたものは、本文中に出る人名・書名である。原則として現代仮名遣い五十音順に配列した。

2）人名・書名は本文中の表記にかかわらず、一般的な呼称で統一し、文中に記された別称・異称は（　）を付して列挙した。

3）書名は江戸時代以前のものに限定し、明治時代以降のものは除外した。また、掲出にあたって、適宜『　』「　」を付した。

4）人名・書名ともに同一頁に重出する場合は、これを省略した。

●か

●さ

●た

●な

●は

●ま

●や

●ら

●わ

【著者紹介】
天野　聡一　（あまの　そういち）

1981年兵庫県明石市生まれ。
神戸大学文学部卒業、同大学大学院人文学研究科博士課程後期課程修了。日本学術振興会特別研究員（DC1、PD）を経て、現在九州産業大学国際文化学部准教授。博士（文学）。

編　著
『三弥井古典文庫　雨月物語』（共編、三弥井書店、2009年）

近世和文小説の研究

2018年（平成30）12月10日　初版第1刷発行

著　者　天　野　聡　一

装　幀　笠間書院装幀室
発行者　池　田　圭　子

発行所　有限会社　**笠間書院**
〒101-0064　東京都千代田区神田猿楽町2-2-3
☎03-3295-1331　FAX03-3294-0996
振替00110-1-56002

ISBN978-4-305-70873-1　　組版：ステラ　印刷／製本：モリモト印刷